天府三问

梅松武新闻作品集

梅松武 著

四川人民出版社

图书在版编目（CIP）数据

天府三问：梅松武新闻作品集／梅松武著. — 成
都：四川人民出版社，2023.3
ISBN 978 - 7 - 220 - 12891 - 2

Ⅰ.①天… Ⅱ.①梅… Ⅲ.①新闻 - 作品集 - 中国 -
当代 Ⅳ.①I253

中国版本图书馆 CIP 数据核字（2022）第 215207 号

TIANFU SANWEN：MEISONGWU XINWEN ZUOPIN JI

天府三问：梅松武新闻作品集

梅松武　著

出 品 人	黄立新
策划统筹	刘姣娇
责任编辑	刘姣娇
封面设计	李其飞
版式设计	张迪茗
责任印制	祝　健
出版发行	四川人民出版社（成都三色路 238 号）
网　　址	http://www. scpph. com
E-mail	scrmcbs@ sina. com
新浪微博	@ 四川人民出版社
微信公众号	四川人民出版社
发行部业务电话	（028）86361653　86361656
防盗版举报电话	（028）86361653
照　　排	四川胜翔数码印务设计有限公司
印　　刷	四川机投印务有限公司
成品尺寸	170mm×240mm
印　　张	27
字　　数	400 千
版　　次	2023 年 3 月第 1 版
印　　次	2023 年 3 月第 1 次印刷
书　　号	ISBN 978 - 7 - 220 - 12891 - 2
定　　价	138.00 元

记者的追求与史笔

（代序）

  本文于 2001 年 11 月 9 日在《四川日报·天府周末》版记者节特辑见报，第一次向社会公开阐释了我的新闻理念："以'史家笔'写新闻，新闻不朽。"当时，我已经获得高级编辑职称，担任四川日报社经济新闻部副主任，获得"四川省十佳新闻工作者"称号，《四川日报·天府周末》主编戴善奎约我为记者节撰写了这篇感想。它真实地记录了我的新闻理念，真实地反映了大学本科四年学习历史专业对我的新闻人生和新闻理念所产生的潜移默化的深远影响。2003 年底，四川日报社深化干部人事制度改革，对中层干部实行竞聘上岗。当时，我没有准备竞聘演讲稿，便把两年前写的这篇感想拿出来宣读了一遍，居然获得满堂喝彩，引起所有评委的共鸣（评委中包括省委组织部、宣传部有关负责人和四川日报报业集团党委成员），结果是我以出乎预料的最高分，走上《四川日报》"时政·评论"理论部主任岗位。几个月以后（2004 年 3 月），四川日报社老社长李半黎与世长辞，享年 91 岁。现在，再次把这篇旧文拿出来，放在我的新闻作品正文之前，既是对李半黎社长和老一辈川报人的感恩与怀念，也是对自己的新闻人生和新闻追求有所感悟与纪念，姑谓之"代序"吧。

  我的书房里挂着一条横幅："正义直言史家笔"，常常引起来访者的赞美。这是当代著名书法家、四川日报社老社长李半黎（1913 年 11 月—2004 年 3 月）书赠我的，落款时间是"庚午秋"。

那是 1990 年秋天，我从四川大学毕业分配到四川日报社工作快 10 年了，我向李老求字纪念。李老爽快地答应了我，而且亲自拟定横幅内容。我如获至宝，把它看作是老一辈新闻工作者对我的期望和鼓励。

"千金难买半黎字。"李老书赠我的横幅也许不是孤品，他今天也许记不得这件事了。但是，我一直把它视为珍品，认为它寄托着李老自己的追求，体现着老一辈新闻工作者的人格和人生追求。在我看来，邹韬奋是这样的人，范长江是这样的人，邓拓是这样的人，李半黎也是这样的人。新闻的生命在于真实，记者的天职在于直言。记者的作品不仅要敢于说真话，而且要显善惩恶，使真、善、美及其创造者名垂青史，使假、丑、恶及其创造者无所遁形。在国家和民族艰难曲折的发展道路上，记者是"侦察兵"，新闻是"冲锋号"，为人为事为文，都要真实可信，才有存在价值。因此，我把李老书赠我的横幅挂在书房墙上，当作自己的"座右铭"。

今天的新闻就是明天的历史，在这一点上，新闻与历史在本质上是一样的事物。新闻以事实说话，历史以史实昭示后人，两者都要求事实准确，陈述真实，记者之"笔"与史家之"笔"并重。我在大学里学的是历史专业，对于南史氏的故事、董狐的故事、司马迁的故事并不陌生。我能够掂量"史家笔"的分量有多重，也能够体会"正义直言"的意味有多深。实际上，从当记者的第一天起，我就立下誓言：一定要当一名说真话的记者。我看重记者的独立人格，看重时代赋予我的历史使命，看重党和人民对我的培养教育，我不想为自己留下遗憾。每写一篇新闻评论、深度报道，我都要问一问自己：它经得起历史的检验吗？对于假、大、空的东西，我自己不写，也劝别人少写。在别人看来，我也许是一个不识时务的"书呆子"，但我至今不悔。

作为记者的一种追求，"正义直言史家笔"是一种崇高的境界。良史以实录直书为贵，不掩恶，不虚美，具有"史才""史学""史识"三长。范文澜写史，博学卓识，文如其人，令人钦敬，他有一句名言："板凳需坐十年冷，文章不写一句空。"陈寅恪治史，纵贯古今，横通中外，"合中西新旧学问"以求通解通识，为学为人都达到了很高的境界。新闻记者若能兼备史家的

"才""学""识"，那么，他的宏观视野，他的求是态度，他的新闻敏感，他的新闻成就，他的人格与人生都将进入一个新的境界！

以"史家笔"写新闻，新闻不朽！

2022 年 3 月于成都

目 录
CONTENTS

"天府"三问

——四川在西部大开发中的历史方位（上）

一声爆竹送来新世纪的祝福，一声跨越寄托新世纪的期盼。

站在一日千年的历史拐点，经济全球化的浪潮来了，西部大开发的热潮来了，四川人民的发展机遇来了！

聆听世纪之交的这场前所未有的思想解放大讨论：西部大开发，四川怎么办？政府乎，市场乎？优势乎，劣势乎？战略乎，重点乎？

审视四川在西部大开发中的历史方位，省委、省政府集思广益，高瞻远瞩，提出了追赶型、跨越式发展的战略目标：在21世纪前10年，建成西部经济强省和长江上游生态屏障，经济社会协调发展，努力实现新的跨越——迈向新世纪的庄严誓言，道出了8500万四川人民的澎湃心声！

2000年10月20日，"中国西部论坛"在成都举行。这次国际盛会原定700多人，结果来了2304人，搭起一个西部与世界、西部与东部、西部地区之间平等交流的平台，还签下125亿元订单。有人评价：四川的发展因此至少可跨跃10年。

与之相辉映，中央电视台近期对广汉三星堆的再次发掘现场直播，引起国内外广泛关注。人们惊异地发现：古代四川曾经是中国最发达的地区之一。

抚今追昔，四川人民三思而后"省"，奋发图"强"，跨越式发展的紧迫感油然而生！

思考之一： 四川还是 "天府" 吗？

四川人民忘不了这样一段历史。

秦得巴蜀而成霸主之势，刘备得益州而天下三分。秦汉三国时期，成都平原与关中平原同为当时中国社会经济较发达的地区，并称"天府"。与关中平原不同的是，成都平原不是政治中心，它的富饶主要受益于都江堰的滋养。到唐代，有"扬一益二"之称。宋元明时期，经济重心南移，四川战乱频繁，逐步与东南地区拉开差距。清初"湖广填四川"一度促进四川的经济社会发展，后来因受"大跃进"及"文化大革命"的影响，近代四川的经济发展逐步走入"越穷越垦、越垦越穷"的怪圈。所谓"天府"之称，早已名不副实。

"天府"的辉煌虽已过去，她的文化"基因"却遗传下来，积淀为沉重的历史包袱，这就是根深蒂固的"天府心态"和故步自封的"盆地意识"。于是，便有了阿斗式的自我满足，便有了阿Q式的自我麻木，便有了"冲出夔门方成龙"和"关门打狗"种种现象。多少发展机遇在不知不觉中擦肩而过。改革开放大潮袭来，四川人民破除盆地意识，才看到四川与外面的差距！

省计委的一份研究报告提供了三组数据：

——增长速度。1980 年至 1999 年期间，四川的 GDP 年均增长速度为 9.04%，居全国各省市第 26 位。而广东、福建、浙江、江苏、山东等省同期年均增速均超过 12%。

——GDP 总量。1980 年，四川是 229.31 亿元，广东是 249.65 亿元，江苏是 319.8 亿元，山东是 292.13 亿元，四川 GDP 总量位居全国第 6 位。到 1999 年，四川 GDP 总量为 3711.6 亿元，而广东是 8459.5 亿元，江苏是 7700 亿元，山东是 7662.3 亿元，四川 GDP 总量退居全国第 10 位。

——人均 GDP。1980 年，四川人均 GDP321 元，与浙江（470 元）、广东（265 元）、福建（348 元）相差不大。到 1999 年，浙江、广东和福建人均

GDP 均超过 1 万元，四川仅为 4452 元，低于全国同期 6534 元的水平。

问题的严重性还在于，四川的经济发展不仅严重落后于东部地区，而且面临西部省、市、区"后来居上"的挑战。目前，四川在西部 12 省、市、区中，尽管经济总规模仍居首位，但人均 GDP 居西部第 7 位，近 10 年 GDP 平均增长速度居西部第 5 位。

"块头大不等于势力强。"大而不强，这就是四川的省情。面对现实，四川只有实施追赶型、跨越式发展战略，才能建成"西部经济强省"，才能缩小与东部地区的差距。省委领导说得好："不发展要落后，发展慢了也要落后。"

发展，发展，追赶型跨越式发展——西部大开发的主旋律，四川别无选择。

▎思考之二： 粮猪还能 "安天下" 吗？

"粮猪"者，是一种自给自足的传统农业结构。

四川农民有一句通俗的话："种粮饱肚子，养猪赚肥料。"用猪粪种粮，以粮养猪，形成"猪多——肥多——粮多——猪多……"的循环。这种"粮猪"型结构在小农经济占统治地位的农业社会确有"安天下"的作用。特别是在计划经济时代，"粮票""肉票"牵动党心民心，四川以占全国 6％的耕地养活了占全国 10％的人口，还要支援全国其他地区。所谓"川粮满神州""川猪遍天下"，既是四川农业的优势，也是四川农民的贡献。

现在的问题是，时代不同了，农产品的供求关系已经发生根本变化。据最新统计，我国农产品的 97.3％处于供求平衡或供大于求的局面，其中供大于求的农产品占 56.76％。去年，农产品市场至少有两个焦点：一是 WTO 谈判与农产品市场国际化，二是粮食减产而粮价持续走低，"北粮南运"势不可挡！

从全国看四川，四川是一个农业大省，农村人口占 82％，比全国高 13 个

百分点；农业增加值占 GDP 总量的 25.4%，比全国高 8.1 个百分点。在西部，四川的粮食、猪牛羊肉等农副产品产量均列第一位，一旦出川受阻，必然出现"卖粮难""卖猪难""卖果难"。谷贱伤农，猪贱伤农，果贱伤农，又怎么能"安天下"呢？

"向传统农业挑战！"按照省委、省政府的战略思路，单纯的粮猪型经济结构必须向农、林、牧、副、渔及二、三产业全面发展转变，农业结构调整刻不容缓。于是，粮食安全问题、农民增收问题、农村劳动力转移问题、农业产业化问题、小城镇建设问题，都成为强化农业基础地位的切入点和西部大开发的重点。

"减少农民也能富裕农民。"据有关部门调查分析，当前四川农村剩余劳动力多达 2310 万人，约占农村劳动力的 60% 左右。在现有水平上，如果四川的城镇化水平每年提高 1 个百分点，就可每年转移 100 万人口为非农业人口。经济学家张泽荣算了一笔账：目前四川农村至少有 1000 万人已不依靠农业收入生活，如果允许他们把户口迁进城镇，把责任田交出来，留在农村的人便可增加 1/7 的耕地，增加 1/7 的收入，四川的城镇化水平也可以从 1998 年的 16% 提高到 29%。"农转非"，既是农业现代化的必由之路，也是四川跨越式发展的希望所在。

有这样一个喜讯：1999 年，四川农民到省外打工已达 430 万人，仅通过邮局汇回四川的现金就达 170 亿元。"川军"出川，前途无量！

在农村采访，看到农业产业化的神奇魅力。在绵阳，"光友"粉丝带动 50 万薯农增收；在新津，"美好"火腿肠促成 40 万头川猪升值；"谭鱼头"走南闯北，连锁 40 多个城市。

"川粮""川猪""川菜"一旦与"产业化"结盟，便能点石成金！看来，只有进入现代农业这个层面，"粮猪安天下"方有新解。

思考之三： 资源开发为什么带来灾难性后果？

提出这个问题，主要是因为四川是一个资源大省——一方面，资源开发是四川在西部大开发中的优势和后劲所在；另一方面，资源开发又是有限度的，面临着保护生态环境和可持续发展问题。

正是依托得天独厚的资源优势，四川长期以来走的是一条以资源开发为中心的发展路子，形成了一种资源输出型经济结构。所谓"靠山吃山，靠水吃水"和一些地方的"木头财政"，就是这种发展思路的形象表述。

然而，严峻的现实敲响了警钟。阿坝、甘孜等地的森林砍了那么多，为什么没有带动当地经济发展？小煤窑、小水泥厂、小水电站、小纸厂、小钢铁厂，为什么现在非关闭不可？还有自贡的盐、内江的糖、雅安的花岗石、二滩的电为什么卖不出去？这里既有一个自然生态问题，也有一个市场竞争问题。对于四川来说，"大跃进"和"文革"时期的资源开发付出了惨重代价，至今仍遭到大自然的报复和经济规律的惩罚。

四川人民忘不了滥伐森林带来的灾难性后果。在阿坝州采访，岷江上游两岸那一座座荒山秃岭寸草不生，其中 1/3 以上的土地已经或正在荒漠化，所见所闻令人痛心。

据有关部门和专家考察，过度砍伐森林造成森林涵养水源减少，引起长江上游气候变化，致使长江上游和各支流流量减少，洪枯期流量差距拉大，水灾和旱灾频繁发生。金沙江、雅砻江、大渡河两岸谷坡森林遭受严重破坏后，迹地普遍呈现干旱化趋势。川西北地区大片草地严重沙化。

水啊，生命之源！没有水哪有树？没有树哪有水？有水则绿洲，无水则沙漠。这就是自然生态的辩证法，顺之者昌，逆之者亡。

人口、资源、环境是西部大开发面临的三大课题。历史的经验教训昭示我们：人口增长——需求增加——开发资源——影响环境，其中起主导作用

的是人类行为。四川人多地少，目前可供开发利用的优势资源并不多。对于四川来说，在处理经济建设与人口、资源、环境的关系问题上，必须站在整个长江流域生态保护和中华民族生存发展的战略高度，正视自然生态环境一直在恶化这样一个特殊省情，避免走过去"重开发、轻保护"或"先污染、后治理"的老路，把开发资源和保护资源、发展经济和保护生态环境与控制人口结合起来，实现可持续发展。这正是省委、省政府做出的战略选择。省委副书记、省长张中伟说得好："一定要从可持续发展战略的高度出发，为子孙后代留下一个好的生态环境。"

一个"西部经济强省"，一个"长江上游生态屏障"，这就是四川在西部大开发中的历史方位。

"治水兴蜀，绿山富民。"早在1998年，四川便在全国率先发布了天然林禁伐令，1999年秋又在全国率先实施退耕还林还草工程。目前，四川已有4000多家污染严重的企业相继关闭。一个个伐木工人放下了斧头，扛起了锄头，变成了种树人。

令人振奋的是，省委、省政府在把水电开发列为支柱产业的同时，还决定新增160亿立方米调蓄库容，分步实施岷江紫坪铺、嘉陵江亭子口、金沙江溪洛渡、大渡河瀑布沟等水利枢纽工程，有效拦截泥沙，基本缓解长江中下游的洪涝威胁。看来，奋斗10年、20年、50年……再造一个山川秀美的新"天府"绝不是梦。

祝福你：可爱的四川，可爱的家乡！

祝福你：可爱的长江，可爱的母亲！

（2001年3月7日《四川日报》1版。《四川在西部大开发中的历史方位》分上、中、下三部曲，分别是《"天府"三问》《跨越三"特"》《魂系三"新"》，获2001年度四川新闻奖系列一等奖）

跨越三"特"

——四川在西部大开发中的历史方位（中）

2000 年 10 月，在成都举行的"中国西部论坛"传出消息：西部开发不设经济特区。

20 年前，深圳、珠海等经济特区相继诞生。特区的成功，关键在一个"特"字：特殊的政策，特殊的机制，特殊的办事效率，由此实现了跨越式发展。

20 年后，西部不设特区，则表明我国已由计划经济体制向市场经济体制过渡，已从局部开放向全面开放转变。"开发西部不是克隆东部。"西部大开发必须遵循市场经济规律，坚持以市场为导向，按国际规则出牌。

现在的问题是，面对西部大开发这样一个大战略，在没有"特区"招牌的四川，同样有许多特殊的事情要办。其中，至关重要的一点是如何选准切入口，实施重点突破。因为只有这样，跨越式发展的战略目标才能落在实处，从而使四川在西部大开发中形成自己的特色。

▌抓住一条主线： 结构调整

经济结构不合理的现象在四川特别突出。

据省统计局分析，1999 年四川一、二、三产业所占比重为 25.4：41.9：

32.7。第一产业比重偏大，比西部平均水平高 1.6 个百分点；第二产业比重偏小，列西部第五位；第三产业比重更小，列西部第十位。四川的工业化程度处于全国后列，第三产业严重滞后，与东部地区差距更大，在西部大开发中不能不把结构调整真正摆到"主线"位置。

省计委主任陶睎晦对结构调整做过专题研究，他特别强调这次调整的"战略性"和"全局性"，即必须从产业结构、所有制结构、企业组织机构、区域经济结构、城乡经济结构等方面进行全方位调整。

按照省委、省政府的战略思路，结构调整既要坚持以市场为导向，以企业为主体，以技术创新为支撑，也要坚持有所不为，突出重点区域、重点产业、重点行业和重点企业，实施重点战略。

重点之一：调整和优化工业结构，提高工业经济的竞争力。四川工业产品的市场占有率逐年下降，目前，很多产品市场份额很小，省外产品已占省内市场六成以上。分析原因，主要是支柱产业优势不明显，高新技术产业比重低，拳头产品和名牌产品少，优势企业不多。据第三次工业普查，四川工业企业技术装备的总体状况是：达到 20 世纪 80 年代国际水平的只有 18.6%，达到国内先进水平的只占 24.8%。主要工业产品中一半生产能力利用率在 50% 以下。186 个国有大型企业的工业集中度仅为 29.4%，专业化水平低，大而不强。因此，必须加快工业企业的改组改造和产品升级，加快发展电子信息、水电、机械冶金、医药化工、饮料食品等支柱产业，大力培育名牌产品。这是四川实现跨越式发展的关键所在，也是长虹的"军转民"和五粮液的高速扩张给我们的启示。

重点之二：优化所有制结构，调整国有经济布局。目前，国有经济占国民经济的比重，东部沿海地区只有 20%～30%，西部地区高达 53%，四川非公有制经济的比重只有 27.6%。按照省委、省政府的部署，四川的国有经济要从一般竞争性行业有序退出，集中有限的国有资本投入基础性、公益性产业以及支柱产业和高新技术产业的骨干企业。同时，积极引导和鼓励非国有、非公有制经济收购、兼并、参股国有企业，形成"杂交优势"，产生"裂变效应"——希望集团的崛起可为例证。

重点之三：加快区域结构调整，促进区域经济协调发展。四川地域辽阔，发展条件和水平差异很大。就像全国需要鼓励一部分有条件的地方先富起来一样，四川也要有重点地让一部分有条件的地区先发展起来。特别是资源富集的攀西地区，是四川跨越式发展的后劲所在，应该尽快将资源优势转化为经济优势。成都平原经济圈更应该成为跨越式发展的"高速通道"。还有强化农业基础地位、培育壮大旅游产业、民族地区扶贫、科教兴川，等等，都是结构调整的战略重点。

所谓"重点"，就有"差别"，就是"特色"。"重"中有"重"，"重"中有"新"，在不同时期，从不同角度，可以选择不同的重点。就是说，重点战略也是全局战略、创新战略。结构调整的过程就是推陈出新的过程，就是跨越式发展的过程。

▌抢占一个制高点：西部硅谷

建设中国"西部硅谷"，主要是发展四川的"后发优势"，把电子信息产业作为"一号工程"，以信息化带动工业化。

"后发优势"，用省委领导的话说，既包括后发者可以学习先行者的成功经验，吸取先行者的失败教训，避免走不必要的弯路，也包括后发者可以吸收和引进先行者的技术开发成果和先进管理成果，实现技术上和管理上的跨越。把二者结合起来，就可以超越某些发展阶段或发展领域，站在高起点上，直接从当前最前沿的领域赶超，实现经济技术的超常规发展。美国的"硅谷"、印度的"硅谷"正是这样发展的。

从世界看四川，各国高新技术发展的重点包括信息技术、生物技术、新材料、新能源、航空航天和环保技术，其中起基础和"龙头"作用的是信息技术。信息技术发展有一个特点：科研成果——技术开发——商业化，周期不断缩短，技术更新与产品更新几乎同步，以快吃慢，后来居上。也就是说，信息技术发展目前正处在"战国时代"，落后地区直接从最前沿的领域赶超也许是一条捷径。正是看准了这个千载难逢的历史机遇，省委、省政府提出了建设"西部硅谷"的战略目标。"会当凌绝顶，一览众山小。"只有抢占高新技术产业的制高点，跨越式发展才有可能。

从全国看四川，四川在电子信息产业方面具有比较优势。沿海特区过去的招商引资项目主要是劳动密集型产品，在电子信息产业方面与四川大体上处在同一起跑线上。北京、上海、深圳近年在电子信息产业方面发展较快，仍然没有改变"你追我赶"的竞争态势。成都有个电子科技大学，在电子信息技术的人才培养和科学研究方面在国内具有明显优势，目前仍有几百名学生正在美国"硅谷"学习或工作。成都还有"托普""迈普""鼎天""西门子光缆""成都电缆"等大批优势企业，在软件、电子元件、光纤通信、智能化技术、多媒体技术等方面居国内领先地位。以成都高新区为中心，再与乐山的多晶硅项目和绵阳的科技城连成"一条线"，必将带动"长虹"等一大批电子企业的技术创新，一个中国西部的电子信息产业基地已初具规模。这就是成都平原经济圈的"增长极"，就是建设"西部硅谷"的物质技术平台。

"西部硅谷不是梦！"用一位在川工作的中科院院士的话说：问题不在于我们目前有没有建设"西部硅谷"的能力，也不在于我们何时能够建成"西部硅谷"，而在于我们目前正面临建设"西部硅谷"的最好机遇。关键是能不能抓住这个机遇，以建设"硅谷"那样的决心、气魄、机制来抓好"一号工程"。

2001年1月6日，1000吨多晶硅项目在乐山奠基，总投资12亿元。这是经国务院批准的我国目前唯一一个具有自主知识产权的达到国际先进水平的多晶硅项目。以此为依托，还将配套建设500吨单晶硅、500吨硅片、芯片生产线，再与乐山菲尼克斯半导体有限公司相连接，一条完整的"硅链"将横空出世！

还有一个令人振奋的消息：摩托罗拉亚太区电信运营方案成都应用研发

中心，近日已通过软件成熟度模型顶级（第 5 级）认证，表明成都的人才是可以达到世界最高水平的。与此相辉映，我省"一号工程"的重点核心项目——我国目前唯一一条 6 英寸 0.5 微米模拟集成电路芯片生产线在成都高新区奠基，预计总投资 12 亿元。

有一组数字坚定了我们的信心：四川目前有 40 多位院士、120 多万名高级科技人才、100 多个科研院所，科技实力居全国第四位。1999 年，成德绵高新技术产业实现工业产值 380 亿元。2000 年，四川软件销售额达 11.65 亿元，较上年增长 148.3%。

以软件为"龙头"，以人才为根本，以"硅链"为依托，以"一号工程"为基础——这不正是一条建设"西部硅谷"之路吗？

▌选择一个突破口：扩大开放

选取这个突破口，是因为经济全球化是一个时代潮流。唯有加入这个潮流，四川才能利用全球化的机遇，弥补资本形成的先天不足，引进更多的先进技术，获得"走出去"的市场机遇。用省长张中伟的话说："西部大开发就是西部大开放，我们的开放，务求全方位、多层次、宽领域。"

一个严峻的现实是，四川的对外开放是个薄弱环节。在投资、消费、出口三条"腿"中，四川外贸出口对 GDP 的拉动只有百分之零点几，而沿海地区如广东等地，出口对 GDP 的拉动达 20 多个百分点。2000 年，四川出口 13.9 亿美元，虽比上年增长 22.5%，达到历史最高水平，但还抵不上广东一个乡镇企业的出口额。至于利用外资，四川在全国比重更低。2000 年，全国实际利用外资 407 亿美元，四川仅 96 亿美元。

差距之大，亦是潜力之大！从最薄弱的环节攻坚，最容易取得突破。

机遇就在眼前。加入 WTO，将是利用外资的新契机。按照承诺，我国将开放一些新的投资领域，降低市场准入程度。目前，美国、英国、德国等国家正抓紧向包括中国在内的亚洲和其他地区转移劳动密集型和部分资本密集型产业。据预测，"入世"后5年内，外国对中国直接投资可望增加1000亿美元。机遇面前人人平等，就看谁能抢占先机。

"引进来"是为了"走出去"。四川地处内陆，参与国际市场竞争的运距较长，发展外向型经济的重点是高新技术产品和高附加值产品。还要鼓励有比较优势的大集团、大企业到境外投资办厂、开发资源、承包工程，带动外贸出口。

还有一个机遇："东资西进""东人西行""东企西移"。西部大开发必将带动东部与西部、西部与西部之间资金、技术、人才流动，抓住机遇，东引西联，也可以促进四川跨越式发展。2000年，四川实际利用省外资金120亿元，比上年成倍增长。

当然，四川不靠"边"，不靠海，对外开放起步晚，受到交通环境和市场竞争双重制约。对此，我们应该引起足够重视，既要加快交通、通讯、能源等基础建设，千方百计改善投资环境，又要充分利用互联网的优势，发展电子商务，广开信息渠道，缩短四川与世界的距离。以网络经济为特征的信息时代已经到来，无论是剑门关还是夔门，都挡不了四川对外开放的步伐。

小小鼠标，轻轻一点，转瞬之间便"通江达海"。市场无禁区，科学无国界，西部大开发还有什么"特区"呢？

（2001年3月8日《四川日报》2版）

魂系三"新"
——四川在西部大开发中的历史方位（下）

西部大开发是一个历史性的机遇，但却不是四川的"专机"。

世界走向西部，东部走向西部，西部你追我赶。好比一场刚刚开始的"奥运会"，更激烈的角逐还在后面。

如何才能在这场角逐中使四川真正成为投资的热土？

有这样一条规律：在市场经济条件下，资本的特性就是在流动中增值，哪里有利于资本的增值，资本就往哪里流动。任何一个投资者选择是否在川投资，不仅要看能源、交通、通信设施等"硬环境"，而且要看政府的工作效率、劳动者素质、法律保障、体制和政策等"软环境"。这就提出了一个改善投资环境的问题。

审视四川的投资环境，"硬环境"已经有了很大改善，目前最大的障碍是"软件太软"。"两会"期间，省委领导号召：人人都为新跨越做贡献，人人都是投资环境，人人都要从"我"做起，从"现在"做起。对每一个巴蜀儿女而言，眼下最重要的是行动起来，锐意改革，勇于创新，以新的机制、新的观念、新的作风，投身西部大开发的伟大实践。

"苟日新，又日新，日日新"；"没有最好，只有更好"！

创新之魂——西部大开发的不竭动力！

新机制： 为有源头活水来

四川在西部大开发中最难也是最关键的问题，是如何增强自己的内在活力和吸引力。"孔雀东南飞"的严峻现实昭示我们：必须采取吸引人才、资金、技术的有力措施，形成"人尽其才""钱能生钱"的激励机制，使四川和到四川的人都"有财可发""有钱可赚"，"人才的涌现和创新潜能的发挥，关键在环境，在机制"。

国有企业的改革实践表明：体制决定机制，机制带来活力。四川的国企改革起步较早，但进展缓慢，经营机制转换滞后，至今仍有不少企业没有摆脱困境。特别是那些被称为"飞地"和"孤岛"的三线企业更是远离市场，企业办社会弊端和机制僵化问题凸显，迫切需要"分路突围"。已经走出困境的企业，大的怎么做大，强的怎么做强，小的怎么做活，抓大放小，有进有退，进而有为，退而有序，怎么进，怎么退，这些都是深层次的问题，要从产权制度改革和所有制结构调整入手，从体制上和机制上创新。只有这样，才能打好企业改革"攻坚战"。

还有一场"攻坚战"——农村税费改革。农民负担过重是当前农村反映最强烈的问题之一。为了从根本上减轻农民负担，按中央的部署，四川要积极稳妥地推进农村税费改革。这是新中国成立以来，继土地改革、家庭联产承包责任制之后农村的又一次重大改革，必将调动农民的积极性。

进入21世纪，农村改革面临突破传统城乡关系的新阶段。2000年6月，党中央、国务院出台了促进小城镇健康发展的若干政策，接着又出台了鼓励和促进中小企业发展的若干政策。四川要抓紧落实这些政策，加快城镇化进程，进一步改革城乡分割的户籍制度，促进农业人口逐步向城镇转移。同时，积极建立适应非公有制经济发展的机制，为非公有制经济发展营造公平、合理的经营环境。

令人高兴的是,《国务院关于实施西部大开发若干政策措施》已经出台,并于 2001 年 1 月 1 日起实施。只要结合四川实际,创造性地用好用活这些政策,就可以创造一个良好的政策环境。

"人往高处走,钱往利处来。"去年,四川出台了一系列吸引人才、留住人才的政策措施,引起强烈反响。5 月 9 日,省委、省政府发出嘉奖令:对 100 吨多晶硅攻关项目中贡献突出的峨眉半导体材料厂厂长张惠国等科技人员重奖 100 万元。最近,省政府又出台《事业单位技术要素参与分配试行办法》。今后,凡在我省事业单位作价入股的职务技术成果中做出突出贡献的人员,可享有不低于该技术成果入股时所占股份中 20% 的股份。

还有一个好消息:四川目前已有 360 多户大中企业对经营管理者实行年薪制,年薪最高的达 100 万元以上。

正是利益机制这只"看不见的手",驱动着人流、物流、信息流、资本流向西涌动!

新观念: 忽如一夜春风来

有人说:"观念是个万花筒,观念变了,一变万变!"也有人说:"观念是个总开关,观念通了,一通百通!"二者都强调思想观念对于人的行为、人的精神状态的"先导作用"。

解放思想、转变观念曾经是东部开发的"先导工程"。改革开放以来,东部的发展之所以比我们快,从根本上讲还是东部人的思想比我们解放,比我们更快地适应了市场经济的新变化。

广东人曾经笑侃四川人:"我们玩的是自选动作,你们玩的是规定动作";"只要不是严令禁止的,我们都可以干,而你们呢,只要没叫你们干,你们都不干"。这样"坐等安排,叫干才干"的思维方式,确实是四川人的痼疾。

"思想观念的落后是最大的落后。"去年,一场思想解放大讨论在四川展开，拓展了四川人的思维空间。"忽如一夜春风来，千树万树梨花开。"四川人的观念终于变了！

观念之一："市场是第一资源""市场是第一资本""市场是第一车间"。四川人民从东部开发和亚洲"四小龙"崛起的经验受到启示：即使无天赋资源，只要借助国际国内两个市场聚集资源，同样可以实现跨越式发展。于是，四川人民坚定了一个信念：立足市场搞开发，没有市场需求的项目一个也不能上。

观念之二："市场竞争是最有活力的机制""有序的竞争是最好的投资环境"。四川人民看到：参与市场竞争，就会有压力，压力越大，动力越大。于是，四川人民坚信：没有良好的竞争环境和竞争机制，就出不了一流企业、一流人才。一位从美国硅谷回来的创业者说："学硅谷主要是学硅谷的竞争环境、竞争机制。"

观念之三："人才是最宝贵的资源""知识是最重要的资本"。市场竞争归根到底是人才竞争，西部大开发最根本的是人才开发。于是，四川人民看到了目前面临的最大危机：东部发达地区和跨国公司争先恐后跑到四川抢夺人才。建立和完善人才激励和约束机制刻不容缓。

观念之四："信用是市场关系的基本准则""信用是一个人的立身之本"。市场经济就是信用经济，没有信用就没有市场秩序。

……

许多新观念，正成为四川人民的自觉行动。

2000年6月，在海拔4200米的石渠高原采访，我们摄取到一组镜头：

夜幕刚刚降临扎溪卡大草原，20来个因人、草、畜"三配套"而定居下来的藏族小伙子，围在泽更家录像室门口："开演了！"泽更启动柴油发动机，然后把住门："一人一块钱！"随后，"踏平坎坷成大道"——优美高亢的旋律飘出土坯房。

泽更准备过几天赶着牛群移向夏季牧场，决定把两个儿子留在乡寄宿制小学继续读书。为何？泽更说："有了文化可以赚大钱！"

有一手绘画技艺的呷地不怎么放牧了。他在定居房里画"唐卡"卖，一年收入上万元。他的弟弟也扛起缝纫机走昌都、闯西宁，到处打工，一年挣五六千元。

观念的变革静悄悄，高原的变革静悄悄，历史的变革静悄悄……

‖新作风： 扑下身子抓落实

作风之"新"，好比一棵常青树，深深地扎根于人民群众之中；好比一头拓荒牛，真抓实干，说实话，办实事，求实效。用一句流行的话说，也叫"扑下身子抓落实"。

"扑下身子抓落实"，首先要克服形式主义、官僚主义作风。去年，细心村的电价问题和乡镇干部"走读现象"引起省委领导高度重视，由此开展了一场"三个代表的要求怎样落实"的大讨论，促进了基层干部作风转变。群众中流行一句话："喊破嗓子，不如做出样子。"还有一句话："工作要上去，干部要下去。"有的地方要求干部深入基层办实事，把群众呼声作为"第一信号"，把群众满意作为"第一追求"，把群众富裕作为"第一目标"。诚如此，"三个代表"的要求就会落在实处，西部大开发的各项工作也会落在实处。

"扑下身子抓落实"，还要转变政府职能，提高办事效率。2000年，省政府对不利于经济发展的地方政府政策法规进行了清理，废止了164条，同时出台了一系列鼓励外商投资的优惠政策。但是，在春节前召开的外商驻蓉机构西部开发政策座谈会上，记者发现很多优惠政策还没有落到实处，外商知之甚少。还有一种说法："省长好见，处长难办。"看来，政府为企业服务方面，还有很多工作要做。省长张中伟说得好："政府最重要的工作，是创造一个对外开放的好环境、公平竞争的好环境、创新创业的好环境。"

"扑下身子抓落实"，也要与干部人事制度改革、机构改革和党风廉政建设结合起来。省委提出了"十用十不用"的用人思路，已给那些"不讲实话、

不办实事、不求实效"的干部敲响了警钟。正在开展的市、县、乡机构改革必将促进党风、政风转变。

"扑下身子抓落实"，还需要做好长期奋斗的思想准备，保持只争朝夕的精神状态。伟大的创业实践，需要伟大的创业精神。解放思想，实事求是；紧跟时代，勇于创新；知难而进，一往无前；艰苦奋斗，务求实效；淡泊名利，无私奉献——大力弘扬为实现社会主义现代化而不懈奋斗的精神，我们在西部大开发中就没有克服不了的困难。

"基础不牢，地动山摇。"如果把改善投资环境当作一项基础工程，那么，新的机制、新的观念、新的作风显然是"重"中之"重"。"硬环境"的建设，关键在党，关键在人；"软环境"的建设，也是关键在党，关键在人。抓住这两个"关键"，做到"两手抓，两手都要硬"，跨越式发展就有了根本保证。

人类文明发展的进程，就像一座螺旋式上升的阶梯，每一个民族都在这阶梯上攀登。由于各种原因，有的发展迅速，有的徘徊不前，有的从落后超前；超前的可能失足落后，跌落的可能东山再起。沉浮升降的关键，就在于能否抓住那些注定要改变世界秩序的历史性的发展机遇。

中华民族是一个不甘落后、勇于创新的民族，已经找到了一条实现民族伟大复兴的正确道路。伴随着新世纪的脚步声，一个新的历史性的发展机遇来到了我们面前。让我们努力奋斗，紧紧抓住第三次产业革命和西部大开发带来的跨越式发展机遇！

"天行健，君子以自强不息！"

（2001 年 3 月 10 日《四川日报》2 版）

绿色的平衡

——关于建设长江上游生态屏障的思考（上）

|编者按| 最近，十年来最强沙尘暴袭击我国北方八个省市区，生态环境保护再一次成为人们关注的热点。

在西部大开发的进程中，省委省政府高度重视生态环境建设，作出"建设长江上游生态屏障"的战略决策。为了更好地落实这一战略决策，帮助广大读者进一步了解长江上游生态环境的历史变迁和现状，更深刻地认识生态平衡的自然规律和可持续发展目标，从而增强生态环境保护的自觉性，本报从今日起推出系列深度报道《关于建设长江上游生态屏障的思考》三部曲（上篇《绿色的平衡》、中篇《绿色的发展》、下篇《绿色的生活》）。敬请广大读者关注。

人类只有一个地球。

中国只有一条长江。

长江的上游有美丽的巴山蜀水——我们可爱的家乡。她与中下游的三峡、两湖和三角洲浑然一体，构成长江流域生态系统。

西望青藏高原，那来自"世界屋脊"的蛛网般细流，翻雪山，过草地，穿林海，汇成大渡河、金沙江、岷江、嘉陵江等"飞龙"，在四川盆地再汇聚

为一条大江，以一泻千里之势夺夔门东下，直奔太平洋……

如果说长江是中华民族的母亲，那么，四川就是长江的母亲！

四川啊，可爱的母亲，迎着 21 世纪的朝阳，展开西部大开发的宏图，代表 8600 万巴蜀儿女的共同心愿，省委、省政府作出建设西部经济强省和长江上游生态屏障的战略决策。

"生态屏障"好比母亲的怀抱。母亲宽广的胸怀，哺育着长江，哺育着巴蜀儿女，又是谁哺育着你？

║ 2001 年 12 月， 安县海绵生物礁古生物遗址被批准建立国家地质公园。║ 人们不解的是， 地处内陆的四川为什么会发现海绵古生物化石

安县海绵生物礁古生物化石是地球演化的重要证据，它的发现解开了四川地形地貌形成之谜。

据报道，安县海绵生物礁是一种砾岩溶石灰石。它的独特之处在于，任何一座楼房大的岩石，从横截面上看，都由鱼蛋一样大的颗粒挤满其中，这就是两亿多年前，晚三叠纪时钙化的古海绵生物。当地人又叫它"鱼蛋子石"。1979 年，成都地质学院的吴熙纯、谭光弼教授带领学生在龙门山一带发现了这种化石。他们的论文在国际国内产生了很大轰动。

四川盆地为什么会发现古海绵生物化石呢？这要从地球史上的喜马拉雅造山运动说起。

地球物理学家、中科院院士马在田谈起地球演化时打了一个比方：地球从内向外按物质性质分为地核、地幔、地壳、水圈、气圈、生物圈，就好比一个鸡蛋，地壳似蛋壳，地幔似蛋白，地核似蛋黄。地球的形状和圈层是由各种引力和自转离心力决定的。

"地球的年龄有多大？"据马在田介绍，地球的年龄不少于 46 亿年。前 40 亿年的演化过程，人类知之甚少，近 6 亿年已发生多次的冰期和大陆的张裂与漂移。其中最使人惊奇的就是喜马拉雅造山运动。2 亿年前，地球上所有大陆都是连结在一起的，称为联合大陆。在 1.8 亿年前，北美和非洲开始裂开，出现了北大西洋。1.2 亿年前，南美和非洲开始裂开，这时的印度、澳大利亚是和南极在一起的，远离欧亚大陆。后来，印度、非洲与南极和澳大利亚分离，形成了印度洋。大约在 5000 万年前，印度与澳大利亚先后向北漂移。印度板块撞在欧亚板块边缘上，形成了喜马拉雅山，推动青藏高原隆起，演化为现在的大陆状态。根据天文和卫星观测，各大陆仍在缓缓移动，青藏高原仍在隆升。

正是在喜马拉雅山和青藏高原隆升过程中，逐步演化成中国现在这样的地势和地貌。据考察，大约 2 亿年前，我国西部地区还是古地中海向东延伸的古海湾的一部分。随着青藏高原逐步成为"世界屋脊"，我国的地势演化为西高东低，形成三个台阶，黄河长江改变流向，由西向东流入太平洋。也正是在喜马拉雅造山运动和青藏高原隆起过程中，演化成四川盆地现在的地形、地貌。盆地周边山高坡陡，盆地内湖水外泄，形成平原和丘陵。龙门山地处成都平原与阿坝高原交界处，在四川盆地地壳上隆、海水外泄过程中，经无数次大地构造运动，便形成安县海绵生物礁古生物化石。

正是地球自身的演化使四川成为长江上游的生态屏障。早在人类诞生之前，四川就已经处在我国三个台阶的第一、第二阶梯上，位于东南半壁湿润区和西北半壁干旱区的过渡地带，山高坡陡，河流湍急，受季风影响，既蕴藏着丰富的森林资源、动植物资源、水能资源，也容易引发各种自然灾害。

四川之美，美在山高；四川之险，险在水急！

山高水急，福兮祸兮，就看生态平衡与否！

自贡市也有一个世界瞩目的地质公园，建在恐龙化石遗址上。人们不解的是，曾经统治生物界的恐龙为什么会突然灭绝

四川是恐龙的故乡。在6500万年前的那一场全球性生态灾难中，四川的恐龙也未能幸免。

据科学考察，在恐龙统治后期，即1.26亿年到6500万年前的白垩纪后期，地球气候发生变化，几百万年内，气温一直下降，许多热带生物相继绝种，植物生长不良，恐龙数量逐渐减少。

据中科院院士欧阳自远的演讲报告，在恐龙生活环境恶化的时候，6500万年前，一颗直径约10km的小行星撞击在墨西哥尤卡坦半岛海域，释放出相当于近1000万亿吨黄色炸药爆炸产生的能量。强大的冲击波造成尘埃和毒气遍天，全球黑暗，既使地面的岩石气化、熔融，形成大量熔融状液滴，并溅射至大气中，又使大面积海水蒸发，大量蒸汽进入大气层，从而严重地破坏了地球的生态平衡。弥漫在大气层中的浓密的尘埃和水汽屏蔽了太阳辐射，使地面急剧降温8℃—20℃，海水降温2℃—3℃，漫长、寒冷、黑暗的冬天突然降临。地面的冰盖增大，海水退缩，盐度升高，导致海洋物种减少50％。地面植物的光合作用受到抑制，逐渐枯变成干柴，以植物为食物的动物由于食物链的瓦解而断粮，从而加速了恐龙的灭绝。这次生态灾难中，陆上物种减少80％以上。近年来，我国科学家在西藏发现了这次灾害的地质化学记录。世界各地的110个地层剖面中也找到了上述灾难的证据。

恐龙灭绝的灾难警示人类：生态平衡是不可抗拒的自然规律。顺之者昌，逆之者亡！

所谓生态平衡，按科学家的说法，就是在生态系统中，一种生物以另一种生物为食，形成"食物链"，完成能量和物种的流动和转化。在流动和转化过程中，各种生物的种群和数量应该保持相对稳定，处于平衡状态。一旦失去平衡，"食物链"就会断裂，所有的生物都会遭殃。恐龙的灭绝就是铁证。

‖1998 年， 长江中下游发生百年不遇的特大洪灾。 人们不解的是， 宜昌和沙市的洪峰水位都超过历史最高水平， 而洪峰流量却小于 1954 年

据考察研究，洪峰水位与洪峰流量的反差，主要是因为长江上游水土大量流失，泥沙淤积河床，抬高了水位。所谓"中游巨变，祸起上游，殃及下游"，正是一种客观现实。

问题的严重性在于，长江水灾发生的频率越来越快，危害也越来越大。据刘沛林等学者统计，长江水灾，唐代平均约 18 年一次，明清时期平均约 4 年一次，20 世纪以来平均约 2 年一次。1998 年洪灾造成的损失已达 1600 亿元。

分析长江水灾越来越频繁、越来越严重的原因，除了不可抗拒的自然原因外，主要是长江上游的水土流失越来越严重。明清两代，人口压力不断加大，长江流域从平地到山地都出现了过度开垦。清初，大批两湖贫民因无可耕之地而流徙到四川垦荒，史称"湖广填四川"。近代以来，四川成为中国第一人口大省，人地矛盾更加突出，盛行毁林开荒、陡坡开荒等掠夺式经营方式，陷入"越垦越穷、越穷越垦"的恶性循环，进一步加剧了水土流失。所谓"上面种到山尖尖上，下面种到田边边上"，正是四川不少农村的真实写照。

大量的水土流失使长江干流河床淤积厚度由数十米至百余米不等。据宜宾至巧家三处坝址的钻探资料，河床覆盖厚度，向家坝最深一处 93.1 米尚未达到基岩，其余均在 30—50 米。早在 20 世纪 80 年代，就有专家警告："长江有变成第二条黄河的危险。"

令人痛心的是，长江上游生态环境的恶化也使上游地区水灾、旱灾、泥石流、雪灾频繁发生，巴蜀儿女深受其害。1998 年，长江中下游发生特大洪

灾，上游的安宁河、涪江、嘉陵江也发生了大洪水，损失80亿元。

"窗含西岭千秋雪，门泊东吴万里船。"这是当年杜甫在成都见到的生态环境，我们现在还能见到吗？

该是建设长江上游生态屏障的时候了。正如省委领导多次指出的那样，从中华民族生存与长远发展的战略高度，审视长江上游生态环境建设和可持续发展对整个长江流域乃至全国社会经济发展的重要地位和作用，我们别无选择！

为了长江，也为了巴山蜀水；为了子孙后代，也为了我们自己——行动起来，建设一个"青山常在、绿水长流"的生态屏障！

（2002年3月25日《四川日报》1版）

|松武按| 《关于建设长江上游生态屏障的思考》为上、中、下三部曲，分别是《绿色的平衡》《绿色的发展》《绿色的生活》，获得第十三届中国新闻奖系列报道三等奖。三篇都被收入中国人民大学蔡雯教授主编、中国人民大学出版社出版的《应用新闻学·原理与案例》第二卷《新闻发现、采集与表达》，成为新闻学教材经典案例。

绿色的发展

——关于建设长江上游生态屏障的思考（中）

对于人类来说，走向富裕的路千条万条，但经济建设与资源、环境协调发展的路只有一条，这就是可持续发展——"绿色的发展"。

对于四川来说，实现建设西部经济强省的战略目标，理当选择追赶型、跨越式发展的路子。但建设长江上游生态屏障，却必须因时因地制宜，严格按生态规律办事。

从"绿色的发展"到"绿色的平衡"，总是在平衡与不平衡、协调与不协调的矛盾运动中实现的。面对二者的矛盾运动，四川人民在实践中探索着、思考着……

▌思考之一： 退耕还林为了谁

在农村采访，经常听到这样的议论："退耕还林为了谁？""种草也能当饭吃吗？"

据调查，四川的广大农民对党中央、国务院和省委、省政府发出的天然林禁伐令是拥护的，对退耕还林还草也是积极的。到2001年底，四川已累计完成退耕还林503万亩，天然林保护也取得明显成效。尽管如此，仍有部分农民心里有疙瘩，觉得自己做出了"牺牲"，害怕退耕后没有饭吃。

　　农民的担心值得重视。对退耕的农民来说，贫困是造成掠夺式开荒种粮的根源。退耕还林还草后，有的地方如果政策不到位，有可能产生"断电效应"，使退耕农民生活困难。要从根本上解决他们的困难，必须把退耕还林还草与当地农民的致富出路结合起来，这就需要采取产业化、规模化、市场化模式，特别是要在产权制度和业主开发方面创新。

　　可喜的是，四川许多地方已经涌现出一批业主开发和产业化的典型。到南充市嘉陵区凤垭山看一看就会发现，那里的农民在业主欧阳晓玲等人带领下，仅两年时间就使2000亩退耕还林生态区披上绿装，6000亩果园生机盎然，农民人均增收1200多元。省委领导称赞他们是"农业产业化建设的一面旗帜"。

　　到广元市元坝区看一看就会发现，那里的农民退耕后已种植优质牧草5万亩。他们立草为业，种草养畜，以草制旱。磨滩镇山青村家家有小草园和养兔场，去年人均增收735元。农民高兴地说："种草也能富起来。"

　　可见，退耕还林还草也是发展生产力，保护生态环境就是保护生产力。退耕还林还草首先是为了我们自己，绝不仅仅是为了改善下游的生态环境。

　　"民以食为天，食以土为本。"目前，四川大部分地区水土流失严重，不少地方甚至出现沙漠化、石漠化。如果再不退耕还林还草，再不禁伐天然林，过不了多少年，丘陵和山区的陡坡地和川西北牧区的大片草场将成不毛之地。那时候，我们的子孙后代何以为生，何以立足？

　　没有生态就没有生产力。

　　生态就是现实的生产力。

思考之二：　生态与经济结合点何在

　　可持续发展的创新之处在于，变过去人与自然相对立的关系为协调关系，关键是要找准资源、环境和经济发展的结合点。

对四川来说，除了天然林保护和退耕还林还草工程外，还有以下结合点：

——生态农业。近几年，我省各地生态农业发展很快，从"生态户""生态村"发展到"生态县""生态区"，模式多种多样。目前，洪雅、眉山已成为全国生态农业县，珙县、彭州、温江、郫县、都江堰市、遂宁市中区、绵竹市也分别成为国家和省级生态示范区。今年全国"两会"期间，政协委员建议国家立项建设成都平原节水农业生态示范区和成都生态平原。果真如此，其功德将与都江堰同辉。

——生态旅游。四川省自 1963 年建立第一个自然保护区以来，目前已建立自然保护区 71 个，总面积 3.95 万平方公里。其中，卧龙自然保护区被列入"世界人与生物圈保护区网络"，九寨——黄龙被列入《世界自然遗产名录》。贡嘎山自然保护区、四姑娘山自然保护区、龙门山自然保护区、川西北草原保护区，在生物多样性保护和自然生态保护方面也很有特色。依托这些保护区，发展生态旅游，还有很大潜力。阿坝州州长王雨顺说得好："不可能人人吃景区饭，但可以人人吃旅游饭。"

——生态能源。主要是抓住西电东送的发展机遇，加快金沙江、嘉陵江、岷江、大渡河等主要江河的滚动开发，大力发展水电支柱产业。同时，改变主要江河流域居民的能源使用结构，以电代柴，以电养林，以电兴工。

——生态工业。主要是结合工业结构调整，加大工业污染治理力度。对于影响生态环境的工业污染项目坚决关停并转，大力发展高效、清洁、环保性工业项目。

——生态城市。主要是通过旧城改造，使城市生态环境得到改善。近几年，成都市综合治理府南河取得巨大的环保效益和经济效益。2001 年底，成都市又启动沙河治理工程，最近又规划在中心城区建设"生态核心"。绵阳等城市的旧城改造和新区建设也充满绿色。

还有许多结合点。例如，农田水利建设、秸秆综合利用、以信息和生物技术为重点的高新技术产业、攀西资源开发与保护、盆地丘陵和川南山区资源开发与保护，等等，都是可持续发展的切入点。

入世后，我国将引入国际通行的"绿色会计制度"，把资源环境资本纳入国民经济统计和会计科目中，用以表示社会真实财富的变化和资源环境状况，也叫"绿色核算"。它的基本理念是，一个国家或地区如果只有物质资本增加而环境资本在减少，总体资本就可能是零甚至是负值，发展就是不可持续的。

让我们从"绿色核算"走向"绿色发展"。

▎思考之三： 西部生态还能恢复吗

提出这个问题是因为有不少生态专家多次发出警告：我国近年来对西部建设加大了各项投入，但投入的增加并未使西部生态得到明显改善，有的地方反而有恶化加剧的兆头。去年，国家环保总局等部门联合开展的"西部地区生态环境现状调查"也证实：西部生态环境总体上仍在恶化。

尽管如此，生态专家对西部生态的恢复仍然持乐观态度："西部生态只要措施得当，还是有望恢复，但必须解决人的问题，控制好人类自己的行径。"他们建议，在西部生态建设中，要坚持以调整人们的经济行为为主，以生态工程措施为辅；以自然恢复为主，人工建设为辅；对重点生态破坏地区的生态重建和恢复应顺应自然规律。"只要不掺杂更多的人为因素，大自然的自我调节能力是惊人的。"

从西部生态环境现状看建设长江上游生态屏障，我们不能不急，但又不能急功近利，必须充分依靠大自然的自我调节能力。比如植树造林，不是什么地方都能栽树，不是什么树都能栽活。森林与气候、森林与水资源有正负作用。中国区域生态经济专业委员会主任沈亨理认为，造林、修水库、治沙应从源头上考察，应从整体上考虑，应该重视海拔 1800—3600 米这一层次的植被保护。

东部地区的教训值得引以为戒。据报道，长江下游的崇明岛目前已成为生物入侵的重灾区，那里正在疯狂生长着一种可怕的互花米草。这种草原产于美国东海岸，由于具有固沙促淤作用，1979年被引入国内，就种在崇明岛。互花米草在崇明岛没有天敌，落户后很快就霸占了整个海滩，鱼类、贝壳大量死亡，水产养殖也遭受严重威胁，目前又直接威胁到以小鱼为食的岛上鸟类。

还有一个国外的教训，也值得引以为戒。据中科院院士刘建康介绍，澳大利亚原来没有兔子，后来从欧洲引进了兔子。引进后，由于当地没有天敌以适当限制，兔子大量繁殖，在草原上每年以70英里的速度向外蔓延。该地区原来长满的青草和灌木全被兔子吃光，造成生态系统破坏。澳大利亚政府曾鼓励大量捕杀兔子，但不见效果。最后不得不引进一种兔子的传染病，使兔群大量死亡，总算将兔子造成的生态危机控制住了。

归根到底，还是生态平衡问题。任何一个生物群落或生态系统中，各种生物个体的大小和数量之间都存在着一定的比例关系。生物间的相互制约作用使生物保持数量的相对稳定。如果人类社会的经济行为过于强化，超过了生态系统的调节限度，就会破坏生态平衡，造成严重恶果。无论现在还是将来，人类只能与自然和谐共存，协调共进。这就是历史昭示我们的"天人合一"的生存发展之道。

厚德载物者生生不息。

（2002年3月26日《四川日报》2版头条）

绿色的生活
——关于建设长江上游生态屏障的思考（下）

又是一年春早绿，又是一片常青林。

2月28日下午，省委省政府领导来到成都市高新区参加春季义务植树活动。省委主要领导一边铲土，一边用脚夯实新填的泥土，告诫在场的工作人员不仅要种好树，更要养护好树苗，确保种一棵成活一棵，还特意嘱咐当地负责人规划和管好这片土地，争取早日建成绿色屏障。

建设长江上游生态屏障需要每一个巴蜀儿女的积极参与。如果我们的心里没有绿色，四川就没有绿色的未来。

1997年，联合国可持续发展委员会提出了两个新概念："可持续消费"和"可持续发展的生活方式"，从而使环保重点由大气污染和生态保护开始向人们的生活方式转变，形成了"绿色消费"和"绿色生活"新风尚。

"绿色生活"就在我们身边。

‖ 重建价值观

考察长江上游生态环境的变迁可以发现这样一种规律，这就是自然界的变化对生态环境的影响是双向的，即变坏之后还可以变好，而人的活动对生态环境的影响则是单向的，主要是向坏的方向发展。也就是说，保护生态环境关键是解决好人的问题，控制好人类自己的行为。

四川人民忘不了20世纪50年代"大炼钢铁"的日子和10万大军在岷江上游砍伐森林的悲壮情景。正是我们当年对自然随心所欲的"征服"和"改造"，才遭到了大自然的"报复"，酿成长江上游现在的生态危机。

也正是在大自然疯狂的"报复"中，我们开始认识到自己并不是自然的主宰，只能与自然生态环境和谐共处、协调共进。这就是国际上提倡的"生态道德"。用专家的话说，就是把如何处理人与自然的关系作为新的道德对象，对人提出三个方面的要求：

第一，价值观的重建，主要是从地球生态系统的整体性出发，当代人要维护后代人的发展权利。作为地球上唯一有理性的自然存在物，人类有权利用自然满足自身的生存发展，但也有义务尊重自然，保护生态的稳定性。

第二，道德原则的增加，即所有人享有生存环境不受污染和破坏，过上健康生活的权利，并承担保护子孙后代持续发展的责任；地球上所有生物物种享有其栖息地不受污染和破坏，能够维持生存的权利，人类承担保护生态环境的责任；每个人有义务关心他人和其他生命，破坏、侵犯他人和生物物种生存权利的行为是违背人类责任的不道德行为。

第三，道德行为习惯的养成，例如，不随地吐痰，不乱摘花木，保护野生动物等道德行为，过去是从社会公德提出的要求，将生态道德纳入公民道德内容后，就可以使公民从人与自然的关系的宏观角度，进一步体会到道德行为的新价值，从而更自觉地选择可持续发展的生活方式，养成"绿色生活"的良好习惯。

从"生态道德"走向"绿色生活"，正是一个理性的"生态人"应该做到的。

社区是载体

21世纪的环保是大众环保。大众环保必须植根于社区。对于四川来说，创建"绿色社区"作为一种新的发展目标和发展模式，就是要把建设长江上游生态屏障的战略目标落实到每一个城市和乡村，以居民住宅小区为载体，让环保走入每一个居民的生活。就"硬件"而言，"绿色社区"包括绿色建筑、社区绿化、垃圾分装、污水处理、节能和新能源等设施；在"软件"方面，则主要是指建立社区环境管理体系和全民参与机制，开展环保教育，动员人人参与。

在四川，"绿色社区"起步不凡。早在1994年，四川就在天然林保护区进行过试点。当时，在茂县永和乡道财村，当地村民与林业部门达成共识：以促进天然林内的松茸生产来实现天然林有效保护和社区发展。村民自愿禁止在天然林内采集薪柴和收集落叶，并以《道财村森林资源管理公约》的形式做出承诺。试点结果，道财村的森林得到很好保护，松茸生产也给当地村民带来丰厚的收入。目前，四川的许多天然林保护区、自然保护区和旅游区都制定了乡规民约，逐步向"绿色社区"模式发展。

遗憾的是，"绿色社区"在四川的城镇发展较慢，与北京、杭州、济南相比，还有很大差距。近两年，成都市进行垃圾袋装化管理，引入"绿色社区"理念，最近又开展了赠送环保手袋等活动，但效果不理想。

到北京市建功南里小区看一看就会发现，那里设立了全国首家垃圾分类清运系统，实现了生物垃圾、非生物垃圾、弃土等分类投放。每家都安装了节水龙头，不少居民还使用节能灯，小区的绿地覆盖率达到30％以上。在杭州，那里有100个"绿色社区"正在开展"五环"活动：开办环保学校、传授环保知识、树立环保意识、激发环保热情、付诸环保行动。在济南市市中区，创建"绿色社区"有一个"三无"标志，即无淘汰炉具、无污染事故、无超标排污。

创建"绿色社区"的真谛，就是要在潜移默化中净化人的心灵。置身"绿色社区"会有一双绿色的眼睛盯着你，你会情不自禁地节约每一滴水、每一度电；你会随时提醒自己不要随地吐痰，不要乱丢垃圾；你开着汽车，会想到汽车尾气会污染空气，鸣喇叭会造成噪声；你脚下踩着木地板，会想到有多少树被砍，会更加珍爱花草树木；你上街，进商场，买东西，会买绿色产品，选绿色包装，提绿色手袋……

"绿色社区"一旦成为社会风气，我们的生活将充满绿色，我们的心灵将被净化。

▌从娃娃做起

最近，北京动物园发生了一件令人震惊的"伤熊事件"，引起全国关注。清华大学有一名本科四年级学生叫刘海洋，他想验证一下黑熊是否如书上说的那样嗅觉灵敏，便将硫酸泼向北京动物园的 5 只熊。这虽然是个别人的一种极端行为，但受过十几年教育的大学生竟有如此行为，却不能不发人深思。教育界专家认为，"伤熊事件"暴露了当前学校生态道德教育的尴尬处境。据分析，长期以来，我国学校教育内容主要是教育孩子如何处理个人与集体、个人与社会的关系，对如何处理人与自然的关系则比较忽视，没有把生态道德纳入到德育内容中，渗透到学校的各个环节里，更谈不上对塑造理性"生态人"最为重要的情感体验、习惯养成和价值观的培养。

"生态道德教育要从娃娃抓起。"许多教育专家都认为，人类社会的可持续发展，必须以培养现代人的生态道德意识为前提。教育作为人的发展的有效途径，应该将生态道德纳入学校教育，帮助学生学会判断人与自然关系中的是非善恶，正确选择、调节自己的行为。他们建议，生态道德教育既要向德育课程及各学科渗透，也要从学生的生活经验和身边的生活环境出发，通过建设生态校园、社区服务等方式，开展丰富多彩的生态道德实践活动。"道德地对待自然界的规范一旦成为人的内在需要，它就会在解决生态问题中起到根本性的作用。"

面对建设长江上游生态屏障的战略目标，我省各地正在开展"热爱四川·建设四川"的公民道德教育。各地学校结合实际，也开展了各种实践活动。2002年3月9日，四川省暨成都市"保护母亲河——天天环保"宣传日活动在都江堰景区的鱼嘴拉开序幕。一百多名少先队员面对都江堰庄严宣誓："保护母亲河就是保护我们自己，改善生态环境就是建设美好家园。"就在这一天，团省委和省环保局还命名府南河合江亭、成都市河道管理处、成都市环境监测中心等14个保护母亲河生态监测点。其他地方的青少年，正在开展"青春在绿色生态工程闪光"活动。

"道德要靠教化，但是最终要内化。"

可持续发展和人的全面发展是四川在西部大开发中面临的两个重要问题。无论是建设西部经济强省，还是建设长江上游生态屏障，都要坚持以人的发展为目的，并通过人的发展来实现。在这里，"绿色的生活"既是我们实现人的发展的途径，又是我们追求的目标。如果说人的全面发展也是一种生态平衡的话，那么，还有比"绿色的发展"和"绿色的生活"更美好的吗？

愿长江上游的生态屏障给我们带来"绿色的平衡""绿色的发展""绿色的生活"！

（2002年3月27日《四川日报》2版头条）

市场导向是什么

——关于农业产业化的思考（上）

又是一年抢收抢种的黄金时节。灿烂的阳光照耀在希望的田野上，"推进产业化、全面建小康"潮涌巴山蜀水。

踏访农村，与乡村干部交谈，倾听农民心声，一个共同的话题：全面建小康，重点在农村，难点也在农村；千难万难，最大的困难是市场千变万化，不知道种什么能赚钱。

农民兄弟在思考：这么多优良品种选哪个好？种田成本怎样降下来？农业产业化为什么这样难？

乡村干部在思考：谁来投资农业？农村劳动力转向哪里？市场导向到底是什么？

恰如一江春水，又似一石击浪，农业产业化引发农民和农村干部的观念创新。该是向传统农业挑战的时候了！

区别于传统农业，农业产业化以市场为导向，以企业为主体，以转移农村劳动力为重点。那么，市场导向是什么呢？

导向之一： 跑田坎不如跑市场

"跑田坎不如跑市场"，主要是一种新的工作思路，出发点不是不跑田坎，而是要像办工业那样以销定产，把市场销售放在第一位。用乡村干部的话说，也叫"调过头来抓生产"，市场需要什么种什么。

现代农业是"订单"农业，没有订单，增产越多越卖不脱。成都市龙泉驿区和仁寿县文宫镇今年的枇杷长得又黄又亮，产量和质量比去年明显提高，但由于受"非典"影响，没有外地来的"订单"，进入外地市场难度很大，销量、价格大幅下降。面对从未有过的"卖果难"，仁寿县委、县政府不得不专门成立枇杷销售领导小组，采取各种营销对策，千方百计拓宽枇杷销售渠道，还在文宫镇开办了枇杷夜市。龙泉驿区也采取多项措施，降低枇杷销售各项收费，尽可能减少果农损失。习惯于跑田坎的乡村干部不得不去跑市场了，他们心急如焚："黄澄澄的枇杷没人买，看到银子化成水！"

"卖果难"在四川已不是第一次。前些年，不少地区还出现过"卖猪难""卖菜难""卖粮难""卖花难"。有一年，彭州市的蒜薹滥市，送人都不要，喂猪都不吃，烂在地里做肥料也不行，至今想起来令人心痛。从"卖难"中走过来的人都认准了一个理："种田的目的是销售，产业化的第一车间是市场。"

到沿海发达地区看一看就会发现，那里有各种各样的农产品批发市场，有活跃在市场上的各类专业协会和经纪人，可以为农产品购销提供全方位服务。那里的乡村干部很少在田坎上跑来跑去，而是忙于收集传播市场信息，跑农产品订单。山东寿光蔬菜批发市场有 20 多个省市设立的交易网点，早已成为全国有影响的蔬菜市场信息交流中心、价格形成中心。在市场带动下，寿光市蔬菜品种实现多次更新换代，没有种不出的蔬菜，没有卖不掉的蔬菜，没有买不到的蔬菜。

从沿海看四川，四川的农业产业化起步虽晚，但也是以市场为导向发展起来的。据统计，截至 2002 年，全省农业产业化经营组织已发展到 8852 个，其中龙头企业 2127 个，建立发展优质农产品基地 2659 个，带动农户 788.6 万户，已在生猪、牛羊禽、果蔬、优质粮油、林竹、茶叶、蚕丝麻、中药材、花卉等重点产业中培育出一大批名牌产品。尽管如此，我们与沿海相比，仍然存在很大差距，主要表现为市场观念不强，市场开拓乏力，市场体系不健全，产品一遇到市场风险就出现"卖难"。用农村干部的话说："推进产业化，没少跑田坎啊，就是成效不明显。号召农民种什么，什么就卖不脱。还是市场最重要。"

‖ 导向之二： 种粮不如种草

"种粮不如种草"，主要是一种产业结构调整的新思路，出发点不是不种粮，而是粮食种得太多，农民赚不了钱，不如改种人工牧草，大力发展畜牧业。养奶牛是所有家畜饲养动物中经济效益最高的。

对四川来说，传统农业主要是单一的粮猪型结构，素有"粮猪安天下"之说。在统购统销的计划经济时代，农民种的是"爱国粮"，养的是"爱国猪"，主要解决自己的温饱问题。现在不同了，无论种粮还是养猪，主要想从中赚钱。而问题在于，大量的农民像绣花一样在土地上经营，种出的粮食亩产高达 1000 公斤，也不过卖 2000 元，除去劳动力成本和肥料、农药等开支，实际上是赔钱的。相比之下，种草不仅成本低，而且多年生，长了割，割了长。奶牛把草吃到肚里，变成牛奶、牛肉、牛皮，还可以再加工牛奶、牛肉、牛皮，产业链越拉越长，附加值越来越多。据专家测算，养奶牛的效益是养猪的 3 倍、养肉牛的 2 倍。一亩草地养一头奶牛，一年可挤 6 吨奶，一年可收入 12,000 元。这不是比种粮、养猪赚得多得多吗？

"城里多喝一杯奶，农村致富一家人。"到洪雅县采访，看到退耕还草的巨大效益。洪雅农民目前种植优质牧草 20 多万亩，建成集约化养殖小区 28 个，2002 年存栏奶牛 1.6 万头。当地农民说，"一家两头牛，三年一幢楼"。

正是看中了洪雅发展奶牛的美好前景，新希望集团投资洪雅，组建了新阳坪乳业有限公司，计划在 3 年内建立奶牛小区 300 个，发展奶牛 5 万头，日产鲜奶 300 吨。目前，以洪雅为核心，眉山——乐山——雅安奶牛产业带已经形成。

现代农业是以畜牧业为主的效益型农业和生态型农业。在美国、法国、日本、澳大利亚等发达国家，那里的农村遍地种草，牛羊成群。他们的种植业中，主导作物是饲料作物，其中80％是人工牧草。

从世界看四川，四川的"粮猪型"产业结构已经到了非调整不可的时候。在结构调整中，种草只是一种思路，还有种药、种果、种花、种茶、种桑等多种选择；养牛也只是一种思路，还有养羊、养鸡、养鸭、养鱼等多种比较，关键是做到"你无我有、你有我优"。无论种什么养什么，都要适应市场化、标准化、规模化、特色化的时代潮流。

▌导向之三： 优质不如优价

"优质不如优价"，主要是一种市场竞争的思路，出发点不是不要产品质量，而是要尽可能以最低的市场价格在竞争中取胜。市场竞争的核心是价格竞争。面对同样优质的商品，谁的价格低，消费者就买谁的。对企业来说，产品成本高于市场价格，就会血本无归；只有成本低于市场价格才能赚钱。

从国际市场看"川货"，"川粮"的劣势在价格。发达国家依靠规模经营和机械化、农业技术开发等措施，使水稻、小麦、玉米、大豆和棉花等大宗农产品产量大增，成本降低，价格低廉，具有很强的国际竞争力。四川的粮食生产成本太高，在国内外市场都没有价格优势。相比之下，四川的蔬菜、水果和畜产品等却有比较明显的价格优势。我们的苹果、梨、柑橘的价格比国际市场价格低40％～70％，园艺作物和花卉价格比国际市场价格低20％～30％，"川猪"价格比国际市场价格低50％以上。

价格优势的确立，关键是两个因素，一是成本要低，二是规模要大，归根到底是劳动生产率问题。四川人均耕地不足一亩，一个农民生产的农产品只能养活1.5人，而国际标准是1个农民养活10个人。农业劳动生产率低，

"川货"在入世后自然面临严峻挑战。"川猪""川菜""川花""川果"的价格优势如果不在产业化进程中创新，将很难长期保持。看一看国内外市场那一次接一次的价格战，就会知道价格背后的竞争是成本。企业成本是核心竞争力。

产业跟着市场走，市场跟着价格走，价格跟着成本走，成本跟着企业劳动生产率走！

大力推进农业产业化，我们需要全新的经营理念。

（2003 年 6 月 3 日《四川日报》1 版。《关于农业产业化的思考》为上、中、下三部曲，分别是《市场导向是什么》《谁来投资农业》《农村劳动力转向哪里》，获 2003 年度四川新闻奖系列报道一等奖）

谁来投资农业

——关于农业产业化的思考（中）

推进农业产业化，钱从哪里来？

分析农业结构，现代农业在三个层面上与传统农业不同，第一个是土地所有制形式，第二个是经营方式，第三个是市场体系。就经营方式而言，传统农业是家庭经营模式，现代农业是企业经营模式。在土地公有制不变的前提下，中国的农业产业化经营，实际上就是把一家一户的农民组织起来，用抓工业的思路、机制、措施抓农业，以企业化的经营方式，引导农民走向市场。也就是说，农业产业化的投资主体是企业，没有龙头企业来投资农业，就没有农业产业化。

现代农业的本质特征是资本密集型。现代化国家用于农业的投入一般占当年农业净产值40％以上，而我国大大低于这一比例，政府用于农业的投资很少。长期以来，资金投入困扰着农业发展，今后仍是农业产业化进程中的最大瓶颈。

谁来投资农业？

▌三大资本入农业

所谓三大资本，主要是工商资本、民间资本和外商资本，在沿海地区也叫新的"三资"。

今年春天，四川省党政代表团到沿海考察，发现一种新动向，就是工商资本、民间资本和海外资本正大举进入农业领域。据统计，江苏"三资"农业企业目前已有18,000多家，投资总额168亿元，其中，民间资本占67％，工商资本约占20％，外商资本占13％。

据报道，江苏省的"三资"农业项目最先从经济发达的苏南地区兴起，并逐步向苏中、苏北拓展。这些农业企业既有规模种养，也有农产品加工，还有农产品批发市场，开发的产品涉及粮食、油料、蔬菜、果品、茶叶、蚕茧、肉禽蛋奶、水产等众多领域。江苏省已决定将吸引"三资"开发农业作为应对入世的三项基础性工程之一，积极鼓励和引导"三资"投入农业。

再看四川，近几年也有大量的"三资"投入农业领域。省上确定的115户农业产业化龙头企业，总资产达140亿元，其中大部分属于"三资"，尤以民营企业最多。最近，省委、省政府表彰的73名优秀民营企业家中，知名度高的刘永好、夏朝嘉、刘汉元等人就是靠投资农业产业化发家的。他们投资农业的资金之多，规模之大，发展速度之快，早已令沿海企业和外商刮目相看。

无论从当前农业、农村经济现实看，还是从资金流动的长远趋势看，工商资本、民间资本、外商资本都将成为未来农业发展的强大驱动力。

▌投资重点在哪里

资本的本能是逐利。无论是工商资本、民间资本还是外商资本，投资农业都不是来"扶贫"的，根本目的是赚钱。哪里能赚钱就投向哪里，哪里最赚钱哪里就是投资重点。采访中，与"三资"投资者谈投资动因，他们都说自己不是一时心血来潮，而是经过认真的市场调查和可行性分析，看到了有丰厚利润才投资农业的。利润，是投资的原动力。

农产品加工业——工业与农业的交汇点，具有稳定的较高的利润空间，成为"三资"进入农业的"捷径"和重点。考察中发现，四川的"三资"投资农业开发，完全是自主的市场经济行为，不仅起点高，规模大，而且以投资加工业为主。四川迪康药业集团原来是生产西药为主的制药企业，为了开发中药材，在川渝地区建立了自己的原料基地5.5万亩，联系农户1.9万户，农民人均增收1100元。四川际天时股份有限公司原来是生产服装、经营餐饮娱乐的企业，转入农业产业化经营后，抓住传统泡菜的市场优势，在全国建立了5个加工厂，联系农户2万户，农民人均增收465元。四川格瑞现代农业股份有限公司原来是房地产开发公司，转入农业产业化经营后，将法国番鸭的开发作为突破口，建立商品鸭基地，进行深加工，目前已带动农户5.6万户，人均增收500元。

食品加工业被称为"万岁产业"，是"三资"投资农业产业化的最佳切入点。目前，发达国家的食品加工业非常发达，美国、法国、日本等国家国民经济的主导产业都是食品加工业。在法国，食品加工业占国民经济的比重是22%，其中乳品加工业占8%，加工层次为奶酪、奶粉、鲜奶、包装奶、酸奶、乳酸奶，每加工一道就增加一道就业，就多赚一道钱。在美国，一种玉米可变生出2000种产品。发达国家主要农产品产后加工程度在80%以上，而我国粮食、油料、水果、豆类、肉类、蛋类、水产品等主要农产品产后加工程度仅45%，其中二次以上的深加工只有20%。在农业产业化进程中，"三资"正是看准了食品加工业的巨大商机才决定重点投资的。

产业链是龙头企业的投资载体。依托产业链的互动，才能把龙头企业——龙头产品——市场——基地紧紧连接在一起，才能在城乡之间建立起招商引资、借脑借智的金桥。正是依托产业链的互动，工商资本、民间资本、外商资本不请自来，势不可挡！

面对"三资"投资热潮，四川应该以产业链为依托，在高速公路两旁的小城镇建立一批有特色的农产品加工业园区，吸引"三资"龙头企业进入园区创业。

造就现代企业家

如果说企业是农业产业化的"龙头"，那么企业家就是龙头企业的"龙头"。因此，要把促进农业企业家的成长，当作建立农业产业化的内在运行机制的中心，作为农业增强竞争力的重要依托。

在市场经济中，市场千变万化，竞争的格局也在不断调整，一个产业或产品的兴衰实在是"兵家常事"。只有那些富于创新精神的企业家，才能善于发现盈利机会并不断进行创新活动。推进农业产业化，产业定位与项目选择固然重要，但如果没有创新精神的企业家，再好的产业和项目都可能毁于一旦。

"企业家是产业化的灵魂"。"三资"进入农业领域，带来了资金、技术，推动了农业产业链的延伸，也必将培育一批具有国际水平的农业竞争主体，造就一批以"经营农业"为职业的现代企业家。

正是企业家根据市场需求和效益最大化原则来"经营农业"，因而对产品的生产要求高，从产前品种、产中技术到产后品牌，都按照国际标准进行经营。正是在"经营农业"的过程中，"三资"龙头企业把国内外先进的企业管理理念、生产方式、营销手段、服务体系、科学技术带到了农业和农村中，有效地解决了农业投入、机制和市场农业的根本问题。当前，应该鼓励农村建立和发展企业制度，加快发展农业产业化龙头企业，鼓励企业家的职业化发展。城市工商企业投资农业，应重点采取"公司＋农户"或者"公司＋基地＋农户"模式，鼓励种粮、养猪、种菜、贩运等专业户通过"反租倒包"等方式建立家庭农场、家庭农庄，实现土地规模化经营；提倡发展农业中介组织和经纪人队伍，特别鼓励一些专业农业合作经营组织、专业协会的成长。

农村经纪人等各类农村能人，往往是企业家的雏形。要创造条件，不拘一格，扶助这些农村经纪人，进而鼓励他们投资农业，使之成长为发展农业产业化的企业家。同时，利用乡镇企业熟悉农业、农村和农民的优势，支持乡镇企业通过搬迁逐步向小城镇集中，鼓励乡镇企业经营农业。特别要鼓励外出打工的农民回乡创业，自己投资当老板。

推进农业产业化，钱从"三资"来！正是在这一点上，扶持"三资"龙头企业就是扶持农业产业化，保护企业家就是保护农民。

(2003 年 6 月 4 日《四川日报》1 版)

农村劳动力转向哪里

——关于农业产业化的思考（下）

推进农业产业化，人往哪里走？

农业产业结构，归根到底是农民结构。对于中国来说，人多地少，农民种什么、种多少能赚钱？既有一个经营规模问题，也有一个劳动生产率问题。农业产业化通过规模化经营把农业推向市场，并通过农业产业链的延伸提高劳动生产率，大量农村劳动力转移到二三产业顺理成章。

"减少农民，才能富裕农民。"中国农业、农村、农民问题的根本性难题在于：有限的土地上聚集了太多的人口，其中70%是农民。中国只有占世界7%的耕地，利用现代化农业技术，是使用不了多少劳动力的，根本无法承受8亿农民在这些耕地上生产。因此，农民的根本出路在于他们中相当数量的人不再是农民。按照全面小康和农业现代化的硬指标，今后四五十年内，将有4－5亿农民要转移出农业。在这个转移过程中，农村工业化、城镇化和农业产业化将如影随形，相融相生，形成互动之势。

‖ 户口：从农业到非农业

2002年10月，上海松江区新桥镇春申村24岁的农民朱峰到镇派出所为自己刚刚满月的女儿报了户口，不到十分钟就办完了。他接过户口簿，看见女儿的户口上打印着"非农业家庭户口"字样，非常感慨：女儿不再因为父母是农民就天生是农民了。

据报道，上海市规定，凡2001年1月1日起在郊区农村出生的小孩，都可以报城市户口。由此，在上海农村出生的孩子将直接被登记为城镇居民，农民不再是他们世袭的身份印记。也就是说，农民在上海只是一个"存量"，不再有"增量"，"存量"也将逐年减少。如果这一政策没有变化，最多10年之后，户籍意义上的农民将在上海消失。

在上海之前，北京、广州、深圳也在户籍制度改革方面为"农转非"大开绿灯。去年，四川省出台了城市户籍管理制度改革新措施，明确规定：凡在地级以下城市（含地级市）有合法固定的住所、稳定的职业或生活来源的人员，均可根据本人意愿办理城市常住户口，与其共同居住生活的直系亲属可以随迁。随后，成都市也制定了"农转非"在5城区和高新区落户的具体政策。至此，四川"农转非"降低了门槛！

据有关部门调查，目前我们讲的农民工，主要包括失地农民、进城务工经商农民、乡镇企业职工和部分"农转非"人员。我国目前常年流动的农民工大约有8000万人，四川去年出川民工超过600万人。许多农民工目前虽然还不是"市民"，但他们的生活方式和生产方式已与城镇劳动力大体相同，具有扎根于城市的生存能力。正是他们的离土离乡，为农业产业化积累了资金、技术、人才；也正是他们的"转移"，为传统农业向现代农业转变带来了生机。毫无疑问，农民进城务工经商将是农村劳动力转移的主攻方向！

打工：从城市到小城镇

就在各地"农转非"搞得火热的时候，北京郊区近年办理"农转非"的数量却出现了下降趋势。成都市为"农转非"大开绿灯后也没有出现预期中那种争先恐后的热潮。不少农民说："城镇户口有啥好，又不能当饭吃。"

春节前后，正值农民工返城高峰，有一位记者在火车站、长途汽车站采访，与大量农民工亲密接触，发现一半以上的农民工对到城里定居虽有强烈欲望，但真正着手转变自己身份的却不多。他们认为："有没有城市户口无所谓，最重要的是要有工作，要挣钱。"一些农民工认为："城里人也有下岗的，他们也没多少钱。"询问他们将来的去向时，大多数农民工表示：挣够了钱还是要回家乡去，在家乡办工厂、做买卖。因此，他们不愿将自己的承包地转让出去，一旦城里务工不成，土地就是他们的"退路"。

问题的严峻性在于，城里还有那么多下岗职工，农民进城务工也难以找到工作。据统计，2002 年，全国设市城市增加到 662 个，城镇人口超过 4.8 亿，城镇化水平达到 38%。按全面小康的硬指标，如果到 2050 年将我国城市化水平提高到 70% 左右，每年城市化水平增加近 1 个百分点，每年将有 1200 万人从农村转移到城市。也就是说，对于我国目前多年形成的 1.5 亿农村富余劳动力来说，能进城务工的只是少部分，大多数农村劳动力仍然只能就地、就近转移到二三产业。对四川来说，城市化水平比全国低，农村劳动力转移将更多地依托农业产业化。"十五"期间，四川将加快 1000 个试点小城镇建设步伐，使城市化水平每年提高 1 个百分点，可吸纳 500 万农村劳动力。对大多数农民来说，打工路就在脚下！

以农业产业化为依托，农村劳动力转移的重点是农产品加工业、交通运输业、建筑业。发达国家的食品加工企业，80% 以上建在农村，建在原料产地，那里有四通八达的高速公路，有速冻车，有真空包装，有塑料包装，农村的鲜活食品当天就可以进入城里的超市，摆上市民的餐桌。正是这些建在原料产地、高速公路两旁、小城镇附近的食品加工企业使用了大批农村劳动力。相比之下，我们好多大型食品加工企业还都建在大中城市，远离农村、远离农民、远离基地，在市场竞争中明显缺乏竞争力，很值得反思。

素质： 从体力到高技能

来自成都、广州、北京、上海等地劳务市场的信息表明，近两年外出民工求职遭遇素质门槛，没有一技之长、没有工作经验的农民工很难找到工作。大部分用人单位几乎都只招熟练工。许多农民工深切感到："光凭力气找工作，越来越难了。"

据报道，劳动部2000年颁发了《招用技术工种从业人员规定》，要求90个工种的从业人员都必须持资格证书上岗。浙江省去年开始全面推行行业素质准入和职业资格证书制度，农民工想要从事某种工作，必须取得相应执业资格证书和上岗证书。2002年杭州市外来务工人员突破360万人，比2001年增长15％，而2002年要求熟练工的比例已增至60％，要求高中学历的比例也比2001年上升20％。

面对不断增高的素质门槛，"川军"出川遇到了严峻挑战。据调查分析，过去农民进城务工大多从事搬运、勤杂等力气活儿，而目前的岗位需求，主要集中在城镇的加工业。随着产业升级，技术含量高、工资收入高的岗位不断出现，在这些岗位的竞争中，劳动力素质起着决定性作用。四川的各级政府转变思路，从提高农村劳动力的素质入手，对农民工加强培训。金堂县坚持"先培训后输出""先培训后上岗"的输出原则，建立了大规模、档次高的劳动就业培训中心，课程按管理、微机、电工、建筑、缝纫、烹饪等10个专业设置，还充分利用职业中学、社会办学力量，对外出民工进行培训。去年，金堂县输出前对农民工的技能培训和教育率达90％以上，农民外出打工就业率达到95％。蓬安县把专业培训与民间培训结合起来，去年劳务输出15.1万人，占农村富余劳动力的75％。

推进农业产业化，也对农村劳动力的素质提出了更高要求。在科技高度发达的今天和明天，知识和技能是人的素质的最重要因素。一个人有了一门专门知识，掌握了一门专门技术，就有了安身立命的最根本的能力。现代社会，能力差别必然导致人们的收入差别，能力差别很大，收入差别也必然很大。对于渴望过上小康生活的农民来说，最重要的确实不是有没有城市户口，而是有没有与城里人一比高低的竞争能力！

能者多劳，多劳多得，何愁没有幸福美满的小康生活？

（2003 年 6 月 9 日《四川日报》1 版）

大成都的城市化

——献给可爱的"天府之都"（上）

君若"神州行"，莫忘游"天府"。

当你坐的飞机从北京起飞，过黄河，越秦岭，大约两个小时便来到一个美丽富饶的聚宝盆，她就是四川——可爱的"天府之国"。

当你坐的飞机平稳降落在双流国际机场，展现在你面前的是一个有 3000 年历史的文化名城，她就是成都——可爱的"天府之都"。

在世界城市史上，成都自古以来城址不徙、城名不变，她是一个世界之"谜"！

走进新时代，成都遇上千载难逢的发展机遇——加快城市化，建设中国西部创业环境最优、人居环境最佳、综合实力最强的现代特大中心城市。

面对"三最"目标，人们在思考："天府之都"为什么要加快城市化？城市化是什么？城市化向何处去？

▌城市化与 "都市圈"

所谓"都市圈"，就是成都市未来 20 年的城市发展规划。去年 9 月 4 日，经国家建设部同意，成都市城市总体规划修编（2002－2020）工作悄然启动。据报道，未来 20 年，成都市市区面积将由目前的 598 平方公里扩大到 3681

平方公里，形成"一主七卫"（一个主城区和七个卫星城）的"大成都都市圈"。届时，新都、青白江、龙泉驿、双流（华阳、东升）、温江、郫县都将融入其中。

据了解，成都市目前正在实施的城市规划 1999 年经国务院批准。国务院的批复中，第一次正式确定了成都市向东向南发展的方向。近几年，随着"五路一桥"和外环高速公路的竣工，成都的城市空间由一个"核"变成三个"核"，呈放射加环状的城市布局：一环路内为市中心区（核心区），面积为 28平方公里；一环路与三环路之间为主城区，面积为 128 平方公里；主城区以外至外环路为环城区，面积为 442 平方公里。

按照"大成都都市圈"的构想，未来的成都市布局将逐步由现在的密集"圈层式"布局发展为疏密结合的"扇叶式"布局。利用城市东部地形特征，建设景观层次丰富、生态环境优美、历史文化特色突出的城东副中心；城南副中心则以城市行政中心为基本功能，大力发展高新技术研究转化和房地产、商贸、文化教育、体育等产业。同时，城市结构也由单一的特大城市向城乡一体化的都市圈转变。

未来的成都，好一个"大"字了得！

城市化与 "城市群"

所谓"城市群"，就是多个大城市圈聚合而成的一个高密度的关联紧密的城市空间。"城市群"里存在着复数的大城市圈和中小城市，比如京津唐城市群、长三角城市群、珠三角城市群。

"城市群"是城市化的高级形态。国内外经验表明，现代城市发展更依赖城市群落的发展态势，城市间在有序竞争中合作，更能使城市的聚集功能最大化。地处东西南北接合部的四川，紧紧抓住西部大开发的机遇，正以大成都都市圈为"龙头"，加快形成成都平原城市群。

　　成都平原是我国城镇最为密集的地区之一，各市、县城区之间平均距离为25公里左右，是西南地区经济发展水平最高的地域。1997年设立重庆直辖市后，四川省委、省政府决定依托成都构建成都平原经济圈，其根本目的在于充分发挥中心城市在区域经济中的集聚功能，带动城市群的发展。成都主要经济指标占全省三分之一，已与成都平原经济圈内其他城市建立广泛的经济合作关系。随着成渝、成绵、成乐、成雅、成南高速公路的通车，以成都为核心的"两小时经济圈"已初步形成。到2010年，德阳、绵阳、乐山等城市也将进入大城市行列。届时，以成都为"龙头"的成都平原城市群将横空出世。从长远看，成都平原城市群还将与重庆城市群一起构成四川盆地城市群的"双核"，从而与京津唐、长三角、珠三角城市群相呼应，成为中国的第四个增长极！

　　"成都要成为推进四川新跨越的主力军和排头兵。"省委书记张学忠、省长张中伟去年和最近两次考察成都，对成都寄予厚望。

　　国内外经验表明，国际竞争的基本单位是城市，只有城市特别是大城市才有产业集聚，只有城市才有国际竞争所需要的产业基础设施和人力资源。成都平原城市群的崛起对于四川来说，意义十分重大。

　　从"都市圈"到"城市群"，未来的成都"龙头"高昂，任重道远！

▎城市化与 "农民变市民"

　　所谓"农民变市民"，主要是指在城市化进程中，农业人口向城市人口转移的必然趋势。2003年，成都市总人口1044.3万人，其中农业人口658万，占全市人口的63%。未来20年，成都市城区人口规模将达到800万人，意味着将有400多万农民转变为市民。

　　成都的城市化提速是近几年的一个奇迹。翻开20世纪50年代的地图，市区的边界就在府南河；60、70年代有了一环路，一环路以内还有大片农田；90年代初，还把一环路以外看作城乡接合部。到1991年，成都市城区面积只有85平方公里，城市化水平27.6%。近几年，随着二环路、三环路、外环路及各类经济开发区的建设，成都市城市规模成倍扩张，2002年城市化率提高到35.6%。

尽管如此，成都市的城市化仍然严重滞后，甚至低于全国城市化水平。根据国际经验，当一个国家和地区人均GDP达到1200美元时，其城市化率一般在50%左右；而成都市人均GDP已达2000美元，城市化率2007年才达到42%，可见差距之大！

分析原因，主要是城乡二元结构矛盾十分突出，特别是"大城市带大郊区"的历史包袱太重。成都市不构成一个完整的经济区，域内大中城市缺位，小城市很少，建制镇数量多，但单个镇区规模小，聚集非农业人口的能力太弱。所谓"镇镇像农村"，正是川西坝子的真实写照。

最近在成都采访，看到一种城乡统筹发展的新动向。双流县率先提出"三个集中"的新思路，即"工业向园区集中、农民向城镇集中、土地向业主集中"，目前已新建农民小区66个，安置农民2.9万人，其中2.2万人均耕地0.3亩以下的农民办理了"农转非"。目前，成都市正在加快发展40个重点镇，其中部分重点镇将发展为20万人口的小城市。2004年5月1日起，成都市实行城乡统一的户口管理制度，对进入小城镇的本市籍人口取消农业和非农业户口划分，按实际居住地登记为"居民户口"；同时，对外地符合政策迁入成都市小城镇的非农业户口也将登记为居民户口；还将建立和完善小城镇社会养老、医疗、失业等社会保障制度，为农民转变为市民提供各种保障。

"融入大成都，城乡一体化"。成都已进入工业化中后期，城市化越来越成为经济增长的动力和源泉。用成都市委主要领导的话说："加速城市化进程，是新世纪经济社会发展的主旋律。"

从"主旋律"到"主力军"，从"都市圈"到"城市群"，可爱的"天府之都"找到了自己的位置。成都平原的兄弟城市怎么办？该是集聚起来，走出"天府"，走向世界的时候了！

（2004年7月12日《四川日报》1版头条）

大成都的竞争力

——献给可爱的"天府之都"（下）

开放的"天府"只有一个"天府之都"。

今年 4 月 7 日，全球顶尖企业英特尔公司芯片封装项目在成都市高新西区出口加工区破土开工。该项目总投资 3.75 亿美元，建成投产后年出口将达4 亿美元，是成都的一个奔腾的"芯"。目前，世界 500 强企业中，已有 20 多家在成都进行战略投资。

世界 500 强纷纷落户成都，表明成都的投资环境具有较强的竞争力。

人们关心的是，城市竞争力是什么？成都离"三最"目标有多远？

‖从城市竞争力看 "三最"

所谓城市竞争力，主要是一个城市在国内外市场上与其他城市相比所具有的自身创造财富的能力，包括区域内集散资源、提供产品和服务的能力，是城市经济、社会、科技、环境、人才等综合发展能力的集中表现。对成都来说，所谓中国西部创业环境最优、人居环境最佳、综合实力最强，既是一种变动的竞争状态，也是一个互动的统一整体。没有比较就没有"三最"，没有竞争也没有"三最"。

据《2002 中国城市竞争力报告》，在全国 200 个城市中，成都的区位竞争力居第 6 位，人才竞争力居第 7 位，均居西部之首。但成都环境竞争力居第 19 位，比西安低 5 位；文化竞争力居第 16 位，比重庆低 4 位，比西安低 11 位；制度竞争力，成都居第 28 位，比重庆低 1 位；开放竞争力，成都居第 31 位，比西安低 5 位；设施竞争力，成都居第 35 位，比重庆低 6 位，比西安低 16 位。

值得注意的是，成都市综合竞争力有下降趋势。据最近公布的《2003 中国城市竞争力报告》，成都 2003 年度综合竞争力在全国 50 个重点城市中排名第 23 位，比上一年下降 1 位。市场占有率指数一般，综合生产率和人均收入排名靠后，制约了成都城市竞争力的提升。

从城市竞争力看创业环境，成都市的差距主要在软环境。其中，文化、制度、开放是重要的软环境要素，成都的差距明显。成都人具有一定的创新意识，但创业精神不足，价值取向崇尚消费，重商意识和进取欲望不强，诚信意识需要加强。

从城市竞争力看人居环境，成都市为居民提供的私人消费和服务质量较高，公共卫生保健、教育、娱乐等方面具有一定的竞争力。成都市的人居环境主要矛盾是人口太多，建筑间距小，公共活动空间少，居住地间绿化地少，建成区人均公共绿地不到 6 平方米，离花园城市更有相当大的差距。

从城市竞争力看综合实力，成都市生产总值和人均生产总值已经是名副其实的西部第一，但在质量效益、结构效益和市场竞争力方面还存在相当的差距。成都市人均财政收入低于昆明和贵阳，结构竞争力、科技竞争力、资本竞争力落后于重庆、西安。

成都离"三最"还要走很长的路。

‖ 从产业支撑看 "三新"

城市竞争力要有产业支撑。

成都与美国的西雅图早已结成友好城市。到过西雅图的人都知道，那样一个最适宜居住的海滨城市，有两个领导世界潮流的顶级企业——"波音"和"微软"。对成都来说，目前最明显的差距是支柱产业不突出，缺少有竞争力的名牌产品和知名企业。实现"三最"目标，不能不实施"三新"战略，这就是大力推进"三个转变"，实现工业新跨越，增创服务业新优势，开拓现代农业新局面。

面对"三新"，成都人清醒地看到，新型工业化是城市发展的根本动力，必须以信息化带动工业化，通过园区建设实现产业聚集，进一步增强工业竞争力。当务之急是要大力培育电子信息、机械（含汽车）、医疗、食品（含烟草）四大支柱产业，大力扶持产业突出、核心竞争力强的大型企业集团。目前，成都高新技术开发区、成都经济技术开发区、海峡两岸科技产业园以及成都出口加工贸易区呈现出加速发展的良好态势。英特尔成都项目、中重型卡车和丰田"霸道"越野车项目、成都卷烟厂、攀成钢公司等一大批重大项目进展顺利；东郊 169 户企业整体搬迁带动社会投资将超过 500 亿元。未来 5 年，城东、城南两大新区起步区总投资将达 139 亿元。

面对"三新"，成都人清醒地看到，服务业是城市发展的强大动力，必须以中心商业区为核心，以新区开发和旧城改造为契机，

大力发展旅游、会展、金融、保险、物流、工程、法律、会计、广告、管理、咨询等第三产业，进一步巩固西部地区"三中心""两枢纽"的战略地位。目前，成都市的商品房 50％ 左右为外地人所购买。今日成都，市场之繁荣，商战之激烈，堪称中国之"最"。

面对"三新"，成都人清醒地看到，城乡统筹是城市发展的基本动力，必须用抓工业的思路抓农业，推动工业向园区集中、农民向城镇集中、土地向业主集中。目前，成都的草莓占北京冬季市场草莓销售量的 1/3，成都的蔬菜也占香港市场相当份额。成都的优质枇杷、水蜜桃等多种水果远销省内外，龙泉的桃花、温江的生态花卉、三圣乡的鲜花市场已实现规模化。

城市化需要产业支撑，更需要产业聚集。产业活动强度与产业聚集程度

决定城市的经济竞争力。

从 "太阳神鸟" 看文化创新

文化创造了城市。

文化是城市的核心竞争力。在成都火车南站斜拉桥高达 78 米的塔顶上，铸有一个艳丽夺目的 "太阳神鸟" 徽标。这个徽标取材于金沙遗址出土的 "太阳神鸟" 金箔，图案由一个光芒四射的太阳和四只飞翔的神鸟组成。许多学者认为，3000 年前的 "太阳神鸟" 象征着与时俱进的成都精神。

到过成都的人，对成都人那种敢为人先的精神状态和精明的市场头脑印象深刻。据专家考证，成都自古就是一个 "自由都市"，因 "市" 而生，因 "市" 而立，因 "市" 而兴，因 "市" 而富，古无城墙，开放而不闭合，早在战国时代便与东南亚开通 "南方丝绸之路"。千百年来，成都人能博采众长而坚守本色，可广集百家而不失自我，都可以从扎根于市场的人文传统找到源头。

到过成都的人，不会忘记成都石室中学保存着汉代文翁立学的遗迹。"因翁倡其教，蜀为之始也。" 千百年来，成都的文化教育丰富多彩，风骚独领，培育出数不尽的杰出人才。据统计，成都人历史上创造的世界之最和中国之最达 30 多项。作为全国首批历史文化名城，文化教育是成都最大的优势和特色。成都正在实施 "科教兴市" "文化强市" 战略，真可谓 "把水浇到了根上"！

文化具有导向、调控、整合三大功能。成都在几千年的历史发展中形成了自强不息、开放进取、乐于助人的人文传统，但也积淀了一些文化糟粕和不良习气。自我封闭、小富即安、贪图安逸等小农意识和盆地意识，对现代城市发展具有负面影响；特别是缺乏诚信、贪图小利等不良习气已影响到成

都的城市竞争力。所有这些都只能通过文化的自我创新、自我调控加以引导或扬弃。从这个意义说，文化教育与文化创新，既是"天府之都"自立于世界之林的"根"，也是"天府之都"千秋万代繁荣昌盛之"本"！

以人为本。祝福可爱的"天府之都"全面发展，繁荣昌盛！

（2004 年 7 月 14 日《四川日报》1 版）

飞跃：思想观念的突破

　　——关于巴中经验的报告（之一）

　　历史的机遇厚爱大巴山。

　　1932 年底，当中国革命遭受挫折之时，巍巍大巴山区来了红四方面军，成为川陕革命根据地的中心。中国大地水深火热，这里打土豪分田地一片生机，人民过着民主自由的生活，被毛泽东同志赞誉为"扬子江南北两岸和中国南北两部苏维埃革命的桥梁，是中华苏维埃共和国第二大区域"。

　　1993 年 7 月 5 日，国务院批准从原达县地区划出巴中县、南江县、通江县、平昌，成立巴中地区，同时批准巴中县撤县建市，地区行政公署驻巴中市。12 月 28 日，巴中地区正式建立。当年为川陕革命根据地建设作出了重大贡献和牺牲的巴中人民又得到了一次千载难逢的发展机遇。

　　机遇极大地调动了老区人民发展生产的积极性。320 万巴中人民发扬老红军的革命精神，加快了建设的步伐，在特别困难的条件下，短短 3 年便打下了上新台阶的基础。1996 年，巴中地区国内生产总值可达 61 亿元，财政收入可达 1.79 亿元，分别比建区前增长 31.9％、33％；粮食总产量可达 155 万吨，超过历史最高水平，人均占有粮食超过 500 公斤，农民人均纯收入 750 元以上。

　　特别令人惊喜的是，建区前的 28 公里水泥路或柏油路已神奇般延伸到 430 公里，从地区到各县市的干道全部"硬化"，通往省外的进出口要道全部打通。通讯、能源和农田水利建设也迅猛发展。过去需要 15—20 年才能做的

事，巴中地区只用 3 年便完成了。

9 月上旬，省委、省政府府在通江召开了现场会，总结推广"巴中经验"。省委书记谢世杰亲临现场会，郑重号召全省各地"学习巴中经验"。

于是，过去深藏不露的"巴中经验"冲出大巴山，与"黔江精神"形成你追我赶之势。

那么，"巴中经验"的真谛是什么？记者 10 月上旬到巴中采访，探寻到一种在贫困地区发展社会主义市场经济的新思路、新机制、新增长点和新作风。这四个"新"字，正是邓小平同志南方谈话和党的十四大精神在贫困地区实践的结晶。

‖ 启动一个 "总开关"： 解放思想

越是贫困地区，越要进一步解放思想。

在巴中地区，从上到下形成了一种共识：思想解放的程度，决定观念转变的深度，决定改革开放的力度，决定经济发展的速度。

采访地委书记韩中信，他把解放思想称为"先导工程"，也叫"换脑工程"。地委要求各级干部都把解放思想作为启动改革开放和两个文明建设的"总开关"，抓住不放，做到"多换思想少换人，不换思想就换人，换了思想不换人"。

没有想到的是，在通江县播鼓寨村，我们问 26 岁的青年农民王举朝："建区后变化最大的是什么？"他毫不犹豫地回答："人的精神面貌变化最大"，还说"人的精神面貌变化，主要是观念变了"。

建区之初，巴中人民最关心的问题是，贫困山区怎样发展社会主义市场经济？是等、靠、要，还是自力更生？是慢慢来，还是隔几年上一个新台阶？当时，通、南、巴、平都是国定或省定贫困县，年人均所用财力 38 元，财政大量赤字，农民收入很低，有 90 多万人没有解决温饱。"四个穷兄弟在一起能干些什么呢?”人们议论纷纷，顾虑重重。

"思想观念上的差距是制约贫困地区经济发展的首要障碍。"地委第一次扩大会议首先学习邓小平同志南方谈话和党的十四大精神，提出解放思想，破除"非优即劣""等靠要""小富即安"等"山民意识"和思想阻力。在全区宣传思想工作会上，集中解决干部在思想观念、思维方式、工作方式、工作作风和精神状态方面的"五个不适应"。在地委第二次扩大会议上又提出要进一步解放思想，必须破除不适应市场经济发展的"十种旧观念"，树立"十种新观念"，后来又提出要正确处理好反腐败斗争与改革开放的"七种关系"。一个个思想障碍迎刃而解。

于是，巴中人压抑已久的改革开放意识和发展意识被唤醒了。他们辩证地分析区情，从劣势中看到了优势，从困难中看到了希望，从机遇中找到了出路。

于是，一个加速发展贫困地区市场经济的思路提出来了；一个"狠抓基础、快上工业、活跃商贸、发展旅游"的区域经济发展战略提出来了；一个"三年打基础、五年上台阶、十年迈大步"的阶段性奋斗目标提出来了！

观念一变，精神面貌焕然一新。

我们听到不同的人在谈论同样的发展观念：沿海地区发展市场经济已进入起飞阶段，而巴中地区还处在原始积累阶段。巴中地区既不能跳过原始积累去搞"冒进"，又不能只停留在原始积累阶段去"爬行"；既不能走计划经济的老路，又不能完全按市场机制运行，这就需要从贫困地区的实际出发，采取新的发展思路，新的发展速度，新的政策措施，实现跳跃式发展。"大发展有困难，小发展更困难，不发展难上难"。

我们听到不同的人谈论着同样的机遇观念：发展机遇是客观经济规律的阶段性表现。失去一次发展机遇，就失去了一个发展阶段。对于巴中地区来说，最大的机遇是搞市场经济，最现实的机遇就是建地区。关键是要抓住机遇，始终扭住经济建设这个中心不放。

我们听到不同的人谈论着同样的开拓创新观念：路是人走出来的；看准

了的路子就要抢道发展全速发展；路子不平的，要铺平道路，加速发展；路子窄的，要拓宽道路，促进发展；没有路的，要开拓创新，探索前进。

我们还听到不同的人说同样一句话："我们巴中的发展，用的是邓小平的思想！"

谈话之间，思路之敏捷，心情之激动，言辞之恳切，使人感到强烈震撼！

巴中人思想观念有了新的飞跃，巴中人的精神面貌真的变了！

▌选准一个突破口： 基础建设

越是贫困地区，越要加快基础建设。

采访行署专员周登全，他把基础建设称为两个文明建设的"突破口"。三年打基础，在硬环境上主要是交通、通信、能源和农田水利建设，又以交通为"重中之重"。

分析巴中区情，可以用四个字来概括："老、边、山、穷"。作为革命老区，"智勇坚定、排难创新、团结奋斗、不胜不休"的红军精神是一种政治优势；"边"，是一种区位劣势，地处盆周边缘，远离中心城市，境内没有铁路，没有水运和空运，交通十分困难；"山"，既是与外界接触的巨大障碍，又是生存发展之本，蕴藏着发达地区所没有的宝贵财富；"穷"是现实，"穷"就穷在"边"和"山"的长期封闭，"穷"在"路"上。四个特点中，最有开发潜力和开发价值的是"山"，当务之急是要打通出山通道。

巴中人民忘不了"卖粮难""卖果难""卖菜难"的情景。1993 年，巴中农民卖生姜，每斤 8 分钱没人买，而成都每斤 1 元买不到。"运不出去啊，看着银子化成水！"

"要得富，先修路；要大富，修大路。"建区不到两个月，地委、行署果断决定："全党动员，全民动员，大办交通。"

巴中人民忘不了省委书记谢世杰 1994 年初到巴中现场办公，要求"用最快的速度修通唐（成都唐家寺）巴（中）路"。好比冬天里的"一把火"，点燃了巴中人民的希望。巴中人民一呼百应，40 万大军参加会战，终于在 1995 年 7 月提前完成唐巴路巴中段改建，达到了山岭重丘二级标美路标准。

崭新的唐巴路巴中段是一座崭新的碑。它是巴中地区公路改造工程量最大、难度最大的"第一号工程"，是巴中经济发展的"黄金路"。唐巴路巴中段的建成也是快速发展的一个典范，是红军精神在新时代的一曲壮歌。

紧接着，通往陕西汉中的"通前路""二南路"等两条出省通道也打通了。通前路全长 91 公里，9 个月建成通车，困难之大，速度之快，创造了"巴中奇迹"。平昌至通江洗脚溪 38 公里的"平洗路"也只用 38 天便建成通车。

地委副书记李开明说："抓交通，活流通，一通带百通。"我们看到，当年卖不掉的生姜如今已被外地客商以每斤 1 元以上的价格收购，正一车一车地运往成都、汉中等地。在川陕交界的南江县铁炉坝村，我们还看见一位来自陕西南郑县连水镇的农民毛从能骑着一辆自行车贩运农副土特产，每天纯收入 200 多元。

现在的巴中，通讯、能源和城镇建设也初具规模。各县（市）均已开通光缆程控电话和大哥大，市话比建区前净增 18,500 门，实现了无线寻呼联网和"全球通"世界漫游。巴中市 110 千伏输变电工程提前竣工投入使用，已建成 35 千伏输变电工程两条，10 千伏配电线路 800 公里。全区电力装机达 6.08 万千瓦。江北新区建成办公、住宿楼房 60 多栋，地委、行署已于去年 7 月搬入新区办公。公路沿线 88 个重点集镇面貌一新。

农田水利建设更是快马加鞭，已兴建塘、堰、渠 2.6 万多处，新增蓄水量 1800 万立方米，新增灌面 11 万亩，修微水池 6 万多口，开发和改造中低产田土 32.2 万亩，高产稳产农田由建区时人均 0.16 亩增加到 0.27 亩。

快速发展的基础建设，大大改善了巴中经济发展的外部条件，为"五年上台阶"奠定了坚实的物质基础。

▌建立一种新机制： 政策效应

越是贫困地区，越需要大量投入。

采访中，我们一直在思考一个问题：巴中地区基础建设需要大量资金投入，而国家只给予少量以工代赈补助，银行贷款有限，招商引资有困难，地方财政赤字，钱从何来？即使动员老百姓有钱出钱、有力出力，也有个利益机制问题。

采访微水工程，给我们很大启发。

谈到微水工程建设的投入机制，通江县委书记刘道平有句"名言"："产权＋效益＝投入积极性。"

与农民交谈，也听到两句"名言"："宁愿苦干，不愿苦熬"；"不怕苦干，就怕白干"。

修微水池的政策是产权明晰，"谁修谁有，谁管谁用"。许多农民视修池为置家业、办企业，由于池园结合，投资少，见效快，一水多用，比过去修房的积极性还高，"要我干"变成"我要干"。有的农民把打工的钱、修房的钱、结婚的钱也拿出来修水池。1995 年，巴中地区用于水利建设的资金达9300 多万元，其中农民自觉投入 6800 万元。

从微水池建设，我们看到了巴中地区加大投入的群众基础。全面总结他们的投入机制，还有以下几点值得重视：

——用活用足用好积累工。按规定，每个农民每年用于农田水利建设的劳动义务工和积累工是 20—30 个。巴中地区有 156 万多农村劳动力。他们把农村剩余劳动力精心组织起来，将积累工成建制地有偿地集中到重点基础设施建设上。据巴中市委书记徐学明介绍：唐巴路建设中，巴中市采取工程竣工收费后逐年偿还的办法，共向农民借工 1520 万个，折合人民币 7601 万元。

——拍卖山平塘。他们从实际出发，大胆改革水利管理体制，抓好山平塘拍卖，然后将拍卖山平塘经营权的资金投入农田水利建设，以卖促管，以卖促建。1995年以来，全区拍卖山平塘2万余口，拍卖收入2526万元。

——设立专项基金，以奖代补。各县（市）从农村提留、公积金提缴、区乡财政提补适当比例资金作为农田水利发展基金，修一口标准化微水池经验收合格，每口奖励300元左右。通江县已建立专项基金350万元。在资金使用上坚持专项、专款、专户、专用，加强监督管理，做到不花钱也办事，少花钱多办事，花了钱办好事。

——以地聚财，开发生财。地区建立后，巴中市城市建设任务重，资金缺口很大。他们坚持走开发性建设的路子，由政府垄断土地开发一级市场，放开搞活二、三级市场，先路后房，以房补路，以土地的量差和级差收入补充基础设施和公益设施建设。仅此一项，已为城市建设提供资金1亿多元。

——把重点工程建设推向市场，在竞争中节省投资。在巴中地区，每一项工程都经招标投标选择建设单位，80%以上工程是外地施工单位中标。大佛寺大桥设计投资650万元，最后以318万元中标。西华山隧道设计投资2300万元，结果以1130万元中标。周登全说："节省投资也就是增加投入，还是市场竞争好啊！"

巴中地区的领导告诉我们，发展出难题，改革找出路，政策是人定的，说到底还是一个思路问题。工作中的不同意见是难免的，但只要符合小平同志提出的"三个有利于"的思想，就要大胆地闯，勇敢地闯。这，就是巴中人的思想境界。他们就凭这一股子劲，闯出了一条贫困地区快速发展的脱贫致富之路。

（1996年10月30日《四川日报》1版头条。《关于巴中经验的报告》三部曲，分别是《飞跃：思想观念的突破》《发展：增长点上下功夫》《动力：扎根在人民之中》，是由总编辑姚志能带队到巴中现场采写的系列深度报道，由梅松武执笔、姚志能定稿，巴中记者站曾精明参与合作，三者共同署名。这组系列报道获1996年度四川新闻奖一等奖）

发展：增长点上下功夫

——关于巴中经验的报告（之二）

贫困问题是举世关注的重大课题，是社会进步面临的严峻挑战。扶贫"脱帽"，让巴中人民共同富裕起来，巴中地区的领导日夜思忖着，巴、南、通、平市县的领导日夜思忖着，他们动情地对我们说："小平同志教导我们，贫穷不是社会主义。老戴着贫困县的帽子，我们对不起老区人民群众，心情沉重啊！"

值得欣慰的是，巴中地区的干部们在领导人民脱贫致富工作中，动了真情，动了真格，真抓实干，经过三年的扶贫攻坚战，在新的经济增长点上打了一个又一个的漂亮仗。

增长点之一： 玉米改制

在巴中，农民把玉米改制称为"保险工程"，也叫"水路不通走旱路"。

巴中地区山高水低，土地陡、薄、瘦、旱，跑水、跑土、跑肥的中低产田土占75％，水土流失面积达7290平方公里，人称"秃岭和尚头，下雨遍地流，雨后滴水贵如油，遍地泥沙填满丘，十年旱九歉收"。建区当年，全区因干旱减产粮食3亿公斤，1994年又减产粮食5亿公斤。怎么办？地委、行署决定，在抓紧农田水利建设的基础上，改革耕作制度，调整农业种植结构，猛攻旱作农业，大力发展玉米生产。1996 年，全区旱地改制面积达 90 万亩，高塝望天田改制 20 万亩；玉米种植面积由 55 万亩扩大到 110 万亩，总产量 6.5 亿斤，比 1995 年翻一番。

南江县桃园乡铁炉坝村，人称"川北第一村"，在海拔 1300－1800 米之间，有 46 户，186 人，人均耕地 3.1 亩，最好年景水稻亩产也只有 200 公斤，1993 年人均粮食不足 250 公斤。1994 年，该村改造中低产田 200 亩，大胆改革耕作制度，去年种植地膜玉米 318 亩，平均亩产一举突破 500 公斤，仅玉米一项就人均占有粮食 1000 公斤以上。10 月 9 日，我们在玉米地里见到铁炉坝村党支部书记黄存林，他一脸丰收的喜悦，说 1996 年全村 523 亩耕地全部种上了地膜玉米，平均亩产可达 700 公斤，人均玉米产量可突破 2000 公斤。

‖增长点之二： 兴林富民

地委书记韩忠信认为，山区人民要脱贫致富，要害是在"钱"上。"钱"的文章怎么做？林业是大头。

据介绍，巴中地区林业用地面积 895.8 万亩，占全区面积 48.6％，森林覆盖率 31.7％，现有经济林 127 万亩。建区以来，地委、行署发动农民挖穷根，栽富根，大栽"摇钱树"，大办"绿色企业"，使林业逐步转向林区经济，成为最有潜力的经济增长点之一。他们的思路是，长短结合，合理布局，重点发展油料、茶叶、干鲜果、食用菌、中药材，做到开发一片，成功一片，见效一片。仅去冬今春，全区植树造林 30.15 万亩，其中经济林 17.5 万亩，改造经济林区 10.5 万亩。同时，加强林业生产加工，林业工业产值已达 2.1 亿元。巴中市巴州镇靠乡村合作林场致富，人均年收入 1300 多元。园艺村 3 社 60 多岁的农民马全国老两口与儿女分家独居，仅靠 100 多棵果树 1996 年收入便达 3000 多元。通江县陈河乡林业产值已占全乡工农业总产值的 50％以上。老百姓说："只要你会搞，山中自有金元宝。"

采访中，还看到一种新气象，这就是党政机关、企事业单位、个体户纷纷"上山下乡"，与农民合资合作兴办"绿色企业"，共同开发林业资源。通江县级各部门已与乡、村、社联办经济林园 83 个，面积 5.4 万亩，投资已达 200 多万元。目前，全区由农民投工、部门投资、村社投地共同兴办的股份合作制林园达 215 个，面积 7.8 万亩，个人投资兴办场园 60 多个，面积 0.8 万亩。

增长点之三： 唱好 "牧羊曲"

畜牧业在农业中的比重是衡量一个地区农业发展程度的一项重要指标。巴中地区 1995 年猪、牛、羊、禽出栏量分别达到 261 万头、10 万头、19 万只和 769 万只，居全省前列。畜牧业产值 9.94 亿元，占农业产值的 36%。建区以来，畜牧业累计为财政提供财税收入 2 亿多元，成为最大的财源项目。畜牧业每年为农民创收入 400 元以上，占农民家庭现金收入的一半以上。农民说："牵着猪、牛、羊，快步奔小康。"

目前，巴中地区的畜牧业正逐步向规模化发展。通江县诺江镇农民史会英 1995 年饲养肉猪 550 头，出栏 360 头，收入 19.54 万元。通江县杨柏乡农民何光华租赁乡饮料厂办起了秸秆养牛场，可年出栏肉牛 500 头。

在巴中，南江黄羊是畜牧业的"龙头"项目和特有的垄断型拳头产品。据农业部组织专家鉴定，南江黄羊新品种目前是国内肉用性能最好的山羊品种，仅次于世界上最优秀的波尔山羊，具有十分广阔的开发前景。目前，南江黄羊在巴中地区已发展到 4 个县、市的 89 个乡镇，黄羊总数已达 16.8 万只，育种基地扩繁种羊达到 8.3 万只，已初步形成 26 个黄羊纯繁基地，争取 1998 年黄羊总数突破 50 万只。

南江县委书记陈延荣介绍，南江黄羊个头大，最大的可拉动板车，一只种羊目前卖 2000 多元，一只肉羊也要卖 500 多元。1995 年，南江县已有 12,800

户农民靠养羊致富。现在，巴中地区大唱"牧羊曲"，形成了"养羊热"。看来，巴中人发"羊财"的时候到了。

增长点之四： 池园经济

所谓"池园经济"，也叫"庭园经济"，就是一家一户修一个微水池，池里养鱼，池上养鸡，池边栽果树，一水多用，带动家禽、水产和果业发展。这种"池园经济"每户一年收入近1000元，千家万户连成一片，该是多么巨大的增长点啊！

在通江县天井村采访，农民向忠平正忙着烤酒。前两年，他投3500元建了一口微水池，蓄水2270立方米，除保证农业用水外，1996年仅养鱼就收入1400多元。上半年抗旱保苗，向忠平池里有水心不慌，粮食增了产，在家里办了个烤酒作坊，用酒糟养了78头猪，全年收入可达4万多元。省委常委、副省长张中伟考察天井村时说："池园结合，使农民的投劳变成了投资，投资变成了资本。"

增长点之五： 乡村办工业

巴中地区工业基础十分薄弱。新中国成立以来，国家在巴中地区的工业固定资产投资很少，国有工业企业规模小，困难多。地委、行署认为，加快工业发展，必须在抓好国有企业"改、转、租、卖"的同时，大力发展乡镇企业，走乡村工业化的路子。

建区以来，地委、行署提出了"小字起步，内外结合，多轮驱动，滚动发展"的乡镇工业发展思路，引导乡镇企业立足资源，面向市场，快速发展。1995年，全区乡镇企业实现产值23.2亿元，比1993年增长1.1倍；实现净

利润 4295 万元，税金 5134 万元，分别比 1993 年增长 22.1%、104%，为农民人均创收 103 元。三年来，乡村集体企业新上技改项目 550 多个，新增固定资产 1.38 亿元。目前，乡镇企业已成为最有活力的经济增长点。

在巴中，乡镇企业开始走向集约化经营。他们按照"两个转变"的要求，以集镇和交通枢纽为依托，逐步建立乡镇企业新区和乡镇企业工业小区，争取"九五"末使乡镇企业产值突破 100 亿元大关。

同时，国有企业的改制、改组、改造也取得成效，形成了以江口醇酒厂为核心的酒类饮料集团，以丝绸公司为龙头的茧丝绸集团，以巴中罐头食品厂为龙头的食品加工集团。1995 年全区工业产值达 14.5 亿元，比 1993 年增长 19%，乡及乡以上独立核算工业企业实现税利 4761 万元，比 1993 年增长 14.6%。今日巴中，已初步形成食品、建材、纺织、机械、冶金矿山、医疗、煤炭、电力等工业门类。

增长点之六： 个体私营经济

采访中，看见巴中人民对发展个体私营经济热情很高。

韩忠信说："要像当年发展农业生产互助组、合作社那样放心、放开、放胆地发展个体私营经济。"

在巴中，个体私营经济近两年上交税款约占全区财政收入 30% 左右，是发展潜力很大的增长点。全区上下对发展个体私营经济形成了四点共识：一是对姓"社"姓"资"不争论；二是对发展速度、发展比例、从业人员、经营范围、经营规模、经营方式不限制；三是对其地位、作用不忽视；四是对其政策不偏待，把个体私营经济推上经济发展的重要阵地。他们鼓励公有经济与私营经济相互渗透，取长补短，共同发展；允许个体户兼并长期亏损的国有小企业。各级领导干部还实行包片联户制度，帮助引导个体私营经济健康发展。1996 年全区个体工商户可望发展到 5 万户，实现税收 5000 万元。平昌县委书记蒋东生说："发展一户个体户，增加一户纳税户，减少一户贫困户，带动农民都致富。"

▌增长点之七： 劳务输出

在巴中，还有一个潜力很大的增长点，这就是劳务输出。全区共有剩余劳动力80万人，各级党政都把劳务输出当成一大产业来抓，已在成都、广州、上海、北京、南京、新疆等地建立输出基地70多个。1995年，全区劳务输出40万人次，收入8亿多元，1996年劳务输出达50万人次，劳务收入将突破10亿元。

许多农民外出挣了钱，纷纷回乡办企业，成为脱贫致富带头人。巴中市东兴场乡仙人洞村常年外出务工280余人，1995年劳务收入70多万元。该村高中毕业生李新国，劳务收入拥资32万元，已投资23万元办起了饮料厂。南江县下两乡阳光村农民走南闯北赚了钱，1996年收入已突破100万元，他们把钱凑起来办企业，目前已建成4个厂，决心再闯一条致富路。

▌增长点之八： 科技兴巴

在巴中，科学技术是第一生产力已形成共识。地委、行署提出了"科技兴巴30亿工程"和"42555"科技计划，即抓好粮食、蚕桑、畜牧、建材等4个重点支柱项目，形成巴州镇至恩阳镇、南江镇至乐坝镇2个科技星火产业带，办好巴中齿轮有限公司、巴中罐头厂、南江霞石矿厂、通江饲料厂、平昌丝绸厂等5个科技先导型企业，搞好恩阳镇、涪阳镇、碾盘乡、华严乡、三河场等5个技术综合开发试点乡，建立50个民营科技企业，从而带动区域经济快速发展。到2000年，全区依靠科技进步实现产值30亿元，可供转化的科技成果转化率提高到 75％以上，科技进步在经济增长中的贡献率达到 50％以上。

在巴中地区，还有一些经济增长点正在逐步形成。例如，旅游市场、餐饮娱乐市场、金融证券市场、信息市场等还有待于进一步培育壮大。

多一个经济增长点，就多一条奔向小康之路。透过巴中地区已经形成的八个增长点，我们看到了"两个转变"在贫困地区的巨大潜力，看到了扶贫攻坚的根本出路，看到了巴中人民共同富裕的希望。

希望大是鼓舞和激励，困难大是压力和鞭策。祝巴中地区这片红色的沃土发展、发展、再发展！

(1996 年 11 月 11 日《四川日报》1 版头条)

动力：扎根在人民之中

——关于巴中经验的报告（之三）

"人心齐，泰山移。"

在巴中，我们看到干部群众是那样负重自强，那样众志成城，那样顽强拼搏。在巴中人身上，好像有用不完的劲，有一种排除万难的气势。

巴中人把扶贫攻坚比作"愚公移山"。在他们眼里，建设物质文明"关键在党""关键在人"；建设精神文明也是"关键在党""关键在人"；扶贫攻坚仍然是"关键在党""关键在人"。只要抓住这两个"关键"，做到"两手抓，两手都要硬"，两个文明建设就有了根本保证，扶贫攻坚就有胜利的希望！

"钢班子" 带出铁队伍

巴中地委把领导班子和干部队伍的建设作为组织建设的治本之道，长远之计。他们说："'钢班子'才能带出'铁队伍'。"建区以来，巴中地区先后提拔了161名正副县级干部，调入地级机关工作人员8000多名。一大批来自基层的干部走上了领导岗位，职务上去了，但政治水平、工作能力、业务素质不一定也上去了。地委、行署清醒地认识到加强领导班子建设的紧迫性，率先在全区县（处）级以上领导班子中开展以"学习、团结、勤政、廉洁"为内容的"创四好班子"活动。同时，地委决定把竞争机制引入领导班子建设，在干部制度改革方面连出三招。

第一招：推行干部试任制。地级机关和各县（市）新提拔的副县级干部一律实行一年的试任期。试任期满，由地委组织部全面考察，根据德、能、勤、绩的要求，对优秀者或合格者正式任命，对基本称职者适当延长试任期，对不称职者就地免职。首批80名县级干部试用1年后被评为优秀或称职的占93％，有4名政绩突出者被破格提拔，有4名基本合格者延长了半年试任期，有2名不称职者被就地免职。

第二招：使用干部实行回避制。很多干部来自基层，沾亲带故的多，干部交流十分重要。1995年1月，他们实行公安局长、政委异地交流，然后又分步实施县（市）"四联"干部及部分副职的交流。全区已交流县（处）级干部217人。同时，对部分区、乡（镇）党政干部也实行了交流。平昌县60个乡的120名党政主要领导中，已有111名进行了异地交流。

第三招：大力培养选拔优秀年轻干部。一是从地、县（市）级机关选派300名30岁以下的年轻干部到区、乡挂职锻炼两年；二是从各县（市）和地级机关选拔了一批30岁以下，大专以上文化的优秀干部担任县（市）和地级部门的助理职务。目前，地级机关30岁以下的年轻干部占总数的1/4，35岁以下的干部占同级干部总数近一半。南江县委常委平均年龄36岁，5名正副书记均在40岁以下。该县12个区（镇）班子平均年龄32岁，县、区、乡领导班子中具有大专以上文化程度的领导干部占43％。

巴中，各级领导班子成员大都年富力强，思想活跃，富有竞争意识和创新精神。他们有一个共同特点：班子团结，说干就干，形成了整体合力。特别是地委、行署"一班人"的团结，给我们留下了深刻印象。

采访韩忠信、周登全，他们都把成绩归于集体领导。作为地委的"副班长"又兼行政公署专员，周登全总是时时注意听取"班长"韩忠信的意见，事事注意支持韩忠信的工作，乐于当好助手。作为"一班之长"的韩忠信，非常信任、支持周登全的工作，在重大决策和重大问题上总是先听取周登全的意见，达成共识。有一次，周登全向地委提出全面拍卖山平塘，以调动农民兴修水利的积极性。韩忠信觉得此事政策性很强，先宜逐步推广。韩忠信经过调查研究后，认为全面推广的条件已经成熟，他在全区农业现场会上宣布："周专员的意见是对的，我收回原来的说法，拍卖山平塘的经验可以全面推广。"一二把手之间的相互支持和信任是最好的感情交流。周登全动情地说："忠信同志就是这样的人，实事求是，以工作为重，和他一起工作，心情舒畅。"韩忠信动情地说："登全同志对我工作支持的力度是到了位的。他确实是得力的助手，称职的副班长。"在这一对"黄金搭档"的带领下，巴中地区的领导班子成为特别能吃苦、特别能战斗、特别能奉献的"钢班子"！

重中之重的基础工程

巴中地区把基层组织建设列为重中之重的基础工程，在抓好小康示范村的同时，下大力气整顿软弱涣散的党支部，大大增强了基层组织的吸引力、凝聚力和战斗力，受到中央和省委充分肯定。

地区成立不久，地委、行署便派出 4 个调查组到各县（市）对全区 2352个农村党支部进行了全面调查，提出了基层党组织建设"抓两头，带中间"的思路：即一头抓好 108 个小康示范村建设；一头抓好后进村整顿，对 313个后进村用 3 年时间分 3 批进行整顿；通过抓"两头"，带动一大批中间村发展。

巴中把基层组织建设作为"硬"任务，地委对县（市）委、县（市）对乡镇党委层层实行量化指标考核。他们考核的内容主要是"五有"：

第一，"有人办事"，选配好村党支部班子，尤其是选好党支部书记。近两年，全区下派到村任职的干部共 1139 人。地委要求下派干部必须在两年内培养出合格的接班人和物色一批积极分子。全区已整顿的 247 个后进村，共调整村支书 151 人，发展新党员 1647 人，基本上解决了一些村多年不发展党员的问题。南江县小河乡华光村党支部经过整顿，新班子上任仅半年多时间，便建起了村级组织活动室，带领群众新修了两条村道公路和一条"文明路"，办起了采石场、饲料加工厂、沙石厂，集体经济实现了零的突破，去年纯收入3万多元。村里还有很多事要干，感到"干部不够用""党员不够用""劳动力不够用"。

第二，"有钱办事"，选准经济发展路子，大力发展集体经济。整顿中，地、县级机关的385个部门和单位先后派出干部4000多人，深入挂钩扶贫乡村帮助发展集体经济，在项目、资金、科技、信息、物资供应等方面对后进村给予支持。经过整顿的后进村，集体经济显著增长。巴中市的227个"空壳村"如今都发展了集体经济项目。全区农村集体经济新上项目965个，投入资金285万元，集体经济收入去年达到1.37亿元，比1994年增长119％。南江县赶场乡鹿角垭村集体经济收入达69万元，村里建起了一所二楼一底钢混结构的小学和办公楼，还兴办了村卫生站，为农户安装了闭路电视。村社干部报酬从集体收入中开支，人均月工资250元。

第三，"有地方办事"，建好村级活动阵地，使学习、开会、看书读报有了固定的地方。

第四，"有积极性办事"，完善目标管理机制，建立考核激励机制，适当提高村干部待遇，对村干部实行养老保险，充分调动村干部的积极性。

第五，"有章法办事"，建立健全各种规章制度和村规村约。

"五有"俱全，再与"创五好"相配合，整个农村基层组织就活跃起来了！

与此同时，巴中地区还对280个乡（镇）领导班子分两批进行整顿，以乡村两级财务清理和乡镇"七所八站"整顿为重点，解决群众关心的"热点""难点"问题，取信于民。

身先士卒　真抓实干

建区伊始，巴中地委就要求各级干部自重、自省、自警、自励，以身作则，率先垂范，转变作风，密切同人民群众的血肉联系，尽心竭力当好人民的公仆。

韩忠信就是一个好公仆、好领头人。他种过田、当过兵，先在四川大学、省委党校学习政治和经济管理，后到中央党校深造，一心要为老区人民办点好事，办点实事。他说："我是农民的儿子，农民的艰辛我亲眼看到过，亲身体验过。党派我到山区来，就一定得保护农民利益，用自己毕生精力为人民造福。"他到巴中后，经常跋山涉水，深入基层调查研究，一些很少有人去的地方他都去了。3年来，他下乡600多天，到过32个区、188个乡镇、100多个村社、6个国有林场和90%的县属企业，亲笔写下了50多万字的调查报告和讲话稿。

当地群众说："韩书记在大巴山为我们吃的苦太多了。"他却说："与当年战斗在这里的红军相比，这点苦算不了什么。只要党和人民说我在巴中没有偷懒，我也就满足了。"

在韩忠信的倡导下，一种"求实于事，一心富民"的作风在各级干部中形成了！地委规定每个干部一年至少要有三分之一的时间到基层调查研究，到群众中解决具体问题。地县领导实行"分工一条线，联系一个区，挂扶一个企业，挂职一个项目，包扶一个村"的责任制。据统计，地委、行署一班人深入基层调查研究每年都在150天以上。

在巴中，我们看到的是一级干给一级看，一级带着一级干。我们听到的是，抓示范，抓样板，抓落实。修唐巴路时，周登全在前线指挥，经常战斗在工地上。1995年1月，当他又一次冒着寒风来到筑路民工中时，劳累过度，突然出现胃出血，昏倒在工地上。平昌县委书记蒋东生在修路工地上过度疲劳摔了下去，身负重伤，老百姓抬他时哭了："蒋书记是累倒的。"

巴中人民忘不了 1994 年那次万人"拜年"活动。那是大灾之年，50 多万户人缺粮缺钱。为了及时解决灾民过年，地委、行署要求民政、粮食等部门提前把救济款、救济粮发放到困难户手中。除夕前，地委又号召全区干部给每一个村社干部和每一个村的贫困户拜年，送的礼品是"一包化肥、一袋良种"。此后，这种向农民"拜年"的活动一直坚持了下来，拜出了党的优良传统和作风，拜出了党和人民群众的鱼水深情。

▎扶贫先扶志， 先富带后富

巴中地区以农业为主，320 万人口中，农业人口占 300 万。农民最可爱，农民最可亲，农民最可敬。但是，农民也有封闭、保守、狭隘、分散、文化素质不高的一面。巴中地委、行署非常重视对农民进行思想教育，每开展一项工作，都要深入动员教育，说明道理，取得广大群众的谅解、理解和支持。

教育农民必须坚持以高尚的精神塑造人。省委提出"兴川精神"后，巴中地区进行了广泛宣传，同时结合巴中实际，在继承发扬红军长征精神的基础上提出了"团结拼搏、艰苦创业、求实进取、富民兴巴"的"兴巴精神"。

"扶贫先扶志。"过去，巴中地区不少干部群众习惯于等待上级部门扶持救助，一些乡（镇）、村甚至以戴"老、边、穷"帽子为荣。而国家每年投入的扶贫资金与当地经济发展所需要的资金相差甚远，"苦干才能改变面貌，苦熬只能越熬越穷"。地委、行署教育、引导、动员干部群众奋发图变，艰苦创业，坚持走"自我加压、自力更生、自我积累、自我发展、自我提高"的新路子。无论是公路大会战，还是通讯、能源、水利建设，都是在有关部门的支持下，依靠人民群众自我积累干起来的。

"治穷先治愚。"在巴中，经常对农民进行三种知识的教育（社会主义市场经济、科学技术和法律知识），引导农民学会搞市场经济，遵纪守法，大力普及推广实用科学技术。通江县空山村过去种玉米要"看八字"下种，通过科技培训，推广良种，大搞"白色革命"，玉米亩产由 50 公斤提高到 200 多公斤。

"先富带后富，共同富裕。"目前，全区已有 4.2 万户富裕户与 7.5 万户特困户结成帮带队子。巴州镇实施"心连心"工程，及时为贫困户送温暖。

在巴中，灿烂的精神文明之花结出了丰硕成果。科技、教育、文化、体育、卫生事业呈现出全面发展的好势头。1995 年，全区农村适龄儿童入学率达 99.7％，巩固率 99.8％，有 48 个乡实现"普九"。计划生育成效显著，人口自然增长率控制在 8‰以内。广播、电视、报刊普及千家万户，在全省第一个实现全区广播电视微波联网。社会治安进一步好转，人民安居乐业。

千里巴山，红色沃土。在这块充满生机的土地上，党心思富，民心思富，党和人民正在同贫困展开决战。1996 年 9 月中旬，地委再一次组织县以上干部集中学习邓小平同志南方谈话和江泽民同志关于领导干部一定要讲政治，关于农业生产、工业生产和精神文明建设的一系列重要讲话，进一步明确了"五年上台阶"的思路，坚定了上新台阶的信心。

新的历史机遇正在向大巴山走来！

（1996 年 11 月 15 日《四川日报》1 版头条）

观念与机遇

——"希望"启示录（一）

历史是由一个个机遇串成的。大变革带来大机遇。

改革开放把民营企业推上了历史舞台。赫赫有名的刘永好几兄弟成为第一批"吃螃蟹"的人。他们创办的希望集团像一只航船，从偏僻山村驶出，穿山越岭，剖江而下，出长江口，入太平洋……

机遇偏爱思想解放的勇士。大机遇呼唤大智慧。

大智若愚的刘氏兄弟们，把握了书写历史的主动权。

▎"吃螃蟹的勇士"

希望集团陈列室。金光闪闪的奖杯、奖牌和笑容可掬的彩照中，有一幅与之形成强烈反差的黑白照片——刘永言、刘永行、刘永美（陈育新）、刘永好，面黑肌瘦，"乡"味十足。

15 年前，刘氏兄弟割舍"铁饭碗"，到新津县古家村养鹌鹑时，大有"壮士一去不复返"的悲壮。人们叹之为"吃螃蟹的勇士"。

其时，他们的全部资本只有 1000 元，还是卖手表、卖自行车凑起来的。

在中国农村改革飓风乍起之际，稳稳吃着"皇粮"的刘家 4 个大学生齐刷刷辞职"下海"，全风险投入现在仍有人认为"不赚钱"的农业，不说当时令人瞠目，至今亦国内鲜闻。

"改革开放，首先要解决的是温饱。"陈育新一语中的。

于是，他们创办了第一个企业"育新良种场"。陈育新、刘永行悉心摸索用鹌鹑粪养猪、猪粪养鱼、鱼粪养鹌鹑的生态循环增殖途径，刘永言将电子计算机应用于饲料调配和良种优选。刘永好则下重庆、走广东、跑东北，艰难拓展市场。

于是，鹌鹑蛋成本降到和鸡蛋差不多，从而赢得了市场。

示范效应使新津迅速成为国内最大的"鹌鹑王国"。小小鹌鹑蛋将刘氏兄弟的 1000 元"孵"成 1000 万元。

风险与收益往往成正比。风险与机遇常常相伴行。

刘氏兄弟"下海"，作出从城市到农村的战略转移，是基于这样一种现实：农村改革起步早，比城里"致富"机会多。

抓住良机的刘氏兄弟背水一战，终成"千万富翁"，更在农村发现自己的人生价值，觅得大展才华的用武之地。

一步"险"棋，无限风光。

‖ "猪口里的战争"

20 世纪 80 年代末到 90 年代初，一种现代概念的"猪口粮"——全价颗粒饲料，涌进开放的国门。多年"打猪草、宰猪食"的农民们，竟不顾"比饼干还贵"的价钱，勇掏并不丰满的腰包了。

刘氏兄弟看到了希望之光，将企业命名"希望"，1000 万元悉数投入开发。

没引进品牌，没倒腾流通，而是全力开发自己的品牌。1988 年，兴建西南最大规模的希望饲料研究所，聘请 20 多位国内外专家兼职攻关。一年时间拿出 33 个配方，精选精制出"希望一号"。

1989 年，年产 10 万吨的新津希望饲料厂投产。

"养猪希望富，希望来帮助。"这散发浓郁"中国特色"的饲料广告语，路见路闻，入目入脑。

然而，抓住了机遇，并不就意味着成功。

面对一场没有硝烟的"猪口里的战争"，刘氏兄弟丈量出自己与正大集团的实力差距。他们确定了"以质量克制质量，以价格克制价格，以市场克制市场"的竞争方略。几番搏斗，1990 年元月，"希望"牌饲料销售量达到 4000 多吨，领先"正大"。

又经两年，成都希望饲料厂产销量突破 15 万吨，实现产值 3 亿元，跃居四川乃至西南地区第一位。"希望"的资金积累跃过亿元。

先人一步，转产饲料的第二次创业，的确慧眼独具。

企业发展，归根到底是个市场竞争问题。"菜篮子工程"一头连着农村，一头连着城市，有无比巨大的市场潜力。菜篮子里的鱼、肉、蛋禽，70％要靠饲料。四川是养猪大省，饲料工业前途无量。这就是根本动力所在。这就是饲料加工企业发展的机遇之本。

市场之大，机遇之多，令人目不暇接。至关重要的，是观全局，握大势。由是，不论从城市到农村，抑或从农村到城市，皆能挥洒自如，步步攀高。

▏ "阳光下的利润"

追寻"希望"的足迹，起伏跌宕，走得并不那么平坦。

养鹌鹑赚到 1000 万时，刘氏兄弟也曾为姓"社"姓"资"所困扰。他们上了北京，得到"莫为浮云遮望眼"的指示，心石落地而后勇。

他们把政策看作机遇，使企业的每一大动作，尽可能与改革、开放、发展的大政策相吻合。有人点评："希望"赚的是"阳光下的利润"。

"东方风来满眼春。"邓小平同志南方之行树起一个明显标志：中国将全面进入市场经济的运行轨道。民营经济将在社会主义的中国获得前所未有的发展机遇。

做了 10 年市场准备的刘氏兄弟，当即注册"希望集团"。这是国内第一家无地名民营集团。

总裁刘永好当机立断："多方合作，全面推进，把希望集团引入快车道"。

——投资 1300 万元，新征土地 150 亩，二期工程——一个年产 70 万吨饲料、国内最大的现代化新型饲料厂横空出世。

——迅速开发新品种，推出"希望"牌 2 号、3 号、4 号、浓缩饲料希望精、添加剂希望灵，以及包括猪、鸡、鸭、鱼、兔、鹌鹑在内的 40 多种"希望"系列饲料。

——在重庆、绵阳、上海、昆明、南昌等地，分别拓展开"希望大旗"，且先后投资近 2 亿元，兴建了 9 家扶贫工厂、11 个扶贫项目，为 1.2 万人提供了就业机会，"光彩事业"异彩纷呈。

一个跨地区、跨行业的希望集团进入了高速发展时期。1993 年实现产值 8 亿元，1994 年 17 亿元，1995 年 35 亿元，1996 年达到 50 亿元。

"希望"的确得到了"阳光下的利润"——80 多家企业棋布国内，总资产 20 多个亿，稳坐中国 500 家最大民营企业和中国饲料企业 100 强"头把交椅"。

机遇就是效益。

刘氏兄弟看中的，主要是那些决定企业命运的重大机遇。

就民营企业而言，当前面临两大机遇：一是世界经济发展东移，二是中国阔步走向社会主义市场经济。这是千载难逢的历史机遇！

个人机遇、企业机遇、历史机遇——在"希望"的发展史上水乳交融。超前一步，握紧机遇之手，"希望"腾飞中华。

（1997 年 8 月 15 日《四川日报》1 版。《希望启示录》三部曲，分别是《观念与机遇》《杂交与扩张》《裂变与多元》，由总编辑唐小强带队采写，由梅松武、赵仁贵执笔，唐小强定稿，三者共同署名）

杂交与扩张

——"希望"启示录（二）

机遇与挑战并存。

挑战在哪里？

民营企业当前面临两大挑战：一是国有企业迈向现代企业制度，"老大哥"重振雄风；二是外资进入中国，市场竞争更加激烈。迎接挑战，民营企业只有上规模，上档次，走低成本扩张之路。舍此别无良策。

"国有加民营，优势互补，共同发展"——这就是希望集团引起广泛关注的"杂交工程"。

▌指数 "效应"

湖南汨罗，楚大夫屈原曾抱石投江。2200 年后，希望人又在此一石击浪。

1993 年 5 月 4 日，长沙机场。刘永好甫下飞机，便被汨罗市粮食局长李积德"拦截"到该市。

一家全套进口设备、投资上千万、建厂 5 年亏损 5 年的国有企业等待"希望"。"杯"声响过，不到两月即投产，第一天销售额即达 108 万元，等于该厂此前全年的销售额。

这只是"希望"发展史上著名的"中南七日行"的一幕。7 天之内，刘永好、刘永行穿梭湖南、江西、湖北 3 省，签下 4 个"杂交组合"协议。

"九省通衢"重镇武汉，拿出一家国有饲料厂一试见效，仍心有疑窦，于是抛出"万全之策"：合资后 5 年内，不管盈亏，"希望"每年都交 65 万元。

希望人一笑，提笔落墨。谁知，"杂交"后第一个月就盈利 74 万元；第二个月盈利 149 万元。按武汉方所占 40％股权算，第一个月该分 30 万元，第二个月该分 60 万元，第三……不敢算了，对方立即操起电话找希望总裁：一、还有几个饲料厂一并拿出来"杂交"，二、修改协议，按股分红。

实践标准丈量出"杂交"的真理属性。

"希望"一时星火燎原。合资的 20 多个企业个个成功，家家盈利。

微机显示：国内还有数百家饲料企业诚盼与希望"杂交"。

"杂交"只是一个形象的比喻。

"杂交工程"的要点在于：在合作方式上，"希望"以资金、技术、商标入股，原国有企业以厂房、设备作价入股，由"希望"派人管理。这种优势互补的"嫁接"，产生的绝不是叠加效应，而是惊人的指数效应。

核心问题是产权——旧的产权观念的变更，新的产权模式的构建。"公"与"私"融为一体，你中有我，我中有你，却不再是以前的那个"你"和"我"。

创造性的实践在这里闪烁智慧之光。

希望 "基因"

两度将希望集团评为"中国首富"的美国《福布斯》财经期刊，曾派记者越洋来访："杂交工程"到底怎样练就回天之功？

刘永好坦诚分析：一是大规模、大批量生产，把 99％的利润投入再生产；二是投入产出比大，外资在中国建一个年产 18 万吨饲料厂，需 750 万美元，"希望"只需 1/2 甚至 1/3；三是资金周转快；四是得到国家扶持。

我们看来，更重要的是经营机制——令人惊叹的"希望现象"。

现象之一："瓷饭碗"。"瓷饭碗"美观、名贵，得来不易，且易破碎，须倍加珍惜。这"碗"中装着的内容之一，是模糊工资，"涨得过瘾，垮得心疼"，立竿见影。

现象之二："铁面孔"。希望人具有高度的质量意识。原料采购员、收购员一个个都是"铁面"，组成一道伪劣原料钻不进、攻不入的铜墙铁壁。"蚌埠希望"11个月处罚58人次，毫不手软。

现象之三："义利观"。凉山希望饲料厂剪彩落红，8个希望小分队巡回大凉山17个县推销，累计让利不下300万元。刘永好说："我们尽全力让农民获得10分利，我们才获取1分利。"

现象之四："商誉度"。进原料当日划款，买产品先钱后货。"希望"没有"三角债"。

现象之五："人本观"。"达县希望"员工王勇前脚奔家探视病父，后脚收到总裁慰问电和慰问金。慈母般的关怀大大增强了职工的凝聚力。

"希望基因"一旦深植合资企业，便转化为巨大的回天之力。

从这个意义上看"杂交工程"，实际也就是经营机制和品牌的扩张。

"希望"开发了名牌产品，同时也创造了一种机制，一种精神，一种崭新的企业文化。在资本运作过程中，无形资产常常发挥着难以估量的作用。

盘上 "龙头"

"只听说川军打工，何来大老板一掷千万？"上海人很是惊诧。

"上海——21世纪最有希望的城市"。美国权威的《时代》周刊封面用此标题。

最有希望的城市岂能没有"希望"？

1992年11月，"希望"东出夔门，抢滩登陆，在上海6000多家民营企业中坐上"龙头"位置。

此时，希望扩张战略图上的小红旗已移向全国。

上海滩为之"二惊"的是，"希望"仅用80天就完成从立项到机器声轰鸣的流程；水运码头处，每天上百只船待装"希望"，辐射江浙。当年销量达2万吨，次年创利润2000万元，赚回两个厂。

"希望"总想把事情做大。总裁心得：做小事极易产生矛盾，做大事反而利于"磨合"——利益重大，一致对外。

于是，剑戟直指浦东，与当地最大的川沙饲料厂"杂交组合"，一统天下的外国品牌纷纷退缩。

1993年8月，上海人也来精彩一笔：划出2000亩宝地，建起"上海希望私营经济城"，聘刘永好为名誉董事长。

上海与新津——前沿与大本营。两座姊妹"希望城"遥相呼应，大有拉动长江流域，奔向大海汪洋之势。

"杂交工程"不等于"光彩扶贫"。

"杂交"是一种资本扩张。资本以盈利为目的，哪里有市场，哪里最赚钱，哪里就是主战场。

如此快捷地闯入高手如林的上海滩，抢占通向国际市场的"黄金口岸"——"希望"开阔的眼界和争雄天下的霸气，是蜀中不少企业所缺少的。

扼住长江经济带开发的"龙头"，"希望"正展开东部扩张的全面进攻。

"龙头"高昂，"箭"在弦上！

（1997年8月18日《四川日报》1版）

裂变与多元

——"希望"启示录（三）

扩张的过程，本身就是"裂变"——由于经营规模扩大而引起的企业组织形式变化和管理结构调整。

民营企业的先天不足在于：它以个人资本起家，所有者、管理者合二为一，组织结构往往是"家族式"的，容易形成"家长式"管理。这种模式在资本扩张过程中逐步暴露出种种弊端，不能不发生"裂变"。

希望集团正是通过这种裂变，在新一轮扩张中走向管理现代化、产权多元化和产业多元化。

▍构建新格局

新津希望科研所的茵茵草坪上，刘氏兄弟的父母雕像依偎含笑。

"男大当婚，女大当嫁。"希望膝下几十个"子孙"遍布全国，当令前人欣慰。但在管理上，却明显感到鞭长莫及。

1995年5月，希望集团董事会按照国际惯例，断然决定对集团的组织结构和管理体制进行适当调整：

新津饲料总厂、食品公司、饲料科研所仍由集团统一管理；省内外40多家饲料工厂则以南北为区域，分别成立南方公司和东方公司，均独立核算，自负盈亏；南方公司由集团总裁刘永好兼任董事长、总裁，东方公司由集团董事长刘永行兼任董事长、总裁；电子、酒店、建筑等产业则由刘永言、陈育新经营。

第一次"裂变"，刘氏兄弟称之为"两拳出击，多点发展"。到1995年底，希望集团拥有50多个企业，其中独资占2/3，合资占1/3。合资企业中，"希望"绝对控股。

紧接着，第二次"裂变"又起。

刘永好以南方公司属下企业为基础，以在川10家企业为主体，组建了面向全国的四川新希望集团。1996年底，"新希望"拥有企业37家，员工6300多人，年产值23.1亿元，销售收入22.7亿元，总资产13.3亿元，利润1.45亿元。

1997年，"新希望"入围全省37家扩张型企业，正秣马厉兵，准备向社会公开发行股票。

第三次"裂变"即将来临！

从"希望"到"新希望"，"裂变"带来的张力不可估量。

"新希望"是刘永好的新追求。作为与集团有密切关系的扩张型企业，"新希望"承继集团传统，发挥希望优势，整合多种资源，集聚人才精英，正构建现代化、集团化的大型民营企业。"新希望"是希望集团在新的历史条件下，致力于产业多元化的创新与发展。

"新希望"大道将行。

实 "炒" 大农业

伴随1996年的新年钟声，"大中型企业悄然进军农业"的新闻，在各种媒体上显赫滚动。

"核弹之父"钱学森闻讯十分高兴："我早就提出，应把农业界定为利用

阳光、通过生物制造人们所需要的产品的产业。这是继信息革命后的第六次革命。"

"新希望"成为"第六次革命"的先行者。"炒热大农业",刘永好又执新一轮扩张牛耳。"新希望"的新思路:"把现代企业制度导入农业领域,加大资本投入。"

此"炒"不虚。

1996年,"新希望"联手几家企业组建上联国际市场、下联农户的农业产业化大型企业,舞起蔬菜食品生产、销售、储运、加工、基地建设"一条龙"。

宜昌。"新希望"三峡农业有限公司挂牌,将大农业推入实际操作阶段。

西昌。万亩万寿菊天然色素提取项目启动,产品全部外销,可使上万农民人均增收千元。

投资数亿元的四川新希望农业综合开发基地建设项目,已经批准立项。12亿人的大"菜篮",为希望人提供了广阔的发展空间。"新希望"正在东北筹建大型粮食收储加工企业;在广东筹建大型养殖场;在各地兴建饲料厂和肉食品加工企业。

1996年1月,中国民生银行正式成立,刘永好出任副董事长,成为该行的主要股东之一。

此外,"新希望"在房地产、制药工业、高档彩印以及精细化工方面亦迈开大步,势头很好。成都市区,5年投资10亿元的房地产项目即将启动。

一辆小车载着刘永好驶入中南海。姜春云副总理欣然题词:"农业产业化,带来新希望"。

以农业为主,兼顾相关产业,实施多元发展战略;打好品牌经营和资本扩张"两副牌"。两大思路落脚在形成新的增长点和新的组合优势上。

在农业产业化进程中,当前突出的是投入不足和经营的组织化程度低。"新希望"的崛起,不但培育新型农业投资主体,而且依托"龙型"企业构造产加销一条龙、贸工农一体化的农业产业化开发机制,其志可嘉。

这是一条充满希望的新路子。

‖ 走向新希望

最新消息：7月21日，美国《福布斯》杂志公布世界500大富豪排名。中国大陆唯"希望"入榜，位在219。

外国人认识"希望"不自今日始。

近几年，刘永好数十次出国，多次访美，与美国饲料谷物协会、美国大豆协会、伊利诺伊大学等建立了密切的技术合作关系。已有70多个国家和地区的商人到"希望"洽谈合作。8月11日，世行国际金融公司首席代表来电，再次提出"可以各种方式与贵公司合作"。

1993年11月22日，第二次世界华商大会在香港举行。刚刚当选为全国工商联副主席的刘永好，作为中国民营企业家的代表应邀赴会，引人注目。刘永好广交朋友，意欲将"希望"推向世界。

"新希望"诞生，刘永好立即提出"国内外优势互补"战略。刘永好看准了国际大公司手中有先进的管理、领先的技术和雄厚的资金，"希望"手中有蛛网般的销售网络、艰苦创业的精神和灵活的机制及对中国市场的熟悉，两手相握同样会产生1＋1＞2的组合效应。

"外国人的车好，但他们不熟悉中国的路。若换上我们的驾驶员，速度将更快。"

"新希望"出海击浪，1997年国际贸易额将达10多亿元。

广西防城港，粮食专用码头、仓储设备走下蓝图；广东，希望大型进出口基地建设紧锣密鼓。

世界走近"希望"，"希望"走向世界。

作为国际知名的民营企业，在走向世纪之交的发展过程中，品牌如何延伸？怎样形成有更广阔市场前景的"希望"品牌族？这一切，在新一轮扩张中将见出分晓。

　　"国有加民营"的杂交组合效应，使"希望"在上一轮扩张中捷足先登。

　　"国内外优势互补"的组合效应，必将给"希望"在新一轮扩张中提供"撬起地球"的一个支点。

　　"希望"属于未来！

（1997 年 8 月 20 日《四川日报》1 版）

家族企业社会化

——与新希望集团董事长刘永好对话

记者：今天，想同你探讨一下家族企业社会化的问题。在我看来，新希望集团通过制度创新和产业创新，在民营企业中率先建立现代企业制度，实现社会化经营，所取得的成功经验是很有启迪作用的。

刘永好：我记得1997年你们采写《希望启示录》时，曾把刘氏兄弟"分家"称为"创新"。当时，希望集团的组织结构调整在社会上引起了广泛关注。实际上，我们的调整1992年就悄悄开始了。在明晰产权的基础上，刘永言成立大陆希望公司，搞电子，做中央空调；陈育新成立华西希望公司，做房地产，管理新津老基地，也做饲料；刘永行和我则联手做饲料。1995年再次调整，分别组建了东方希望集团、新希望集团。1998年，新希望集团属下的四家饲料企业剥离出来，整体改制为四川新希望农业股份有限公司，向社会发行股票，并在深交所上市。这标志着新希望集团已由一个家族企业向现代企业迈进。

记者：新希望之"新"，内涵深刻而富有想象空间，其中有没有"超越"的理念？

刘永好：应该是"创新"理念，不能说"超越"。主要是在"希望"基础上创新发展。新希望集团的理念是与时俱进，与祖国一起发展，与人民携手致富，与社会共同进步。

记者：有关研究资料表明，国外家族企业的寿命，一般为23年左右；家

族企业能够延续到第二代的仅 39％；能够延续至第三代的家族企业只有 15％。家族企业要做大做强做长，不但要有自己的主导产品和主导产业，而且需要不断地扩张，不断地追加资本。因此，许多家族企业都想方设法改制为公众公司，从资本市场获得更为充裕的资金支持和有效监督。可以说，家族企业社会化是其发展到一定规模的必然结果，也是其长盛不衰的必然要求。

刘永好：家族企业是当今社会普遍存在的企业组织形式之一，特别是东南亚的华商企业更是如此。经过几十年甚至上百年的发展，不少家族企业逐步壮大，也有的成为公众（上市）公司。家族企业的存在是一个客观事实，它自有其生长、发展、壮大的必要性。改革开放以来，经过二十多年发展，我国的民营企业已成为社会主义市场经济的建设者。民营企业中的大多数也是家族企业。它们中也有经过改制实现了资产社会化或部分资产社会化。家族企业要自觉地克服纯粹的家族式管理弊端，向现代企业制度迈进，这才是最关键的。

记者：一个优秀企业应该每天都是新的：新的产品、新的发展、新的追求。新希望集团的追求，代表着中国民营经济发展的方向。几年过去了，你的目标是否已经实现？

刘永好：以创新的眼光和发展的眼光看，我追求的目标永远不可能完全实现，不过从目前情况看，新希望集团至少在三个方面初步取得成功。第一，构筑了现代企业管理的新框架；第二，树立了"百年希望"的新理念；第三，形成了以饲料业为基础、以金融和房地产业为"两翼"、以高科技产业为"尾翼"的产业格局。现在，新希望集团拥有 76 家独资和控股企业，9800 多名员工，2000 年销售收入 38.6 亿元，利税总额 2.54 亿元。经营管理这样一个大型企业集团，全部是从社会各界聘用的专门人才。我的主要精力则用于企业的战略决策和对外交往、考察和学习。

记者：你过去在希望集团更多地负责营销、采购和公关宣传，好像对企业内部管理并没更多地涉及。现在，我觉得你不仅是一个名副其实的企业家，而且是一个很有经济头脑的战略投资人，你很善于捕捉发展中的机会。

刘永好：从企业的直接经营者和管理者逐步成为战略决策者和投资人，这种身份和角色的变化必然要求管理模式的成熟和创业团队的形成。我的角色的变化本身就说明家族式企业更加成熟了，在社会化方面不断取得进展。

记者：新希望集团的产业格局给我的感觉好像是一架没有"机头"的飞机。你们目前以饲料业为"基础"而定位。那么，"主业"呢？"基础"好比一个发展平台，"主业"才是核心竞争优势所在，它主导着企业的未来。

刘永好：新希望集团正是依托饲料业这个发展平台，在新一轮扩张中走向资本社会化、管理现代化和产业多元化。对于新希望集团来说，饲料业既是历史形成的产业基础，也是现实的竞争优势；既是对外投资的基础、创业团队的基础，也是企业管理和企业文化的基础。但是，饲料业的市场需求和市场格局已经发生很大的变化，进一步发展的空间有限，新希望集团未来的发展不能完全依赖饲料业。

适应社会化和国际化发展的需要，我们已在金融、房地产和电子信息产业中培育新的增长点。目前正在建设的几大房地产项目，总投资 35 亿元。我们参股民生银行并成为第一大股东，已获得显著效益。在东南亚的投资也初获成功。

记者：房地产和金融，的确可以成为新希望集团未来发展的两只"翅膀"，但翅膀毕竟是翅膀，仍然不是起主导作用的"机头"。我最关心的是，新希望集团未来发展的主业是什么？恕我直言，我觉得新希望集团的主导产业还需要进一步培育。

刘永好：你的意思是应把高新技术作为主导产业？

记者：现在是我向你提出这个问题。在新希望集团目前的产业格局中，高新技术只是"尾翼"。"尾翼"能否培育成"机头"呢？关键是看你们有没有一个具有自主知识产权的真正的高新技术产品。当年，希望集团起家，靠的不就是那个具有自主知识产权的"希望"饲料品牌吗？

刘永好：我们正抓紧开发类似品牌效应的高新技术产品。目前涉足的领域一是精细化工，二是宽频技术。我们正在彭县投资建立"世界领先、中国第一"的钾化工生产、出口基地。新希望集团控股的四川科讯多媒体公司已被四川省政府列为电子信息工程九大骨干企业之一。

记者：听说你不抽烟、不喝酒、不跳舞、不打麻将。你是亿万富翁，为什么对自己这样苛求？

刘永好：我不觉得是苛求，这是从小养成的生活习惯。当然也有一个价值观问题，我追求事业上成功，不贪图个人享受。我们是党的富民政策的受益者，要富而思进，发展不忘人民，努力回报社会。

我想特别强调，没有家乡人民的爱护，就没有新希望的今天。面对经济全球化的浪潮，新希望集团要走向全国，走向世界，但它的"根"在家乡，总部在家乡。

（2001 年 9 月 14 日《四川日报》2 版头条）

硅梦

——张惠国和峨嵋半导体材料厂的科技创新（上）

|编者按| 峨嵋半导体材料厂厂长张惠国率领一批很有才华的科技人员，经过长期艰苦奋斗，瞄准世界最先进的技术和产品，主要靠自力更生，建成我国首条年产 100 吨多晶硅工业试验示范线，在多晶硅技术方面取得了重大突破。4 月 17 日，省委主要领导到该厂调查研究，对以张惠国为代表的知识分子群体的追求给予高度评价，称赞他们是"自力更生、艰苦奋斗的典型"，要求深入总结宣传，使之成为大家学习的榜样。本报记者日前专程前往峨嵋半导体材料厂采访，写出了一组报道。希望读者能够从中得到启示，受到鼓舞。

2000 年 1 月 9 日，中国电子信息产业发展史上值得纪念的日子。

峨眉，红珠山宾馆。一项由峨嵋半导体材料厂承担的国家重点科技创新项目——我国首条年产 100 吨多晶硅工业试验示范线，在此通过国家鉴定。

下午 4 时，在略显紧张的气氛中，中国工程院院士梁骏吾代表专家组字斟句酌地阐述了鉴定结果：项目整体经济技术指标达到国际先进水平。多晶硅生产四大核心技术拥有自主知识产权，标志着我国成功打破西方大国在多晶硅这一高科技领域的垄断，表明曾严重影响我国信息产业发展的多晶硅技

术跨入国际先进行列！

没有鲜花，没有美酒。在激动人心的掌声中，项目总负责人、厂长张惠国站了起来。一双双手紧紧地握在一起，一行行热泪无所顾忌地挂在脸上——那是成功者心底流出的欢喜。

三代人的"硅梦"终于圆了！

║ 年轻的共和国要保卫自己的家园，除了铀，还应有硅。中国人必须在 ║ 硅技术领域占一席之地。于是，一批年轻人来到峨眉山下

多晶硅是重要的电子信息基础材料，有"微电子大厦基石"之称。它是生产单晶硅的唯一原料，没有多晶硅就没有单晶硅，也就不可能有制造各种集成电路和电子元器件的硅片。20 世纪 50 年代中期，一批海外归来的留学生从军事工业角度向党中央提出了发展硅材料的建议。1957 年，国家在京设立代号为"338"的研究室，专事硅研究。次年，该室用锌还原法获得多晶硅——中国人首次有了自己的硅。1964 年，配合"三线"建设，"338"内迁峨眉，后改称峨嵋半导体材料厂（研究所）。这是我国自力更生建设的第一个专门从事硅材料研究、试制、生产的厂所合一的企业，设计能力年产多晶硅 803 公斤、单晶硅 200 公斤。内迁的队伍中，几乎集中了当时全国第一代多晶硅专业技术人员。

好似一块"圣地"！西进，南下，北上，一批又一批热血青年来到峨眉，加入"硅梦之旅"。

1968 年 8 月的一天，宁波火车站。一个小伙子登上了西行的列车，他就是刚从合肥工业大学毕业的张惠国。江南水乡的一草一木眼前闪过，"好男儿志在四方"的慈母教诲言犹在耳，他的心已飞到峨眉。

同样的时间，北京火车站。一对毕业于北大物理系的新婚夫妇挤上了南下的火车，新娘叫过惠芬，无锡人，新郎叫蒋绍喜，湖南人。他们是同班同学，先到成都，再乘一辆解放牌卡车奔峨眉。

也几乎在同一时间，广州火车站。又一位年轻人匆匆北上，直奔峨眉。他是毕业于中山大学的张德跃。

短短几年，峨眉山下聚集了几百名"南腔北调"的年轻人。他们是 20 世纪 60 年代末从北大、清华、复旦等大学毕业的大学生，被称为第二代"峨半人"。加上改革开放后毕业分配来的第三代"峨半人"，构成了冲击硅技术的主力。

‖ "硅梦"难圆。战略性的世界领先的高科技是买不来的。"引进梦"‖ 破灭，"峨半人"说："我们自己干。"

"峨半人"忘不了 1965 年 10 月第一次试车投产的情景，当年生产多晶硅 69.27 公斤、单晶硅 10.5 公斤。产量虽少，却有九项技术指标赶上或超过日本同期水平。遗憾的是，十年动乱，硅技术开发受到很大冲击。到 1984 年，全厂多晶硅年生产能力仍只有 9497 公斤，20 年累计生产多晶硅 81,962 公斤。与此同时，世界多晶硅生产迅速发展，美、日、德等国的大型多晶硅生产厂年产已达 1000 吨以上。

"一定要瞄准世界水平。" 1986 年，在多晶硅研究室担任副主任的张惠国被提拔为主管科研开发的副厂长。他追踪世界高新技术发展动向，了解到生产多晶硅最先进的技术是改良西门子工艺，其核心技术有四项：大型节能还原炉、还原炉导热油循环冷却、四氯化硅氢化、还原尾气干法回收。有了这四项新技术，多晶硅生产才能上规模，并从根本上解决环保问题。

20 世纪 80 年代初，我国为了筹建大型多晶硅厂，曾就引进改良西门子工艺，与国外公司进行过多次接触，但人家就是不肯转让。美国、德国的公司不管你开价如何，连见面都不愿。日本高纯硅公司更是直截了当：不培养竞争对手。

为了打破封锁，张惠国和他的战友们请缨——"就让我们自己干吧。"1987年，他们与北京有色冶金设计研究院合作，开展了改良西门子工艺核心技术的攻关试验。

多晶硅技术攻关，"峨半人"称为第二次创业。由张惠国担纲，组成了包括过惠芬、崔树玉、林爱洁、黎展荣、张献荣、杨继民、蒲晓东等三代知识分子在内的突击队。从1987年到1990年的4年间，他们实施"各个击破、整体推进"战略，斩关夺隘，捷报频传。1990年，首先突破了导热油循环冷却技术，随后，直径为100mm的六对棒还原炉投产。同年冬季，难度最大的四氯化硅氢化技术告破。经鉴定，四氯化硅氢化、导热油循环冷却技术指标达到国际先进水平，同时荣膺部级科技进步奖。大型节能还原炉和还原尾气干法回收技术，也被"峨半人"掌握。

> **一场突如其来的海湾战争再一次强化了"硅梦"——这是一场"硅片战争"。中国人不希望战争，但不能不加快实现自己的100吨"硅梦"**

海湾战争结束不久，张惠国出任厂长。那是1992年5月28日，他接过任命书，一股热流在心中涌动。这是权力与使命，也是责任与重托。

形势严峻。当时，我国硅工业跌入低谷，生产企业从300余家锐减到18家。特别是由于采取落后的工艺，能耗、物耗高，成本高，产品质量低，污染严重，多晶硅专业厂相继停产倒闭，只剩下两个厂自产自用，年产多晶硅仅50吨左右，而国内年需多晶硅700吨以上。各单晶硅厂只能通过各种途径从国外进口多晶硅。在峨半厂，受"下海热"影响，好些科技人员也想"东南飞"，而刚刚开发成功的改良西门子工艺新技术必须加速进行工业实验。

"技术仅仅是手段，建设大规模的多晶硅基地才是目的。"张惠国急了，跑成都，上北京，向国家提出建设年产100吨多晶硅工业试验示范线项目。1997年9月，这一项目被国家计委批准立项，总投资9940万元，要求2000

年 6 月底前完成并进行鉴定验收。

又是三年拼搏，100 吨多晶硅项目提前半年验收。4 月 17 日上午，省委主要领导来到峨嵋半导体材料厂，看到三代知识分子在山沟沟里自力更生搞出的世界一流产品，很感动地说："这就是我们中国民族工业发展的榜样！"

从 803 公斤到 100 吨，这是三代人艰苦奋斗的结果，是千年之交的历史跨越。

（2000 年 5 月 10 日《四川日报》1 版头条。《张惠国和峨眉半导体材料厂的科技创新》上、中、下三部曲，分别是《硅梦》《硅魂》《硅链》，由梅松武、刘成安共同采写。《硅梦》获第十一届中国新闻奖通讯三等奖）

硅魂
——张惠国和峨嵋半导体材料厂的科技创新（中）

4月22日，记者在峨嵋半导体材料厂采访，没有看到现代化的厂房和进口设备，不禁产生一个疑问：一个山沟里的老"三线"企业，何以创造出世界一流的科技成果？采访结束，我们找到了答案：这里有一个艰苦奋斗的好带头人，有一个团结拼搏的好班子，有一批一流的科技人才。用张惠国的话说："我们的优势只有一条，那就是人和。"

高科技需要高投入。面对资金紧缺的最大"瓶颈"，"峨半人"用了两个笨办法："省"和"挤"

20世纪80年代中期以后，国家对"峨半"投入极少，设备陈旧，原材料和电费大幅上涨，流动资金短缺，远未形成规模效益的多晶硅生产举步维艰。建100吨多晶硅工业试验示范线，需要投资9940万元，其中国家安排1500万元，大部分要由企业自筹。资金，成了第二次创业的最大"瓶颈"。

突破"瓶颈"，张惠国提出："创造条件也要上。"全厂上下能"省"则"省"，能"挤"则"挤"，把每一分钱都用在刀刃上。

建一座四层楼的还原大楼，厂里只请了极少民工，挖土、运砖、抹墙都自己干，省了几十万。

自制还原炉，需要抚顺的特殊不锈钢。两位车间副主任为省钱，租一辆大卡车，过黄河，翻秦岭，日夜兼程把货运了回来。

100 吨多晶硅项目所需的氢气压缩机，美国人虽答应卖两台，但每台要价 25 万美元附加条件苛刻，令张惠国难以接受。一气之下跑到上海压缩机厂，左说右磨，用 80 万元人民币特制了两台，精心改造后照样用，一下节省数百万元。四氯化硅、氢气循环，还原时对阀门密气性要求很特殊，进口要 600 万，他们自己改良国产阀门，只花了 100 万。

"挤"，就是"勒紧腰带过日子"。

一条两公里的机耕道将厂区与峨眉山市区相连，周围没有"OK"厅、没有茶楼酒吧，也不闻麻将声，都市的灯红酒绿与这里无缘——"峨半人"没有钱、也没时间"娱乐"。几十年了，"峨半人"就是这样过来的。

在各类资料中，我们偶然发现了一份不太完整的工资记录。资料显示，全厂科技人员平均月收入不足 600 元。厂长张惠国既是教授级高工、政府特殊津贴获得者，又是省劳模、全国人大代表，月收入 900 多元，至今住在 50 多平方米的旧房里。高工蒲晓东，一家三口挤在 20 多平方米的陋室。

高科技需要高奉献。"峨半人"付出的太多，得到的太少，这是一道无私奉献的"不等式"

在峨嵋半导体材料厂的科技成果陈列室，我们看见了许多嘉奖令、奖牌和荣誉证书。到 1999 年底，该厂共完成国家部、省下达的重点科研项目近 300 项，有 76 项获国家级或部、省级科技进步奖，有 30 多种新产品填补国内空白。正是他们开发的一个个高科技产品，装备了共和国的洲际导弹、运载火箭、通信卫星、北京正负电子对撞机……每一个成果都是一首奉献的歌。

1 月 9 日验收 100 吨多晶硅项目那天，我们没有采访到项目实施现场总指挥、副厂长过惠芬。她正在无锡老家料理老母后事，尽女儿最后也是为数不多的"孝道"。听厂里人说，四大技术攻关启动时，南京一家著名研究所来函相邀，称"什么都不要，来人就行"。她没有东去。这次采访，我们见到她，问："是什么东西留住了你的脚步？"她毫不迟疑地回答："一张'党票'，一个硅！"她是30多年党龄的党员了，情之所在，梦之所依，魂之所系，一切为了党，一切为了硅！

过惠芬的胸怀代表了"峨半人"共同的心迹。

杨继民，100吨多晶硅项目的电气总负责人。采访中，我们问他："大功告成，接下来想干点什么？"这位年近花甲的东北汉子一下子热泪盈眶："在父亲灵前敬一杯酒，烧一炷香。"1998年，100吨多晶硅项目正值攻关，电器设计、施工、买原料都是他亲自跑。收到老父病危的电报，他没有走。拿着父亲病故的电报，他仍没有走。他准备今年回趟老家，以100吨多晶硅项目成功的消息祭亡父在天之灵。

林爱洁、周福生，一对相濡以沫的夫妇专家。省劳模林爱洁拒绝了新中国成立前就移居美国办实业的父亲的召唤，以牺牲亲情铸就了无悔人生。

几位老专家未能等到1月9日那天，带着遗憾，长眠在峨眉的绿水青山中。

解华正副总工程师，中国多晶硅技术奠基人之一。在1991年一个寒冷的冬日，解华正猝死在多晶硅的订货会上。政府特殊津贴获得者黄文富，1994年倒在新产品试制现场，诊断书上"晚期肺癌"四字触目惊心。火化那天，瘦削的遗体上盖着一面鲜红的党旗，旁边放着一份他在生命的最后日子里写就的科研报告。

崔树玉、张献荣、黎展荣、欧来腾、蒲晓东……在"峨半"，每一个平凡的名字都是一个无私奉献的故事！

高科技也有高回报。 取得回报的关键在于， 要有强烈的市场竞争意识，尽快把科技成果转化为适销对路的新产品

机遇偏爱有准备的人。张惠国的过人之处，就在于他不只是一个科研迷，而且是一个市场迷。"要盈利，盈大利，一要硅片直径大，二要生产规模大，三要抓住国内外两个市场。"采访中，张惠国念念不忘"市场经"。

1992 年 8 月，"峨半人"的机遇来了。一深圳客商来到峨眉，开口便要买2 吨单晶硅。张惠国拍板："给他，统统给他。"3 天内，两吨单晶硅经检测、包装，从双流机场空运深圳。合同兑现，赚了 230 万元。

看似偶然，实则必然。1 公斤多晶硅的售价是 400 元，变成单晶硅后，平均售价达 3000－4000 元。"峨半人"早就瞄上了单晶硅。

立足一个"抢"字，1996 年，厂里购进 10 台国产 62 型直拉单晶炉，改建成一条 4－6 英寸直拉单晶硅生产线和一条以 3 英寸为主、兼有 4 英寸区熔单晶硅生产线，单晶硅生产能力达到 40 吨，比原来翻了一番。改建过程中，单晶硅车间主任、高工蒋绍喜患脾大、哮喘等多种疾病，他藏好脾切除手术通知书，直至 10 台设备全部调试完毕才走进医院。

当用国产 4 英寸炉子拉出 6 英寸单晶硅时，国内其他单晶硅厂连称奇迹。大直径单晶硅棒出来了，"峨半人"将其打磨、抛光，获得的利润几乎翻番。

1996 年，对"峨半人"来说是具有里程碑意义的一年。这一年，他们生产的硅片打入美国市场，当年出口创汇合人民币 1800 万元。

这是历史的突破。16 年前，我国一个多晶硅引进小组曾被美国人拒之门外。

正是靠着自力更生的壮志和艰苦奋斗的精神，"峨半人"在市场竞争中瞄准世界最先进的技术和产品，取得多晶硅规模化生产科技创新的重大突破，终于使"中国硅"冲出国门，走向世界。

以人为本圆硅梦，丹心一片是硅魂！

（2000 年 5 月 11 日《四川日报》1 版）

硅链

——张惠国和峨嵋半导体材料厂的科技创新（下）

一石激起千层浪。100 吨多晶硅科技创新项目的重大突破引起国内外广泛关注。

4 月 17 日上午，省委主要领导一行来到峨嵋半导体材料厂考察。离开"峨半"，省委领导拉着张惠国的手说："老张，不管遇到多大的困难，这个项目我们上定了。"下午，省委领导听取乐山市委、市政府汇报，再次强调："可以下这个决心，多晶硅、单晶硅，不管什么情况都得干"，"国家批也得干，不批也得干，自己增加炉子，扩大规模，外国人来合资也行。"他说的"这个项目"，就是峨嵋半导体材料厂正在争取国家立项的年产 1000 吨高纯多晶硅项目。

> 从 100 吨到 1000 吨，既是多晶硅生产规模的扩张，也是多晶硅技术产业化的一次裂变。只有实现 1000 吨以上生产规模，我国多晶硅工业化生产才能真正达到国际先进水平

四川省早就看准了 1000 吨多晶硅项目。

1997 年 10 月 8 日，四川省政府办公大楼。在一间简朴的会议室里，正在主持会议的是当时的省长宋宝瑞，周围坐着副省长王金祥和乐山市以及省级

有关部门负责同志。会场中央摆放着一根闪闪发亮、银灰色的 6 英寸单晶硅。听完张惠国的汇报，宋宝瑞当即决定：把 100 吨多晶硅项目列入省政府督办事项，要求乐山市加强对工程建设的领导，同时成立 1000 吨多晶硅项目前期工作小组，积极开展前期工作。

如今，100 吨多晶硅项目顺利通过国家鉴定验收，1000 吨多晶硅项目已列为四川实施西部大开发的重点工程，正在积极争取国家立项。

在峨嵋半导体材料厂采访，我们看到了张惠国去年 7 月 8 日经时任四川省委书记谢世杰之手向国务院呈交的 1000 吨多晶硅项目建议书。半个月后，国务院副总理吴邦国便在张惠国呈送的材料上作了批示，对建设 1000 吨多晶硅项目非常重视。

2000 年 1 月 9 日，100 吨多晶硅项目通过鉴定时，由中国工程院院士梁骏吾领衔的专家组也提出了建设年产 1000 吨高纯多晶硅厂的建议。专家组认为：100 吨多晶硅项目的成功，表明我国已具有自主开发建设 1000 吨多晶硅工厂的基础，不必花高价去引进国外的成套多晶硅生产线。在选址问题上，专家组强调：应以峨嵋半导体材料厂领导班子和技术骨干队伍为基础，在四川省内定点，避免重复建设。

据专家组预测：1999 年全国多晶硅产量为 60 吨，仅占全世界的 0.4%，我国目前多晶硅年需求超过 700 吨。未来 5 年，全国多晶硅需求量将达到 1200 吨。国际市场也是供不应求，1 公斤高档多晶硅可卖到 80 美元，而在亚洲，能生产多晶硅的只有日本和中国，仅亚洲的市场缺口就达 7000 吨。

梁骏吾院士告诉记者，国外多晶硅厂的规模已扩大到年产 3000 吨以上。我们唯有不失时机地把多晶硅做大，才能形成规模效益。他说，100 吨多晶硅项目投产前，生产成本为每公斤 386.45 元，投产后降至每公斤 299 元。生产规模一旦扩大至年产 1000 吨，成本则可降到 254 元。

据北京有色冶金设计研究总院测算：1000 吨多晶硅项目总投资为 11.92 亿元，投产后可实现年销售收入近 6 亿元，利润总额为 2.558 亿元，税后利润为 2.286 亿元，投资利润率高达 21.5%。多好的项目啊！

又一个千载难逢的发展机遇。

**从 100 吨到 1000 吨， 生产规模的扩张必将引起企业组织结构的调整。
"老三线" 企业的管理体制、 内部机制需要来一次脱胎换骨的全面
创新。 于是， "峨半人" 加快了改革步伐**

1000 吨多晶硅项目被"峨半人"称为第三次创业。张惠国坦言，1000 吨
多晶硅项目并不意味着将 100 吨的规模简单扩大 10 倍。比如，100 吨项目使
用了 14 台还原炉，而上 1000 吨时，总不能摆 140 台炉子吧。这就促使项目
整体的自动化监测、计算机控制等都要全面升级。如此一来，以"峨半"的
四大核心技术为依托，中国的多晶硅生产技术将在 1000 吨这一"平台"上实
现整体跨越。

自力更生、艰苦奋斗的精神支撑起了"峨半人"的精神大厦，使他们成
功地实现了前两次创业。毫无疑问，这种精神在第三次创业中同样甚至更为
需要。但是，仅此还不够。全新的体制背景、市场条件、开放环境决定了第
三次创业需要采取新的思路、新的机制、新的举措。面临 1000 吨项目即将上
马，"峨半人"准备好了吗？

"以新项目为依托，建立新的股份制企业，实行新的管理体制，遵循市场
经济规则，追求企业利润最大化"——张惠国胸有成竹。

采访中，张惠国谈到他的新思路：将 1000 吨项目的研究开发部分放在技
术力量雄厚的老厂，避开老厂交通不便、设备陈旧、机制不活的短处。在乐
山车子乡"另起炉灶"，以 1000 吨项目为依托，按现代企业制度要求，建新
的股份制企业，实行董事会领导下的总经理负责制。新企业的投资主体也将
实现多元化，由拥有技术的"峨半"、控制电力的嘉能集团、握有资金的乐山
资产经营公司三家出资，强强联合。三方持股比例分别为 51.1％、25.6％、
23.3％。此外，新企业的劳动用工制度、分配制度、营销模式等都将与市场

全面接轨……

100 吨到 1000 吨，绝非单纯的量的扩张，而是全方位的质的跨越！

> **如果以 "峨半" 的多晶硅为中心形成硅产业链， 再把成、 德、 绵 高新技术经济区的电子工业连接起来， 会像原子核发生裂变一样， 将 释放出不可估量的 "能量"**

在"峨半"采访，听到"峨半人"兴致勃勃地讲"硅链"。这条"链"的结构是：乐山市廉价的电力＋乐山华硅公司的工业硅＋乐山市的液态氯→"峨半"的多晶硅→"峨半"的单晶硅→"峨半"的硅片→乐山菲尼克斯的电子元件。

纵向看，当这条"链"的核心——多晶硅形成 1000 吨或更大的规模时，"链"上每一个"层"所产生的财富将成倍地逐层递增；横向看，与每"层"相关的机械、电器、仪表、材料及其所依托的科学、技术、工艺等都可能获得投入和发展。

再将这条神奇的"硅链"继续延伸，与成德绵高新技术产业带和正在进行产业结构、产品结构调整的长虹及托普、鼎天等对接，其产生的经济效益与社会效益将不可估量。

有人将硅材料与人类史上的"石器时代""青铜时代""铁器时代"相提并论，也称信息社会为"硅石时代"。硅固然不能像铀一样产生物理学上的裂变，但它作为"微电子大厦的基石"，对电子信息产业和整个国民经济的推动也是一种"裂变"。

走向现代化的共和国，要实现自己的强国梦，必须加速发展自己的硅，形成推动国民经济的"硅链"。圆了 1000 吨，再圆 5000 吨，10,000 吨……

"硅梦"在延伸，"硅链"在延伸。

（2000 年 5 月 13 日《四川日报》1 版）

万里写入胸怀间
——西部的空间·市场篇

大江东去,龙腾盛世。西部大开发的热潮席卷西部,在西部人心里掀起万千思绪。

新疆人在思考:最好的棉花出在新疆,而最好的服装和纺织企业为什么在沿海?

陕西人在思考:科技人员密度仅次于北京、上海,而经济综合实力为什么排在第 22 位?

四川人在思考:以什么样的精神状态投入西部大开发?机遇千载难逢,四川应该怎么看、怎么办、怎么干?

思想解放的大讨论拓展了西部人的思维空间。西部各省市区在西部大开发中提出的发展思路、战略重点和改革措施各有特色,但却体现了一个共同的导向:市场。"市场是第一资源","市场是第一资本","市场是第一车间"!

坚持以市场为导向进行西部大开发,充分利用市场机制在促进经济发展中的作用,走出一条符合建立社会主义市场经济体制要求的地区发展道路,是西部人的共识。

"达尔曼"来了，携1.88亿巨资，要在不产钻石的都江堰市建世界一流、亚洲最大的钻石加工中心，他们看中的是四川的大市场

"零资源"与2.4万克拉的年产量之间如何画上等号？"达尔曼"人说：要在游人如织而无像样旅游品的四川"兴市"！"达尔曼"的举措体现出一种新的投资理念：市场是第一资源。

因"兴市"而"兴企"，因"兴市"而"兴国"，成功的范例不胜枚举。

经济学家提醒：一国、一地经济发展水平与自然资源的丰富程度并无显著的相关性。中国东部和新加坡、日本的经验也昭示：即使无天赋资源，只要借助国际、国内市场聚集资源，同样可实现经济起飞。

反思历史有助于我们思考。

新中国成立，西部历经"一五"和"三线"建设两次大开发，短期内奠定了西部工业化基础。然而，由于无视市场需求，计划配置资源的弊端也暴露无遗：生产不计成本，投入不想产出，浪费资源，效益低下。至今，"三线病"仍是西部人的一大"心病"。

显然，西部大开发不能走三线建设的老路。

"克隆"东部如何？东部的经验确可借鉴，但东部的经济起飞主要得益于国家的财政投入，产业政策支持。而且，当时的短缺经济也使东部较轻松地赢得了市场空间。全新的经济环境与体制背景下，西部要追赶东部，要么比东部做得更好，要么另辟蹊径。在完全不同的起点和过剩经济条件下，选择前者，勉为其难。这就使得西部只能以市场为导向，结合西部实际，树立新的发展观、资源观和优势观，在发挥政府和市场两方面作用时，更多地通过政策引导，利用市场的力量，吸引国内外资金、技术和人才投入西部开发。

以市场为导向的西部大开发需要打破见资源就开发、见项目就上的思维定式。长期以来，西部地区传统的发展思路是立足资源搞开发，本地有什么资源就生产什么产品，"有水快流"，竭泽而渔，对资源和生存环境都造成了极大破坏。目前一些矿业城市，包括煤炭、石油、有色金属等，已面临"矿竭城衰"的危机，亟待进行产业转型。

在市场经济条件下，决定地区产业选择和发展的主导因素在市场需求。立足市场搞开发，市场需要什么就生产什么，没有市场需求的项目一个也不能上。要善于将比较优势转化为竞争优势。陕西咸阳的旅游资源世界少有，但咸阳却留不住客，资源优势没有转化为经济优势。四川的电、新疆的气，比较优势明显，求之者众，但东送东输后，若不按东部市场的要求把价降得比东部人现在用的低，资源优势又怎能形成经济优势！

市场大于资源，市场需求才是硬道理。

刘永行回来了。几年前，刘永行率希望集团东方公司到上海投资，现在又回到四川，想做西部"面粉大王"

今度重来的"刘郎"主要看中故乡的市场空间。不管西部"面粉大王"梦想能否实现，刘永行的新举措至少透露出这样一种信息：随着西部大开发的推进，"孔雀东南飞"有可能变为"孔雀向西飞"，东资西移，外资西进，势不可挡！

市场的魅力果然不凡。9月21日下午，西安交大校长徐通模教授先后握了两家银行的手，每一次握手都是5个亿贷款。徐校长把学校与银行的合作称之为"金融资本和知识资本的结合"。不过在以前，是知识寻求金融资本的支持，现在则是金融资本主动"求爱"知识资本。

西部大开发的市场空间很大，前景美好，需要大量投入。正如中国社会科学院西部发展研究中心主任陈栋生所说：成功的关键在于资本、人才、技术等生产要素能否在西部有效聚集。问题在于，在市场经济条件下，生产要素的本能是逐利而非"扶贫"，它总是向市场化程度高、回报率高的地方流

动。现在，政府直接配置生产要素的能力已大大弱化，过去那种国家一声令下，全国的人财物一夜之间到"三线"的风光已不存在。

以钱为例，国家财政收入仅占 GDP 的 1/10 多一点，作为国家直接投资的预算内资金，每年仅为 500—600 亿元，而国家每年的扶贫启动资金就高达 300 亿元。尽管国家计委主任曾培炎慷慨表示：国债资金的 70％、国家拨款的 70％、国外贷款的 70％都将投向西部，但这笔钱与西部大开发所需的资金投入相比，仍是杯水车薪。

西部仰首问天：钱从何来？人从何来？

市场，市场，还是市场！这就是刘永行回川、银行贷款西安交大给我们的启示。

对西部大开发来说，市场既是一种导向，也是一种机制。

西部大开发最难的也最为关键的问题，是要增强西部地区的内在活力和吸引力。长期以来，西部地区与东部地区存在很大差距，主要表现在生产要素配置上存在着"孔雀东南飞"现象。为此，西部地区当务之急是进一步深化改革，扩大开放，以最大的决心，努力改善投资和开发环境，尤其是软环境，采取各种措施吸引内外资金、人才和技术，让西部的和到西部的人都"有财可发"。

令人欣喜的是，西部各省市区已经形成一种共识："你发财，我发展"。四川推出招商引资的一系列优惠政策，相继举办沿海企业产品博览会、乌鲁木齐四川工业品博览会，全省 102 个要素市场成交活跃。成都推出建设"西部人才战略高地"计划，"户口不迁、身份保留、来去自由"，吸引了大量高科技人才和管理人才。重庆市日前决定：拿出 19 个副厅级职位，诚揽天下贤才。其他省市区也纷纷推出了吸引资金、人才和技术的新招。

好一只"看不见的手"，驱动着人流、物流、信息流、资本流向西涌动。据初步统计，已有 60 多家世界知名企业落户成都、重庆，30 多家落户西安。

> "签了 100 亿"——广东省省长卢瑞华的指头用力在空中一划，喜滋滋地告诉西部一位省长。今年 4 月，卢瑞华率团赴西安参加中西部投资贸易洽谈会，从西部拿到了包括大型投资项目在内的 100 亿订单

与卢瑞华的"大手笔"有异曲同工之妙，温州人在西安"小敲小打"。西安有个"浙江村"，15 万温州人以此为据点，倒腾小家电、中低档服装，触角伸向大西北。晚上灯下数钱，温州人的感觉好极了。

哪里有市场，哪里有商机，哪里就有钱赚！

西部的商机来自巨大的投资需求。以公路、铁路、机场为主的基础设施建设构成西部最大的投资领域。未来 10 年，国家将建成成都至拉萨彰木口岸等 8 条大通道，全长 1.5 万公里，总投资 1200 亿元；未来 5 年，西部铁路规模将达到 1.8 万公里，总投资 1000 亿元，这尚不包括正在规划的进藏铁路及云南至东南亚的泛亚铁路；新、扩建 20 个西部机场。此外，十大新建投资项目已陆续启动。

西部大开发"1 号工程"——"西气东输"引人注目。西起柴达木盆地，东至上海，一期投资即达 1200 亿元，投资规模仅次于著名的三峡工程。

西部的商机还来自基础设施投资所产生的"乘数效应"，由此引发巨大的物资需求和消费需求。专家测算，公路建设投资 1 元，可带动社会总产出近 3 元；新建 1 公里铁路直接消耗 10 万个劳动日、400 吨钢材、1800 吨水泥、34 万千瓦小时电力；还有难以估量的各种建设机械、建筑材料、工程承包、参股经营……至于消费需求，西部人均 GDP 仅为全国平均水平的 60%，西部社会消费品零售额仅占全国的 13%，差距中潜藏着巨大商机。

正是看准了巨大的市场空间，于是，有了一波又一波东企西移、东资西进、东人西行；四川造"丰田""娃哈哈"横空出世，贵州产"海尔"应运而生……

市场无禁区。对于西部大开发来说，坚持以市场为导向，不能只看本地市场，还要看全国市场、国际市场；不能只看到巨大的市场需求，还要看到激烈的市场竞争。特别是在全球经济市场化的背景下，西部大开发要适应我国东部地区产业转移和市场竞争的变化，也要适应国际经济的"游戏规则"。我们有20多万个"三资"企业在国内，国际竞争就在家门口；在出口市场上，国内厂家也互相竞争。也就是说，西部大开发同样有一个优胜劣汰问题，西部地区之间的竞争将不可避免。

谁是西部强中手，且看市场作裁判！

（2000年10月11日《四川日报》1版，与刘成安、韩梅合作采写。《西部的空间》系列报道获2000年度四川新闻奖一等奖）

对治理整顿不积极就是对改革不积极
——本报经济部学习五中全会公报对话录

║ **话题之一： 横看成岭侧成峰**

说来并不新鲜，最近跑基层，发现不少同志仍然担心"治理整顿会影响改革"。他们问："改革会不会走回头路？"

这种情绪，实际上在去年实施治理整顿方针之初就出现了。四川群众对改革前途的关心是可以理解的。改革十年，人们说得最多的是改革，受益最多的是改革，担心最多的也是改革。但若问一句："改革到底是怎么回事？"许多人除了回答"放开搞活"四个字外，恐怕还说不出更多的内容。

确实如此。我们的经济体制改革过去是从"放开搞活"入手的。它的最大优点就在于它的实践性和时效性，可以"摸着石头过河"，使老百姓得到实惠，从而获得最广泛的拥护和支持。

但是，这样一种思路决定了改革的许多措施需要在摸索中不断完善或调整。对张弛之间的变化缺乏心理准备，情况稍有变化就容易产生"放还是收"的疑虑。对改革的期望值过高，急于求成，也往往诱发急功近利的短期行为。过犹不及，反尝苦果。

这番话，使我想起前几年爆发的那些"抢购风潮"。由于我们在改革"统"得过多过死的经济体制过程中忽视了必要的适当集中，在强调微观搞活的同时，忽视了综合平衡和宏观调控这只"有形的手"，市场这只"无形的手"在某些方面失去控制，频频引发"粮食大战""棉花大战""冰箱大战""蚕茧大战"。再加上经济过热，增发钞票导致通货膨胀，使改革的进程受阻。治理整顿的方针，正是在这样的背景下提出的。可以说，要是在这样的时刻不采取治理整顿的断然措施，经济继续发高烧，经济秩序继续混乱，改革是不可能顺利地进行下去的。

现在有一种说法，似乎只有"松绑""放权""让利"才是改革，一强调宏观调控和计划经济，就说是要"收"了。其实，正如公报所说，逐步建立符合计划经济与市场调节相结合原则的，经济、行政、法律手段综合运用的宏观调控体系，仍然是改革的一个重要内容。

如果只是从各自所处的地位和角度出发来认识治理整顿，就难免失之偏颇。苏东坡有首为人熟知的诗："横看成岭侧成峰，远近高低各不同。不识庐山真面目，只缘身在此山中。"只有站在改革全局的高度，才能把握住治理整顿的"真面目"。

前几天，我采访了省邮电摩维中心经理徐基仁，他就认为治理整顿与改革相辅相成，治理整顿愈彻底，改革就愈顺利。他打了个比方：治理整顿好比在稻田里除稗草，只有把妨碍稻子生长的稗草清除了，才能拓宽稻子的生存空间，让它长得壮，结出丰硕的果实。

说得好！据我所知，摩维中心这一年来正是靠治理整顿打击了社会上的不正之风，他们"不给回扣"的正派经营方针才能坚持下来，并争取到更多客户，今年9月就完成了全年利润计划。也正是企业兴旺，效益好，他们在用工制度、分配制度上的改革，才能取得引人注目的成效。所以，治理整顿作为改革过程中的一种非常措施，既可以巩固、扩大改革已有的成果，也能够纠正妨碍改革的偏差和失误。它是在坚持改革开放总方向的前提下进行的，是改革深入和健康发展的必要条件，绝不是走"回头路"。

▌话题之二： 缓步徐行静不哗

学习五中全会公报，我注意到它在阐述治理整顿与改革的关系时，使用的"配合"和"服务"两个词大有深意。没有改革的配合，治理整顿不可能取得成功；在治理整顿期间，改革的一切措施又必须有利于治理整顿，服务于治理整顿。

回顾一年的实践，不夸张地说，治理整顿的具体目标的实施，都需要改革的密切配合。就说以搞活大中型骨干企业为重点，进一步深化企业改革吧，它既是克服当前经济困难的当务之急，也是搞好治理整顿的一个重要条件。我们没有理由否认过去增强企业活力的改革成果，但问题在于，我们过去在强调微观利益机制的时候，忽视了对微观经济活动的约束机制。

我手头有份材料。1889 年上半年全国 100 家企业的问卷调查表明，有 56％的企业家认为 1989 年企业改革实际上放慢了。最近收到南部县一个通讯员来稿，也说他们那里的厂长（经理）感到"改革难搞"。是不是在治理整顿期间，企业改革就无所作为了？恰恰相反。比如解决企业的约束机制，处理好企业与国家、企业与工人、"中心"与"核心"等方面的关系，完善承包制和厂长（经理）负责制，都是需要同治理整顿配合进行的。

调整产业结构也是治理整顿的一个重要环节。调整的一项必要代价，就是对效益差的企业实行关停并转。前段时间，重庆市轻工系统濒临破产的企业已有 11 户。他们面临着"退休职工如何安置""待业保险金由哪里支付"等一系列难题。没有劳动制度改革、社会保障制度改革等配套，产业结构、企业组织结构你怎么调？

我觉得，公报把重视和加强农业摆在治理整顿的重要环节中加以强调，非同凡响。农业如何加强？方方面面中有一条不可或缺，即农村改革的深化。毫无疑问，在治理整顿期间，为实践证明是正确的一系列农村改革措施，如

家庭联产承包责任制、农业科技承包和发展专业户、乡镇企业等等都应该继续坚持，并在稳定的基础上不断完善。这样做，既是治理整顿的现实需要，更是治理整顿成功的有力保证。

在治理整顿中，确实有某些改革措施暂时不宜推行。表面上看，这似乎是治理整顿与改革有矛盾，究其实质，则是这些改革措施出台缺乏必要的经济条件，或者说是目前的经济环境尚不允许。正是在这个意义上讲，治理整顿将为改革的深入和健康发展创造良好的条件。

"眼中形势胸中策，缓步徐行静不哗。"这是宋代名将宗泽率部出征写下的名句。我们的领导干部，我们的企业家，都应当有这样一种大将风度。

话题之三： 风物长宜放眼量

面对紧缩政策，不少企业领导感到日子不太好过。种种说法之中，最为普遍的是：当务之急不是企业怎么改革，而是企业如何生存。当前企业普遍感到头痛的诸多问题不可低估。应该采取积极有效的措施，以求得各种问题的妥善解决。

也要警惕有人借治理整顿之名，敲企业的"竹杠"。来自社会各方面的"集资""赞助""捐赠"，更使企业苦不堪言。四川仪表总厂今年1至8月支付各种摊派费就高达200万元。正确解决这些问题，也是当前稳定经济、稳定人心的一个重要方面。

但是，我以为当前更主要的问题还在于，一些地方和部门的领导干部对长期经济过热造成的困难估计不足，看不到它的严重性，以致到今天仍没有把主要精力用到治理整顿上来。用群众的话来说，这就叫作"挂帅不出征"。

由此看来，我们很需要强调一个观点，即治理整顿是积极的方针。积极的方针必须以积极的态度来贯彻执行。治理整顿同深化改革不能割裂，更不能对立。对治理整顿不积极也就是对改革不积极。

　　说到这里，我们是不是应该这样来统一认识：进一步治理整顿和深化改革，确实是克服当前困难的根本途径。通过治理整顿，让过热的经济降温消肿，的确要牺牲一些局部的暂时的利益，但这是调整中必须付出的代价。从长远来看，无论是治理整顿还是改革，它们本身都不是目的。我们的目的只有一个——发展社会生产力，确保国民经济持续、稳定、协调地发展。

　　　　　　　（1989 年 11 月 18 日《四川日报》1 版，与罗晓岗合作采写）

难忘的 1989：改革与稳定

——经济战线治理整顿第一年的回顾与思考

历史走得很急。

在经历了十年疾风骤雨之后，在我们即将告别八十年代的最后关头，中国改革正面临新的历史性选择。

四川，作为中国改革的一个发源地，作为中国改革的一个举世瞩目的"窗口"，以它不容置疑的回答，在社会主义改革的鸿篇巨制中，书写出 1989 那令人永志不忘的一笔。

1989 的春夏秋冬，改革令多少人有所惑有所思有所悟。困扰与解脱，紧张与释然，循环交替之中，社会各界似乎有一种不稳定感。

我们还从来没有像今天这样同时面临这么丰富而又复杂的问题。

治理整顿中的改革，难在哪里？出路何在？

应当采取怎样一种思维方式，通过哪一种途径去治理整顿？

早在年初的七届人大二次会议期间，这些问题就成为人民代表广泛关注的"热点"。有人认为，治理整顿不要怕过激，"矫枉必须过正"；有人却在现实中感到迷惑和痛苦，对深化改革表示忧虑。

上面枝叶微动，下头八级台风。

在四川的城乡、企业、机关、学校乃至各种公共场所，到处都有人议论改革。快乎，慢乎？进乎，退乎？得乎，失乎？变乎，不变乎？人云亦云者居多。于是，便有了一句从流行歌曲中借代而来的流行语——"跟着感觉走"。

农业的"冷灶"刚刚升温，不少专业户和乡镇企业经营者便打起"退堂鼓"来了。甚至像德阳孝感工业公司经理巫道玉那样在全国有名的优秀企业家，也感到"异军"似乎真的变成了"异己"。他对记者说："资金再紧，市场再疲软，我都不怕，就怕舆论上朝我们泼污水。"

城镇里的个体工商户面对飞短流长忧心忡忡，歇业收摊者不乏其人。江油市某个体户言谈间略带苦涩："我们是蜜蜂爬到玻璃上——有光明无前途。"

企业承包人承受着种种非议，一些人正在考虑着急流勇退。

令人难忘的 1989，我们承受了三次强大的冲击波——

‖冲击波之一："川军" 向何处去？

年初的"盲流现象"，被新闻界称之为"1989 年中国第一号震荡"。人潮奔涌，广州、北京、上海、沈阳、海口纷纷告急。作为压缩基建的必然效应，号称"百万"的"川军"面临严重挑战，不少人在心里嘀咕："夔门是不是要关了？改革开放政策变了吗？"

‖冲击波之二： "中心" 大还是 "核心" 大？

基层党组织发挥政治核心作用的提出，本是对"淡化论"的一种纠正，在一些地方却令人遗憾地畸变为"中心""核心"的权力之争，一时成为企业矛盾的焦点。为了突出自己的"中心地位"，某市商业系统一位经理竟连党员过组织生活也要经他首肯。总共 70 个党员的某乡镇企业公司，有人提出要在下属 12 个企业选 12 个专职支部书记。

冲击波之三：　承包前途如何？

疲软的市场。回落过猛的工业速度。停产半停产企业的增多。经营者在急剧变化的外部环境中普遍感受到了企业承包受到的严重威胁。危险的不在困难，而在于改革锐气的弱化。人们注意到，在那些承包期满的企业，"功成身退"一度成为时髦的说法。井研县经委属下九个企业，就有六位经营者曾经提出辞职。

也许还有一些担心和疑虑。比如，"专营"会不会变为"专横"？"失控"会不会变为"死控"？"膨胀"会不会变为"滞胀"？尽管这只是在私下议论，但它仍以潜移默化的形式影响着人们的情绪，从而加重人们对改革的不稳定感。

但是，换个角度思考，这种不稳定感是否也有它积极的一面呢？

改革深得民心。人心思稳。

10月。日本一位大学教授专程来川，要亲眼看看曾在中国改革大潮中一马当先的四川，改革到底变了没有？考察的结论是：改革没有停步。

"如何从总体上评价今年四川的改革？简言之，就是在不稳定中求稳定，在稳定中完善，在完善中深化。"省体改委常务副主任戚扬如是说。

1989年四川的改革，正是在"稳定"二字上破题。

蛇年正月初一，省委书记杨汝岱冒雨前往温江柳林乡大田村给专业户拜年，鼓励党员带领群众勤劳致富。

9月21日，汝岱同志在川西片农村综合体制改革试点县（市）委书记座谈会上强调：联产承包责任制不能变，稳步发展乡镇企业不能动摇，不能把专业户和私营企业主画等号……在此前后，他逢会必讲稳定政策，稳定人心，稳定经济，坚定了全川人民深化改革的信心。

张皓若省长始终关注着企业承包。7月初，他明确提出承包"一要坚持，二要完善"的方针。8月，他要求厂长经理要理直气壮地按《企业法》规定发挥中心作用。同时强调党委是企业的政治核心。

作为记者，在这一年里，我们曾经无数次直接或间接地听到过许多省领导类似的讲话。每一次，我们都有一种强烈的感受：四川省委、省政府牢牢地把握着治理整顿与深化改革的正确方向，党心民心息息相通！

四川在 1989 年卓有成效的一项改革，是稳定和完善企业承包制。

尽管时下一些同志对承包制颇有微词，但是客观地说，承包制在现阶段仍不失为一只"会逮老鼠的好猫"。早在 3 月份，省政府便派出 11 个调查组赴各地深入调研，9 月向全省颁布了 7 个完善承包经营责任制的配套文件，对议论较多的几个关键性问题作出了明确规定。

坚定的改革意识，使得四川的这项工作领先于全国。

6 月 3 日，内江齿轮厂率先实行连续承包，拉开了全省企业二轮承包的序幕。其后，在内江，在成都，在达县，在全省许多地方，承包在稳定中完善、滚动，鼓起了厂长经理激流勇进的雄风。

四川在 1989 年卓有成效的另一项改革，是大规模地推行农业科技承包。

何曾见过这样壮观的场面：一万四千之众的科技大军，走向田野，走进农家，集团承包六田作物 2200 万亩，播下丰收的希望。我们为农业丰收而自豪，也深深领悟到科技与承包相结合所产生的巨大威力。

企业承包与农业科技承包，如双星辉映，光耀巴蜀！

发端于承包的改革，不仅得益于承包，它也在 1989 年的其他领域、其他侧面深化、拓展：

——产权转让方兴未艾。据不完全统计，去年 10 月至今年 7 月，全省有 429 户企业接收或兼并 505 户企业产权。

——税利分流稳步推进。继重庆率先试点之后，今年全省 70 多个大中型企业试行此项改革。

——集体经济改革提上议事日程。我省在全国最早建立了城镇集体经济联席会议制度。

——劳务输出拓宽路子。来自南充的消息：70 万劳务大军调整劳务投向，大步挺进交通、矿山、通讯领域和边远山区。

——乡镇企业和农村"两个基金会"成绩斐然。

尤其值得一提的是，劳动、工商、财政、税务、物价、金融等宏观调控部门在企业产权制度、市场组织原则、公平分配机制等方面加快了改革步伐，在更高的层次上探索建立健全经济、行政、法律手段综合运用的宏观调控体系。

这是治理整顿的需要。这是较之于放权让利更为艰巨的改革——为了求得国民经济根本的稳定。

从四川看全国，改革大趋势不可逆转。

有人说，改革是一个历史过程。历史地看改革：青山遮不住，毕竟东流去！有人说，改革是一个现实问题。现实地看改革：困难与希望同在。我们还要说，改革在 20 世纪 90 年代，将带着成熟的魅力，激荡于社会主义的中国。

中国的改革开放总方针总政策没有变。人们的心理上却总是担心要"变"。这确实是一个耐人寻味的现象。

有一句俗语，叫作"一朝被蛇咬，三年怕草绳"。毋庸讳言，我们的方针政策几十年间曾经有过剧烈的波动，人心因而变得过分的敏感，以至于合理的适当调整，也给人一种"变"的感觉。这种感觉的消除，得借助于事实这个最好的"药方"。

值得注意的，是另外一个问题，即我们自身对改革的认识也需要深化。实际上，改革就是变革。它是动态的、发展的。治理整顿期间对某些改革政策的补充、完善，本身就是改革的深化。真正的改革者，不但不应当害怕，而且要审时度势，积极应变。

更值得警惕的，还是在"变不变"的心态背后所折射出的对改革的急于求成。

十年间，我们曾经有过某些改革措施试图单骑突进、一步到位的教训。

我们也曾经有过改革措施频频出台、以求速胜的做法。这些都表现为一些人不成熟的"急躁症"。有关人士曾说："改革宁可打'持久战'，不能希望什么灵丹妙药立见奇效。这就是 1988 年给我们的最大教益。"

而在 1989——治理整顿第一年，我们对"改革不能急于求成"的观点有了更深的理解。

同时，我们也更深切地感到，改革同治理整顿唇齿相依。治理整顿要纠正的是妨碍改革的某些失误和变形，而绝不是向旧体制复归。在新旧体制交替过程中，我们曾经出现过"新瓶装旧酒"的现象。今天的治理整顿，唯有坚持改革的大方向，否则，旧体制会以各种方式导致改革的变形。

"过去，我们对改革的艰巨性和复杂性认识不足，急于求成，出了一些问题，如果我们现在头脑发热，急于求治，会出现更大的问题。"一位全国人大代表发出这样的警告。

我国社会主义建设已经走过了 40 年历程。尽管如此，我们仍然没有从根本上摆脱急于求成。

解决的出路，在于建立计划经济同市场调节相结合的经济运行机制。党的十三届五中全会指出，这是"改革的核心问题"。

20 世纪 90 年代的改革，一定能够完成这个重大的历史使命，使中国经济彻底跳出发展——紧缩循环往复的"怪圈"。

中国改革将走向成熟，以新的形象出现在 20 世纪 90 年代。

历史将证明。

（1989 年 12 月 19 日《四川日报》1 版，与罗晓岗合作采写）

优势在"成套"中确立

——中国东方电站成套设备公司改革开放纪事

在世界银行贷款兴建河南偃师首阳山电厂这一重点工程的国际招标中，中国东方电站成套设备公司（以下简称东方公司）战胜了来自6个国家9家大公司的竞争对手，将获得约1亿美元的锅炉岛和汽机岛等项目的成套承包任务。消息传来，该公司总经理石万俭最近接受记者采访，信心十足地谈到东方公司的奋斗目标——2000年成为跨国公司。

宏伟的目标！宏大的气魄！

3年前，国务院批准东方公司计划单列。李鹏总理明确指出，东方公司计划单列后的工作重点是"成套"，发展方向是"交钥匙"工程总承包，大力开拓与占领国内外市场。跨国公司的奋斗目标，就是根据李鹏总理的指示确定的。

东方公司是我国发电设备行业中最早拥有外贸经营权的企业集团之一。几年来，东方公司对外承包工程30多项，经营额15亿多元；出口机电产品27个品种，累计创汇2000多万美元。1989年，东方公司首次将我国水电设备打入加拿大市场，为进一步开拓北美市场奠定了基础。目前，该公司承包的价值7050万美元的巴基斯坦拉克拉电站工程和价值4.6亿元人民币的孟加拉吉大港电厂工程已开展工作。

东方公司把四川的东方电机厂、东方汽轮机厂、东方锅炉厂、东风电机厂和河南的中州汽轮机厂联结成为一个紧密的"大拳头"。在这个"拳头"的周围，聚集着 27 个半紧密层的生产企业和 65 个关联企业。全公司拥有 78 亿元固定资产，40 多万职工，是我国三大发电设备生产基地之一。它生产的发电设备，火电机组占全国的近三分之一，水电机组占全国二分之一。它的形成和崛起，不但改变了我国发电设备制造工业的布局，而且为三线企业发展创出了一条成功之路。

说到东方公司的发展，石总经理回顾了 1984 年筹备这个公司的初衷。在"分散、隐蔽、靠山"的三线建设方针指导下，内部联系紧密的"东方""东风"几个厂先后在德阳、绵竹、自贡、乐山建成投产。企业天各一方，生产的机、电、炉产品却往往安装在同一电厂，成为不可分离的机体，不仅机、电、炉参数要匹配，甚至生产进程也要求同步。随着改革的深入，工程招标制逐步推开，用户由需要单机供货发展到需要成套供货，进而要求"交钥匙工程"。单机供货的"东方"各厂因而处于困境。特别是东方汽轮机厂一度"无米下锅"，甚至以生产榨糖机、菜刀、蜂窝煤机"充饥"。组建集团势在必行，这是"东方""东风"四个厂共同的心愿。1984 年，东方电站成套设备公司正式成立。

联合出优势，"成套"出效益。东方公司成立一年，便扭转了生产滑坡局面，显示了强大的生命力。四个核心厂的总产值 1983 年只有 1.6 亿多元，到 1989 年猛增到 5.7 亿多元，6 年中增长了两倍半。在 1985 年和 1989 年 4 个"装机战役"中，东方公司生产的机、电、炉分别占全国的 32.75%。东方公司的优势从此得以确立。

自 1987 年计划单列以来，东方公司进一步加快改革、开放步伐，完善了董事会领导下的总经理负责制，并经国务院有关部门批准成立了财务公司、成套设计研究院和职工大学，增强了公司的经营管理职能和公司内部企业之间的凝聚力和向心力。1989 年，各地企业都遇到了资金紧缺的困难，东方公司所属企业也不例外。财务公司千方百计融通资金 2 亿元，为三大主机厂解决了 1 亿多元流动资金贷款（约占工厂在银行贷款流动资金的一半），有力地推动了生产。东方公司总承包的山东胜利油田自备电厂工程，由于资金紧张，工程面临停工危险，财务公司迅速提供 2000 多万元急需资金，保证了工程按期完工。华北电管局负责人伸出大拇指："'东方'不简单，能解决这么大额的资金!"

东方公司充分发挥整体优势，推进技术进步，使公司目前生产能力比原设计能力提高 2 倍以上。成套设计研究院成立后，东方公司统一组织新产品开发和科技攻关，目前在 60 万千瓦火电机组的开发和引进方面已取得重大进展，在高温汽冷堆、空冷系统和循环流化床锅炉，煤气化联合循环等项目的研究开发方面也比较顺利。

优势在改革中强化，在开放中发展。为了实现 2000 年的宏目标，东方公司已经在北京、上海、南京、广州、深圳、海口等地设立了 12 个分公司，在国外设有代理商。

"东方"正大步走向世界!

(1990 年 7 月 17 日《四川日报》2 版头条)

加大改革分量是顺理成章的事

——访省体改委负责人

在新的一年就要到来的时候，记者采访了省体改委负责人刘光炳、唐公昭、郭恩良同志，请他们谈谈我省 1991 年的城市经济体制改革工作。

记者：中央把"坚定不移地推进改革开放"作为十年规划和"八五"计划的指导思想。我们四川作为一个地处内陆、商品经济不发达的大省，深化改革是不是更为紧迫？

刘光炳：当然更紧迫。张皓若省长最近已经在全省计划会上讲了这个问题，值得思考的是，四川的改革起步较早，为什么现在落后于沿海地区？我个人认为，这除了种种客观原因以外，恐怕主要是在改革上思想不如人家统一。他们说干就干，上上下下思想一致，善于从本省的实际出发确定改革的措施。前段时间，我随省委领导同志到广东等沿海地区参观考察，发现我们根本的差距就在这里。当然，省委省政府做了大量工作，现在我们同别人的差距正在缩小。

记者：我们到基层采访，过去也常常听到对改革的种种议论。对四川 12 年来的改革我们究竟应当怎么看？

刘光炳：据我所知，四川的改革从农村起步，这是比较成功的。大家的认识比较一致。但城市经济体制改革是否也是这样呢？我认为，城市改革在许多方面也是比较成功的，取得了巨大成绩。当然，还有不少需要完善和深化的地方，尤其是在分配上还没有真正打破"大锅饭"。中央这次提出坚定不移地推进改革，对我们四川来说，确实十分必要。

郭恩良：要以经济建设为中心，不改革肯定是不行的。而我们的一些同志，在这个问题上认识似乎还有差距。

刘光炳：在前一段时期，为了突出解决经济过热、通货膨胀、经济秩序混乱等经济生活中的紧迫问题，在工作力度上偏重于治理整顿措施的贯彻执行，这是必要的。但是，现在治理整顿已经取得了阶段性成果，为深化改革创造了较为有利的环境和条件。现在，经济生活中的深层次矛盾，不是只用行政性的手段就可以克服的，只有通过深化改革和扩大对外开放来解决。我们要抓住这个有利时机，进一步解放思想，像中央要求的那样，坚定不移地推进改革开放。

记者：省体改委对明年的城市经济体制改革有什么打算？

刘光炳：根据省委、省政府的指导思想，我们已经提出了一个初步意见，正在进行讨论。总的来说，明年要加大改革的分量，重点是继续以搞活企业特别是大中型企业为中心。首先是继续深化企业经营机制改革，进一步完善承包经营责任制，坚持转换机制。

唐公昭：企业转换机制很重要。比如，许多小企业不断追求技术进步，不断坚持厂长负责制。其次是改进企业用工制度、分配制度，积极稳妥地开展股份制和利税分流试点。还要建立产权制度，理顺国家和企业的关系，积极推进企业兼并和产权转让工作，促使资产存量合理流动和优化组合。看来，我们这些改革，同七中全会的精神是一致的。

记者：在"八五"第一年，省里有没有改革新招？

刘光炳：有些还在探索试验。不过，你们可以给读者提供一个信息：省里已经决定，1992 年在广汉市进一步进行综合体制改革试点，把 12 年来想改又没有改好的、难度最大的改革项目，拿到那里去试验。

现在的改革，比起过去来难度要大得多。过去主要是对企业放权让利，而现在是转换企业经营机制。我们在广汉试点就不让什么利，而是给企业施加压力，促使它推出新产品，而有些大企业对科技却没有多少兴趣。这不是他们不懂得技术重要，而是缺少创新的机制。我们现在就要通过改革，好好解决这个问题。可以说，衡量企业改革成功与否的标准之一，就是看它是否具备了不断追求技术进步的机制。

刘光炳：当然，我们也要为企业创造改革的社会环境和条件，这主要从两个方面搞一些配套改革：一是逐步建立社会保障制度，重点是职工待业保险和养老保险制度；二是培育市场，在建立和完善生资市场、产权市场、资金市场等上下功夫。

郭恩良：采取这些改革措施，实际是促进生产要素的合理流动，使企业的生产和经营更卓有成效。

唐公昭：我想再补充一点。刚才谈到在改革上要进一步统一认识，这就要深入学习改革的基本理论。比如，提出社会主义有计划的商品经济理论和社会主义初级阶段的理论，都是我们党对马克思主义的实际运用和发展，是指导我们改革开放的基本理论。还有实践是检验真理的唯一标准和生产力标准等等，这些基本理论，绝不能动摇。在学习七中全会公报，学习党的基本路线的过程中，全面准确地深入领会这些理论，对统一认识，深化改革是大有益处的。

刘光炳：今天就谈到这里吧。总而言之，"八五"期间我们按照七中全会的要求，加大改革分量，是顺理成章的事。我们对四川的改革开放抱非常乐观的态度。

（1991 年 1 月 2 日《四川日报》1 版，与熊端颜合作采写）

竞争岂止在市场

——"川货"市场占有率低的思考

市场竞争没什么温情可讲。天府大门向全国洞开已成活生生的事实。我们唯一的选择是"主动出击，迎接挑战"。而问题在于，某些"川货"不但在省内市场的占有率逐年下降，出省率也面临挑战。

▍怎样让更多的 "川货" 出川

分析"川货"的市场占有率，要从全国市场来看，不能认为在省内卖得越多越好。四川的产品，四川的1亿人不买，要卖到全国也困难。但四川产品如果只有四川人买，也是没有前途的。只有四川人才买的"川货"，与四川人不买的"川货"一样，都表明市场竞争力差。这个问题在春节前夕召开的省人代会上已成为热门话题。

话题之一："'川猪'怎样走天下?"

外省市前几年养猪较少，求大于供，各大中城市40％的猪肉靠四川提供，因而有"川猪走天下"的美誉。但今非昔比，目前，各省市抓"菜篮子工程"已见成效，甚至连北京那样的大都市去年也做到了猪肉自给。于是，川猪外调受阻，积压严重，难煞了一个个"养猪大王"。

话题之二："'川丝'怎样保持优势?"

丝绸出口居我省外贸出口商品之首，但长期以出口原料为主，在新产品开发上下功夫不够，不能适应国际市场变化。3 年前，香港市场就已经畅销水洗、砂洗绸了，而我们 1990 年才开始搞。有的丝绸厂 1990 年因产品积压被迫停产，当地政府号召消费者买"爱国绸"。在成都市青年路，来自广东的仿真丝围巾 20 多元一条仍然走俏，而我们的一些真丝围巾"出口转内销"，16 元一条还卖不掉。

由上述两个话题不难得出一个结论："川货"对市场波动的承受力不强。尽管改革开放十余年来我省创国优、省优产品 3400 多种，但真正形成了产品优势和市场优势的不多。比如，川菜、川药、川茶中名优不少，但由于受到生产工艺和环境限制，难以大批量投放市场。又比如，川纸、川糖、川盐质量和品种与外省差不多，但就是成本偏高，没有价格优势，难以同东北纸、滇糖桂糖和海盐湖盐竞争。

"质量和成本是竞争之本。"西昌火柴厂提出的这个观点对全省有普遍意义。我省工业产品不仅成本偏高，而且质量下降，国家考核的主要经济指标，我省多数处于全国中下水平，与沿海的差距越来越大。据统计，1989 年全省万元工业总产值耗能（标煤）比全国高 25％，全民所有制工业全员劳动生产率比全国低 22％；全省优质产品率只有 14％，产品质量抽查合格率只有 48％左右，大大低于全国平均水平。

"川货"难以出川，还与产品结构不合理有关。特别是轻纺工业，既缺少高附加值的深加工产品，也缺少能稳定占领市场的大路产品。从产品品种结构上看，从省外调进的占 60％。四川工业产品品种占全国品种数比例也很少，出口产品更少。1990 年 10 月在广州举行的第 68 届出口商品交易会上，我省纺织系统送展的 74 种新产品中，只有 2 种成交，其余都因花色品种不对路或价格偏高而无人问津。由此看来，四川工业产品结构调整和技术改造已刻不容缓。

被忽视的农村市场

无论是产品结构调整还是技术改造，都有一个战略战术问题，特别是市场导向问题。我们不仅在战术上对市场研究不够，开拓不够，而且在战略上存在着重城市轻农村的偏向。

多年来，我们产品的消费主体在城市，特别是大中城市。当大中城市容纳不下了，或产品过时了，才逐步转向农村。结果把农村市场这半壁河山拱手让出去了。

1990 年夏天，省轻工厅对我省农村市场进行专题调查，认为 70％以上的农民仍处在温饱阶段，多数农民对商品具有很大的选择性。用农民的话说，就是："不急需的不买，不称心的不买，质价不相称的不买。"目前，农村市场积压与短缺并存，许多日用小商品和中老年用品经常脱销。乐山市一位消费者 1990 年想买一件 100 厘米芭茅色低领棉毛衫，跑了乐山、五通桥、夹江、峨眉、眉山 5 个地方都没有买到，最后虽然在峨边县一个乡供销社买到了，但一看产地，却是河北邯郸。他的母亲要买几米棉带，至今还未如愿。不止一个地方的农民呼吁："海鸥洗发膏哪里去了？"

在市场战略问题上，我们应该树立农村、城市、国际 3 个市场的观念，在大力开拓城市和国际市场的同时，一定要把占领农村市场作为战略后方，在开发高档产品时不能忽视中低档产品。我们的一些企业，正是做好了这些工作，近几年走出了新的路子，积累了很好的经验。四川有 9000 多万农民，占总人口的比重比全国高 8 个百分点，而我省有些产品在农村市场的占有率比城市还低，这种状况必须改变。

软件比硬件差距更大

四川与沿海的差距，不仅在于生产工艺和设备等硬件，而且在于市场竞争机制、企业管理机制和思想观念等软件上。

我们的用工、分配制度与沿海经济特区和合资企业有明显的不同，这就是一些地方的"铁交椅""铁饭碗"、平均主义仍然比较严重。重庆印刷二厂以同样的设备，同一个厂的职工，在重庆本厂和深圳分厂生产的产品，质量、档次大不一样。说明什么呢？根本的问题是四川需要进一步搞好企业内部改革，促进人尽其才、物尽其用。

我省不少管理人员久居盆地，视野不宽，信息不灵，常常不能把握时机。1984 年，我国体育代表团到美国参加奥运会，从国内带去的 5 种运动员饮料被外国记者称为"中国魔水"。其中，有广东"健力宝"和我们的"峨眉山矿泉水"。广东紧紧抓住这个时机，扩大生产，广泛宣传，很快便使"健力宝"覆盖全国。如今，"健力宝"已经冲出亚洲了，而峨眉山矿泉水才姗姗进入成都市场。

这些事实都说明，四川必须进一步解放思想，克服"盆地意识"。

其一："酒好不怕巷子深。"过去，我们有许多"好酒"因"巷子"太深而鲜为人知，一个重要原因就是宣传不力。重庆牙膏厂 1984 年投放市场的"牙周灵"，消炎止血效果、香型口感都很好，就因为宣传不力而没有被消费者接受，默默无闻地夭折了。1987 年，这个厂开发的"冷酸灵"又投入市场，一开始便大力宣传，结果销路大开。且看该厂以下几个数字：1987 年，广告费 26 万元，销量 810 万支；1988 年，广告费 60 万元，销量 3346 万支；1989 年，广告费 100 万元，销量 4282 万支！

其二："知足常乐。"由于缺乏竞争意识和开拓精神，我们往往以为"只要守住四川，就能过安稳日子"，殊不知当今这个竞争激烈的世界，不进则

退，越守越没有安稳日子。

其三："宁为鸡首，不为牛后。"这种观念阻碍了企业组织结构的调整，使一些应该也能够建立的企业集团迟迟建立不起来，难以形成规模优势。

其四："肥水不流外人田。"有些同志习惯于打"小算盘"，在对外经济合作和引进外资过程中，生怕别人占了便宜，往往因小失大，使一些很好的合作项目落空。

竞争岂止在市场。面对日益激烈的市场竞争，我们的经济管理体制和思想观念非进一步转变不可。

出路只有一条——加快四川改革开放的步伐！

我们期待着更多的"川货"走向全国，走向世界……

（1991 年 3 月 21 日《四川日报》1 版，与黄继伯合作采写）

彩虹之路

——成都电热器厂纪事

云开雨霁，彩练当空。

灭蚊器、电热毯，不过家用电器中的"小字辈"。然而小商品大市场。成都电热器厂的"彩虹"小家电免检进入 21 个省市，连续 3 年保持全国同行业销量第一。

在成都，"彩虹"这个不足五百兵马的集体小企业，与上万人的国有大厂并驾齐驱。它跻身全市 30 多个重点骨干企业行列，年产值已近 5000 万元，税利 700 多万元，自有资金积累超过 1500 万元。

在全国小家电行业，这"彩虹"拥有令同行眼热的一项项桂冠，先后荣获部、省、市优质产品和优秀新产品奖 30 多项，优质产品率高达 92%。

彩虹的崛起，令人瞩目，发人深思。

它走过的究竟是一条什么样的路？

▎敢问路在何方

彩虹人第一次闯入"家电世界"，始于风扇。

那是 1979 年。其时，中国家电业如出水小荷，前途未可限量。上风扇，确实看准了机遇，也赶上了浪头。

风扇以"冰峰"名。电机、模具要靠配套，开关、装饰件等需协作……主管部门包揽安排系统内"穷兄弟伙"承担，配件"锣齐鼓不齐"，产品质次价高。很快，成都"冰峰"被苏州"长城"、南京"蝙蝠"打得落花流水。

"冰峰"崩，同年亦由主管部门安排上马的低档电熨斗也砸锅。1981年，市质检部门以"质量低劣"通报全市，商家纷纷退货，企业雪上加霜。

路难行……

从1954年诞生的第一角梳生产合作小组，到电热器厂的前身钻床附件厂（后简称"钻附厂"），20多年，这个轻工集体企业数易厂名，产品频繁更迭如走马灯，艰难地跋涉在漫长曲折的小路上。

如今的彩虹人听前辈讲这数十年的厂史，恍若隔世。感慨之余深长思之：问题出在哪里？

有两个故事。

20世纪70年代末，上级部署农机大会战，厂里奉命转产齿轮配盖。不到3个月，搞出来了，产品却没人要了。厂里积压资金7万多元。

1982年，上面派来一位厂长，厂长带来一个新生产项目——儿童皮鞋。鞋倒是摆弄出来，可一算成本，每双比商店的零售价还高8角！鞋卖不掉，工人找厂长："我干了活，凭什么不给我关工资？"厂长又找上面，好歹借钱关饷。

显然，问题出在体制上，企业没有自主权，亦不负盈亏。于是，生产不问消耗，不问质量，更是不关心效益——"企业前途于我何干？反正国家要给饭吃！"

然而，一个严酷的事实是：1980年至1982年的短短3年间，尽管换了6任厂长，尽管每位厂长都带来一个产品，仍难逆转钻床附件厂每况愈下的命运。到1983年4月，全厂亏损计42.7万元，成了资不抵债的亏损大户。

风雨飘摇之中，那条崎岖的细长的小路似乎走到了尽头。

出路，唯有大刀阔斧地改革！

烽火改革路

成都电热器厂厂史载：1983 年 4 月，上级召开全厂职工大会投票选举，刘荣富得票 90% 以上，出任企业承包组组长。

谁都明白——刘荣富接手的，是一个烂摊子。

刘本人呢，一旦横下心来，反倒添了几分"天降大任于斯人"般的自信。

"既是承包，公司就不要再插手企业生产经营，横加干涉。"他对发包方说。

"那你就得自负盈亏，公司不再包工资！"

一种新型的关系就这样通过承包合同的方式确定下来。用刘荣富的话说，好像一下骑上了"虎背"。不再有退路。承包组号令全厂："破釜沉舟，背水一战。"

第一步：打破内部"大锅饭"。按产品分车间单独核算，除本计酬，利润分成。工资全浮动。

第一个月立见奇效——全厂止亏，4 个车间开始赢利。唯独钻夹头车间继续亏损。这个车间 50 多人的月薪要扣减一半，这在过去是难以想象的。一些人愤愤然，准备大闹一场。更多的人冷眼旁观——看你刘荣富兑不兑现！

人们隐约嗅到了硝烟味儿。但是很快，大家为厂领导的决定所震惊：钻夹头车间 50% 的月工资，扣；确属家庭困难者，分 8 个月扣还；刘荣富和党支部书记温德珍负领导责任，照扣 30%。

按劳分配原则在第一次交锋中，是那样强烈地嵌入职工脑海，以至于彩虹人如今旧话重提，还那么津津乐道。

第二步：搬掉内部"铁交椅"。由刘荣富提名组成的 5 人承包组，成员均非"厂级"，却是生产、技术、销售上的好手。中层干部调整面为 40%。"有能耐就上"。厂中层每年评定，每年都有几位调整下来，作一般管理人员或

工人。

承包 4 个月，企业扭亏为盈。刘荣富踌躇满志，要进一步行使企业自主权了！

那是个充满希望的秋天。厂里请来商家包括售货员，召开"彩虹"电热毯质量座谈会。60 元一桌请顿饭，钱是车间奖金节余，厂长书记敬完酒不陪吃却溜回了厂食堂；每人送一床电热毯试用，意在通过商家现身说法，帮助消费者消除畏惧心理。这些当今商品流通中常见的营销手段，尽管很快收到订户猛增的回报，使厂里年内还清历年"烂账"，盈利 6 万多元，但还是成了刘荣富"请客送礼"的"罪名"。

刘荣富、温德珍们承受着接踵而来的压力。他们深知，此时此刻，哪怕表现出一点点畏怯和气馁，都会给已见曙光的企业重新蒙上一层很难抹去的阴影。开弓没有回头箭，依据承包合同赋予企业的自主权，他们继续做出一个个面向市场的重大决策。

又是一年春草绿。刘荣富带上 7 名业务骨干，租了一辆面包车，开始了为期一月的市场调查。成渝沿线千里行，其后直插云贵高原，继而北上西安、郑州，西去兰州、银川、西宁，访 47 县市 162 个商业站（司）、商店。

出路在小家电。准确地说，在于率先推出的电热毯和处于上升势头的电熨斗。于是，企业砍枝蔓，立主干，以电热电器握成"拳头"直取市场，钻附厂也正式更名成都电热器厂。

路是 "人" 走出来的

"太山不让土壤，故能成其大；河海不择细流，故能就其深。"这是李斯在《谏逐客书》中劝秦王广纳贤才的两句话。

刘荣富以史为鉴，在厂职工代表大会上建议大家都读一读《谏逐客书》："希望全厂职工以宽广的心怀，欢迎有真才实学的人才来厂共创大业。"

　　这是 1986 年的 4 月。过去的一年中，厂里的主导产品电热毯销量猛增至 40 万床，成为当时十分抢手的畅销品。但刘荣富头脑异常冷静。一花独放之后必是百花争艳，若无高层次的技术人员研制高档次的新产品，工厂将在市场竞争中再坠困境。

　　在这次职代会上，经刘荣富提名，李兴仁出任技术副厂长。李毕业于四川工业学院。他是成都电热器厂的第一号"客卿"。当时，厂里没有一间职工宿舍，资金相当紧，但出血本买了一套住房给李住。不久，李当上技术科长。1985 年，他率部攻电热毯接头、开关、发热线几个关键工艺，马到成功，质量上了台阶，产品夺得"省优"。

　　李兴仁性耿直，出言幽默。他称刘荣富为"拉中杠"的，自己不过是一只"飞蛾儿"。

　　这样的"飞蛾儿"，在成都电热器厂不是一个，而是一大群。

　　1985 年的第一次到电热器厂联系业务的情景，张洪金至今记忆犹新。那天天很晚了，工人都下了班，几位厂领导还凑在一起研究工作，很使他感动。谈着谈着，他不由心头一动：能到这个厂，该是多么愉快的事！

　　恰好，这个毕业于成都科大的张洪金，同日本住友化学工业株式会社曾经有过一段业务联系，而住友的灭蚊药片，则是刘荣富梦寐以求的。

　　1986 年初，成都电热器厂从沿海购回日本"象球"、意大利"必扑"等电热灭蚊器，敏锐地预测到这种小家电广阔的市场前景。灭蚊器的成败取决于灭蚊效果，一些先下手的厂家敲不开市场之门，栽就栽在没有采用先进的控温原件和保证不了药片药液质量上，因此，对刘荣富来说，得到张洪金进而买到住友的机器，无异于天赐良机！

　　电热器厂决定"挖"张洪金。对方始不放，后松口，但提出要交 1500 元。刘荣富二话不说，"给！"张洪金终于调来。通过张洪金，企业与住友建立起密切的合作关系，高起点引进电热灭蚊药片专机和主要原液。先于张洪金调来的唐清泽，主持了电热灭蚊器从样品解剖到产品试制等一系列工作。唐张二人珠联璧合，共展才华。

技术科长许肇崇是 1988 年调来的。他和他的伙伴从 1989 年着手开发新产品蒸气电熨斗，设计电熨斗生产线，在新工艺新技术领域探索前进。他们成功了——山东、上海的电熨斗专业生产厂耗资千万元引进国外生产线，而本厂仅投入 60 多万元便产出同样的产品。

1984 年以前仅一名职大生的小厂，如今人才济济。受过高等教育的专业技术人员达 50 多人，占全厂职工总数 10% 以上。研究生以及北大、清华的本科生也走进"彩虹"的天地。依靠这支实力强劲的队伍，成都电热器厂长驱万里，不断推进技术进步，技术进步又开拓着更加广阔的彩虹之路。

条条大路通市场

"彩虹电热毯祝君美梦！"

当幼儿园的小朋友也能把这一美好词辞背得烂熟的时候，恐怕很少有人想到，成都电热器厂当初推出这一广告，唱的是"空城计"。

1984 年，刘荣富花 300 元购得全年气象资料。据预测，成都市当年冬季特冷。他决定：冒风险贷款 17 万元，4 月就开始生产电热毯；为了先声夺人，从 9 月起在四川电视台连续打 3 个月广告。当时，给不起广告费，只好赊账。尽管嘴里一再打保票："年底一次付清"，但刘荣富高悬着的心，直到 10 月下旬成都市连下 3 天水雪，才落了下来。年底，电热毯销量一举突破 10 万床大关，一次付清了 1.4 万元广告费，净赚 25 万元。

今非昔比，成都电热器厂已成"千万富翁"。他们出奇制胜的战略战术，更是令人叫绝。

绝招之一：依托"主渠道"，淡储旺销。

小家电季节性强。1984 年由于淡季生产没有跟上，旺季一来用户几乎把厂门挤破。刘荣富在 1985 年春季订货会上提出：工厂淡季照常生产，产品以最优惠价格批发给商业部门，垫付资金的利息由厂方承担；旺季销售不完包退。于是，成都百货站、交电站、针织站等"主渠道"纷纷成为"彩虹"的"蓄水池"。

"彩虹"产品60％销省外。每到一处，他们总是以大公司、大商场为"大本营"，站稳脚跟之后，再以"主渠道"带动"多渠道"，一鼓作气占领当地市场。1987年，彩虹灭蚊器首次赴京，在西单商场展销，原计划卖7天的货源，3天一抢而空。1988年，彩虹灭蚊器首次赴沪，在华联商厦展销，当年便被评为"上海市场最佳夏令商品"，荣获"金棕榈奖"。在资金紧缺、市场疲软的情况下，许多外地商家情愿预先付款，然后到成都排队提货，淡储旺销热情之高，令人吃惊。

绝招之二：产品更新快半步。

前几年，"电热毯大战"迭起，全国生产电热毯的企业超过3000家，仅成都市就有17家。"面对激烈的市场竞争，我们的节奏必须比别人快半拍。"刘荣富这样说。电热毯从布料、棉料到毛料的品种翻新，从调温到变温区再到自动调温的升级换代，"彩虹"一年一个新花样，始终领导着新潮流。现在，吃电热毯这碗饭的企业，全国只剩下几家了。别的电热毯年销量都降在20万床以下，唯有"彩虹"连续8年盛销不衰，1990年突破50万床。

1987年，彩虹灭蚊器风靡蓉城，仿制者闻风而动。但是，别人仿制的1型还未问世，"彩虹"2型、3型已投放市场。仿制者还没回过神来，"彩虹"又推出了4型、5型和电热液体蚊香。今年，6型灭蚊器、2型液体蚊香和气雾杀虫剂又将问世。更新换代之快，"追随者"望尘莫及。

绝招之三：质量否决，至高无上。

"职工出了重大质量事故，不经职代会讨论，一律予以除名"，这是成都电热器厂职代会的决定。迄今为止，尽管只有两名青工被除名，但它的确确强化了每个人的质量意识，使全厂形成了"人人把关、处处设防"的质量保证体系。

为了检验灭蚊药片的质量，厂里曾以5角钱一只的高价买蚊子，1987年建立同行业第一个"蚊虫击倒实验室"和"蚊虫培养室"，以后长期坚持随机

抽样检测。在一个 0.7 立方米的玻璃箱里，放上 20 只雌蚊，按国内标准，8分钟内能将蚊虫全部击倒便算合格，而他们坚持按国际标准，把击倒蚊虫的时间控制在 6 分钟以内。

严格的质量管理和先进的检测手段，使"彩虹"产品在各级技术监督部门组织的历次市场抽查中立于不败之地。

条条大路通市场。而市场竞争之术万变不离其宗：产品新、质量好、价格低。"彩虹"三者兼备，焉有不胜之理？

‖ 路漫漫其修远兮

1990 年 10 月 17 日下午，省委书记杨汝岱到成都电热器厂视察。杨书记称赞他们"小厂办大事"，成功地跃上了两个新台阶。

然而，进入"八五"第一年的成都电热器厂，眼前的目标是：产值上亿元，利税超千万。它面对的是更为艰险的第三个新台阶。

在历史的新起点上，它能成功吗？

"承包 8 年，我们的资金积累、技术积累和产品积累比较成功，但基础管理还不够理想。现在我们最缺的，仍然是现代化的管理人才。"李兴仁的看法，反映了多数职工的担心。

"管理的确是我们的薄弱环节。人才到处有，关键是要通过深化改革，形成人尽其才的竞争机制。"刘荣富的这个观点，表达了多数职工的期望。

"我们是小厂，在激烈的市场竞争面前，不进则退。走集团化之路，势在必然。"温德珍的这番话，道出了多数职工的心声。

经过一番思索，刘荣富和他的伙伴们不约而同地又把注意力集中于深化改革。当初，他们是靠打破"大锅饭"起步的，如今还得继续打破"二锅饭"。还有许许多多新的领域等待他们深入：股份制试点，家庭卫生防疫系列产品开发，出口创汇……

路漫漫其修远兮，仍将上下求索。

彩虹之路——改革之路，希望之路！

（1991年4月21日《四川日报》1版头条，与熊端颜、罗晓岗合作采写）

搞活大中型企业要有新思路
——全省城市经济座谈会侧记

在最近召开的全省城市经济座谈会上，省委、省政府领导和各市、地、州党政主要领导以及省级部门负责人，就如何搞活国营大中型企业的问题进行了认真研讨。与会者各抒己见，畅所欲言，在搞活的基本思路上形成了共识。

▌思路之一： 进一步落实企业自主权

据省委、省政府组织的专题调查，我省现有国营大中型企业 810 户，占全省独立核算工业企业户数的 2.28％，但 1990 年实现工业总产值、销售收入、利税总额分别占全省的 54.1％、54.9％、65.7％。尽管如此，我省国营大中型企业活力不足，还有巨大的生产潜力没有发掘出来。特别是近两年，许多企业适应不了外部经济环境的变化而陷入了严重的困境，经济效益严重下滑，后劲不足，竞争能力逐渐减弱。

分析影响大中型企业活力衰减的原因，多数同志认为，主要是企业自主权没能完全落实。从各地反映的情况看，《企业法》规定给企业的自主权，目前落实得较好的不过一半左右。有的被收走，如一些产品定价权和自销权；有的被"条条""块块"截留，如生产经营权和联合经营权；有的被间接侵扰或变相干扰，如机构设置权；有的由于政策不配套而被迫搁浅，如劳动人事管理权，对违纪职工处置权等。由于企业自主权不落实，企业的生产经营受到干预太多，政企不分回潮，企业职能"机关化"。

有的同志把大中型企业与"三资"企业做了对比分析，国营企业不如"三资"企业有活力，主要原因是缺乏生产经营自主权、劳动人事权和分配自主权。许多同志说，扩大和落实企业自主权是中央的一贯方针。要逐步缩减指令性计划，扩大产品自销比例，放宽企业自主定价的权限，允许企业自行设置机构，扩大对外经济活动自主权。

在广泛听取意见的基础上，省委、省政府决定进一步落实企业自主权，把《企业法》赋予企业的自主权真正落实到企业，要求各地区、各部门认真检查企业自主权落实情况。凡截留的权限，必须还给企业。今后，各有关部门不得自行出台上收企业权限的政策。

▌思路之二： 切切实实减轻企业负担

国营大中型企业负担过重，不但使企业经济效益大量转移和严重流失，而且使企业自我发展能力减弱，后劲不足，严重影响到国家财政收入。这个问题在座谈会上引起高度重视。

分析目前企业负担，一是税费负担加重，二是利息负担加重，三是各种集资摊派加重。据对 20 户大中型企业的调查，企业上缴的各种税费已由 1985 年的 39 种增加到 1990 年的 54 种，上缴税费总额 1990 年比 1985 年增加了 61％；各种利息占全部产品成本的比重已由 1985 年的 3.12％增加到 1990 年的 8.9％；1990 年的各种集资摊派也比 1985 年增加一倍半。这些负担中，有些是合理合法的，有些是不合理不合法的。企业当前最头痛的是名目繁多的各种检查、评比、验收、培训、达标、考试等活动。其中许多流于形式，有些是"创收"项目，企业领导敢怒而不敢言。

采纳大家的建议，省委、省政府责成省廉政建设领导小组对省出台的费种、费率进行清理简并，并重新审定和调整。禁止任何部门在国家法定的费种外，任意向企业收费。今后，各种罚没款必须全部上缴财政，检查和执法部门不得从中提成。罚没款凭据一律由省财政厅统一制发。对乱收费、乱罚款、各种摊派的款项，一经查实，必须全部退还企业，并追究当事者的责任。同时，还要规范各类考评检查活动。

省委、省政府领导还要求各级政府、各个部门要有"放水养鱼"和藏富于企业的观念。

思路之三： 转换企业内部运行机制

"搞活国营大中型企业，外部环境固然重要，但是加强企业内部管理和转换企业内部运行机制更为重要。"这个观点在座谈会上形成共鸣。

近两年，面对总量紧缩和市场疲软，我省不同类型的企业都遇到了比较大的困难。国家对国营大中型企业已经从信贷资金、能源、原材料供应、财政税收、工商管理等方面实行了一系列倾斜政策，按理说，国营大中型企业应当有更多的发展机遇。但是，无论从经济发展速度看，还是从经济效益看，很多国营大中型企业不如乡镇企业。这是为什么呢？关键就在没有处理好外因和内因的关系，内部运行机制较差，自负盈亏的程度比较低，缺乏开拓进取的动力和压力，适应市场变化的能力差。

为了转换企业内部运行机制，省委、省政府决定进一步深化企业内部改革，完善企业内部管理机制。通过企业领导体制、劳动用工制度、工资分配制度和社会保障制度的改革，促使企业主动适应市场的变化，形成自主经营、自负盈亏、自我发展、自我约束的机制，形成适应社会化大生产和市场竞争的高效灵活的经营决策机制；形成能进能出、岗位竞争、优化组合的劳动用工机制；形成能升能降，以劳绩和职务技能为主、资格年功因素为辅的工资分配机制，从而真正搬掉"铁交椅"，打破"大锅饭"，端掉"铁饭碗"，调动企业各方面的积极性和主动性。为避免企业行为短期化，还要建立对企业经营者的激励机制和约束机制。

搞活大中型企业是深化企业改革的中心环节。省委、省政府领导希望大家勇于开拓进取，进一步解放思想，不断探索新的思路，打好这场"攻坚战"和"持久战"。

（1991年5月28日《四川日报》2版头条，与总编辑姚志能合作）

企业自主权哪里去了

——侵权现象剖析

|编者按| 改革开放以来，我省国营大中型企业的活力比过去增强了，各方面都发生了深刻的变化。但由于一些深层次矛盾尚未得到根本解决，企业的生产经营活动仍受到多方面的制约。最近，本报记者围绕当前严重干扰企业生产经营活动的一些现象进行采访，并做了初步的探讨。这些现象，虽然只发生在某一些企业，但涉及我们管理体制上若干较为严重的问题，说明改革非坚持深入进行不可。我们发表这组报道的目的，就在于引起广大读者和有关部门重视，促进、推动改革的深入和问题的解决。到大中型企业采访，常听到侵扰、截留企业自主权的种种传闻。由于可以理解的原因，当事人往往不愿深谈。下面记述的两件事并非"传闻"，但考虑到厂方的压力，且将厂名隐去。

1990 年 6 月，某厂接待了一个检查组。检查组中有人一日突然提出要厂里撤换一位统计员的工作，声称"不撤，就扣分"。理由嘛，"他写的'7'字不够规范，老是翘着尾巴"。厂里再三说明，这个统计员干了 20 多年，没出过差错。检查组仍不松口。不得已，厂里只好将这位统计员调换工作。

还是这个厂，早就有了档案室。某检查组到厂，说是按规定厂里应建档案处。于是，厂里在室主任的任命后面加了个括弧，特别注明"正处级"。通不过！厂里赶紧重新打了两份任命通知，写上"任命×××为档案处处长"，总算过关。检查组一走，厂里即将两份任命通知撕得粉碎。

《企业法》规定，企业有权决定机构设置及其人员编制。任何机关和单位不得要求企业设置机构或者规定机构的编制人数。依照《企业法》赋予的自主权，这家企业曾将原有的 45 个机构精简为 30 个，将原来的 104 名中层干部减少为 74 人。近两年，"八面来风"，企业难以招架，于是机构再度膨胀到 40 多个，中层干部已超过 110 人。

类似情况，也发生在其他相当数量的大中型企业中。据省委、省政府今年上半年组织对 7 个市的 20 户企业进行调查，《企业法》赋予企业的自主权，当时落实得最好的不过 5 条半，最差的仅两条。一些企业享有的产品定价权和自销权，有的被收走了；生产经营自主权和联合经营权，不少被"条条"、"块块"截留；机构设置权、劳动人事管理权在相当程度上受间接侵扰或变相干扰，远未得到落实。有关部门纷纷要求企业对口设置机构，不但规定编制人数，而且规定行政级别。有的企业为了"对付"上面，便干脆一个机构挂上几块牌子，一位干部身兼数职。至于企业处理违纪职工之难，受到的干扰之大，已是众所周知。不少厂长都把行使辞退权视为畏途，绝不敢轻易迈出这一步。

企业自主权通过多种渠道和形式向某些部门"回流"的现实，使企业坠入任人伸手而无力拒之的苦境中。据部分企业对各种集资摊派的不完全统计，1990 年比 1985 年增加了一倍半！企业留利越来越少，有的微利、亏损企业甚至靠贷款应付摊派！

当前，对企业生产经营干扰很大的，还有一些重复的、不必要的检查、评比、验收、考试、达标等非生产性活动。我省有一个大型企业，1991 年上半年已经接待各级各部门的检查团 35 批、243 人次；接待上级部门指导工作 65 批、386 人次；接待上级机关来厂召开的各种工作会议 13 次。其中，有些是必要的，但重复的、不必要的活动也不少，使企业难于应付。这个企业的

厂长，每年至少有三分之一时间用于接待，总工程师则成为应付各种检查、评比的"专家"。

奇怪的是，许多企业领导明知有些检查、验收和摊派不合理不合法，非但不敢抵制，反而违心地"迎合"。人前笑脸，背后骂娘。何以如此？一位厂长道破"天机"："你想想看，哪些单位能摊派？哪些单位来检查？还不是有权管你的！"

由此看来，落实企业自主权的确是搞活大中型企业的关键。在这个问题上我们必须动真格。如果不把被截留的企业权限还给企业，如果不取消对企业过多的控制，如果不严肃查处侵扰企业自主权的行为，中央和省里制定的一系列政策就很难到位，企业的外部环境就很难得到改善。

该是不折不扣地落实企业自主权的时候了！

（1991年9月6日《四川日报》1版头条，与罗晓岗合作采写）

风雨兼程　扬帆远航

——我省城市经济体制改革巡礼

1978 年，在巴蜀大地上发生了两件新事：广汉出现的联产计酬农业生产责任制，催动了农村改革的春潮；宁江机床厂等 6 家国营大中型企业的扩权试点，拉开了城市改革的序幕。

风雨兼程 13 年。我省以搞活国营大中型企业为中心的城市经济体制改革，与农村改革并驾齐驱，始终沿着社会主义方向稳步前进。现在，循着改革的足迹回头望去，我们可以自豪地说，旧体制业已打破，新的社会主义有计划商品经济运行机制正在形成。

▎承包：　为有源头活水来

当年的扩权试点，从 6 家扩大到 100 家，其间只相隔 3 个月。试点企业拥有了利润提留权、自筹资金扩大再生产权、销售部分产品权和计划外生产权、联合经营权、外汇分成权、灵活使用奖金权等，从而掀起了 80 年代初我省以扩权放权为主要标志的企业改革的第一次浪潮。

在扩权过程中，省委、省政府又选择四川第一棉纺织印染厂等 10 个企业进行以税代利和自负盈亏试点，并在大范围内实行企业留成制度。接着，省内一些地区出现了一年一包的经济责任制。1986 年，全省范围推广多种形式

的承包，如招标承包、风险抵押承包、资产经营责任制和股份经营责任制，等等，由此形成了我省以承包为主要标志的企业改革的第二次浪潮。

到 1988 年底，全省县以上预算内国营工业企业的承包面达 95.5％，国营商业承包面达 96.1％。1986 年至 1989 年，全省承包企业产值、利润每年分别递增 12.6％、24.5％，比面上企业分别高出 5.6 个百分点和 2.5 个百分点，90％以上的承包企业完成或超额完成承包上交任务，留利也大幅度增长。

当社会上出现对企业承包制的怀疑和非难时，省委、省政府在 1989 年秋及时总结了一轮承包的经验，颁发 7 个完善承包制的文件，对企业二轮承包提出了"大稳定、小调整"的方针。

坚定的改革意识，使我省企业二轮承包在全国领先一步。1990 年 9 月以来，阆中市在所属 87 个工商企业全面推行用工、分配制度改革，取得突破性进展。1991 年初，重庆市在 90 家国合零售商业企业实行经营、价格、分配、用工"四放开"试点，然后"四放开"又向批发企业和商办工业延伸。我省还在重庆率先搞了"税利分流"试点。

承包制是搞活企业的一种现实的选择。企业承包在不断完善，不断深化。

‖ 兼并：　大浪淘沙

进入 20 世纪 90 年代，企业改革的重点是什么？简言之，就是转换企业经营机制，形成同社会主义有计划的商品经济相适应的竞争机制和淘汰机制。1991 年 5 月，省委、省政府在重庆举行全省城市工作座谈会。在这次十分重要的会议上形成千方百计搞活大中型企业的共识，要求在进一步落实企业自主权的基础上，转换企业内部运行机制，积极推进企业兼并。

我省企业兼并起步于 1987 年。那年 11 月，当成都电热器厂对处于破产境地的锦江电瓷厂实施兼并时，电瓷厂的部分干部职工一时难以接受。但面对严酷的现实，经过全体职工讨论，最终决定接受兼并。4 年过去了。成都电热器厂一年一个新台阶，跻身成都市重点骨干企业行列，年产值近 5000 万元，年税利达 700 多万元，自有资金积累超过 1500 万元。当年对兼并忧心忡忡的职工，现在一个个兴高采烈："多亏了兼并啊！"

这次成功的兼并，给成都市委、市政府以深刻的启示。1988 年 6 月，成都市在全国率先建立产权交易市场。

治理整顿中，重庆、德阳、自贡、内江、宜宾等市地也相继建立了产权交易市场。一些多年亏损的企业主动走上兼并之路，由此形成我省以企业产权转让为主要标志的企业改革的第三次浪潮。

据不完全统计，到 1991 年 6 月底，全省已有 894 户优势企业对 1068 户劣势企业进行了兼并，共接纳职工 9 万多人，转移存量资产 23 亿元，盘活呆滞资金 18 亿元，消化亏损企业 807 户。

实践表明，社会主义条件下的企业兼并，是生产资料资源和劳动力资源合理配置的一种方式，有利于社会主义公有制的自我完善、自我发展。

产权转让还推动着我省社会保障制度的改革和大型企业集团的建立。从目前登记注册的 80 多户跨地区、跨行业、跨所有制的大型企业集团来看，相当部分外向型企业集团和股份制企业集团是在治理整顿中诞生的。

▌市场：　海阔凭鱼跃

1979 年，宁江机床厂因机床积压，想在报纸上登广告推销产品。有位领导拍着桌子质问厂长："你懂不懂马列主义？生产资料在社会主义社会不是商品！"后来，在四川省委和当时机械部的领导大力支持下，广告才在《人民日报》上登了出来。不到 20 天，厂里便收到 650 台（套）订货单，一下子解决了全年的生计。这是我国报刊上的第一个生产资料广告。

10 多年过去了。人们的市场观念发生了多么深刻而巨大的变化啊！计划经济与市场调节相结合的经济运行机制在我省开始形成。据省体改委的一份

研究报告分析，到目前为止，生产领域中指令性计划在全省工农业产值中所占比重不到 35%，其余均为指导性计划和市场调节。从销售环节看，1990 年，全省独立核算工业企业销售额中指令性管理部分约占 35%，指导性管理部分约占 20%，其余为市场调节。1978 年到 1990 年，省以上指令性定价的商品已由 1829 种下降为 439 种。

市场的作用日益为人们所重视。目前，我省已建立城乡集贸市场 7000 多个，数量为全国之冠。成都市更建起了全国有名的荷花池大型综合市场、生产资料一条街和以资金拆借、证券交易为主的金融市场。用成都市市长刁金祥的话说，就是"办好一个市场，带动一片产业，富裕一方群众，活跃一方经济"。

近年来，我省城市改革已呈不断向县区延伸的趋势。城乡之间商品、物资、资金、技术、信息、人才双向流动，广泛联合，增强了城乡经济发展的融合度。县属企业改革坚持以适应市场为主攻方向，带动了县级经济的发展。省委、省政府正在广汉市进行的综合体制改革试点，必将进一步揭开我省城乡综合体制改革的新篇章。

改革中的四川，正扬帆远航，驶向更加辉煌的明天！

（1991 年 10 月 2 日《四川日报》1 版，与何光斑合作采写）

企业经营中的一大隐忧
——隐亏现象剖析

在企业转入二轮承包时，各地对企业的一轮承包做了审计和评估，发现了令人忧虑的隐亏现象。

何谓"隐亏"？简言之，就是虚盈实亏：实际盈利没有那么多，实际亏损没有那么少，也叫"潜在性亏损"。其表现形式，主要有以下几种：

——物亏。账面上有原材料、产品若干，仓库里却没有那么多。成都某厂 1990 年为保利润基数，便少转材料成本，形成亏库 116 万元。某拖拉机厂半成品库存短少 369 万元，少转成本 63 万元，储备物资积压变质 80 万元。

——价损。前两年，部分生产资料价格猛涨，致使企业生产成本持续上升。而近两年市场疲软，产品销售大起大落，有的销价甚至低于成本。在这种情况下，有的企业为保当期效益，便将产品堆在仓库里不卖。某厂生产的黑白电视机成本高于售价，仅 1990 年 1—8 月就库存 3 万多台，如实现销售即亏损 460 万元。某制革厂产品积压 50 多种，库存销售后将亏损 147 万元。

——呆账。按规定，废品必须报损，摊入生产成本，但一些企业却将废品当产品计算产值，长期挂在账上，某建筑机械厂将应报废的半成品、自制零件 302 万元挂账不作处理。

1990 年，中国工商银行成都市分行曾对在该行开户的 180 户国营工业企业进行调查，发现 97 户存在隐亏，隐亏金额高达 1 亿多元。其中分布在储备环节占 17.3%，生产环节占 22.2%，成品环节占 39%，经营环节占 21.5%；

从类别看，价差和质差损失占 34.36％，应报废品和量差损失占 21.54％，应进未进成本费用占 16.95％，待处理损失和其他损失占 27.15％。另据有关部门对全国 1 万多户国营企业调查，1990 年发生"潜在性亏损"的企业多达 63％，潜亏金额 108.3 亿元。这个数字是企业账面亏损的 1.72 倍，差不多相当于 1990 年全国预算内工业企业实现利润总额的 40％左右。

问题如此严重，原因在哪里？隐亏的形成，固然与企业管理滑坡、市场疲软、企业负担过重有关，但深入分析，就会发现主要在企业改革的政策措施不配套，尤其是未建立强有力的约束机制。以企业承包来说，"包死基数、确保上交、超收多留、欠收自补"和"减亏留用或分成"的原则，给企业带来动力、活力和压力，这是应该充分肯定的。但是，由于承包办法不完善，政策不配套，管理不健全，目前大多数国营企业仍然存在"负盈不负亏"的问题。只要短期内把企业的产值和利润搞上去，承包人和职工便可"挂钩"升工资发奖金。一些企业领导担心处理隐亏会影响职工收入和个人成绩，明知违制仍弄虚作假，硬吃老本。有个玻璃厂承包后长期搞超分配，1990 年 1 至 8 月已隐亏 94 万元，而企业福利基金和奖励基金却超支 297 万元。不少企业正是通过隐亏虚作利润来提取福利基金和奖励基金的。

由此看来，隐亏不但是企业经营中的一大隐忧，而且是国有资产管理的一大漏洞。它虽然以物亏、价损、呆账等形式出现，但随时可能转化为账面亏损，使企业虚盈，国家虚收，给决策部门提供错误信息，由此带来严重后果。

可喜的是，企业隐亏问题已引起有关方面高度重视。我省各地在企业二轮承包中把扭转隐亏作为一项重要工作来抓，并在承包办法和承包合同中具体规定了确保国有资产完整无损的条款，对承包企业加强监督和审计。现在的问题是，应该在深化企业改革的过程中，进一步强化国有资产的管理，建立强有力的约束机制，促使企业走上自主经营、自负盈亏、自我发展、自我约束的良性循环轨道。这是解决企业隐亏的关键所在。

（1991 年 10 月 6 日《四川日报》1 版）

机制：活力之源

——国营大中型企业如何重振雄风

"咱们工人有力量！"这是一支歌，也是一个真理。

然而，近年来出现了这样一种强烈的反差现象——同样一个工人，在国营企业表现平平，到了乡镇企业或合资企业却变得生龙活虎。于是，人们深思：这是为什么？

▎"斯米克现象"与"逼上梁山"

报载：上海一家国营企业在濒于破产的情况下与外国斯米克公司合资。外方的资金、技术、管理人员还没有进来，企业还是原来的厂房和人员，但在短时间内却神奇地"活"了过来，创造出比合资前高几倍的效益。这就是前一阵在全国引起热烈讨论的"斯米克现象"。

这种现象在我省亦不乏其例。

重庆印刷二厂拥有 20 世纪 80 年代世界先进水平的进口设备，却印刷不出高质量的产品。1990 年初，该厂将几台闲置设备作为股本，加入中外合资的深圳晶美现代包装印刷有限公司，在深圳建起印刷分厂，派去本厂技术人员和工人。结果，印制的产品完全达到香港打样要求，合资双方都很满意，何以如此？简言之，深圳没有"大锅饭"可吃，"质量就是饭碗"！

合资企业重庆泉湾半导体有限公司是在原重庆无线电四厂的一个车间基础上发展起来的，主要干部、生产技术骨干也都是四厂去的。重无四厂和泉湾公司生产同一类电子元器件，前者连年亏损，后者每年盈利大幅度上升。耐人寻味的是，泉湾的职工收入虽比四厂高出一倍左右，但早先从四厂过去的一些人，至今不愿在四厂办退职手续。他们想的是，年轻力壮时在泉湾挣钱，上了年纪回四厂养老。既然有"铁饭碗"，谁愿轻易放弃呢？

"斯米克现象"也好，"泉湾现象"也好，提出的都不是所有制问题，而是一个机制问题。

"一个国营企业一旦走上合资之路，就被推上了市场，再也没有'大锅饭'可吃了。"一位合资企业负责人这样说，"那种'逼上梁山'的风险感、紧迫感、压力感，成了推动职工充分发挥积极性和创造性的内在动力。"

好一个"逼上梁山"！

许多国营大中型企业目前所缺少的，不正是这样一种"逼上梁山"的运行机制吗！

▌机制之弊

在国营大中型企业采访，发现一些职工生产积极性不高，劳动纪律涣散。某中型企业一个 150 人的车间，某次抽查时只有 30 人在岗。

1990 年 6 月，某国营工厂对职工积极性进行了一次问卷调查。结果，职工"在工作时想积极或比较积极干活"的仅占 55.8％。

现在，国营企业内部"一线紧、二线松、三线肿"的现象相当普遍。职工能进不能出，能上不能下，甚至能"轻"不能"重"，没有丧失职业的危机感。在这种用工制度下，许多企业都出现了一批"跑工""磨工"。1990 年，国营企业普调工资，一些亏损企业也照"浮"不误。据调查，国营企业职工收入中"固定性收入"部分已由前几年的 60％回升到 70％以上。一些企业的车工、钳工、铣工甚至争着去当清洁工。

"只要'大锅饭''铁饭碗'不打破，企业就很难有活力！"许多国营企业的厂长、经理都有这样的同感。

行为科学研究的结果告诉我们，一个人只有处在公平、平等的工作环境中，他的积极性与创造性才能发挥出来。公平是竞争的原则，是动力的根基。"大锅饭"和"铁饭碗"总是使老实人、勤快人吃亏，这样一种养懒汉的机制，是挫伤国营企业职工积极性的根本原因。

‖ 向 "两铁一平" 大胆开刀

面对乡镇企业和合资企业的严峻挑战，不少国营大中型企业两眼向内，着力于转换企业内部运行机制和提高企业内部管理素质，在深化改革的过程中，对"两铁一平"（铁饭碗、铁交椅、平均主义）发起了攻击。

成都仪器厂从 1988 年开始，职工工资的 50％随效益增减上下浮动，企业生机勃勃。四川化工总厂实行岗位技能工资制度，职工学技术蔚然成风，利税连续 3 年大幅度增长。

峨眉山啤酒厂今年在内部改革方面迈出了一大步。他们采取"将点兵、兵选将"的办法择优上岗，适当拉开分配档次。这样一改，形成了有利于调动职工积极性的动力机制和风险约束机制，大幅度提高了全员劳动生产率。

在阆中市，87 户市属工商企业 1991 年全面推行劳动用工和分配制度改革，取得突破性进展。在广汉市，6 户国营企业实行全员合同制改革进展顺利⋯⋯

这无疑是一个良好的开端。

按照省委、省政府的要求，进一步推进企业领导体制、劳动制度、工资分配制度和社会保障制度的改革，使企业适应市场变化，形成高效灵活的决策机制，能进能出、能上能下、岗位竞争的劳动用工机制，能升能降，以劳

绩和职务技能为主、资格年功因素为辅的分配机制，这是一场攻坚战。对每一个企业来说，都是一次严峻的考验。

机制，企业自身的运行机制，犹如企业的"脉搏"和"神经"。企业机制活了，没有人才可以引进和培养，没有技术可以引进和开发，没有资金和原材料可以通过市场去组织，没有拳头产品可以面向市场去开发。重振国营大中型企业雄风，又有何难哉！

"问渠那得清如许？为有源头活水来。"

(1991 年 11 月 27 日《四川日报》1 版，获 1991 年度四川新闻奖一等奖)

怎样看待"股票热"

——访省体改委副主任朱芬吉

记者：发端于深圳、上海的"股票热"如今波及我省，也掀起一阵阵热潮。朱芬吉同志，请您谈谈"股票热"为什么会兴起来？

朱芬吉：当前的"股票热"是经济发展和改革开放深入的必然结果。从国家、企业的角度来说，发展经济需要大量的资金投入，而搞股份制，发行股票、债券正是聚集资金的一种有效手段。从老百姓的方面来说，这几年国民收入分配结构发生了较大变化，职工个人收入在国民收入中所占的比例增加了。一些人在购买了高档耐用消费品后，还有能力购置金融资产。而股票的购买起点较低，且买股票还可能有较好的预期收益，这些因素便促成了当前的"股票热"。

记者：过去对股份制有争议。不少人认为它姓"资"。现在"热"了起来，与小平同志南方谈话有很大关系吧？

朱芬吉：是的。过去股份制没热起来，除了一些客观条件不具备外，一个很重要的原因就是姓"社"姓"资"的问题纠缠不清。小平同志南方谈话后，对股份制的一些认识问题解决了。股份制作为财产经营的一种组织形式，是一个中性概念，既可以姓"社"，也可以姓"资"。我们制定的关于股份制试点的各项规定办法，都十分明确的提出坚持以公有制为主体，并根据不同情况，具体地规定了一些政策、原则，以确保公有制为主体的地位。股份制除了聚集资金的作用外，也是全民所有制企业自主经营、自负盈亏的一种实

现形式，因此也可以说是转换企业经营机制、增强企业活力的一条有效途径。

记者：既然如此，那么可否把股份制作为当前和今后企业改革的主要方向呢？过去的教训不可忘，有些事情一"热"起来，往往一哄而起。现在一些企业对搞股份制尤其是发行上市股票积极性很高，好像搞股份制就得发行上市股票。这是令人忧虑的。

朱芬吉：股份制是企业经营形式的一种，但不是唯一的，即使搞股份制也不一定非得发行上市股票不可，这两点应提请地方政府和企业注意。企业的股份制改造是业务性很强、难度很大的事，所有的管理方式、财务制度等都要与国际通行办法接轨，完全称得上是"脱胎换骨"。因此股份制虽有诸多优点，也只能逐步地、踏踏实实地推行，不可能一夜之间把所有企业都搞成股份制，更不可能把所有企业都搞成上市公司。当前，从面上讲企业改革的主要方面仍是全面落实《企业法》和《企业转换机制条例》，在此基础上完善承包制。即使搞股份制，也可选择多种形式，如股份合作制、有限责任公司、企业内部职工持股的股份有限公司等，不一定都搞成股票上市的股份有限公司。国营企业在进行股份制改造时，要考虑很多因素，一是自己现在的经营管理基础条件如何，二是有无资本扩张需要，三是资本扩张后的市场预期效益怎样。如果不考虑这些因素就搞股份制、乱发股票，一旦企业效益上不去，股市大跌，对企业极为不利。

因此，国家对股份制企业有严格的规定和审批程序。尤其是股票上市的股份有限公司必须严格按规范化要求改组或组建，并经过国家审批才行。企业不能仅仅把发行股票作为吸收资金的手段，还必须着力于转换机制，完全按股份制的要求来运行，要对股东负责，接受股东的监督。

记者：现在群众买股票的热情非常高，几乎到了见股票就买的程度，似乎认定买股票必能赚大钱，这种心态也有些不正常吧？

朱芬吉：一些人买股票的积极性很高，好的一面是表明群众的投资意识、金融意识增强了，但是，有的人只想通过买卖股票发财，而对买卖股票会有风险的意识却没有同时建立起来。深圳、上海都发生过股票暴跌的情况，有的股民付出了代价。在这里,我要郑重提醒每个人,股市有风险,入市须当心。投身股市应有足够的心理准备,必须懂得买卖股票既有风险收益也会有风险损失,不管出现哪种结果,都只能由你个人承担。如果你对股票还不熟悉,也可以把资金投向债券或储蓄。

最后,我在这里呼吁有关部门尽快制定和完善有关股票发行和交易的法律、法规,为股民提供法律依据。

(1992 年 9 月 4 日《四川日报》1 版,与彭久源合作采写)

从"野孩子"到主力军

——双流乡镇企业发展纪事

乡镇企业,生存于国家计划体制之外的"野孩子"。凭着一股子"野"性,它在市场的天地里摸爬滚打,渐渐长大了,长壮了,成熟了,令人刮目相看!

双流县乡镇企业的发展就是一个生动的典型。1978 年,它的总产值不过3000 多万元;而到 1992 年,却高达 36.1 亿元(其中,工业产值 25 亿元),占全县社会总产值 85%,在蜀中高居榜首。

从"野孩子"到"主力军",双流乡镇企业走过的是一条什么样的路?

‖第一步: 巧妇善为 "无米炊"

"无米之炊该不该做,能不能做?"双流县的回答是: "一切以市场为导向。"

没有铁矿,亦不产煤,双流近几年却办起了一个个钢铁厂。仅东升镇就有 3 个"亿元户":"高频""联益""三强"三足鼎立。1991 年,全县钢材产量 60 多万吨,约占成都市钢材市场"半壁河山"。

白手起家,怎么炼钢铁?县委书记陈绍柏说:"全靠'农二哥'搞横向联合。"

第一个"吃螃蟹"的是"三强"。1975年,"三强"的前身双流机械厂与成都钢铁厂拉上了关系,利用成钢的边角料加工钢锭模。这一"越轨"之举使双流人悟出了一条生财之道——"借鸡生蛋"。其后机械厂分离出双流轧辊厂,再次得到成钢等大厂帮助,不断扩大生产规模,赚了大钱。1984年,在轧辊厂基础上成立了三强实业公司。

"三强"的崛起,带动了一批"小兄弟"。1985年前后,双流县一下诞生了19个小钢铁厂,几乎每个厂背后都有一个"国"字号靠山。

联益钢铁公司则走"借地生财"之路,1985年与攀枝花市联办一个铸钢厂,每年为公司供应上万吨钢材。以后,又以1100万元买下了云南一家濒临倒闭的铁合金厂,还在大邑县联办煤矿。

在横向联合的背后,有一只看不见的手——市场调节。一方面,国营企业大量计划外物资走向市场;另一方面,许多单位迫切需要"找米下锅"。双流"老乡"的"无米炊",恰好为供需双方架起了桥梁。于是,卖钢材的到了双流,买钢材的也到了双流。左右逢源,岂有不发"横财"之理?

双流人抓住了机遇!

▌第二步: 大船远航经风浪

从1986年起,双流乡镇企业从"遍地开花"转到"全面提高",对重点行业、重点乡镇、重点企业、重点产品实行倾斜政策。用县长金世诚的话说,就是千方百计造就一批"大船"。

治理整顿3年,双流乡镇企业"年年困难年年上",共投入近10亿资金,上了758个项目。目前,全县有产值上百万的重点企业162个,其中16个超千万,4个超亿元,产值约占全县乡镇企业2/3。

"雪球"越滚越大!1989年,"洁尔阴"洗液投产时,恩威公司年产值才300万元,利税30万元。总经理薛永新大胆投入5000万元,扩大生产规模,

产品迅速占领全国市场，一举成为全省乡镇企业最大的利税大户和我国目前最大的中药材提炼基地。1992年8月，他们与泰国盘谷银行总部达成协议，将在成都市合资开办泰国盘谷银行支行。

前两年经济滑坡时，一个个羽绒厂纷纷倒闭，双流羽绒厂却"稳坐钓鱼台"。毛贩子们有一个共识："双流喊一声不进货，市场羽绒价格马上就会下跌"。这个厂8年累计创汇4500万美元，已跨入全国乡镇企业出口创汇十强之列。

以3600元起家的二峨酒厂如今已发展为年产酒万吨的国家二级企业。厂长胡义明去年一开春便把办公室搬到"桑塔纳"上，马不停蹄跑项目，目前已谈成3个合资企业，还兼并了夹江县一个国营酒厂。

在市场的海洋中，一艘艘"大船"劈波斩浪，扬帆远航……

第三步： 舍得珍珠换玛瑙

双流乡镇企业对科技和人才几乎到了"顶礼膜拜"的程度。

进入20世纪90年代，县委、县政府更深刻地认识到，要适应国内外市场的激烈竞争，乡镇企业必须"脱胎换骨"，向高科技领域进行战略转移。1991年4月的成都市科技成果展览交易会上，双流一下子选中61个科技含量高的项目，当年就有30多项投产！

现在，双流不少乡镇企业正以现代化的设备和先进的工艺技术，连连推出让国有企业称羡的高精尖产品。在成都电缆厂双流热缩制品分厂，一批批聚乙烯材料在大功率电子加速器产生的高能量电子束流轰击下，加工成为遇热收缩的高技术产品。这是目前国内最大规模通信电缆接续用热缩套管专业生产企业。双流农药厂引进国外先进技术生产低毒、高效农药代森锰锌，被列为国家级重大新产品试产计划。

在引进技术的同时，双流乡镇企业还从省内外高薪聘用了1700多名科技人员，自己培养了 2000 多名专业人才。华阳镇有 7 家生产电子产品的科技型企业。其中，四川高压开关厂现有职工 320 人，工程技术人员就有 57 人，有大中专毕业生 52 人。

"高科技、高效益、高创汇"；"规模化、集团化、现代化"——双流乡镇企业炉火正旺！

如今，这支"主力军"正大步走向国际市场。在这跨世纪的第二次腾飞中，我们有理由相信，双流将继续创造辉煌。

（1993 年 1 月 6 日《四川日报》2 版头条，与邹渠合作采写）

民工潮与经济起飞

——部分专家学者和高校学生思考录

进入 20 世纪 80 年代后期，伴随着思想观念的解放所带来的商品经济的强烈冲击，中国社会各个领域发生着前所未有的变化。其中一个引人注目的现象，便是近年来出现的民工潮。如何历史地、现实地看待这一席卷全国许多地区的浪潮，如何评说这一浪潮所表现和引发的深层问题，已成为我们时代和社会必须解答的课题。

▌经济：人口流动的根本动因

历史往往有相似之处。当我们目光回溯，不难发现，历史上的每一次繁荣，都伴随着全社会的人口流动。

四川大学历史系教授、《四川人口史》一书作者李世平先生向我们阐述了他的研究成果。他说，从历史上看，四川自秦汉至抗战结束，大规模的人口流动共有 6 次，其特点都是外来人口的大量迁入。前 5 次是在蜀中战乱导致人口锐减而自然条件又相对优越的情况下发生的。抗战时期四川虽未发生战乱，但大量人口迁入也是因为战争之故。

"这 6 次大规模人口流动入蜀，结果都大大地推动了四川的经济、文化发展。"李教授风趣地说，"邛崃的卓文君一家原就是赵国豪富嘛！吕不韦举家迁蜀时，四川的经济、文化已很发达，但在秦灭蜀之前，四川还是很落后的。抗战时期大量外来人口迁入四川，四川经济也获得很大的发展，重庆建成了工业基地。"

那么，如何看待当前四川大量民工外流呢？李世平指出："这是四川历史上很特殊的一次大规模人口流动，其主要原因是人口多，经济条件差。"他认为，这正好验证了一条客观规律，即人口大流动的根本动因是经济原因。

李教授进一步阐述：大量移民，历代政府都搞过，有成功的，也有不成功的，关键要看这种移民有无经济动因。清朝的"湖广填四川"，政策很优惠，所以移民很成功。相反，苏东坡也曾建议把"窄乡（人多地少的地方）"的人迁到"宽乡（地广人稀的地方）"，就没讲经济条件，移民不一定有经济实惠，因而行不通。显然，人口大规模流动要对流动的人口自身有利，一句话，无利赶不走，有利不赶也走。对人口流动，不能强制，只能疏导。比如，当初"湖广填四川"时，清政府就阻挡过一次，规定对入川的人要进行处罚，并要输出县承担安置费，结果还是徒劳无功，直到乾隆时期迁蜀的人还是络绎不绝。

说到这里，李教授笑道："我先辈也是那时从广东梅县附近迁来的呢！"

当然，现今的民工潮与当初的人口大流动的社会经济背景已不可同日而语，但李教授认为，历史是一面镜子，从中我们还是能获得应有的启示。

‖ 市场经济的规律性反映

民工潮牵动了社会的方方面面，它所带来的究竟是正面影响还是负面影响呢？四川省社科院经济体制改革研究所所长、研究员郭元晞认为，民工潮的出现，说明农民已不满足于现状，普遍地有了追求富裕的内在动力，这是历史和社会进步的表现。

"深一步来说，民工潮的出现将给我们的经济带来天翻地覆的变化，是对

传统体制的强有力冲击，意义不可低估！"郭元晞研究员具体阐释道，民工潮顺应了市场经济的要求。一是符合价值规律。民工有层次，按其能力和具体岗位随行就市，劳务报酬按质论价。二是符合供求规律。前两年民工多走深圳，现在沿边开放，民工去向也是四面八方，完全是根据市场需求而动，一点不盲目。

"第三点，也是最重要的一点，就是它合竞争规律。"郭元晞强调，现在进城的青年民工大多有文化，有的已渗透到一些高科技领域，"如像我们单位，微机操作员前两年就请的是进城务工的青年农民。客观地说，就同等学力同等年龄而言，许多农村青年比城里人要强，他们更珍惜学习和就业机会，更具有竞争实力。"他认为，这种竞争给我们城市带来的观念、意识、行为方式和用工制度等方面的冲击与影响不可低估。事实上，城市进行的很多改革需要借助外来力量的撞击，而民工潮无疑是一股强有力的外来力量。

郭元晞这样概括：民工潮是劳动资源在市场背景下的重新配置，是城乡一体化过程中必然出现的现象。从某种意义上讲，民工潮也许是我们经济起飞的前奏和必要准备。

确立城乡一体化新思维

民工潮的出现，是否也暴露出我们社会的某些不完善之处呢？四川大学工商系89级学生张敬慈在写给本报的讨论稿件中认为，民工潮是警钟，它警示着中西部发展与投资的不平衡已达到某种警戒线，同时也警示我们再也不能忽视农民的利益，再也不能对农业和农业生产中存在的诸如打"白条"、乱摊派，农业投入减少、农民收入下降等深层问题掉以轻心。

郭元晞则从另外的层面作了探索。他认为，农村剩余劳动力的问题将成为制约我们整个20世纪90年代甚至下个世纪发展的课题。对民工潮的积极意义，社会有共识，但对伴随而来的"消极面"的认识却并不全面。民工潮的形成，固然给铁路运输、城市管理等方面带来压力，但这种局面从根本上讲是基础建设滞后于经济发展的结果。长期以来我们处于计划经济的束缚之下，城市的交通、住房和其他生活设施，都是按城市人口的定额进行设置的，并没有考虑更多的人口流动。现在走向社会主义市场经济，过去计划内预期的东西必然会被冲破。因此，从现实出发，必须确立城乡一体化的新思维，通盘考虑发展问题，否则我们面临的"城市病"会更重。

他认为，要完成这种转变，需要社会各方付出更多的努力。政府有必要进行有关配套改革。国外的经验可以借鉴，如当初美国开发旧金山，也形成民工潮，但不久美国西部却崛起一座大城市。民工流动也可纳入计划，进行布点，实行一次大移民。在经济规律和利益机制的基础上，使流动顺应市场需要，这对我们的社会进步是有莫大好处的。归根结缔，我们对民工潮应体现开放意识，要给农民务工创造有利条件，提供社会保障，防止带来社会震荡。

|编后|　《93 巴蜀民工潮》刊出后，受到了社会的广泛关注，各界人士纷纷来信来稿，表达自己对这一社会现象的看法。于是，本报特别推出了《我看民工潮》专栏和专版，开展讨论，进一步深化对民工潮的认识。今天，本报发表这篇部分专家学者和高校学生的思考录，算是对这场讨论的小结。我们相信，随着改革、开放的不断深入和扩大，社会各界对民工潮的认识将会进一步深入。以后，本报将继续加强对劳务输出的宣传，欢迎广大读者来稿。

（1993 年 4 月 14 日《四川日报》，与肖晓东合作采写）

"川股"：创新与突破

山重水复，石破天惊！

作为改革策源地之一的四川，今年以股份制试点引起全国注目。

3 月 12 日，"川盐化"在深圳证券交易所亮相，首开西部省区股票异地上市先河。接着，"乐电""金路""渝开发""蓉动力""自贡东碳"等 13 只川股相继上市，成为除上海、深圳外上市公司最多的省。截至 12 月中旬，我省共有公众公司 36 家，定向募集的股份有限公司 166 家，有限责任公司 700余家。

风雨兼程十三年。一步步探索，一次次突破。"川股"是怎样崛起的呢？

1986 年，一位美国客人访华，向邓小平赠送了一枚纽约证交所所徽，我国以一张上海飞乐股票回赠。而比这早 6 年，四川已向社会发行股票

1980 年 6 月。刚刚建立的成都市工业品展销信托股份公司为筹建蜀都大厦，自主决定向社会发行股票。"蜀都"的亮相，一开始就与企业扩权相联系。不过，直到 1985 年，"川股"仍处于自发试点阶段。

"摸着石头过河。"1986 年，几乎与深圳市政府出台全国第一个股份制试点文件同时，四川省政府也讨论制定了《关于国营大中型企业股份制试点意见》，有组织有计划地在重庆嘉陵机器厂等企业率先试点。1987年，又在自贡长征机床厂等10多个企业继续探索。1988年，东方锅炉厂、峨眉山盐化集团等36户企业和7个企业集团进入"股道"。据《中国证券市场》统计，到1990年底，四川（包括成渝）累计发行股票6亿多元，其中向社会公开发行5800多万元，发行量仅次于上海，居全国第二位。

治理整顿中，我省成立了"股份制试点领导小组"和"证券领导小组"。宋宝瑞等省领导带领体改部门的同志深入到一个个试点企业指导，并多次举办股份制试点培训班。

前些年，股份制姓"社"乎，姓"资"乎？"公有"乎，"私有"乎？种种责难和非议像一把"利剑"高悬在改革者头上。那种压力啊，原省体改委副主任朱芬吉至今记忆犹新："我们是只做不说，随时准备把乌纱帽扔掉。"

转机来自1992年初春。邓小平同志的南方谈话，对股份制给予了充分肯定。禁锢一旦冲破，"川股"水到渠成，进入规范化操作阶段，与"沪股"、"深股"形成鼎足之势。

几度风雨，几度春秋，成似容易却艰辛。

金秋时节，国家体改委等部门组成联合调查组来川考察，对 "川股"转制给予好评。 接着， 全国上市公司转制座谈会在蓉举行

全国注目"川股"，"川股"价值何在？省委政策研究室主任唐公昭日前接受我们采访时，把"川股"与"沪股""深股"做了番比较。"川股"主要以国有大中型工业企业为主，在转换经营机制方面经过了"脱胎换骨"的改造，既与上海以商贸公用事业为主的"收购概念股"不同，又与深圳新组建的"指标股"有别。"要说国有大中型企业改革，'川股'练的是'内功'，念的是'真经'，特别是在转制方面功不可没。"

现在看来，股份制是明晰企业产权的最佳方式，是企业改革的有效选择。

采访中，省体改委以及成都、乐山、德阳、自贡市的党政领导和体改部门负责人，分别以切身体会历数旧体制的种种弊端，总结出四川股份制试点的一个个突破点。

突破点之一：理顺企业与国家关系，真正实现"两权分离"。四川的股份制企业设立之初，便坚持产权多元化、具体化，将国有资产产权转化为股份，使企业成为名副其实的"独立法人"和市场主体。公司向全体股东负责，按股分红，照章纳税。市场开拓、产品销售、资金运用、人事任免完全自主。由于实现了自主经营，我省公众公司和上市公司的经济效益，普遍比面上同类企业高20％。

突破点之二：理顺企业与职工的关系，转换内部机制。职工入股后既是生产者、经营者，又是股东，与企业"一荣俱荣，一损俱损"。企业内部形成竞争机制，职工处处充满危机感。金路公司实行全员聘用合同制后，员工的劳动热情高涨，今年实现利润总额比去年增长8倍。

突破点之三：解决企业办社会问题，让企业轻装上阵。股份制改造使非生产经营性部门剥离于企业主体，"长钢""东电机"等特大型企业在这方面进行了积极探索。"长虹"已剥离占总人数15％的非生产人员。

突破点之四：促进产业结构调整。通过股份制试点，将部分消费资金转变为生产资金，不但在一定程度上解决了企业技改和重点建设项目的资金困难，也促进了产业结构调整和老工业城市改造。自贡市目前已通过股份制，为该市产业结构调整中的十大重点工程募集资金6.8亿元。更为可喜的是，"川股"试点已扩大到交通、能源和基础建设领域，开始在投资体制改革中开花结果。

妙棋一着，满盘皆活。好一个股份制！

> **"股份制是企业改革的方向，但目前还处于试点阶段"，中共中央政治局委员李铁映在川考察时如是说。"要紧的是把步子迈出去，千万别停步"，省委书记谢世杰为 22 户试验企业授牌时如是说**

既是改革方向，又不能操之过急；既要大胆试验，又不能一哄而上——这就是我们对股份制的态度。

我们在采访中发现，各地试点企业在实际操作中还有种种难点。所谓"一股就灵"，显然不是那么回事。

难点之一：国有资产由谁代表？有的公司国有股权代表是董事长，有的是国有资产管理局委派，有的是由几个部门共同派出。其后果，一是容易造成国有股无人负责或无法负责，二是可能强化"政企合一"或企业对行政权力的依附。

难点之二：国有股和法人股不能流通。四川的股份制企业国有股一般占总股本的 60%～80%。由于国有股不能流通，每年配股筹资，国家股权代表无力购买新股，不得不放弃配股权，使企业难以保证国有资产的保值增值。

难点之三：企业组织制度不健全。一些公司的董事会、股东会和监事会的工作还自觉或不自觉地按过去行政、工会、职工代表大会的老规矩、老办法运转。

难点之四：企业股票上市后，员工凝聚力如何加强？由于目前股票上市少而购买股票者多，造成股价超幅上涨。企业员工关心企业股票上市远远超过关心企业生产经营。这显然不是股份制的初衷。

还有一些难点，如内部股社会化、公众化，法人股个人化问题；资产评估的科学性、财务报告的客观公正性问题，等等。这些，既有认识和操作上的偏差，又有体制和社会环境的限制。

股份制试点还在探索之中，还需要进一步创新与突破。对此，省委、省政府一直采取"坚决试、不求多、务求好、规范化"的积极方针。今年，省上已决定在 22 户国有大中型企业进行探索建立企业新体制试验，要求步子迈得更大更快些。

新的突破正在开始。

"川股"创造了昨日的辉煌，也将托起明天的朝阳！

（1993 年 12 月 16 日《四川日报》1 版，与林卫合作采写）

春风又绿丝绸路

——写在邛崃撤县设市之际

1994 年 6 月 6 日，邛崃历史上一个具有里程碑意义的日子。这一天，国务院批准邛崃撤县设市，标志着邛崃开始进入全方位对外开放的新时期。

邛崃，古称临邛，公元前 316 年筑城置县。2000 多年来，临邛或改县为州，或撤州建郡，或改郡为县，都与其行政地位升降有关。而这次撤县设市，却完全是经济发展和扩大开放的结果。

8 月下旬，我们前往邛崃市采访，看到了邛崃对外开放的几个侧面。

‖ "南丝路" 与邛崃

早在 2000 多年前，我们的祖先就在川滇之间的崇山峻岭中开辟了一条与外界联系的通道——南方陆上丝绸之路，简称 "南丝路"。

据考察，"南丝路"以四川成都为起点，经邛崃、雅安、荥经、汉源、西昌、攀枝花，翻越川滇交界的方山入云南永仁，直达大理，再向西南经永平渡澜沧江至保山，越怒江至德宏州首府潞西，在云南畹町、瑞丽及腾冲一带出境，通向缅甸、印度、泰国等东亚、东南亚国家和地区。

邛崃是古"南丝路"上第一站。张骞通西域时，邛崃所织"蜀布"已远销天竺（印度）、安息（伊朗）等国。汉唐时期，邛崃的冶铁、炼盐、纺织、酿酒、制茶、造纸、烧陶诸业兴盛，产品通过"南丝路"销往西南少数民族地区和东南亚一带。明清时期，邛州竹纸还有过使"车船争路、商旅敛财"的盛况。近代以来实行闭关自守政策，"南丝路"冷落了，邛崃的对外交往也停滞下来。新中国成立后，邛崃虽为川藏线上重要的商品集散地，但对外开放一直没有取得新的进展。

改革的春风启开了开放大门，我国已形成沿江、沿海、沿边开放的新格局，"南丝路"上许多县市龙腾虎跃，大步走向开放。可是，得改革风气之先的邛崃开放滞后，经济发展受到资金、技术、人才的严重制约，直到1991年还没有一家三资企业。

改革的邛崃盼开放。

‖ 挤上 "一条线"

1992年，省委、省政府做出"发展县经济、先抓一条线"的战略决策之初，邛崃榜上无名。理由很简单：邛崃距成都70公里，不在"一条线"上，经济发展和对外开放的条件较差。尽管这是事实，但邛崃人对此耿耿于怀，有一种强烈的危机感。

"只有大开放，才能大发展。"邛崃市委、市政府一班人认准了这条路。市委书记何琼英找到省委负责同志，反复强调一个理由："我们决不能失去这次机遇。当年改革试点的'老三县'中，广汉、新都进了'一条线'，邛崃为什么不能进?"于是，省委常委会讨论决定，同意邛崃进入"一条线"。

市长张义铭说："进了'一条线'，就有了竞争对手。如不加快发展，就会被挤出'一条线'，好大的压力啊!"就是这种强烈的竞争意识和历史责任感，促使邛崃人变压力为动力，把扩大开放提到了经济工作首位。

开放的突破口在哪里呢?首先是进一步解放思想，转变观念。市委、市政府组织干部到沿海考察，到"一条线"上兄弟县、区取经。他们发动干部群众献计献策，围绕"唯书"与"唯实"、"大算盘"与"小算盘"等问题展开讨论，形成了一种共识：不唯书，不唯上，只唯实。外商能在沿海、成都赚对半，邛崃就要准备让别人赚更多。在经济活动中，为了长远利益，要舍得牺牲一点眼前利益。统一认识后，邛崃从上到下形成了多渠道、多形式招商引资的格局。

开放也是改革。邛崃市委、市政府以改革的精神抓开放，不但在引进项目、资金、技术、人才等方面出台了一系列优惠政策，而且切实转变政府职能，把招商引资纳入各部门的目标责任制管理。在邛崃，招商引资的地理劣势是通过热情、高效、优质、优惠的服务来弥补的。

1992年，邛崃的三资企业实现了零的突破。市供销社与成都蓉深包装公司及港商共同投资2000万元，在邛崃兴办成都富来塑料彩印有限公司。当时，这个项目需要征用20亩土地，市委、市政府现场办公，只用3天时间便为其办完一切手续，以后又通过"督办"，在1个月内为其解决了水、电、气和通信线路搬迁等难题。该项目1992年5月动工。当年11月便部分投产。

"五通" 投资环境

思路决定出路。为了进一步扩大开放，邛崃市委、市政府下决心改善投资环境，加快基础设施建设。

在邛崃，南君平乡的实践使人很受启发。1991年前，南君平乡的乡村道路全部是黄土路面。有一次，乡上好不容易从外地引进一个项目，厂方领导乘车到南君平乡时恰遇下雨，车子连续几次出险，结果被吓走了。于是，乡里决定修路，1991年以来筹资312万元，铺设水泥路面33公里，1993年实现村村通水泥路。路一修，投资者接踵而至。目前已兴办企业154个，乡镇企业产值连续两年翻番，1994年可突破4亿大关。

总结推广南君平乡的经验，邛崃市掀起了基础建设热潮。近两年，全市已投入 2.6 亿多元，用于交通、通讯、能源建设。目前，东星大道、天台山旅游专线公路、牛屎坡二期工程已竣工通车，还铺设乡道油路 37 公里。成温邛高等级公路段 9 公里今年将投入使用。市区和羊安、平乐、桑元、火井片区 8000 门程控电话、直拨国际电话、126 寻呼台已经开通。夹邛 3.5 万伏线路建成通电，平乐变电站一期工程已建成投产，宝珠山电站大坝截流成功，热电厂增容工程正抓紧施工。天然气配气站及管道网络建成使用，4000 多户居民用上了天然气。

水通、路通、气通、电通、邮通，好个"五通"投资环境！县上以临邛镇为依托，在城区东郊 5 平方公里区域内建立经济开发区，目前已吸引 27 户企业进区落户，协议总投资 1.54 亿元，其中 22 户企业已建成投产。同时，西郊工业区和羊安工业区的开发也形成了一定规模。

‖ 花大力培育市场

在对外开放中，内地与沿海相比，劣势在交通，优势在市场。邛崃人扩大开放，既从交通抓起，也从市场突破，双管齐下，扬长避短。

早在改革之初，邛崃人就表现出较强的市场意识。他们率先对原有的产品经济管理模式和统得过死的流通体制进行改革，走出了一条"农工商一体化、产供销一条龙"的新路子，培育了一系列市场网络。进入"一条线"后，他们大力培育市场体系，先后投资 3000 多万元，完善了木材、水果、粮食、蔬菜、副食、服装等 10 多个专业市场，广泛吸引外地客商到邛崃做生意。

在邛州木材市场，我们看见一辆辆满载木材的大卡车排成长龙。这个市场占地 7 万多平方米，可一次性堆放木材 3 万多立方米，1993 年成交木材 13.5 万立方米，是目前西南最大的木材市场。场内木材主要来自甘孜、阿坝、凉山和西藏、云南，销往川东、川南、川中和江浙、广东、河南等地。

在邛崃，有一个综合性的邛州大市场正在兴建，还有一个独具特色的旅游市场也在抓紧开发。劳动力市场、资金证券市场、技术市场、房地产市场已初步发展起来。

市场无禁区。市场越大，邛崃对外开放的吸引力越强，路子越宽。

大开放促进大发展

开放的邛崃，投资的热土。1992 年以来，先后有美、英、法、日、俄等 80 多个国家和地区的客商到邛崃参观考察，洽谈项目。1993 年，全市新办三资企业 20 个，协议利用外资 1132 万美元，已到位 245 万美元。1994 年上半年又引进项目 36 个，协议投资 4.37 亿元，引进资金 1.86 亿元，已到位 6724 万元。同时，邛崃还在俄罗斯、保加利亚、澳大利亚和海口、深圳、厦门、瑞丽等地开办了一批窗口企业，1993 年出口创汇近 1000 万美元。

大开放促进大发展。1993 年，邛崃市实现国民生产总值 14.5 亿元、工农业总产值 33.95 亿元、社会商品零售总额 4.33 亿元、财政收入 7201 万元，分别比进入"一条线"前的 1991 年增长 75％、95％、50％、54％。1993 年，粮食总产量 37 万吨，创历史最高水平；农民人均纯收入 941 元，比 1991 年增加 183 元；乡镇企业产值达到 33.6 亿元，比 1991 年增长 2.19 倍。该市近两年的经济发展速度比改革的前 10 年提高 1 倍以上，进入了快车道。

春风又绿丝绸路，邛崃再谱新篇章，值此撤县设市之际，我们谨以此文祝愿 63 万邛崃人民在对外开放中再创辉煌。

（1994 年 9 月 5 日《四川日报》1 版头条，与周佑汉合作）

依山兴市通天路
——记峨眉山市以旅游牵动区域经济发展

君到蜀中来，自当走峨眉。

在"一条线"的最南端，便是以山扬名的峨眉山市。

峨眉山崛起平畴，高临五岳，以其雄、秀、奇、险、幽诸多特色而独具风姿。千百年来，峨眉山不仅以其独特风景令旅游者折腰叹服，更以佛教仙山声名远播。当改革开放春潮逐浪高的时候，祖祖辈辈身居仙山福地的峨眉山人，发出了"拥有不等于富有"的强烈呼声。他们的眼光更远了——重新认识峨眉山！

天生一座峨眉山，还有什么需要重新认识呢？9月上旬，我们来到峨眉山市采访。

"不识庐山真面目， 只缘身在此山中。" 这是一句诗， 也是一种现实。峨眉山人重新认识峨眉山， 就是从 "走出峨眉山" 开始的

"峨眉山是我们的巨大财富。但在某种意义上讲，又成了一些同志无形的精神枷锁。"采访中，市委书记严文清首先谈到了破除"山民意识"。

长期以来，高山挡住了峨眉山人的视野。不少干部群众认为，峨眉山是搬不走的，山在自有人来游，有"神"必有信者拜。只要躺在峨眉山这块风水宝地上，就有吃不完的"朝拜饭"。这种自我陶醉、自我封闭的"山民意识"，严重阻碍了峨眉山的经济发展。外地来建厂怕占了"宝地"，客商来投资怕赚了大头，办三资企业怕影响精神文明。直到1991年，峨眉山市还没有一家三资企业。

1988年撤县建市时，峨眉山市的部分干部群众对搞经济建设还只有工业、农业的概念，不知道旅游也是产业，也不怎么了解第三产业如何搞。当时，市上的发展思路是"强农兴工兼旅游"，对于加"山"改"市"的重大意义和旅游优势认识不深，没有在"山"字上大做文章。到峨眉山旅游的中外游客虽然逐年增加，但游客在峨眉山看得多，玩得少，消费低，人均只有50元左右，低于全国平均水平38%，甚至低于全省水平17%。多数游客来也匆匆去也匆匆，表明"天下名山"的旅游业尚处于观光型、宗教型的浅层次阶段。

另一方面，峨眉山方圆150多平方公里，旅游资源、矿产资源和动植物资源极其丰富，但旅游景点只开发了一半；有"东方魔水"之称的矿泉水也只开发利用了10%左右；中药材开发仍停留在黄连、杜仲、白蜡等少数品种的零星生产上，没有形成基地优势和市场优势。用当地干部的话说，"市以山而扬名，但还没有以山而生辉"。

峨眉山市进入"一条线"行列后，市委、市政府首先从破除"山民意识"入手，发动全市干部群众进一步解放思想，重新认识峨眉山，重新认识自我。严文清说得好："拥有不等于富有。我们找出差距，是为了以新的观念认识'拥有'，以更快的步伐开发'拥有'，使拥有的资源优势转化为经济优势，变成富有。"

峨眉山人的眼界开阔了。市委、市政府认识到，加"山"改"市"正反映了峨眉山"依山兴市"的特点和优势。峨眉山本身就是最大的市情和最大的本钱。而历史和自然的原因决定了"山"的优势在旅游。因此，峨眉山市的经济发展要在"山"字上做大文章。于是，"依山兴市、协调发展"的发展战略提出来了。"旅游牵头，农业奠基，发展工业，建设城市"的区域经济发展路子确立了。

峨眉山人站到了经济发展的新的起跑线上。

当 "山" 被重新认识后， 峨眉山市的经济发展以 "旅游牵头"， 一切工作都围绕那个 "山" 字转， 实现着 "以旅游促开放、 以开放促发展" 的战略转移

市长陈伯伦这样说："所谓'旅游牵头'，就是通过峨眉山的旅游开发，带动对外开放和产业结构调整，以旅游促开放，以开放促发展，实现农村工业化、城乡一体化、山城一体化。"

"一条路代表一条街，一条街看破一座城。"这是老峨眉城的写照。"依山兴市"，第一件事就是花大力加强城建、能源、交通、通讯等基础设施建设，改变峨眉山市的形象。近两年，市政府动员各方面筹集了两亿多资金，狠抓硬环境改善，打通了四方城门，拉开了道路骨架，使一座1.5平方公里的旧城发展成近10平方公里的旅游城市。新修了50米宽、2.8公里长的乐（山）西（昌）路过境旅游干道，夹（江）峨（眉）公路拓宽改造进展顺利，城乡交通网络已初步形成。国际国内直拨电话开通，投资1000万元的邮电综合大楼正加紧施工，建成了1.5万千伏安的城市变压输电线路，正在扩建中的供水设施竣工后可使城市供水能力扩大一倍。

"山下搞经贸，山上搞旅游。"峨眉山人两头兼顾抓基础。目前，"天下名山"牌坊至报国寺和零公里至接引殿的水泥路已投入使用；山上新扩建的五显岗、万年寺停车场使人恍若置身平地；金顶索道、万年索道在山中穿行，给登山者带来很大方便。

与此同时，峨眉山市的对外开放也取得重大突破。市委、市政府制定了一系列优惠政策，多渠道、多层次开展招商引资。目前，全市已兴办三资企业31家，总投资8.23亿元。1994年上半年，市上抓住乐山国际旅游大佛节的有利时机，举办了峨眉山"朝山会"，并积极参与'94四川国际招商洽谈会

和深圳招商等经贸活动，推出了 81 个招商引资项目，共签约合资合作项目 18
个，协议总投资 5.15 亿元，引进外资 1.94 亿元。

在峨眉旅游试验区采访，我们看到试验区与峨眉山仅一路之隔，区域边
界的道路、水、通讯、电与市区管网连成一片。据介绍，试验区总体规划 10
平方公里，是峨眉山市与峨眉山风景区的过渡段，预计总投资 10.5 亿元。目
前，已有深圳、珠海、广州、北海、海南和香港等地客商到试验区投资兴建
娱乐度假小区、休疗养小区、仙山神话旅游景点等项目，引进资金 4 亿元。

说到让利于投资者，峨眉山人看得更通透。桂花桥镇党委书记陈开元说：
"人家来这里就是要赚钱。明里看人家得了大头，我得小头。但我十几个小
头、几十个小头便成了最大的大头。"

一业举，百业兴。围绕旅游这一导向产业，峨眉山市大力调整产业结构，初步形成"山城一体"的经济优势

过去，峨眉的工业发展偏"重"，农业发展偏"粮"。进入"一条线"以
来，峨眉山市委、市政府在大力发展第三产业的同时，确定工业发展的重点
是与旅游相适应的科技含量高的矿泉饮料、医疗包装、旅游产品等三组轻工
项目；农业在稳粮基础上重点以市场为导向，加快伏季水果、名茶、中药材、
速生丰产林等四大基地建设，力求形成与风景名胜区的城市特色相匹配的新
的产业结构，使旅游资源优势真正转化为产业上的经济优势。

在峨眉山市，我们看到工业结构调整已取得新突破。以项目、资金、人
才为重点，矿泉水开发和啤酒生产已跃上一个新台阶。峨眉山制药厂一期工
程正在兴建，投资 1600 多万元。市医药玻璃厂技改项目前景看好，1994 年产
值可达 3500 多万元。旅游产品打破过去"五子登科"（棍子、帕子、帽子、
鞋子、扇子）的单一局面，开发出了一批独具特色的新产品。竹叶青茶厂的
春来牌产品连获国际金奖。1992 年 1 月至 1993 年 12 月，全市新上项目 792

个，投资总额 13 亿元，其中 100 万元以上项目 157 个，上千万元以上项目 8 个，目前已竣工 393 个。1993 年，市属工业实现总产值 8.75 亿元，比上年增长 39.5％，1994 年上半年又比 1993 年同期增长 27.9％。

农业结构调整初见成效。在稳定粮食生产的同时，狠抓农业综合开发，拓宽农业生产领域，大力发展"两高一优"农业和乡镇企业。目前，该市已退耕还林 6000 多亩，形成名优茶、中药材、优质水果、蘑菇、蔬菜、速生丰产林、五倍子、蚕桑、良种鸡鸭、瘦肉型猪等 10 多个农副产品商品基地。乡镇企业出现超常规、突破性发展的可喜局面，1993 年实现总产值 14 亿元，销售收入 12.8 亿元，税利 8031 万元，分别比 1992 年增长 106.8％、112.5％、121％，1994 年上半年仍保持快速增长的好势头。小春粮食比上年增长 2.1％，上半年农民现金收入人均增加 100 多元。

在峨眉山风景区，我们看见旅游基础建设和管理工作也上了一个新台阶，旅游者兴致很高。全市 1993 年接待中外游客 130.73 万人次，旅游经济收入 7465 万元，外汇收入 183 万美元。

产业结构的调整和旅游业的发展为峨眉山拓宽了致富门路，扩大了增收渠道。1993 年，峨眉山市财政收入 1.3 亿元，首次突破亿元大关，比上年增长 47.9％；城乡居民存款余额 6.51 亿元，增长 25.4％。仅峨山镇从事旅游服务的农民就达 3000 多人，占景区农村劳动力的 50％。

"峨眉山高西极天。"当我们乘车从万年寺停车场下山，来到报国寺门前，从"天下名山"牌坊下驰出山门，眼前一条又宽又直的水泥大道把峨眉山市联结起来。回首远望金顶雄峰，天高云淡，风光无限……

（1994 年 9 月 24 日《四川日报》1 版头条，与韩梅合作）

都市里的"大文章"

——来自成都青羊省级集体经济综合试验区的报道

开放的成都，投资的热土。

漫步蓉城，城中有"城"，区内有"区"。例如"成都青羊省级集体经济综合试验区"，我们就是最近到青羊区采访时才知道："青羊区有多大，实验区就有多大，一块地盘，两块牌子！"

1994 年 1 月 27 日，省委副书记、副省长蒲海清和成都市市长王荣轩亲手把"实验区"这块匾牌授予青羊区。11 个月过去了，青羊区已新办企业 2340 家，注册资金 12 亿多元，地方财政收入比去年同期增长 40％以上。人们惊喜地发现，青羊人又抓住了一次前所未有的发展机遇。

机遇偏爱具有超前意识的改革者。

独辟蹊径建 "特区"

与高潮迭起、热点频生的国有经济体制改革相比，城镇集体经济体制改革近年来显得有些冷落。然而，青羊区委、区政府一班人则从实践中认识到，城镇集体经济不仅需要通过改革求得自身的完善和发展，同时也需要通过改革来适应社会主义市场经济的运行机制。因此，加快城镇集体经济体制改革应该成为 20 世纪 90 年代我国经济改革的一个重点。于是，他们独辟蹊径，

1993 年率先向省政府提出在青羊区建立"四川省集体经济综合实验区",当即
得到省政府高度重视。

　　青羊区地处成都市腹心地带,总面积 67.78 平方公里,45 万人口,集体
经济占全区经济 95％以上。在发展集体经济过程中,青羊人也遇到许多矛盾
和困难,比如管理上的"二全民"(编者注:"二全民"指仿照全民所有制企
业的管理模式进行管理的集体企业),规模小,投资少,负担重,产品单一,
技术落后等等,这些都很不适应市场竞争需要。从区情出发,他们确定了综
合实验的基本思路,即以深化集体企业改革为重点,以扩大对外开放为新的
生长点,探索集体企业与国有经济、外资经济、个体私营经济混合生长的新
路子,争取用 4 年时间,在建立现代企业制度、区域经济调控体系和区域市
场体系等方面取得突破。

　　"要把实验区建成按国际惯例办事并与世界经济接轨的'小特区'。"然
而,要在内地的大都市建"特区"谈何容易!试验区挂牌后,省委副书记宋
宝瑞、蒲海清等省市领导多次到青羊区现场办公,协调各方面的关系,要求
青羊区把握好改革的几个重要环节,大胆试验,敢于突破,用好用活实验权。

　　思路决定出路。青羊人从上到下强化了"实验区意识"。

‖ 综合改革: 从机制到体制

　　在青羊区,"综合试验"主要包括两个方面内容,一是综合改革,二是综
合开发。

　　就改革而言,青羊区今年着重抓了四个环节:一是以产权制度改革为突
破口,积极探索现代企业制度的实现形式,大力推行股份合作制,恢复集体
企业的"真面目";二是发展以资金市场为重点的要素市场;三是深化分配、
用工制度和社会保障制度改革;四是加快政府职能转变。四管齐下,配套推
进,从机制到体制,尽可能为企业的发展提供自主、宽松、有序的体制环境

和政策保证。

开弓没有回头箭。目前，青羊区集体企业职工社会保障统筹率达100％，老集体企业正抓紧转入"股"道，新建企业则全部按股份合作制运行。到11月，全区已改组、新办股份合作制企业224家，吸纳资金3.3亿元。成都菊乐公司、成都火车站商场、成都工业用呢厂、日用加油机厂、电表厂等企业经过改造或改制，与国有企业、外资企业和个体私营企业进行"嫁接"，逐步向集团化、规模化、技术密集型和外向型转化，取得明显效果。

参照沿海地区的经验和国际惯例，青羊区还率先实行了"企业法人直接登记制"。据区委副书记敬刚介绍，企业法人直接登记，可不要行政主管部门的批文和证明，除国家规定的特殊行业或产品需要资质审查外，其他各种专项许可证不再作为企业登记注册的必要条件。此招一出，吸引力大增。目前，已有直接登记的无主管企业600多家。

大开放促进大发展

就综合开发而言，青羊区的主要思路是：大开放促进大发展。他们以"新城区"建设为新的生长点，面向国际国内两个市场，全方位招商引资。用区长胥洪秋的话说："再造一个青羊！"

青羊人深知，良好的投资"软环境"和"硬环境"是招商引资取得实效的关键。在"软环境"方面，青羊区委、区政府制定了对外开放的60条政策措施，还建立了"招商局"和"招商引资项目库"，实行了"一站式"办公制度。7月份以前，每周二、五上午，值班区领导会同工商、审计、财税等部门集体现场办公，尽可能为投资者提供最满意的服务，做到"进一个门，办完区内一切手续"。7月份以后，仍对重大项目实行"一站式"办公。

为改善"硬环境"，青羊区在苏坡、文家两乡规划了"新城区"的蓝图，以"一城、五区、两镇"为主要载体，加快基础设施建设。"一城"，即"中

天府三问

国乡镇企业城"，位于苏坡乡新老成温公路之间，距市中心3公里，总体规划面积3.5平方公里，分两期开发。11月23日下午，我们在"乡企城"采访，看见一条5公里长的水泥路已开始通车，自来水、地下水、天然气管网也全部与市政主管道接通，20多家企业即将进"城"。

"五区"，即东坡综合经济开发区、对外联合与协作区、民营科技园区、火车西站工贸区、府南河开发区。东坡开发区已投资1800万元进行基础设施建设，目前已有14家企业进区开发。"民营科技园区"与杜甫草堂毗邻，是集体经济发展的"技术后方"和"中试基地"，已审报确定为国家级"民营科技产业实验区"。五区的基础建设都已初具规模，正成为投资"热点"。

"两镇"，即苏坡、文家小集镇，是生产加工肉、蛋、奶、鱼等农副产品的"菜篮子"基地，发展乡镇企业得天独厚。1994年，乡镇企业产值达15亿元，比1993年增长13亿元。

一方热土吸引八方来客。1－11月，全区新办外商投资企业39家，投资总额3900多万美元。

开放，青羊腾飞的翅膀。

▌"立足大都市， 培育大市场"

"百货摊，杂货摊，青羊有不少小摊摊。"为了改变商业网点的分散状态，实验区挂牌以来，青羊人抓住机遇，大力发展各类批发市场和要素市场。青羊人的目标是："立足大都会，培育大市场"。

在旧城改造和府南河整治工程中，青羊区约有50％的商业网点被拆迁。区委、区政府引导帮助拆迁单位集中起来，联合发展，走综合商社的路子。1994年，全区已改造商业网点25个，新建后可增加商业网点10多万平方米。43层高的青羊银利大厦已经动工。同时，还以火车西站为依托，建立了生产资料专业化市场、农副产品综合批发市场、仓储运输市场。

科技兴区,人才是关键。以区人才市场为依托,今年已为集体企业引进科技管理人才109名。10月,区人才市场面向全国开放,5000多名科技专业人才前来"双向选择"。区委书记蔡毓潍说得好:"不要争钱财,要争人才。"

与活跃的人才市场相呼应,技术市场也迅速发展起来。今年,全区新发展民营科技企业141家,开发新产品25项。

金融市场的培育也出现好势头。仅区财政信用投资公司、成都市投资公司青羊分公司今年便融通社会资金、摇活区内积淀资金2亿多元。相互保险公司和城市合作银行的筹建工作也在抓紧进行。

在青羊区还有不少新举措,如户籍管理制度改革、房地产市场规范化、科工贸一体化,等等,都具有一定的示范性和超前性。

总而言之,在以公有制为主体的社会主义中国,在市场经济大潮的冲击下,城镇集体经济"怎么走",这是一篇大文章。青羊人的"试验"才刚刚开头,今后的路还很长很长……

(1994年12月28日《四川日报》2版头条)

新繁三"特"

天府多特产。新都县新繁镇有"三绝":"新繁泡菜""新繁家具""新繁棕编",均走俏省内外市场。有此"三绝",形成三大支柱产业,为新繁人创造了巨大的财富,也赢得远播的声名。

新繁人聪明、忠厚、办事务求实效。他们总是独辟蹊径,出奇制胜,处处表现出自己独特的风格。1993年10月新繁镇被国家计委确定为全国100个农村小城镇经济开发试点之一,1994年又跻身省委、省政府重点抓的100个小城镇建设试点行列。新繁人从镇情出发,突出三大特色。

▎特色之一: 古镇新建

外地人到新繁,一眼就可以看出新繁决非一般小镇。这里城区面积2.6平方公里,大街小巷27条,街道两旁绿树成荫,环卫设施良好。新郫、成彭公路交汇于此,市场之繁荣超过不少县城。

新繁镇是镶嵌在成都平原中部的一颗明珠。据镇党委书记黄传清介绍,在成都市建设"国际大都会"总体规划中,新繁镇与新都、郫县、温江、双流等并列为"八大卫星城"。适应"卫星城"发展需要,新繁人确定了小城镇建设的近期目标:到2000年,将城区扩大到5.6平方公里;镇人口达到7.5

万人；确保工农业总产值增长 30％，达到 20.77 亿元。

黄传清说："面向未来，我们不能不加快发展。"

镇党委副书记刘三发讲起新繁典故，如数家珍。据记载，新繁最初的治所是繁邑。公元前 221 年，秦始皇统一中国，实行郡县制，改繁邑为繁县。三国时，姜维领兵北伐，将凉州等地降众及河间、河关、临洮等地民众迁到繁县屯垦，然后分批将繁县部分人民迁至繁县境内青白江以南地区聚居，并将此聚居地称"新繁"。而魏时，改繁县为新繁县。直到 1965 年，撤销新繁县，并入新都县，原新繁县城繁江镇也改为新繁镇。

县城的功能消失了，但城市基础尚在。新繁镇得天独厚，在改革开放中大展宏图。1992 年 10 月，新繁县决定将清白乡、青龙乡并入新繁镇。新繁人又一次面临新的发展机遇。古镇新建。新繁人 1994 年用于城镇建设投资达 4000 万元。如今，工行大厦建成，邮电大楼竣工，镇政府乔迁新居，繁青路改造和 11 万伏输变电工程全面开工，城区实现程控电话 1000 门，自来水日共 4000 多吨，512 户居民用上了天然气。好一派欣欣向荣景象！

▌特色之二："老乡"成"龙"

在新繁镇，乡镇企业龙腾虎跃，成片发展，人才辈出，形成了以新兴集团、成龙集团公司为骨干的企业群体。

新兴公司坚持走"高科技、大规模、外向型"的发展路子，在全国乡镇企业中算得上一条巨龙。这个镇办企业依靠内引外联，沿新繁镇主干道兴办了 10 多个企业，拥有固定资产 2.04 亿元，职工 2400 多人，1994 年实现产值 3.34 亿元，利润 1166 万元。在小城镇建设中，该公司已投资 1.8 亿元，兴建了占地 300 余亩、建筑面积 6.6 万平方米的"新兴高科技园区"，1995 年又被列为"全国乡镇企业示范区"。公司董事长兼总经理尹大荣去年被授予"中国乡镇企业功勋"称号。

在新繁，还有一个在四川家具行业小有名气的成龙公司。这个村办企业从德国、意大利引进了全自动电脑数控镂花排钻机、封边机、开料机等板式家具生产设备，产品在西南市场独具特色。1994年，该公司实现销售收入4200万元、利润200多万元，公司总经理李顺成被评为成都市优秀共产党员。

目前，新繁乡镇企业多达2200多个，从业人员1.35万人。在小城镇建设中，新繁人依托乡镇企业，带动农村经济和二三产业全面发展。1994年，全镇乡镇企业产值、销售收入均突破10亿大关，实现利润3700万元。农业全面发展，粮食产量比上年增加32.9万公斤，农民人均收入1380多元。

乡镇企业的快速发展为小城镇建设扩大了发展空间，找到了资金出路。

特色之三：　东湖旅游

新繁还有一"特"，这就是唐代园林东湖。

在我国，建于唐代并有遗迹可考的古典人为园林目前只有两处，一处是山西省新绛县的绛守居，只剩下很少的清代建筑和一个水塘了；一处是新繁东湖，为唐代著名宰相李德裕在新繁做县令时兴建。经过历代培修，东湖至今仍然保存着唐代全部遗址和部分园林风格，具有很高的旅游价值。新繁东湖占地1.8万平方米，水面约5000平方米，山水佳绝，布局巧妙。其山乃凿湖之土垒成，状如蝙蝠；其水阔如湖泊，狭如溪谷，回环萦绕，如出天成；其建筑玲珑别致。

新繁古迹众多，具有发展旅游业的优越条件。镇里以开发东湖为龙头，加快旅游景点建设，1994年已完成东湖公园扩建工程，补修城墙170多米、亭子3座，增添了新的娱乐设施和服务项目。目前，外地游客络绎不绝。

新繁人还加快了商业网点和市场建设。1994年新建了白鹤桥农民街，1995年还将新建外东农民街和新繁综合商场，总投资2000多万元。在白鹤桥农民街，水利村二社社长王昌栋开办的火锅大酒店，总投资17万元，1994年

12月28日开业，营业额逐月增加，3月份赚了4000多元。54户本地农民在此经商办企业，另有20多户外地个体户前来投资。1994年，全镇个体工商户和私营企业已发展到1500多户。

小镇腾飞，前途无量！

(1995年5月3日《四川日报》1版头条)

分类指导：深化企业改革的良策

——访乐山市市长刘运生

"国有企业量大面宽，情况各异。深化企业改革一定要注意分类指导，切忌一刀切。"乐山市市长刘运生说这话时，显得胸有成竹。参加八届全国人大三次会议回来后，他对国有企业改革进行了专题调查，还深入到一些大中型企业现场办公，提出了分类指导的良策。4月20日，他又到大钢和乐轧现场办公，晚上挤时间接受了记者采访。

刘运生1968年于重庆大学毕业后，在井研县卫东机械厂工作了12年，对国有企业有非常深厚的感情。他认为，国有企业特别是国有大中型企业是支撑我国经济大厦的基石，集中精力搞好国有企业的改革和发展，是各级政府的工作重点。以乐山为例，全市46户国有大中型企业，1994年固定资产原值占全市乡以上工业企业的48.64%，工业产值占43.96%，上缴利税占64.02%。国有企业能否搞好，关系到整个经济体制改革的成败。

"怎么深化国有大中型企业的改革呢?"刘运生说，国有企业改革的方向，是建立现代企业制度。1995年，乐山市要抓好嘉华集团等3家大型企业的试点。同时，在全面清产核资的基础上，加快公司化改造步伐，争取年内完成2/3以上市属国有企业的公司化改组。

对改制、改组、改造相结合的改革思路，刘运生非常赞成。他认为，企业改革应着眼于搞活整个国有经济，而不单是某一个企业。不能用一个"药方"包医百病，一定要从企业实际出发，一厂一策，分类指导。首先，对于那些规模较大、产品适销对路、管理水平较高的大中型企业，应该抓住机遇，创造条件，加快发展。特别是要以产权关系为纽带，通过强强、强弱联合等形式，组建跨所有制、跨行业、跨区域甚至跨国界的企业集团。前两年，乐山市已经组建的盐化、金顶等企业集团都比较成功。特别是丹棱齿轮集团通过联合，雪球越滚越大，目前已成为全国最大的摩托车齿轮生产企业。1995年，乐山市还将围绕八大支柱产业，组建药业、纸业、冶金、化工4大集团。

对于那些产品不对路的困难企业，刘运生说，应该逐个研究对策，帮助他们加快技改步伐。1995年，乐山市的企业技改资金将比1994年增加38％，达到7亿多元。对于那些管理不善、领导班子不团结的企业，则应该加强三项制度改革和内部管理，下决心调整领导班子，转换机制。

对于亏损企业和数量众多的国有小型工商企业，刘运生主张走"改、转、租、卖、并、破"的路子。能联合则联合，能兼并就兼并，该破产就破产，该拍卖就拍卖。总之，能"活"的企业，就创造条件让其健康地活下去；要"死"的企业，就让它"安乐死"。1995年，乐山市要力争企业亏损额比去年下降30％，亏损面比去年减少15％。

谈到国有企业改革的难点，刘运生认为一是政企职责分开，二是逐步解除企业的历史包袱。当前，实现政企职责分开的首要问题是理顺产权关系，而解除企业历史包袱也要从理顺产权关系入手。因此，理顺产权关系，明确投资主体，便成为当务之急。从国家与企业的关系来说，要实现出资者所有权与企业法人财产权的分离，从而实现国家的国有资产所有者职能与社会管理者职能分开，政府的国有资产行政管理职能与运营职能分开。从企业与职工的关系来说，则应该在所有权与经营权的结合上做文章。李鹏总理在1995年《政府工作报告》中已经对股份合作制给予了肯定，乐山市将在这方面大胆试点，不断总结经验。

（1995年5月4日《四川日报》2版头条）

借得东风闯大洋

——"成都电缆"改革发展启示录

1994 年 12 月 13 日，成都电缆股份有限公司 1.6 亿 H 股一举在香港上市成功，共募集资金 4.48 亿港元。这标志着"成都电缆"已由一个国有企业改组为由中国邮电总公司控股 60％、海外投资者拥有 40％股权的中外合资企业。

好一个"成都电缆"，借东风崛起四川盆地！

成都电缆股份有限公司是我国最大的专业从事通信电缆、光缆、光纤制造的大型股份制企业，1994 年 10 月 1 日以原邮电部成都电缆厂为主体改组设立。成都电缆厂始建于 1958 年，到 1979 年固定资产仅 3000 多万元，年产值仅 4000 万元左右。这样一个中型国有企业是怎样发展壮大的呢？

‖ 从 "借鸡下蛋" 到 "孵鸡下蛋"

成缆人把引进先进技术比作"借鸡下蛋"，把消化、吸收先进技术比作"孵鸡下蛋"。

"成都电缆"在港上市前 5 天，李鹏总理视察了该公司的光纤分厂。总理对成缆人的外向型发展思路很感兴趣，连声称赞："好、好!"

采访中，公司副总经理曾道根谈起引进第一条全塑市话电缆生产线的情景。1979 年，成都电缆厂组织力量分析世界通信技术发展趋势，发现厂里当时的主导产品铅包纸绝缘电缆虽然在国内市场供不应求，但在国际市场已属淘汰产品。于是，他们果断决策，率先从美国引进全塑市话电缆生产线，1985 年建成投产。通过消化吸收，到 1994 年已建成 14 条全塑市话电缆生产线，累计实现产值 15 亿元，创利税 3 亿多元。

强烈的市场竞争意识和改革开放意识，促使成缆人先人一步，走上了科技兴企之路。他们接连从瑞士、德国、法国等引进金属复合带、光缆、光纤二次套塑、上引法无氧铜杆、程控交换机电缆等 7 条先进生产线，使企业的产品档次、质量由 60 年代水平跃进到八九十年代国际先进水平。1986 年以来，该厂新产品产值率一直保持在 80% 以上，共有 20 多个产品被评为部、省、市优质产品，其中两个获国家优质产品金奖。

不断地引进，不断地消化，不断地创新。多引进一个项目，就多养一只"金鸡"，产下一批"金蛋"，再孵出一大批"小鸡"，如此滚雪球般发展。成缆人抢占了国内电缆生产技术制高点，在全国百强高新技术企业中排名第 23 位，1994 年被国家经贸委确定为国家级技术中心。

科技兴企之路越走越宽，成缆人可以在国内市场呼风唤雨了！

‖ 从 "成果转移" 到 "集团经营"

"鸡"也多了，"蛋"也多了，如何消化？公司常务副董事长、总经理杜良衡说："把科技成果转移到乡镇企业去，扩散到沿海去。"

1994 年 10 月 12 日，江泽民总书记视察了成都电缆股份有限公司双流热缩制品厂。当听到成缆人将高科技成果用来联办乡镇企业时，江总书记十分高兴地说："很好，很好！"

双流热缩制品厂是成缆人 1986 年与双流县白家乡近都村联办的，总投资630 万元，成缆控股 66.7%。当时，成缆人引进的全塑市话电缆生产线刚刚

投产，需要建一个与之配套的电缆套管分厂。到 1993 年，该厂已累计实现利税 6600 万元，赚回 7 个同等规模的企业。

热缩制品厂的成功，为成缆人找到了一条走向集团化经营的发展道路。他们以科技成果和新产品开发为依托，先后在省内外建立了 10 个联营与合资分厂。中外合资东莞 CDC 电缆厂 1991 年建成，注册资本 2035 万美元，成缆控股 51%，1993 年销售收入 1.7 亿元，实现利润 3700 多万元，已跨入广东百强企业行列。

一个分厂就是一个新的增长点。10 年来，"成都电缆"产量增长 10 倍，生产规模扩大了 15 倍，利润增长 16 倍，总厂年产值达 6 亿元。到 1993 年，已拥有 22 个分厂，其中全资分厂 12 个，产品出口伊朗、巴基斯坦、澳大利亚等国家和地区。

10 年腾飞，10 年辉煌。"成都电缆"已成长为一只远航的"大船"。

‖ 从 "借轨运行" 到 "整体改组"

在与地方和外商合资兴办企业过程中，成缆人思考着这样一个问题：同样一个人，在总厂工作时不怎么样，到了股份制的分厂为何就大不一样？回答是："关键在机制。"

深化改革大势所趋。1992 年，企业对下属 12 个车间实行了分厂制管理，同时推行"模拟法人"考核承包，不吃"大锅饭"。同时，精简机构、减少非生产人员，建立内部劳务市场。这一年，先后有 200 多人下岗、待岗，生产效率反而提高了 40%。这些改革，成缆人称为"借轨运行"，也就是借鉴联营、合资分厂的经验，引入竞争机制。但是，"借轨运行"难以解决一些深层次的问题。能否从整体上对总厂进行股份制改组呢？成缆人思考着，期待着……

1993 年，成缆人面临着另一个难题，就是如何迎接"复关"的挑战。他们深知，仅有目前的光纤、光缆生产规模，难以参与世界市场竞争。怎么办？与外商合资兴建大光纤工程、大光缆工程和热缩套管工程！三大项目合资谈判同时进行，中方共需投资 2.9 亿元。钱从何来？成缆人思考着，期待着……

"走股份制改造之路！"1993 年 10 月，成缆人当机立断，提出了进行股份制试点的申请。恰在此时，国家有关部门也在选择第二批境外上市试点企业。于是，水到渠成，成缆人如愿以偿。

经过近 1 年的充分准备，在对成都电缆厂进行整体改组的基础上，成都电缆股份有限公司诞生了！H 股在港上市后，公司总资产近 15 亿元，净资产（含公积金）近 9 亿元。三大合资项目的资金困难迎刃而解。1994 年 10 月 14 日，与西门子公司合资的光缆项目在北京人民大会堂正式签约，并于 1995 年元月份开工兴建。

成缆人又抓住了一次千载难逢的发展良机。

‖ 从 "两面作战" 到 "三个机制"

直接面对股东，面对世界投资者，是一种巨大的压力，也是一种巨大的动力。成缆人以利润最大化为目标，在国际国内市场 "两面作战"。1994 年，公司实现产值 6.2 亿元，销售收入 5.7 亿元，利税 1.2 亿元，分别比 1993 年增长 26.3％、20％和 45％。

成缆人深知，股份制改组和境外上市，更重要的是为了转换企业经营机制，建立现代企业制度。他们继续坚持实行 "模拟法人" 考核承包，建立内部 "模拟法人" 市场，进一步完善了 "模拟法人" 管理体系。同时，还建立了内部银行体制，用资金杠杆促进内部成本的管理。目前，公司正按国际规范化管理要求，抓紧在内部构筑 "三个机制"：以效益为中心，利润最大化的自我发展机制；以成本为中心，费用最小化的自我约束机制；以管理为中心，

运作良性化的自我巩固机制。

体制决定机制，机制决定活力。

成缆人正面临一场"脱胎换骨"的变革。采访结束时，杜良衡满怀信心地说："我们被逼上梁山，走国际化、多元化、集团化之路。尽管前路多坎坷，但我们一定能走出一条科、工、贸、金融四位一体的跨国公司的金光大道。"

"成都电缆"正乘风破浪，扬帆远航！

（1995 年 5 月 16 日《四川日报》2 版头条，与孙磊合作）

独山子奇迹

——中国化学工程第七建设公司建设新疆乙烯工程纪实

这是一片创造奇迹的戈壁滩。

1995 年 6 月 15 日，我们乘车从乌鲁木齐出发，西行 250 公里，在残阳如血之际，来到了新疆未来的第二个经济发展中心——独山子。举目四望，14 万吨乙烯工程已在这里拔地而起。这是我国西北地区目前最大的石油化工项目，总投资 42 亿元。新疆人说："14 万吨乙烯是新疆的一号工程，它点燃了新疆的希望之火。"

就在这片世界注目的戈壁滩上，有一支来自四川的建设队伍——中国化学工程第七建设公司。新疆人亲切地叫它"七化建"，称它是"咱们自己的队伍"。正是这支队伍在独山子创造了令中外专家叹为观止的奇迹！

▍打硬仗的 "金字招牌"

独山子乙烯工程共由 48 个单项工程组成。其中，14 万吨乙烯裂解、12 万吨聚乙烯、7 万吨聚丙烯和 2 万吨乙二醇等 4 套主要装置从国外引进。参加工程建设的主要施工单位 27 个。七化建 100 多名职工主要承担由意大利两家公司总承包的聚乙烯和聚丙烯装置的安装任务，投资额 10.5 亿元，约占工程总投资 1/4。两聚装置虽是乙烯工程的配套工程，但却是整个工程成败的关键

所在。1990 年，在工程议标过程中，面对国内众多有实力的施工单位的激烈角逐，七化建凭着自己能打硬仗的"金字招牌"胜利夺标。

在独山子，我们采访了乙烯工程总指挥部党委书记段振廷和副指挥长殷家德。谈起七化建进军新疆的显赫成功，他们记忆犹新。那是 1980 年，七化建冒着极大的风险和困难，率先进疆承建乌鲁木齐石化总厂大化肥装置。这是新疆的第一套大型化工项目，获得国家优质工程银质奖，从而使七化建声威大振，在疆树立了第一个"里程碑"。1986 年，七化建又在新疆承担了国家重点扶贫项目——南疆泽普石油化工三项工程的建设任务，在疆树立了第二个"里程碑"。用段振廷的话说："七化建是一支技术过硬、作风过硬、勇于奉献、能打硬仗的队伍。"

新疆人了解七化建，信任七化建，把施工困难最大的两聚装置交给了七化建。

‖ "不合理工期" 的挑战

肩负着两聚工程的重担，七化建人面临前所未有的严峻挑战。在独山子，我们采访了七化建副经理秦荣法。

1994 年 3 月，秦荣法来到独山子接任两聚工程项目经理时两聚装置引进合同生效已经滞后 7 至 10 个月。施工过程中又遇到国外贷款资金推迟 3 个月到位，从而引起设计、供货进度拖期 4 个多月，比按正常工期组织建设的乙烯裂解装置拉开了一年左右的"时间差"。困难在于，工程总指挥部要求两聚装置必须与乙烯裂解装置同步完工，同步投产。否则，两聚装置晚投产一天，先投产的乙烯就要白白燃烧，不仅每天损失销售收入 750 万元，而且每天多支出贷款利息 140 万元。这是多么巨大的损失啊！"两聚装置不能不与乙烯裂解装置同步完工。"也就是说，两聚装置必须比合同规定的工期缩短 6 个月至9 个月。对于七化建来说，这是一个没有商量余地的"不合理工期"。

尽管国内外专家都对两聚装置的工期持怀疑态度，但七化建人顾全大局，毅然立下了"军令状"——确保两聚装置于 1995 年 8 月与乙烯裂解装置同步投产！

是挑战，是考验，也是机遇！七化建人决心在独山子树立第三个里程碑。

决战时刻

"会战这样的工程和指挥打仗没有两样。"七化建副总工程师陈厚璟是两聚装置的技术负责人。他 1990 年就到独山子安营扎寨，几年来只回过四川 3 次，加起来不到 3 个月。像指挥打仗一样，他对两聚装置的技术要求、控制目标了如指掌。1994 年，两聚工程到了决战时刻，陈厚璟与秦荣法配合默契，在独山子打了一个个硬仗。

军令如山。1994 年春节前夕，七化建经理汪丽荣来到独山子现场办公。面对"不合理工期"的困难，汪丽荣审时度势，果断决策，调兵遣将，迅速把人员和需要的装备集中到独山子。汪丽荣说："七化建从来没有打过败仗，在独山子也决不能打败仗。"

短短时间内，他们组建了现场工程管理体系、工程质量保证体系、现场安全生产体系，形成了决战的态势。同时，还购置了近百台高性能焊机、1 台 50 吨吊车，从几百公里以外的乌石化工地、乌拉泊工地和遥远的四川总部，火速调进 20 多台大吨位吊车和数百台施工机械。指挥之果断，行动之神速，在整个独山子工地堪称一绝。

新疆历来有冬季不施工的传统。独山子地区冬季长达 5 个月，给两聚工程施工造成极大困难。七化建人采用"倒数计时法"，把每个大的施工控制点分解成若干小控制点，使任务落实到每个班组和职工。以控制点正点到达为目标，全工地推行国外施工中先进的"DIN 制""加权制"现场管理方法，实行滚动计划施工。他们突破冬季不施工的惯例，在周密的保护措施下，组织了 EF 钢结构的制作组焊会战和室内电气仪表安装会战，争得了宝贵时间。

抢出来的奇迹

立足一个"抢"字，奇迹出现了。聚乙烯工地主管线工期由 38 天压缩到 10 天。浇灌反应器框架底板，近百人连续会战了 28 个小时，250 立方米混凝土一次浇灌成功……

最神奇的是聚乙烯两台主反应器的焊接和安装。这两台反应器单重 133 吨，高 27 米，需要分成 27 片在现场焊接。当焊体预热到 125℃时，6 名青年焊工轮流挤进直径仅 6 米的锥体内同时对焊每条焊缝需焊接 64 道，焊体内气温高达 50℃左右。经过 83 天苦战，两台反应器焊成了，比国外专家建议计划工期提前 3 个月完工。意大利 TPC 公司项目总裁柯沙尔称赞说："世界上有成千上万台压力容器，就数这两台制作得最快、最好！"

施工控制点的红线在墙图上准点推进。1994 年 4 月 20 日，空压站正点试车成功；6 月 30 日，聚乙烯两台主反应器顺利通过压力试验，空分装置正点达到裸冷条件，聚丙烯环管反应器准时安装完毕；8 月 20 日，聚丙烯 5 台 600 立方米铝镁铝料仓吊装就位；9 月 15 日，两聚配电室一次受电、送电成功……到 1994 年底，工程总指挥部领导高悬的心终于落了下来："两聚已与乙烯裂解同步了！"

冬去春来，决战胜利已成定局。七化建人再接再厉，一鼓作气，终于赶在今年 6 月 1 日前把两聚装置基本安装完毕，不但比合同规定的工期缩短了 10 个月，而且比先开工一年的聚乙烯裂解装置提前两个月完工。

七化建人在独山子树立了第三个里程碑。经质监站认证，七化建施工质量全部合格，安装优良率 93％。

新疆石油化工前景广阔。七化建人还没有从独山子完全撤下来，又开始向新的戈壁滩进军了！

（1995 年 7 月 14 日《四川日报》2 版头条，与韩梅合作）

跨世纪的攻坚战

——关于建立现代企业制度的思考

21 世纪正向我们走来！

建立和完善社会主义市场经济体制是今后 15 年的战略任务。按照这个目标，在 20 世纪的最后 5 年，我们要进一步深化企业改革，使大多数国有大中型企业初步建立起产权清晰、权责明确、政企分开、管理科学的现代企业制度。

一场跨世纪的攻坚战打响了。

‖ 改革没有回头路

从全国看四川，四川是企业改革的发源地。1978 年，四川以宁江机床厂等 6 家国有大中型企业的扩权试点，率先拉开了企业改革的序幕。从此，企业改革好戏连台，与农村改革并驾齐驱。

从四川看全国，企业改革如滚滚大江东去。在世纪之交的转折关头，审视企业改革的历史方位，改革的足迹已经划出了三段里程。

第一阶段：1978 年到 1984 年 9 月。这是企业改革的起步阶段。改革的基本思路："放权让利"。当年，四川的扩权试点从 6 家扩大到 100 家，只相隔了 3 个月。在扩权过程中，还进行了利润留成和两步利改税试点。

第二阶段：1984年10月到1991年12月。这是企业改革的全面展开阶段。改革的基本思路："老包进城"，即实行政企职责分开，所有权与经营权适当分离，明确企业是自主经营、自负盈亏的经济组织，建立多种形式的经营责任制。这一阶段，国有企业普遍实行了厂长（经理）负责制和承包经营责任制，一些小型国有企业实行了租赁经营，少数企业开始了股份制和企业集团的改革试点。

第三阶段：以1992年初邓小平同志南方谈话为标志，企业改革由政策调整转向制度创新，逐步进入建立现代企业制度的攻坚阶段。以建立现代企业制度为目标，四川省委、省政府早在1993年初便决定，在成都、绵阳、德阳、自贡、乐山、内江等6个市选择22户国有大中型企业进行探索建立企业新体制试验。1995年初，省委、省政府又决定，将建立现代企业制度试点扩大到23个市、地、州的80户企业，其中包括原22户试验企业、参加国家试点的5户企业、新选出的53户企业。

从改革初期的"摸着石头过河"，到现在的正面攻坚，企业改革的目标和方向愈来愈明确，指导改革的思路和方法愈来愈成熟。

改革没有回头路，该是最后冲刺的时候了！

▌突破口在哪里

攻坚莫畏难，找准突破口。

突破口在哪里呢？改革的实践表明：实现公有制与市场经济的结合，必须有一套组织载体；要从根本上解决国有企业面临的种种困难，必须从体制上解决问题。也就是说，必须找到一种可以使政企分开的组织形式，找到一种可以使产权关系明晰的组织手段，找到一种可以促使企业机制转换、管理科学的组织制度。

这就是建立现代企业制度的新思路。

新思路带来新突破。考察我省 22 户企业先行一步的实验，已经取得以下突破——

突破点之一：从公司制改造入手理顺产权关系。经省体改委批准，22 户试验企业都逐步改组为股份有限公司。通过清产核资、资产评估和产权界定等，试验企业普遍清理了债权债务，核实了企业的国有资产占用量，界定了国有股权与权益。同时，落实了企业法人财产权，由省国资局向 22 户企业颁发了《国有资产授权占用证书》，使企业在国家授权的范围内依法使用、占用、经营国有资产，进一步理顺了企业与国家的关系。

在坚持公有制的基础上，逐步实现产权多元化，促进产权结构合理化。川西磷化工集团、亚太企业总公司、成都制药二厂等已通过吸收法人入股、职工持股和外资入股合作，调整了产权结构，初步形成了财产多元化的新型产权制度。

突破点之二：重新构造新的企业组织制度。试验企业都按公司制的要求，建立了规范的股东会、董事会、监事会等，使企业的权力机制、监督机构、决策机构和执行机构之间相互独立、权责明确，在企业内部形成激励、约束、制衡的机制。在改制基础上，多数企业按照集团公司的管理体制进一步调整和规范分厂、分公司、子公司、控股公司等成员企业的关系。东工集团公司成立后，按照分权管理的原则，以公司总部为投资决策、宏观调控中心，以各生产厂、子公司、分公司为成本利润中心、内部组织机构设置分为三个层次。

突破点之三：强化企业内部激励机制。试验企业普遍实行了全员劳动合同制或劳动合同化管理，建立了职工上岗、试岗、待岗的"三岗"工作制。同时，打破干部、工人身份界限，普遍实行了干部聘用制。在分配制度上，坚持收入与业绩挂钩的原则，采取多种分配形式，按职工的劳动好坏、技能高低、贡献大小进行分配，拉开了分配差距。特别是厂长经理实行年薪制，其数额多少，根据企业经济效益的提高程度、资产的保值增值和技改情况来确定。在这些企业采访，不少总经理都半开玩笑地戏称自己是高级"打工

仔"。他们可以炒普通职工乃至副总经理的"鱿鱼",但只要董事会对他们的经营业绩不满意,也会被炒"鱿鱼"。

随之而来的,还在解决企业办社会、减轻企业债务负担、加快企业技改等方面有所突破。今年新选出的53户试点企业迈出的步子将更大些。

体制决定机制,机制带来了活力。

▌论事易　成事难

全面准确地理解现代企业制度的基本特征,"产权清晰、权责明确、政企分开、管理科学"这四句话是一个统一整体,缺一不可。但在实际操作中,还有一些难点需要进一步探讨。

难点之一:怎样真正实现政企分开? 建立社会主义市场经济体制,必须实行政企分开,这一点已形成共识。现在的问题是,政企分开从何入手? 过去放权让利,搞承包经营,只是换了个"婆婆"而已。现在建立现代企业制度,从企业来说,首先要理顺产权关系,明确企业法人财产权;从政府来说,就是实现政府的社会经济管理职能与国有资产所有者职能分开,国有资产监督管理职能与国有资产经营职能分开。也就是说,要从"政资分开"入手,最终实现政企分开。现在的困难是,企业产权改革进展较快,政府职能转变滞后,未能与企业改革同步。

难点之二:国有资产怎样保值增值? 政企分开后,把经营权给了企业,如果不加强国有资产管理,就可能造成国有资产的流失。现在的问题在于,国有资产如何管理,管理什么? 谁来代表国家具体行使出资者职能? 对此,各地在试点中采取了不同的做法,需要进一步加以完善和规范。目前,人们对国有资产在流动重组中出现的"流失"比较关注,却对国有资产因不能流动重组而出现的"漏失"视而不见。实际上,"漏失"比"流失"更严重,解决起来更难。

难点之三：怎样从整体上搞活国有经济？随着改革的深化，由于投资主体的多元化和企业财产形式的多样化，国有经济具体实现形式也呈多样化，不再仅仅是传统意义上的国有企业了，还包括国家控股公司、国家参股公司和国家投资的其他类型企业。即使是搞活国有企业，也还有一个如何"抓大、放小、扶优、解困"的问题。目前，特别是对中小型国有企业的"改、转、租、卖、并"还有不少思想障碍，对困难企业的破产更是顾虑重重。这些，都不利于从整体上搞活国有经济。

难点之四：怎样协调"新三会"与"老三会"的关系？试点中，有的企业采取"兼职化"或"融合化"模式，还需要进一步规范和探索。

建立现代企业制度是一项前所未有的复杂的系统工程，试点中还会遇到许多新的难点。"论事易，做事难；做事易，成事难。"无论还有多少困难，只要我们看准了就干，锲而不舍地朝前闯，试点就一定能够成功。

坚冰已经打破，航道已经开通。让我们扬帆远航，大步走向新世纪！

（1995 年 12 月 13 日《四川日报》1 版）

八桂初兴投资热

飞抵桂林机场，热浪迎面扑来。第二天到南宁，温度还在上升。16 日，35℃；17 日，36℃。广西，热得发烫……

住在南宁邕江宾馆，阅读当地出版的几种报纸，使人为之一振：八桂大地正兴起投资热潮！

——北海市。1992 年初千万元以上外商投资项目实现零的突破。目前，这个市已批准投资百万元以上项目 100 多项，征地面积相当于两个现北海市市区。由泰国、澳大利亚、新加坡、等国家和我国香港地区外商组成的海泰集团正与北海市洽谈，投资 3 亿元联合兴建银滩度假中心。马来西亚嘉里有限公司拟投资 20 亿美元，与北海市联合兴建大型化工企业。

——钦州市。1992 年前往洽谈投资的外商多达 700 多人，达成意向项目 17 个，现已落实 6 个，投资 420 万美元。加拿大一外商投资 2060 万元，新建一条年产彩釉墙地砖 130 万平方米的生产线。

——边陲重镇东兴镇。外商互相询问的热门话题是："你要了地皮没有？""准备投资多少？""计划搞什么项目？"华侨阮世玉先生决定投资 200 万元，在这里兴建华侨大厦。

1992 年上半年，广西已与外商签订利用外资直接投资合同项目 215 个，合同金额 16979 万美元，实际使用 2090 万美元，分别比去年同期增长 2.9 倍、5 倍和 2.1 倍。在桂林市律师事务所工作的老刘对我们说："广西现在像个样子了。小平同志南方谈话精神传达后，政策更活了。外商削尖脑袋似的往广西钻！"

在南宁采访两天，我们的感受是，国内各地到广西投资的热情并不比外商低。

四川先声夺人。北海四川国际经济开发区在当地赢得"敢为广西第一家"的美誉。开发区占地 4000 亩，是目前北海市 17 个开发区中投资最大、奠基最早的一个。中共中央政治局委员、四川省委书记杨汝岱年初率团到北海考察后，强调联合起来，共同走向东南亚，确定由海南成都企业集团牵头在当地组建股份制企业。目前，已登记进入北海四川国际经济开发区的单位共有 46 家，分别从事房地产、商业、金融、出口产品开发等项目。其中，北海国际商业大厦高 50 层，占地 40 亩，是北海市目前设计中的最高建筑。

贵州也有大动作。省长王朝文、副省长张树槐分别于 4 月中旬和 6 月底率团考察广西，与广西达成协议：由贵州在防城投资兴建两个 2 万吨级以上码头；在北海市征地 1500 亩，兴建经济综合开发区；在凭祥、东兴征地 170 亩，建边贸窗口。

云南更是不甘人后。省委书记普朝柱 6 月上旬率团赴广西，拟在防城港投资兴建 3 万吨级码头及仓库，在钦州投资建两个 5 万吨级或一个 10 万吨级码头，为南昆铁路通车作好准备。云南人说，他们将建立一支远洋船队，就取名"郑和船队"。

广西真的热起来了！

自治区党委副书记丁廷模、自治区政府副主席李振潜 17 日上午介绍，1992 年年初以来，除西藏外，各省、市、自治区的政府与企业的 300 多个考察组、团先后到广西洽谈投资项目。仅北京市与中央有关部门与广西达成的投资规模过亿元的项目就有 7 个之多。

"东北军"挥师南下。沈阳市经贸代表团 124 人 4 月 9 日包机抵达南宁，到钦州、防城、北海、凭祥等地考察了 10 天，共达成经济联合协作项目 151 项，总投资 2.7 亿元。

抓住机遇，湖南省委书记熊清泉、省长陈邦柱 6 月率团考察广西，拟在东兴镇征地 200 亩，搞边贸加工；在防城港建万吨级码头；在北海投资 1.3 亿元兴建疏港大道。

西南走向广西，全国走向广西……

八桂风云际会。持续升温的投资热，预示着广西乃至整个大西南经济新一轮的起飞！

（1992 年 7 月 19 日《四川日报》1 版）

|松武按|　1992 年下半年，由《四川日报》编辑部发起，西南五省区七方党报编辑部联合组织了"中国的大西南"大型采访活动，整个采访活动 7 月中旬从广西开始，11 月下旬在四川结束。作为《四川日报》赴广西采访的记者，梅松武与赵坚随同"中国的大西南"采访团在广西采访 25 天，合作采写了 9 篇"广西行"通讯。9 篇通讯采取白天采访、晚上写稿、共议思路、分篇执笔的合作方式。其中，《八桂初兴投资热》《"三·三·二"战略》《你好，钦州湾》《西江走廊先得月》《那一片热土》由梅松武执笔；《脚踏"两只船"》《边贸无边》《壮哉，南昆铁路》《春到北海花自开》由赵坚执笔。"中国的大西南"系列报道获 1992 年度四川新闻奖二等奖。

"三·三·二"战略

"雷宇回广西了！"

这消息震动了八桂大地。

在南宁市的一些企业，在凭祥市的边境口岸，我们都能听到当地人谈论雷宇。有人这样认为："中央派雷宇回乡，是要他把广东敢闯敢冒的改革经验带回广西。"

雷宇，1934年出生在广西横县，15岁参加人民解放军挥师南下，一别故乡40多年。因"海南汽车事件"被撤职后，雷宇到广州市郊的花县当了县委书记，后又被人民代表选为广州的副市长。最近，雷宇调桂，出任广西壮族自治区政府副主席，主要分管广西沿海地区综合开发工作。

借着这个话题，与自治区党委、政府领导和南宁市的一些干部交谈，他们都有这样的肺腑之言："机遇难逢啊！广西过去曾经有过发展的良机而没能很好利用，如果这次再坐失良机，难以向人民交代。"

正是以这样一种强烈的危机感和高度的历史责任感，区党委、政府审时度势，适时制定了简政放权、吸引外资和推进横向联合等三个配套改革的政策性文件，提出了"三·三·二"发展战略，以大联合促大开放，以大开放促大开发，争取20世纪90年代经济发展速度年递增10％以上，提前两年实现国民生产总值第二个翻番，使广西成为大西南走向东南亚、走向世界的门户、桥梁和基地。

"三·三·二"战略的内容是：

——重点开发沿海"金三角"。以北海、钦州、防城三个滨海城市为依托，加快沿海、沿边、沿江的进一步对外开放。沿海地区的综合开发，目前已规划提出130多个建设项目，15年内固定资产总投资额将达1400多亿元。加快钦州港的建设，使北部湾三点连成一片。凭祥市、东兴镇将辟为边境经济开发区，并建立面向越南等印支国家的出口加工基地，通贸兴边。

——抓好"三个试验区"，即玉林城乡综合改革试验区、柳州城市改革综合试验区、桂林旅游开发试验区。

——搞好"两带"，即加快右江河谷地带和红水河流域地带的开放和开发。选择一些有条件的地方，开辟少数民族扶贫开发试验区。

在开放、开发的总体格局中，广西人响亮地提出了"依靠大西南、联合大西南、服务大西南"的新思路。7月17日下午，自治区党委书记赵富林接受记者采访，专门对这个思路作了说明。他说，广西确有沿海、沿边、沿江的区位优势。但是，广西的"个头"就这么大，单靠自身的力量成不了大气候，而缺乏出海口的云、贵、川三省，资源丰富，工业基础较好，技术力量强。联合起来，共同开发，就能形成真正强大的实力，共同走向东南亚，走向世界。

赵富林说，服务大西南，关键是要加快广西的基础设施建设，为大西南提供最便捷的海陆空通道。"八五"期间，广西将加快15项重点交通工程建设，简称"一二三四五工程"：整治1条江，即西江航道（二期工程）；新建2条铁路，即南昆铁路（广西段）、钦（州）北（海）铁路；新建3个机场，即桂林机场、梧州机场和柳州机场；兴建扩建4个港口，即扩建防城港、北海港，新建钦州港、贵港市猫儿山港；建设5条高等级公路，即南宁至梧州、桂林至梧州、岑溪至罗定（广西段）、柳州至桂林、南宁至百色公路。这15项工程目前大部分已动工。与此同时，改善软环境，凡是广西能用的政策，各兄弟省市到广西都可以共享。

　　"不管东西南北中，车行八桂无红灯。"赵富林风趣的总结，使我们回味不尽。

（1992年7月27日《四川日报》1版）

你好，钦州湾

——建设大西南最便捷的出海通道（上）

"钦州湾，你好！" 7 月 21 日下午，我们来到北部湾顶端的钦州湾。

龙景一号游船静静地行驶在钦州湾海面上。"几程海湾径，万顷碧水浪"，处处诗情画意。

钦州湾东起英罗港，西至北仑河口，直线距离只有 185 公里，海岸线却长达 1595 公里。这里海陆犬牙交错，港湾众多，港域深广，避风良好，淤积很少，是我国少有的天然深水港区。目前，已建成防城港和北海港，待开发的还有钦州港、铁山港、珍珠港、企沙港、大风江港等，全部开发后年吞吐能力可达 2 亿吨以上。特别是钦州港，具有航道宽、港池深、腹地大、距西南最近等优势。现初步规划，可建成万吨级以上泊位 18 个，年吞吐能力可达 1 亿吨。今年初，杨汝岱同志考察钦州港时兴奋地说："钦州港发挥威力之日，即是大西南振兴之时。"

在钦州港，推土机、翻斗车的马达声和开山炮声响成一片，一派沸腾景象。

广西人谈起钦州湾港口群的建设，一个个眉飞色舞。我们问："钦州湾偏于西南隅，有必要建这么多港口吗？"他们说，中国的西部，只有这片海洋，而西部地区是 21 世纪中国经济建设的战略重点。钦州湾地处中国的大西南、海南和越南、东南亚的"四南交汇点"，是大西南最便捷的出海口。

"钦州湾背靠大西南，面向东南亚，既是广西的宝贵财富，也是大西南的宝贵财富。"广西人的胸怀，海洋般宽广！

据钦州地区行署专员刘嘉森介绍，到 20 世纪 80 年代，北部湾地区仅有的防城港，是 60 年代为抗美援越而修建的，原为两座专运援越军用物资的浮动小码头。著名的海上"胡志明小道"就从这里开始。现在，钦州市提出了"以港兴市"的海洋开发战略，自治区动员全区人民捐资集资，硬是使钦州港建设提前一个五年计划上马。

7 月 23 日，迎着 7 号台风，冒着倾盆大雨，我们来到防城港。在 1.6 公里长的防城港码头左端，交通部四航局的工人们在紧张地修建第 8 号泊位。防城港区管委会主任李明星透露，不久将投入建设的 9、10 和 11、12 号泊位，分别是贵州、云南投资兴建的专用码头。贵州省 1991 年从防城港出口 50 万吨煤、水泥。政府投资 8000 万元兴建这两个专用码头后，年出口量可增加到 150 万吨以上，成本费用可降低 20％。建码头不收地皮费，免收其他税费，建成后只收 3％～5％ 的营业税。

贵州、云南"借船出海"，捷足先登！我们急问李明星："把剩下的一个泊位留给四川，行吗？"李明星爽快地回答："希望四川来建一个自己的专用码头，越早越好。如果四川来，我们尽一切努力给予方便！"

离开防城港，我们经钦州到了北海。

北海—钦州—防城，广西沿海的"金三角"。北海港以发展集装箱货物运输和客运为主，钦州港则向现代化工业商贸港口发展，防城港将成为中转贸易港。

（1992 年 8 月 3 日《四川日报》1 版）

西江走廊先得"月"

梧州，西江走廊的"心脏"，素称广西"水上门户"。

珠江是我国南方最大的河流，西江则是珠江最重要的干流。西江走廊约占广西总面积的 1/5，包括玉林地区、梧州地区和梧州市。当地人说："一条西江相当于两条铁路，是大西南通往香港、澳门和东南亚的黄金水道。"

8 月 1 日，在梧州港乘船游西江，见两岸码头近百座，各类船只穿行其间。梧州港走香港一线的货船近百艘，3.3 万吨位，在此出口的物资，"一票"即可直达世界各地。遗憾的是，由于受到铁路运力限制等原因，整个西江航运货源不足，大西南通过梧州港出口的物资不多。梧州港水运价格下降，目前比国家规定的最低价还低。

从玉林到梧州，我们尤感兴趣的是珠江三角洲对西江走廊的辐射作用。改革开放以来，珠江三角洲已成为我国创办乡镇企业、"三资"企业和引进利用外资最多的地区。西江走廊处于大西南与华南沿海开放区的结合部，在许多方面深受珠江三角洲的影响。当地干部谈起这种特有的区位优势，有一句话："近水楼台先得月。"

先得何"月"？

——乡镇企业"跨越式"发展。

"跨越式"这个提法，是玉林地委书记徐炳松的说法。他认为，乡镇企业是城乡经济的结合部，应成为玉林地区的主导力量。玉林地区乡镇工业企业固定资产原值虽比国营工业少 4 个亿，但去年实现税利却比国营工业多 1 个亿。1992年上半年，这个地区乡镇企业总收入比去年同期新增21.1亿元，增长128％。如此高速度，徐炳松仍不满足。"强者创造机遇，智者抓住机遇，弱者等待机遇。"他这样说，"玉林起步晚，比珠江三角洲差一大截。人家走一步，我们要拼命跑两三步。我们必须做强者！"

——"先当债主，后当财主，借钱发财。"

1992年年初以来，西江走廊引进利用外资也呈"跨越式"增长之势。到6月10日，梧州市已签订利用外资项目44个，合同金额6446万美元，分别比去年同期增长10倍、36倍。玉林地区上半年新办"三资"企业72个，总投资7300万美元。在北流县松花镇外向型经济开发区，推土机已推平3个小山头。当地干部对我们说，1992年计划投资1.2亿元，目前已征地500亩，兴办"三资"企业18家。

特别引人注目的是与广东罗定县接壤的岑溪县。这个山区县不沿海，不靠边，没港口，也不通铁路，过去"生活靠救济，财政靠补贴"。1986年以来，他们"千方百计拉关系，四面八方请财神"，敢于负债，敢于让利，共投资4亿多元，兴办"三资"企业50多个，利用外资3600多万美元。1992年，"三资"企业产值将超过国营工业，达到1.6亿元。自治区党委书记赵富林称赞岑溪是"冒出来的开放区"。

"宁可在大胆干的过程中犯难于避免的错误，也不能犯不敢干的错误。"岑溪县委书记陈初训举了两个例子。1986年，岑溪县成立了18个经济开发公司。正当他们与外商洽谈的一批项目即将开工时，遇到了"清理公司"。县委、县政府毅然决定保留10个公司。1988年，国家压缩基建投资，当时岑溪有10个项目即将开工。县委、县政府决定"先生孩子，后上户口"。10个项目全部上马。现在，这批项目已成为岑溪经济发展的支柱。

从玉林到梧州，还有不少"热点"。比如户口管理、土地使用权有偿转让、股票等等，颇得珠江三角洲风气之先。雪莱有句名言："除了变，一切都不能长久。"西江走廊在巨变！

（1992年8月15日《四川日报》1版）

那一片热土
——南宁、柳州、桂林印象

八桂大地大潮涌动。25天广西行，纵横数千里，改革开放热浪逼人。这种强烈的感受，不仅仅得之于出海口、边贸点，也来自湘桂铁路沿线的三个中心城市——南宁、柳州、桂林。

南宁是我们采访的第一站。作为广西沿海与大西南腹地两个扇面相连的轴心，作为大西南出海通道的"枢纽"，南宁地位举足轻重。被列为沿海开放城市后，这里到处是争分夺秒大干快上的景象。

南宁人说："有了车票得赶紧上车。"如今，南湖大桥、邕江大桥和南宁至武鸣、蒲庙的二级公路均已上马。城市建设资金不足怎么办？市政府决定"以地养城，以土生财"，成片开发房地产业。大沙田经济技术开发区第一批商品房2.5万平方米已售完。

据南宁市委书记彭贵康透露，他们将采取招标方式，向国内外有偿转让位于市中心的南宁市政府所在地的房地产使用权，市政府机关将从这块"宝地"迁出。以后，自治区政府也将搬迁，让出黄金口岸发展第三产业。真是一切服从于经济建设！

还不是开放城市的柳州和桂林，正面临严峻的挑战。柳州是广西最大的工业重镇、全国经济体制改革综合试点城市，改革和建设成就早为国内外瞩目。然而，随着广西经济发展战略的南移，南昆铁路和钦北铁路建成后，目前仍是广西交通枢纽、桂中商埠和大西南商品集散地的柳州，地位将降到南宁、北海之下。

"八五"期间，广西计划投资 500 亿元，在柳州只安排 20 亿元；全区 15 项重点交通工程，柳州市仅有机场一项。

桂林虽有"甲天下"的山水，却没有"甲天下"的财力，方圆百余公里可供开发的景点，目前仅开发 1/10。桂林经济发展受旅游业影响很大，近几年接待入境游客一直在 40 万人左右徘徊。1991 年入境游客在桂林停留时间平均只有 2.02 天，留给桂林的大部分是"床板钱"。特别是桂林机场运力紧张，客人进桂林难，出桂林更难，1992 年上半年就有 4000 多名境外游客因买不到机票而取消了桂林之行。

我们问："建设大通道，柳州怎么办？""发展'金三角'，桂林怎么办？"柳州人说，"在改革，在发展！"桂林人也说，"在改革，在发展！"他们不约而同地提出了"自费改革，自我发展"的新思路。

6 月，柳州市委、市政府推出深化城市综合改革的 9 个政策性文件，大力推进国营企业与乡镇企业、"三资"企业的联合或"嫁接"，在广西引起震动。比如重奖经营者，凡 1992 年实现税利比 1991 年增长 10%、净增额 100 万元以上者，在完成各项承包指标后，可按 1%～2% 的比例提取奖金，一次性奖励企业领导班子。这可不是一个小数目。柳州市牙膏厂今年利税可比去年增长 4000 万元，这就意味着厂长、书记每人可得 10 万元。在该厂采访时，我们问厂长王多闻："敢不敢拿？"他一本正经地回答："市政府奖的，怎么不敢拿？"1992 年头 4 个月，柳州市工业产值增长速度还低于全国，六七月就以 30% 的速度增长，销售收入和税利同步增长。

桂林旅游综合开发试验区的实施方案尚未出台，但房地产业和基础建设已经热了起来。投资 8.96 亿元，年吞吐量 500 万人次的桂林两江国际机场 1992 年 10 月动工兴建。几条高等级公路也在抓紧修建。市委书记张文学告诉我们，市政府已决定在港澳和西欧设立国际旅游窗口，直接参与国际旅游竞争。市委、市政府还向国务院申请，把桂林列为"旅游特区"，"以旅游促开放，以开放促开发"。

8月11日下午，我们登上了桂林至成都的客机。从空中俯视那一片热土，蓦然想起柳州市委书记陈雷卿的一句话："广西人不服输。面对千载难逢的发展机遇，我们要从上到下动员起来，自己把自己'炒热'。"

是啊，"发展才是硬道理"！

（1992 年 8 月 19 日《四川日报》1 版）

百万移民：三峡工程成败的关键

长江三峡，两峡在川。

多少年来，四川的父老乡亲像全国人民一样，想着"更立西江石壁，截断巫山云雨，高峡出平湖"。

长梦悠悠终成真。1993年，三峡工程大坝施工准备全面展开，目前正抓紧迎接主体工程开工。三峡库区移民与开发也因而成为国内外关注的热点。

5月23日至6月8日，我们参加了由省委宣传部和省三峡办联合组织的"94三峡库区大型新闻采访活动"，所到之处，无不为三峡库区百万移民的奉献精神和创业壮举深深感动。

▌ "超天下第一难"

5月23日下午，车到重庆，彩霞满天。第二天采访朝天门码头和西南合成制药厂，当地干部群众一致要求"早搬迁、早移民、早开发"。随后到长寿、涪陵、丰都、开县、云阳、奉节、巫山等地，也听到同样的"强烈呼吁"。

然而，当我们深入了解到百万移民工作的难度之大后，感到党中央、国务院分期分批安置移民的方针是非常正确的。用李鹏总理和钱正英等老一辈水利工作者的话说，三峡工程成败的关键在移民，三峡工程的技术问题是具

有世界水平的,但最具世界水平的还是移民。

据省三峡办副主任刘福银介绍,三峡工程水库淹没区涉及湖北、四川两省 21 个县(市、区),主要在四川。按 175 米正常蓄水位方案,20 年一遇洪水回水位终点在巴县木洞镇。淹没涉及我省万县市、重庆市和涪陵地区、黔江地区的巫山、巫溪、奉节、云阳、开县、龙宝区、天成区、五桥区、忠县、石柱、丰都、涪陵市、武隆、长寿、江北、巴县、江津市等 17 个县(市、区)。我省直接受淹人口为 72.5 的万人,占全库区受淹人口的 85.4%,其中农业人口 30.13 万人。淹没耕地 22 万亩,占全库区淹没耕地的 89.27%。考虑到人口自然增长以及城镇迁建征地等因素,按规划 20 年迁建安置完毕,我省共需搬迁安置移民 95.5 万人。

我省库区移民有三大难点:一是人数之多,涉及面之广,时间之长,为中外水利建设史上所未有,没有可资借鉴的经验;二是库区大部分处于边远山区,地理条件差,现有耕地人均不足一亩,且多是 25 度以上应该退耕还林的坡地,环境容量较小;三是库区经济、文化落后,人口素质低,拓展二、三产业难度大,开辟新的就业门路受到一定限制。

人们常常把计划生育称为"天下第一难"。在三峡库区,许多基层干部则视征地移民为"超天下第一难"。据调查,新中国成立国以来,我国修建水利工程移民达 1000 万人,其中 1/3 安置较好,1/3 生活一般,1/3 尚未解决温饱问题。

"要让移民迁得走,留得住,富得起来,这是我们日日夜夜都在盼望的啊!"长寿县一位领导干部说这话时,眼圈都湿了。

▌希望所在

百万移民,何处安身,何处谋生?

在库区采访,所到之处几乎都听到"就地后靠、就近安置"这句话。当地干部给我们分析了几个方面的有利条件。

——三峡库区有丰富的资源可供开发利用。川东一带历来是我国生产水稻、小麦、柑橘、烤烟、药材等的重要基地，也盛产茶叶、牲畜、木材。矿产、能源资源更是丰富多样，煤炭、天然气、岩盐储量很多，铝土矿、赤铁矿、石灰石、石英砂等几乎遍地都是。至于大小三峡、丰都鬼城、武隆溶洞等一系列自然景观和人文景观更是得天独厚。如此"风水宝地"，只要稍加开发，百万移民何愁没有生产、生活出路。

——土地资源虽然有限，但也还有相当数量的荒山荒坡和低产耕地可以适当开垦、改造。在三峡库区受淹的 326 个乡中，没有一个乡被全淹，其中291 个乡的农民可以不出乡就能"就地后靠"，只有 35 个乡的移民需要在临近乡调剂部分土地安置，不存在真正意义上的"背井离乡"。

——三峡移民分散在库区 2000 多公里的狭长地带内，城镇非农业人口占动迁人口总数的 60%。城镇人口的搬迁，主要涉及城镇、工厂搬迁和恢复城市功能问题，城镇居民仍然各就各业，基本上不存在另谋职业问题。

——农村、城镇、工厂的迁建可以结合产业结构调整和企业技改进行，将使库区的社会整体功能和企业素质明显提高，从而扩大移民安置容量。

三峡工程从施工准备到全部建成，需要 17 年时间。按"一次建坝、分期蓄水、连续移民"的方案，分年度移民最多时只有 6 万人，落实到各县、市、区最多也不过 8000 人。从各地移民安置试点情况看，只要认真贯彻开发性移民方针，解决好百万移民的生产生活是有把握的。

▎长治久安　"定心丸"

三峡工程是跨世纪工程。移民需要陆续搬迁，但移民政策不能多变。靠什么来维护移民的根本利益，确保库区长治久安呢？这是库区人民非常关心的问题。

"给库区移民吃一颗'定心丸'。"1993 年 8 月 19 日，国务院发布了《长江三峡工程建设移民条例》。这是国家第一次专门为一项工程的移民安置立法。

《条例》规定，国家在三峡工程建设中实行开发性移民方针，由有关人民政府组织领导移民安置工作，统筹使用移民经费，合理开发资源，以农业为基础，农工商相结合，通过多渠道、多产业、多形式、多方法妥善安置移民。还规定，三峡移民实行中央统一领导、分省负责、县为基础的管理体制；对有关人民政府及其主管部门负责人实行任期审计制度，防止短期行为，保证移民工作顺利进行。

《条例》涉及三峡移民安置的优惠政策有 14 条。比如，从三峡电站发电收入中提取一定资金设立三峡库区建设基金，移民生产开发资金可以滚动使用，对安置农村移民开发的土地和新办的企业在税收上给予减免，等等，都使库区人民吃了"定心丸"。

我省对三峡移民安置非常重视。特别是全国人大通过兴建三峡工程议案以来，省委、省政府进一步提出了"坚定地贯彻执行开发性移民方针，加快发展库区经济，拓宽移民安置环境容量"的基本思路，把库区作为我省"两线两翼"区域经济发展战略的一个重点，决定建立三峡经济开发区。同时，还制定了加快四川库区经济发展与移民安置的若干政策措施，在较大程度上将省级经济管理权限下放给了库区政府，动员全省大力支援库区移民工作。

长江三峡是中国的三峡，也是世界的三峡。世界注目三峡，全国支援三峡。我们有理由相信，三峡库区百万移民将以自己的伟大奉献和艰苦创业，筑起世界水利史上前所未有的丰碑。

（1994 年 7 月 12 日《四川日报》1 版）

|松武按| "三峡库区行"是由四川省委宣传部组织、中央媒体和省级媒体共同参与的大型采访活动。作为"三峡库区行"的《四川日报》记者，梅松武与夏光平合作采写了六篇系列深度报道，分别是《百万

移民：三峡工程成败的关键》《是奉献，更是机遇》《构筑经济走廊》《从对口支援到对外开放》《三峡市场"大哥大"》《三峡未来不是梦》。这组报道获 1994 年度四川新闻奖二等奖。

是奉献，更是机遇

三峡工程的兴建将给库区带来什么样的影响？库区人民将作出多大的牺牲？只有踏上那一片热土，人们才会有真切实在的感受。

‖损失不仅在淹没

站在重庆朝天门嘴港政指挥亭的旁边，眼前两江汇合，百舸争流。重庆港口局港政处主任晏厚明介绍，三峡工程建成后，按 175 米水位运行时，重庆港大部分码头将出现 3 个月左右的持续性淹没；重庆城区有 183 个较大排污口一年至少 3—4 个月连续被江水淹堵，形成有压排水。

长江经年流淌，奔腾不息。要改变它的面貌，势必付出一定的代价。

在开县，我们乘坐的汽车行驶在绵延数十公里富庶的平坝地区。好一片麦浪滚滚的米粮川啊！可三峡工程建成后，这些平坝连同坝区内的县城和 10 个乡镇都将被淹掉。县长洪景明说，开县是被长江回水淹没的大县。按照 175 米水位，全县淹没面积 58 平方公里，淹没人口、耕地、房屋和直接经济损失均居三峡库区各淹没县（市）之首。淹没的河谷地带粮食产量占了全县的 20%，淹没的乡镇企业占全县的 80%，淹没地带的财政收入占了全县的 60%。

在四川库区，损失惨重的何止一个开县。奉节、云阳、巫山、丰都等县城也将被全淹。

更大的损失还在于：自建设三峡工程设想提出后的 40 年来，工程不上不下，水位方案或高或低，给库区社会经济发展和人民生活带来了极大影响。一方面，国家对库区的投资极少；另一方面，库区自身也难以规划和安排本地的建设和发展，年复一年，成为长江沿岸唯一的贫困地区。

"我们失去的不仅是家园，还失去了 40 年的发展机遇。"对此，三峡库区的干部和群众深有感触。

万县市 1917 年就建立了海关，这个"川东门户"的繁华程度曾与成都、重庆并驾齐驱。由于三峡工程的因素，曾规定凡 5000 元以上的项目不能在 150 米水位以下投资建设，致使万县失去了许多国家项目投资的机会。从 1950 年至 1989 年，国家对万县的投资仅 6 亿元，仅占全省 1.6％，人均不足 70 元。昔日"成渝万"变成了今天的"涪达万"。现在，万县市将淹没的城区均为工商业最集中繁华的地区，全市最终需要动迁城乡人口 80 万人，这意味着万县市原有的生产力布局和城市功能将大部分丧失，社会经济需要重新构筑。市长陈光国说："库区以外的地区一心一意搞建设，而库区面对既要脱贫致富，又要移民迁建的双重任务，何等困难艰巨啊！"

‖ 三峡为我栽富根

事物总有它的两面性。过去库区发展举步维艰；如今三峡工程正式上马，对库区人民来说，又是难得的发展机会。在库区采访，我们听到当地的干部和群众谈得最多的是"机遇"——一次千载难逢的大机遇！

那么，机遇在哪里呢？万县市委书记章增荣和丰都县委书记王耘农如是说——

补偿机遇。四川三峡库区淹没损失占整个库区 85％以上，损失最大补偿

也最大。待审定的三峡库区移民搬迁概算资金，若按现有政策，其中绝大部分将给四川库区。另外，中央还决定三峡工程的效益要与库区淹没损失挂钩，也将为库区的建设和发展开辟一条可靠的资金渠道。

开发机遇。按照开发性移民方针，农村、城镇、工厂的迁建可以结合产业结构调整和企业技术改造进行，不但将使库区社会的整体功能和企业素质明显提高，而且可以使库区丰富的资源进一步得到合理开发利用，形成独具特色的三峡库区经济走廊。在三峡工程建设期间，国家还将有意识地在三峡库区上一批能源、交通、原材料和化工等重点项目。

开放机遇。全国各地和中央各部门对口支援三峡库区，将有力地促进库区的对外开放。目前，国务院已批准将三峡地区各市、县列入长江三峡经济开放区，实行沿海经济开放地区的政策，并将宜昌市、万县市、涪陵市列为沿江开放城市，还将在万县市设立海关。

大移民促进大开发，大开发促进大开放，大开放促进大发展。尽管现在还难以描绘三峡库区未来的新变化，但有一点是确定无疑的，这就是三峡工程建设必将改善川江"黄金水道"的航运。三峡工程建成后，库区600多公里的川江航道将增宽两倍，航深增加50％，万吨级船队可直抵重庆港，这对四川乃至西南地区的经济发展都将产生不可估量的影响。

"三峡为我栽富根，我为三峡做奉献。"这就是三峡库区人民的伟大胸怀。

机遇靠 "抓" 也靠 "抢"

是奉献，更是机遇。该奉献的如钢似铁，"一个钉子一个眼"，没有任何退让余地；而机遇则如电光火石，稍纵即逝，关键是看你能否抓住。谁抓住了机遇，谁就能取得先发效应。

早在1992年底，重庆市、万县市、涪陵市和黔江地区，以及相关联的达县、南充等地便联袂建立了四川三峡经济区，以"联合开发开放、平等互利、优势互补、共谋发展"的形式，协力促进区域经济发展。三峡经济区在四川省三峡经济联合发展委员会的领导下，目前正在抓紧制定区域经济和社会发展规划，加强区域内交通、通信、能源等重大基础设施建设，调整生产力布局和城镇布局，为提高区域的开放度和改善投资环境统一协调行动。

机遇靠"抓"也靠"抢"。重庆市、万县市、涪陵地区的各级党政领导都有一种强烈的历史责任感。重庆市已经在经济结构调整、沿江开放、城市综合改革、老工业城市改造等方面捷足先登。涪陵地区不甘示弱，分别建立了涪陵、丰都两个省级开发区，对外招商引资取得重大进展。为重振"川东门户"雄风，万县市委、市政府提出发展思路"借助三峡工程的知名度，利用万县市地处库区腹地这一区位优势，实行全方位开放，高起点开发，以开放促开发，加大最具优势的旅游、矿产、农林特产和人力资源的开发强度"。早在 1988 年，他们就在万县市城郊的长江两岸建立了一个 15.75 平方公里的移民开发区，实现了滚动开发。目前，已在区内建成工业企业 28 个，其中"三资"企业和出口创汇企业 5 个，去年实现工业产值 2.3 亿元、税利 4645 万元，出口创汇 250 万美元。万县市还坚持人才开发优先，率先建立了三峡大学，受到全国注目。

"天予不取，反受其咎；时至不迎，反受其殃。"勇于奉献、勇于创业的三峡人民，正以过人的胆识，牢牢地抓住眼前的机遇！

（1994 年 7 月 14 日《四川日报》1 版）

构筑经济走廊

开发性移民，关键是在"开发"二字上做文章。

这篇大文章应该从哪里破题呢？三峡库区 8 年移民试点的经验归结起来，就是要把移民安置与开发当地资源、发展库区经济结合起来，在发展中拓宽移民安置环境容量，构筑三峡库区经济走廊。

思路之一：　大农业为基础

农村移民，土地是根本。解决移民的生产生活出路，应走大农业开发的新路子。

8 年移民试点期间，四川三峡库区农村累计开发土地 10 万多亩，可用于安置移民的有效面积 5 万多亩。涪陵市在长江两岸及淹没的 16 个乡（镇）开发利用荒山荒地和低产地开梯建园 1.4 万亩，按人均 1.5 亩计算，可安置农村移民 4800 多人。万县市到今年 1 月累计开发土地 6 万多亩，水利配套面积 3.8 万亩，可用于移民安置的有效面积近 3 万亩。开县关子村、龙宝楼子山、奉节欧云村、云阳中平村、长寿龙山村、巴县龙顶山等，连片开发土地在千亩左右。

三峡地貌，典型的"七山一水两分田"，现有耕地人均只有 1 亩左右，有的只有 8 分地，其中 60％以上是坡地。加之库区森地覆盖率已由 20 世纪 50 年代的 22％下降到 11.8％，水土流失面积达 60％以上，自然生态系统已经很脆弱。好在三峡库区还有大量的草地可以发展畜牧业，有数万亩荒山林地可以发展水果、蚕桑、药材等多种经营，三峡工程建成后将有大量水面可以发展渔业生产。"只要从实际出发，把移民安置与开发宜农资源结合起来，发展'三高'农业还是有前途的。"忠县、开县的县长都这样说。

在涪陵市珍溪镇，1000 余亩柑橘园像一片绿色的海洋。5 年前，这里还是一片乱石岗。该镇苏家一社将有 80 亩耕地受淹，目前已开垦荒地 120 亩，栽了 9000 株柑橘。移民吴时波一家 4 口人，去年仅柑橘收入就达 2000 元。在库区各地，像吴时波这样的移民，像珍溪镇那样的果园还多着哩。

谈起大农业开发，万县市委书记章增荣说得好："三峡工程上马，对库区有利有弊，总的来讲是利大于弊。只要我们把工作做好了，旧貌换新颜，就可以化弊为利。"

思路之二： 大办二三产业

在三峡库区，有相当部分农村移民需要通过发展工业或第三产业寻找出路。据涪陵地区调查，该地区 8.8 万农村移民中，种养业安置约 30％，乡镇企业安置约 30％，第三产业和工业安置约 40％。用当地干部的话说："农工商结合，宜农则农，宜工则工，宜商则商。"

当前，三峡库区兴办二三产业的呼声很高。云阳县委书记王刚说："我们库区干部的两个肩膀，一边扛着移民的重担，一边肩负脱贫致富的任务。不能不在库区多上快上一批项目啊！"

据了解，国家正在抓紧制定《三峡地区经济发展规划纲要》。纲要草案提出，到 2010 年，三峡地区要逐步形成全国最大的水电能源基地、长江中上游重要的产业地带和重要的旅游风景区。到那时，三峡地区年国民生产总值将

达 1200 亿元以上，人均国民生产总值在 7200 元以上，接近或达到当时的全国平均水平。

好一幅三峡库区经济走廊的宏伟蓝图！

据悉，国家计委已为三峡地区规划项目 326 个，总投资 440 亿元。从 1994 年起到 2000 年，每年给三峡地区安排一定的技术改造专项贷款，同时在乡镇企业贷款和以工代赈等方面给予支持。库区移民说，现在正是三峡地区经济发展的"黄金时期"。

事实上，库区经济建设与移民安置已经融为一体了。丰都县正抓紧上一批重点项目，同时发挥"鬼城"旅游优势，1993 年旅游直接收入已达 1700 万元。巫山县也实施"旅游兴县"发展战略，加快开发小三峡、文峰观、七女峰等景区，带动第三产业发展。

在四川库区，有一批技术改造搞得较好的搬迁企业正大步走向市场。1992 年，江南橡胶制造厂结合技改进行搬迁，实现当年搬迁当年投产，安置农村移民 49 人。长寿瓷厂结合技改主动搬迁，1994 年下半年可安置移民 80 人。在丰都绸厂，我们见到了 1987 年进厂的农村移民曾新民，他已经担任车间主任，并与本厂移民工杜万芬结为夫妻，孩子今年 4 岁。

值得一提的是万县市索特集团正在巫山县实施"成建制移民"方案。这个集团主动把企业发展与巫山移民安置结合起来，今年 2 月投资 200 万元，已在巫山建立"包装工业公司"，首批安置农村移民 36 名。索特集团董事长兼总经理张铭泰说："三峡移民，匹夫有责。一个农村移民变为工人后，对土地的感情淡了，对企业的感情深了，有了问题就找厂长。找厂长比找市长好！"

思路之三： 基础建设先行

发展，开发性移民的主旋律。

　　"只要有关发展的问题，就一呼百应。"涪陵地区行署专员王鸿举说这话时，抑制不住内心的激动。库区发展，百业待兴，但受到资金限制。怎么办？正确的选择是基础建设先行。

　　"交通，交通，关键是通，天上地下、水上空中都应该通。"涪陵地区1993年投入交通邮电建设资金2.3亿元，比前20年投资总和还多。目前，以涪陵市为中心，向各县辐射的新建或改造上等级公路干线已全面开工，横跨长江天堑的涪陵、丰都长江大桥引道建设及主桥建设准备同时上马，通向重庆的国道319线涪陵至长寿段一期改造工程1994年年底全面完工。全区邮电通讯网络已基本形成。

　　万县市也在抓紧实施川东"大交通"方案。达县至万县铁路，长153.4公里，总投资16亿元，国家已立项，1996年开工。同时，在县修建深水良港，年吞吐能力1500万吨。万县至梁平318国道"九五"期间改造为二级公路，万县长江大桥已正式开工。还将在离万县13公里的长江南岸修一个民用机场，目前正在抓紧设计。"被遗忘的角落开始苏醒了！"

　　从重庆到涪陵，一批能源、建材、化工重点项目已经上马。川东大化工项目总投资20个亿，目前已进入前期施工。

　　"以城迁促城建，改善库区基础设施。"长寿县投入2亿多元，在新城区修成3条大街和一个移民新区，已把河街原24个局级机关、42个商贸企业和公共设施搬进新城区。涪陵市则依托旧城，后靠东移开辟新区，已在新区兴建了一条7.5公里长的三环路。丰都、云阳的新县城建设快马加鞭，巫山、奉节、忠县、开县的城镇迁建也在抓紧规划。用不了几年，三峡库区沿江两岸将涌现出一批具有现代气派的新城镇。

　　长江流域经济是中国的"脊梁"，一头在浦东，一头在三峡。三峡经济走廊的形成，将为中国经济插上腾飞的翅膀！

（1994 年 7 月 16 日《四川日报》2 版头条）

从对口支援到对外开放

三峡工程上马，全国各地对库区的对口支援也形成热潮。面对这一大好机遇，库区各地广大干部和群众都有一种强烈的危机感和紧迫感——以大开放促进大发展！

▎伸出热情的手

三峡库区属于落后的地区，从整体上看，当前对外开放的程度还不高。1990年，万县市的外贸依存度只有约5％，远远低于全国20％左右的水平。目前，三峡库区的对外开放还处于起步阶段，在这种情况下，全国各地对库区的对口支援便如雪中送炭，深受库区人民欢迎。

党中央、国务院心系三峡库区，要求各地、各部门、各行业都要从规划、资金、技术、人才、市场等方面，帮助三峡库区开发优势资源，发展优势产业，扩大移民安置环境容量。目前，国家各有关部、委的近60多个部门已分别组织工作组深入库区调查研究，制定了规划，落实了项目。邮电部投资1100万元，帮助涪陵建设区内数据通信网和涪陵邮政枢纽大楼。水利部支持云阳咸池水库修建。国内贸易部则帮助万县市建设桐油批发市场。交通部、化工部、能源部等也都在库区落实了一批项目。

在巫山县，当地干部群众对广东省的对口支援颇有好评。1994 年 4 月，广东省省长朱森林亲自带队到巫山县考察了 4 天，决定与巫山县联合兴办川穗水泥有限公司，建设年产 8.8 万吨的水泥生产线。目前，广东省已同巫山洽谈项目 38 个，正在实施的 7 个项目已到位资金 1160 万元。北京、上海、江苏和山东等 20 多个省、市、自治区也都相继在库区洽谈或落实了一批合作项目。

我省各地、各部门对三峡库区的对口支援更是责无旁贷。目前，省级各厅局已在库区实施了 116 个对口支援项目，共落实资金 3.27 亿元。省水电厅帮助忠县整治配套重点水利工程 11 处、小型水利工程 78 处，新建干支渠 227 公里，整治干渠 293 公里，新增和改善灌面 9.8 万亩。省交通厅积极争取交通部对涪陵、万县两座长江大桥建设的支持，使两座大桥的前期工程顺利动工。

对口支援，贵在求实。

▍优势与潜力

全国支援三峡，三峡怎么办？

在对口支援中，三峡库区的干部群众与外界接触多了，获得了大量的新知识、新经验、新信息，开阔了眼界和思路。

重庆市副市长鲁善昭说得好："开放是解放和发展生产力的必由之路，是促进经济快速发展最有效的途径和最重要的外部条件。"

万县市副市长魏益章的建议代表了库区人民的抉择："库区要实现其经济的超常规发展，必须紧紧抓住三峡工程移民迁建和长江流域开放开发网络体系形成的历史机遇，努力扩大对外开放，使库区丰富的资源与国外或发达地区的资金、先进技术结合起来。"

在三峡库区采访，所到之处，我们看到当地干部群众正在开展"大开放

促进大发展"的热烈讨论。他们已开始认识到三峡库区在对外开放中的独特优势和巨大潜力。

——区位优势。三峡四川库区位于长江中、上游的结合部，是长江流域开放开发带与四川"两线两翼"发展战略中川东一翼的重要交叉地带。随着我国对外开放从沿海向内地延伸，国际资本已出现向中国内陆扩大的新趋势。与此同时，我国投资战略正向中西部倾斜。在这样的大背景下，三峡工程上马必然把三峡库区的开发建设推向全国经济发展的重要位置，从而使三峡库区成为我国对外开放和经济发展最活跃的地区之一。

——政策优势。在三峡工程移民迁建过程中，国家已经给予了库区较多的优惠政策，加上此前早已有之的一些扶贫政策、民族政策和各项改革开放政策，特别是重庆市、万县市、涪陵市都被列为沿江开放城市以后，三峡库区对外开放的政策优势将显现出巨大的吸引力。

——市场优势。整个三峡工程将有大量的资金投入，必然产生巨大的物资市场，从而带动交通运输市场、技术市场、人才劳务市场和消费市场的繁荣。围绕三峡工程，以划分市场范围为中心的激烈角逐已经展开。可以肯定，三峡市场的竞争将成为20世纪末中国经济发展的一大热点，这对海内外投资者显然具有比沿海地区更大的吸引力。

除此之外，还有资源优势、劳动力优势和旅游优势等等，都是沿海地区比不上的。

三峡人正抓住对口支援的契机，以自身的优势大步走向开放！

寻求重点突破

思路决定出路。

在新的起点上推进对外开放，不仅需要新的认识、长远的眼光和正确的战略抉择，而且需要根据新形势和自身特点，在关键环节上寻求重点突破。

突破点之一：多形式、多渠道、大规模招商引资。重庆市在全市产业领域和城乡领域全方位吸引外资，高起点、高档次推出优势产业、重点企业、重点项目与外商合资合作。目前，该市已同世界上 120 多个国家和地区建立了经济贸易关系，引进外资达到 30 多亿美元，引进技术 5000 多项，兴办"三资"企业 1500 多家。涪陵地区各市县试办了"重庆星期天工程师俱乐部"，从重庆引进了大量资金、技术和人才。近两年，涪陵地区已与重庆达成经济协作项目 500 项，引进资金超过 1.5 亿元，有 100 多家企业加入了重庆的各种大型企业集团和经济联合体。

突破点之二：让出资源，让出市场，转让产权。重庆市采取灵活多样的形式，部分国有企业与外资"嫁接"，进行产权转让，加快了产业结构调整和国有企业经营机制转换。涪陵地区则大胆让出部分优势资源的开发经营权，吸引外商参与城乡土地、旅游景观等开发。他们的思路是："外商发财我发展"。

突破点之三：改善投资"硬件"。位于三峡库区腹心的万县市抓住当前移民迁建的机遇，加快发展铁路、水路、公路、空运相结合的立体交通网络和通信设施建设，适应扩大开放的需要。重庆市着力引进国际大公司、大财团和大额资金，重点投向基础设施、基础产业、高新技术产业、农业综合开发和第三产业的薄弱环节。

在三峡库区，对外开发的突破点还有不少，诸如"发展大经贸""开拓大市场""开发大旅游"，等等，都显示出开放的广阔前景。

风物长宜放眼量。从近期说，是全国支援三峡；从长远看，则是三峡支援全国。而从国际经济发展趋势看，三峡必将走向世界！

（1994 年 7 月 18 日《四川日报》2 版头条）

三峡市场"大哥大"

潮起大三峡，热点在宜昌。

在巫山结束集体采访活动后，我们来到宜昌大坝工地三斗坪。堡岛上已打响了化一江流水为无穷能源的战役。大江南北，一辆辆黄色、绿色的载重汽车排成长龙，巨大的电铲伸着长长的手臂，正在清淤挖沙……整个大坝工地正呈现出移山填海之势。

然而，置身宜昌，更激动人心的还是那围绕三峡工程招标投标而展开的市场竞争。

954 亿投资的吸引力

按照国务院三峡工程建设委员会批准的设计方案，整个三峡工程建设时间为17年。按1993年5月的价格水平，枢纽工程概算为500.9亿元，加上待审定的输变电工程概算和水库移民安置概算，整个三峡工程静态投资需求约为954亿元。施工总进度为"5—6—6"方案，即第一期工程（含准备工程）5年，要求1997年汛后实现长江截流，约需195亿元投资；第二期工程6年，要求到2003年首批机组发电，约需340亿元投资；第三期工程6年，要求到2009年全部建成，全部机组投入运行，约需投资350亿元；库区移民的收尾项目约需 69 亿元。

据三峡工程开发总公司总经理陆佑楣分析，从总体上看，三峡工程的资金自筹能力很强。第 11 年首批机组发电后，即开始有收入；整个工程完成后，在 2—3 年内可还清所有贷款本息。当前急需解决的是大江截流前 5 年所缺资金。

据了解，国家对三峡工程的资金投入主要有两项：一是目前全国销售电量每千瓦小时电加价 3 厘钱，作为对三峡工程的投入，平均每年约有 30 亿元；二是将葛洲坝电厂划归三峡总公司，其发电纯收入不再上交，完全用于三峡工程。这两项资金前 11 年共约 327 亿元，占资金需求的 62％，还有 38％的资金缺口。

因此，资金筹措是三峡工程建设的一个重要问题。国家已经确定，充分运用市场机制建设三峡工程，有关方面正在考虑用发行股票、债券、投资基金等方式筹集三峡建设资金，同时利用外资，如利用出口信贷、商业贷款、国际金融机构的贷款等。这样一来，围绕三峡工程建设，就形成了一个巨大的金融市场，给投资者带来了机会。

三峡工程的物资需求量也是十分巨大的。就原材料来说，需要水泥 1080 万吨、钢材 195 万吨、木材 195 万吨，还需要大量的粉煤灰、油料、炸药、房屋建材、砂石料，以及工程建设所需的大量大吨位、大马力、大容量的土石方挖掘机、装载机、推土机、自卸汽车和混凝土拌和设备。在重大装备方面，需要单机容量 70 万千瓦的大型水轮发电机组 26 台。这些物资和设备绝大部分将依靠市场调节来满足。

运输市场亦具魅力。据测算，三峡工程所需设备材料总量约 8000 万吨左右，除 3000 万吨砂石料在工地附近就地取材外，还有 5000 万吨左右的材料和设备要从外地运进工地。

至于建筑市场、劳务市场和技术信息市场就不必说了，总之是 20 世纪末中国市场的"大哥大"。

"海阔凭鱼跃，天高任鸟飞。"谁能在三峡市场一领风骚，谁就是跨世纪

的强者!

竞争的风采

根据三峡工程施工总进度要求,1994 年是三峡工程进入施工准备的第二年,也是迎接主体工程开工的一年。工程建设将按国际惯例,坚持竞争机制,采用招标的办法组织。

目前,已有全国 20 多个省、市、区先后派出 300 多个考察团到宜昌考察,在三峡市场上寻找自己的位置。来自 34 个国家和地区的 4000 多名客商考察三峡工程后,积极与三峡工程总公司商讨合作,寻求占领三峡市场的机会。1993 年 9 月三峡工程开始施工招标以来,全国有 100 多家企业参加招标竞争,1993 年已进行 12 个工程项目的招标,共有 14 家企业中标。到 1994 年 4 月为止,已有 32 家施工单位进入三峡工地,工程招标合同金额达 37 亿多元。

1994 年计划招标的主要工程项目共有 11 项。其中,对外交通专用公路第二段招标,已于 1 月 17 日发出中标通知书,分别由铁道部第 17 工程局、宜昌四达水电工程联营公司、铁道部第十六工程局中标。左岸一期工程开挖的三个标段也于 1 月 15 日公开开标,共有 8 个施工单位参加投标。

世界上不少名牌公司和厂家纷纷加入三峡市场竞争。1993 年 12 月下旬,三峡工程首先进行大型施工设备的国际招标,招标公告发出仅 3 天,就有美国、日本、韩国、德国、瑞典等国家的 11 家著名工程机械厂和 1 家中外合资企业投标,结果有 5 家厂商中标。

三峡市场竞争正在成为 20 世纪末中国经济发展的一大热点。没有充分的准备,没有超常的胆识,没有强大的实力,是抢占不到三峡市场的。

可喜的是,三峡市场的竞争已引起政府的高度重视。肖秧省长多次号召四川的大中型国有企业积极参与三峡市场竞争。重庆市还成了专门机构，为抢占三峡市场作准备。国家计委已批准东方电机股份有限公司投资 6.7 亿元人民币，为制造三峡巨型水轮发电机组进行扩建和改造。

"堤内损失堤外补"

应该承认，由于受到专业化和技术、交通等条件限制，我省企业参与三峡主体工程竞争并不占多少优势。但在三峡主体工程以外，还有一个投资巨大的移民迁建市场，这是一个更为庞大的市场链，四川对此却占有天时、地利、人和的绝对优势。

另悉，三峡工程枢纽建设的施工、科研、管理需要 10 万人，库区淹没迁建需要近 350 万人；由于三峡工程的兴建，三峡游客日均可达 20 多万人次；三峡地区将新增人口 250 多万人，新增人口流量可达 500 万人次。这么多人的衣食住行，又将形成一个多么巨大的消费市场啊！

"堤内损失堤外补。"如果说我们四川淹没损失比湖北惨重的话，那么我们完全可以凭借人多、猪多、粮多等优势，顺江而下，从三峡工程的"菜篮子"里刨出几个"金娃娃"来。

在宜昌街头，到处可以看到"北京全聚德分店""成都四川小吃""广东生猛海鲜"等招牌。重庆市一个姓冉的中年妇女在三峡宾馆旁边开了一个"娱乐城"，集高、中档餐饮娱乐为一体，生意做得可红火了。她已投资 200 多万元，把租用的旧房子改头换面，新增设了楼厢。6 月 8 日，朋友请我们到这个"娱乐城"晚餐，4 个人吃了一顿便饭，花掉 140 多元。"还是熟人哩，怎么这样贵？"冉老板如实相告："宜昌这地方的'菜篮子'价格比重庆高20％左右。"

四川在宜昌的打工仔不少，主要从事餐饮、建筑、三轮车等行业。仅开

江县在宜昌拉三轮车的就有近百人。

四川人素来能征善战，应该在三峡市场竞争中有所作为。然而，能否稳操胜券？采访归来，我们一直在思考这个问题

（1994 年 7 月 20 日《四川日报》2 版头条）

三峡未来不是梦

长江三峡，山高峰秀，无处不充满诱人的诗情画意。然而，当我们置身库区，更为库区干部群众脱贫致富的强烈愿望和艰苦奋斗的精神所深深吸引。

‖ "时间差" 与 "笨鸟先飞"

三峡人从来没有像今天这样清醒地意识到当地经济发展的"时间差"。

在三峡库区采访，我们看到了这样一份统计资料：新中国成立初期三峡地区的工农业人均产值相当于全国平均水平的110％；20世纪60年代则下降到全国平均水平的50％；到了80年代，人均产值仅为全国平均水平的33％。差距越来越大。

谈到历史形成的巨大差距，开县县委书记张天雄说："我们顾全大局，愿意为三峡工程作出贡献，但也希望国家考虑移民开发建设时，要考虑未来的发展。"

在三峡库区采访，我们发现三峡人都很务实。他们把三峡工程上马视为一次"绝处逢生的良机"，强烈要求在三峡库区多上项目。

三峡库区还存在另一种"时间差"，这就是搬迁和移民开发应突出一个"早"字，而移民补偿资金却迟迟不能到位。据初步统计，涪陵市移民赔偿经

费大约 30 多亿元，按三峡工程工期 17 年计算，每年的投入应在 2 亿元左右，而现在的移民投入每年只有几千万元。如果"淹到哪里，搬到哪里"，四川库区的大部分移民则要到 2000 年以后才能搬迁。搬迁越迟，补偿越晚，我省大部分库区的移民开发将遇到资金滞后的严峻困难。

"发展才是硬道理。"曾经为三峡工程"不上不下"而失去了 40 年发展机遇的库区人民，不能在三峡工程已经上马的条件下，再一次失去发展机遇了。三峡人决心不等不靠，来一个"笨鸟先飞"。

没有资金怎么办？库区人民说："先启动，后滚动，勒紧裤带超常规发展。"长寿县每年挤出部分基础设施建设经费，并带动全县社会资金每年投入上千万元，改造旧城，开发新区。目前，他们已投入城市建设资金达 2 亿元，共搬迁 2.5 万人。开县镇安镇也自筹资金，提前搬迁。镇里鼓励移民进镇投资，优先购房。新集镇 640 个门面预售一空，筹得资金 1400 万元，目前新集镇建设进展顺利。尽管三峡库区移民开发目前还处在起步阶段，但透过库区人民对"差距"的认识和超常规发展的思路，我们看到了三峡库区的希望。

体制碰撞与改革思路

三峡库区移民与开发正好处在新旧两种体制交替的时期。就移民安置工作本身来说，主要是政府行为，按政府的指令性计划实施。而移民开发则要按市场规律办事，从项目选择到产品开发，都要引入市场机制，既要把移民安得稳，又要让移民富得起来，还要让投资者有利可图。即使是对口支援，项目谈到最后，还得拿出计算机算一算投入产出，看看回报率有多高。

在三峡库区，我们了解到，一些企业进行迁建试点时，由于沿袭了"企业办社会"的旧模式，包袱越背越重，难以适应市场竞争的需要，有的已经陷于亏损，濒于破产了。有的迁建试点企业虽然产品有市场，但由于政府核定的搬迁投资迟迟到不了位，企业发展举步维艰。万县市化妆品厂、万县五一日化总公司在迁建试点中就有不少教训。

企业搬迁是如此，城镇搬迁也是如此。旧城淹了，新城建设应该考虑市场经济发展的需要，至少街道应该比旧城宽一点吧。而城市规划一旦定下来，将来再改建就困难了。库区各地普遍反映，城镇搬迁中，赔偿资金与建设资金的缺口差三分之二。地方政府筹资，也有一个运用市场机制的问题。

能不能在坚持以政府行为为主的前提下，更多地引入市场机制进行移民开发呢？三峡库区不少干部认为是可以的，但必须首先对目前的移民管理体制进行改革。丰都县已在这方面进行了大胆探索。他们按照"先开发，后补偿"的改革思路，明确把新城迁建与移民赔偿分离开来。旧城要淹，新城区有好口岸，政府按照城市统一规划，首先有偿转让土地使用权，不管你是否属于移民迁建，谁建房谁出钱，谁出钱多谁占好口岸。至于移民迁建赔偿，则一律按政策规定办，该补多少就补多少，该什么时候补偿就什么时候兑现。这一招还真灵，1994 年上半年，已转让 200 多亩土地的使用权，协议购地合同金额达 4000 万元，目前已到位 1300 多万元。有了这笔启动资金，新城区 40 米宽的主干道已初具规模。

改革中，索特集团率先提出了《企业成建制批量承担三峡库区农村移民安置方案》。他们把移民安置和产业开发、企业发展结合起来，主动到巫山县承担农村移民安置任务，得到了中央、省、市各级部门的充分肯定。

改革之路还很长。在移民开发管理体制上，还有许多文章可做。比如各种优惠政策的配套问题，移民计划和迁建规划的制定问题，等等，都应该从市场经济发展的需要出发，进一步进行改革探索。

成败关键在人才

三峡工程成败的关键在移民，而移民开发成败的关键又在哪里呢？在库区采访，我们一直在思考这个问题。

涪陵市市长周浩义认为，库区目前缺资金、缺项目、缺技术，但最缺的是人才。因此，涪陵市 1994 年 4 月派出 33 名干部，到杭州参加浙江省举办的市场经济研讨班培训。这些干部在培训期间，先后听取娃哈哈集团、中汇集团等 15 家著名企业的厂长经理的授课，学到了市场营销、投资管理等方面的知识，茅塞顿开。

"人才是库区移民成败的关键。"广东省对口支援巫山，便首先抓人才培训。他们出资 150 万元，3 年内为库区培训 1500 名经济管理干部。福建则输送干部到万县天城区挂职。

人才奇缺的确是三峡库区当务之急。涪陵市有一个镇在移民试点中，修建了 1800 多亩柑橘园，苦于无技术人才，柑橘种植无从下手。移民办从重庆市的一个柑橘研究所请来专家，手把手地教农民种植、施肥、管理，才使柑橘园披上了绿装。万县市有一个迁建试点企业在市场竞争中难以起步。移民办为该厂引进了 17 名技术人员，帮助他们创出了部优名牌产品，很快使企业走出困境。现在，三峡库区兴办移民企业和新开发移民果园时，都要先对移民进行技术培训。

"十年树木，百年树人。"万县市在人力资源和物本资源开放开发的时序上，坚持"人才优先"原则。这个市过去人才外流较多，现在采取有力措施引进人才，同时抓紧办好三峡大学。

三峡工程移民已经从试点转入正式实施阶段。对百万移民的高难度、高标准与库区人才匮乏之间形成的强烈反差，我们应引起高度重视。

人类寄希望于未来。三峡库区的未来要靠人才。走过了无数曲折艰难道路的三峡工程，就要在我们这一代人手里变为现实了。

三峡的未来不是梦！

（1994 年 7 月 22 日《四川日报》2 版头条）

寻求新突破

——四川代表团考察广东见闻（上）

再过 5 年，世界将跨入一个新世纪。

在 20 世纪最后 5 年，面对和平与发展的天赐良机，我国经济发展走势如何？沿海发达地区有什么新举措？四川怎样才能跟上时代的步伐？

新视角带来新思路，新思路带来新突破。

为了开阔视野，9 月 13 日至 21 日，省委副书记、副省长蒲海清率领四川代表团在广东考察。代表团所见所闻，受到很多启示。

发展才是硬道理

广东人对邓小平同志南方谈话这本"真经"，心领神会，对四川代表团更是推心置腹，言无不尽。他们把广东的一切经验、一切成就，都归功于邓小平建设有中国特色的社会主义理论，归功于发展社会主义市场经济这个"硬道理"。广东人说："有了这个硬道理，就能管住软道理、小道理、没道理。"

广东人抓发展，始终围绕经济建设这个中心，各行各业、各项工作都服从于服务于这个中心。在广东人看来，治理整顿、宏观调控、反腐倡廉、禁毒扫黄，这一切都是为了更好更快地发展经济。他们上下一心，内外一心，万众一心，一心一意抓经济建设，无论遇到什么困难和风浪，都决不动摇。

他们眼里是"大发展小困难，小发展大困难，不发展难上难"，再大的困难也不能动摇发展。在广东，很少听到姓"社"姓"资"的争论，只要符合"三个有利于"标准，他们就大胆地试，大胆地闯，勇于探索，敢于创新。

广东人强烈的发展意识，来自于他们的切身感受。改革开放前，广东作为中国大陆最南端的边防前线，既要"外战"，也要"内战"，经济发展缓慢。1978年，全省国内生产总值只有185亿元，财政收入39亿元。改革开放以来，以经济建设为中心，广东平均每年以14.2%的速度发展。1994年，国内生产总值4240亿元，财政收入477亿元，发展速度已连续6年居全国首位。

面对辉煌成就，广东人并不满足。他们认为，广东过去依靠特有的地缘、人缘和政策优势，在改革开放中先行了一步，而在全国全方位开放的今天，广东原有的一些优势，特别是政策优势已不存在。因此，广东省委、省政府最近作出了"再创新优势"的决策。

谈及决策思路，中央政治局委员、广东省委书记谢非提出"三个转变"：一是在经济发展运行机制上，从计划经济体制转向市场经济体制；二是在经济增长方式上，从粗放型经营转向效益型、规模型经营，以内涵为主扩大再生产；三是适应市场经济要求，在思想观念和工作方法上，从过去放权让利转到练内功，靠过硬的本领抓发展。

思路通，一通百通。归根到底，要以市场为导向发展经济。广东人说："市场不是万能的，没有市场是万万不能的。"

从广东看四川，深感内地在观念上的差距。攀枝花市委书记孙本先说："只有进一步解放思想，才能明确发展什么，怎么发展。"

先行一步天地宽

如果说四川的经济发展曾经得益于农村改革的先发效应的话，那么，广东的发展则较多地得益于经济特区的建立和对外开放的先发效应。在广东，处处感受到这种先发效应的魅力。

广东人很善于抓机遇。每当改革开放的新举措、新措施出台，他们总是先行一步，大胆实验，抢占对外开放的制高点。目前，广东有深圳、珠海、汕头3个经济特区，还有两个沿海开放城市、4个经济技术开发区、6个国家级高新技术开发区、1个国家扶贫经济开发试验区，另有100多个由省市批准的经济开发试验区，20个城市实行沿海开放地区政策，形成了多层次、多形式、负功能的对外开放新格局。

在开放中，广东人前期侧重于大胆利用外资，中期立足于全方位开放，当前则大力拓展市场。他们总是以大开放的眼光看待自身区位优势。16年来，广东与外商签订15.9万多份合同，协议利用外资1231亿美元，已实际利用外资487亿美元。"三资"企业已有2.7万家投产，"三来一补"企业也有3万多家。目前利用外资的重点开始转向基础产业和高新技术产业，利用外资占全省建设资金40％左右。

在广东，看到这样一种趋势，对外开放越是扩大，沿海经济与内陆地区的互补性越强，劳动密集型产业有向内地转移的趋向。1993年，深圳向内地投资近50亿元，1994年已超过120亿元。

广东对四川在资源、市场、加工与制造能力和劳动力等方面的优势很感兴趣，非常愿意与四川加强经济合作。在只有100万常住人口的中山市，目前有来自内地的打工者的多万人。其中，来自泸州市泸县的就有10万人，来自乐山市的13万人。

"冲出夔门天地宽。"广东比四川先行一步冲出了国门，四川也正在走向世界。重庆市副市长肖祖修表示，要加快开放步伐，吸引更多外资到山城投资。

改到深处是产权

广东人认为，改革开放是一个整体，没有改革，对外开放就会失去基本的环境和条件。中山市委书记、市长汤炳权说："不要以为引进几个项目就是和国际市场接轨了，型号不对，一高一低，怎么接轨？"

广东人说的"型号不对"，主要是新旧两种体制并行。常常发生摩擦和碰撞。前几年，广东人习惯于采取"变通"的办法，于是出现了"红灯""绿灯"之类的说法和做法。邓小平同志发表南方谈话以来，广东人遇到矛盾不再"绕着走"了，他们理直气壮地抓改革，坚持按国际惯例办事。在当前的经济加强宏观调控中，他们又提出了三个转变，要突出抓好改革。

改革中，他们发现有的部门争"主管"不是为了争发展，而是在争"饭碗"。对此，深圳市坚持引导干部跳出旧体制束缚，全面实施企业无行政主管部门的改革。从 1994 年 11 月 1 日起，深圳市取消了政府与企业间的行政隶属关系，所有党政机关与所办的经济实体彻底脱钩，并不准再办企业。全市所有企业由行政部门管理变为由产权主管，部门管理。同时建立法人财产制度和责权明确的企业领导体制，取消企业的行政级别，实行以资产增值和效益目标为核心的企业等级分类制度，在企业内部实行董事长、总经理年薪制和员工持股制度，并和经营目标挂钩，形成了新的激励机制和监督约束机制。

"改到深处是产权。"深圳市还以产权改革为突破口，进一步完善了国有资产管理体系，促进国有资产合理流动，进一步体现了产权所有者的职能。深圳市委书记厉有为认为，未来的深圳特区还要"特"，要更好地发挥改革的试验场功能。

广州、顺德、佛山、东莞、中山等市在国有企业改革中坚持"抓大""放小"，也在产权改革上做了文章。他们对中小型国有企业实行"改、转、租、卖、并"，促进了国有资产的重组和企业结构调整。

面对广东的改革热情，曾得益于改革先发效应的四川怎么办？省政府副秘书长辜仲江提出要加快产权改革步伐。省体改委副主任王绍康和宜宾地区行署副专员魏在禄则认为，应该全面推广宜宾、射洪的经验。广元市市长朱天开建议，在广元市进行以国有资产管理体制改革为重点的企业改革试点。

学先进，鼓干劲。四川的改革、开放和经济发展更上一层楼的时候已经到来。

（1995年9月28日《四川日报》1版）

走向现代化

——四川代表团考察广东见闻（下）

1992 年初，邓小平同志对广东提出了"用 20 年的时间赶上亚洲'四小龙'"的战略目标。3 年来，广东的干部群众真抓实干，一切工作都为着实现这个战略目标而奋斗。

▌规划也是生产力

"规划也是生产力。"广东省委常委、副省长张高丽一直抓规划，深感一个长远规划搞好了，可节省大量投资，用较少的钱办更多的事。规划不好，盲目投资，重复建设，会破坏生产力。因此，广东这几年非常重视规划。

据介绍，到 2010 年，广东省基本实现现代化的总体思路是：强化农业，交通能源通信和教育科技三个基础，建立社会主义市场经济体制、民主法制和廉政监督三个机制，实现产业结构、生态环境和人口素质三个优化，保持国民经济高速、高效、协调、持续发展，不断提高人民生活水平，促进社会全面繁荣进步。

在经济发展战略上，他们的规划是："中部地区领先，东西两翼齐飞，广大山区崛起。"

"中部地区领先"，即珠江三角洲等经济较发达地区要在实现现代化过程中发挥"龙头"作用。广州市要高起点发展资金、技术密集型工业，高标准、大规模发展第三产业，培植起竞争力较强的主体产业，在交通、贸易、金融、信息、科技、旅游、文化和对外交往等方面，成为广东辐射力较强的现代化中心城市。深圳、珠海、汕头特区要发挥试验区的作用，在探索建立市场经济体制中继续先走一步，争取成为多功能、现代化、国际性的城市。

"东西两翼齐飞"，即沿海东西两翼地区同时起飞，尽快缩小与珠江三角洲经济发展的差距。为此，要在资金、项目安排和政策等方面适当倾斜，使这两翼通过吸引国际大资本、大财团，重点发展大型重化工业，大力发展海洋经济、高值商品农业和出口创汇农业，成为广东新兴的重化工基地和外向型农业基地。

"广大山区崛起"，即山区要改善生产条件，争取实现超常规、跳跃式发展，加快脱贫致富。

▌抢占制高点

宏伟的目标，只有真抓实干才能变为现实。广东人认为，今后5年是打基础的关键性5年，必须在市场竞争中抢占经济发展制高点。

在广东，无论是沿海还是山区，都把交通、能源等基础建设作为头号工程来抓，工程之大，标准之高，速度之快，都是史无前例的。1994年，全省固定资产投资完成2046亿元，33项重点建设项目超额完成全年投资计划。全长122.8公里的广深高速公路全线通车，全长147公里的广深准高速铁路已开通运营。全省1994年新增发电机容量485万千瓦，1995年还将增加400多万千瓦，总装机容量可达2200万千瓦。一批大港口正在抓紧施工。广州地下铁道总投资140亿元，1997年通车。

在素有"海滨花园城市"美称的珠海市，新开通的珠海机场是国内目前规模最大、设备最先进的国际机场。珠江港的建设紧锣密鼓，按规划到2010

年港口吞吐能力可达 1.7 亿吨。1994 年 6 月，珠海港已经国务院同意为一类开放口岸。

在广东，"科技兴市"之火已成燎原之势。中山市 1994 年国内生产总值 130 亿元。比上年增长 32.4%。其中，科技进步已成为经济增长的主要因素。该市兴办了国家火炬高新技术产业开发区，目前已形成以新能源、新技术、电子信息、机电、生物工程和轻纺业为支柱的高新技术产业群。

在广东，产业结构调整结合地区经济布局同时进行。特别是珠江三角洲在走完一段上升的大行情后，正在重新审视和寻找经济发展的新支撑点。1994 年 10 月，广东省委提出了建设珠江三角洲经济区的构想，突破珠三角一市一县的行政区域，把分散的优势凝聚起来，以区域整体优势去夺取"团体冠军"。

"环境保护也是无价之宝。"广东人提出：把大海留给人民，把河流留给人民，把绿地留给人民。珠海市有近 100 个风景秀丽的公园，100 平方公里以内不允许建大烟囱工业。中山也是"花园式城市，园林式农村"，每年用于绿化和环保的资金多达 1000 万元以上。

▌先富带后富

在广东考察，没有想到还有一个国家重点扶贫的清远市发展那么快。9 月 19 日，从东莞回到广州时，谢非同志亲切会见了四川代表团全体成员。在谢非同志亲自安排下，代表团 20 日到清远取经。

清远市是 1988 年 1 月 7 日经国务院批准设立的地级市，是广东石灰岩山区最集中的地方，是全国 18 片贫困地区之一，建市前有 100 万人没有脱贫，10 万人没有解决温饱。建市以后，市领导调查发现，石灰岩贫困地区的部分群众迁移到平原地区后，半年就解决了温饱。于是，清远市委、市政府决定采取"立足本地安置、自我消化为主"的方针，以农业开发带动人口迁移，以人口迁移促进农业开发。从 1993 年 5 月以来，该市已完成 10.4 万人的迁移任务。目前，全市建有 177 个移民点，创办了 4 个移民开发区。阳山县犁头乡迁移到清城区附城镇新星管理区的 138 个农民，人均收入已超过 1200 元。今日清远，基础建设快，能源交通发达，经济势力增强。1994 年，全市国内生产总值 94.35 亿元，农民人均纯收入 1355 元，分别比建市前增长 1.3 倍和 1.7 倍。

清远的崛起，走的是"先富带后富"的路子。"党有富民策，民有爱国心。"广东人富不忘本，越富越爱国，主动帮助贫困地区。目前，广东正在对口支援四川的三峡移民和阿坝等少数民族地区。1994 年，广东省已筹集对口支援巫山县移民开发资金 9000 万元。其中，仅深圳市一个区的干部群众就捐款 500 万元。阿坝州副州长谢维勤在考察期间还与中山市商谈了对口支援事宜。

在广东，改革开放锻炼和造就了一大批经营管理者和党政领导干部。他们是搞市场经济的带头人。年近"耳顺"之年的梁广大已经在珠海市委书记、市长的位子上干了 12 年，他在特区建设中最深切的体会是："忠诚于改革开放的大业，忠诚于党和人民的事业，就有无穷的智慧。"

在中山，市委、市政府曾立下军令状，党政领导干部 3 年不搬新居，党政机关 3 年不建办公楼，集中财力优先解决人均 6 平方米以下的困难户住房。首期 3000 困难户搬进新居后，目前正解决人均 8 平方米以下困难户住房。

在广东考察，受到很多启示，也受到很大鼓舞。南充市委书记李正培已向清远市提出，准备与清远市结为友好城市。省外经贸委副主任史良修和广安地区行署专员罗松柏对四川的发展充满信心，建议在"人和"上做大文章。泸州市市长唐宁说："广东的今天，就是我们的明天。从广东看四川，希望在明天！"

（1995 年 10 月 4 日《四川日报》1 版）

后来居上的经济增长点

——关于山东经济快速发展的调查与思考

山东者，太行山以东。齐鲁之地，礼仪之邦，古有孔孟，今有焦裕禄、孔繁森。

对于四川而言，山东的吸引力不仅在于人杰地灵，更重要的是它的经济发展奇迹。过去经济发展水平与四川差不多的山东，自改革开放以来捷足先登，经济总量已跃居全国第三位。山东何以能后来居上？它的经济增长点在哪里？

5月25日至6月6日，记者随四川省委省级机关党校第26期处级班部分学员到山东考察，眼界大开。

▍增长点之一： 外向型经济

山东半岛位于黄河入海处，突出于黄海、渤海间，东望日韩，西接中原，内外开放，左右逢源。改革开放以来，山东充分利用自己独特的区位优势，把发展外向型经济作为新的增长点，形成了全方位对外开放的新格局。

在山东，到处可见外商与当地合资兴办的企业。山东引进外资，大部分来自日本、韩国，其余来自欧美一些大公司、大财团和港澳台地区。"八五"期间，山东引进外资140亿美元，大部分用于基础设施建设和企业技术改造，兴办了一大批外向型企业。近 5 年，济南市实际利用外资 7.1 亿美元，兴办三资企业 2100 多家，已有 1150 家投产。1995 年，济南市出口商品供货总值完成 85.2 亿元，自营出口创汇达 2.7 亿美元。

在青岛，外向型经济发展势头更为迅猛。目前，青岛市已引进 5700 多个外资项目，实际利用外资 70 亿美元，已兴办三资企业 3887 家，其中 1990 家投产。青岛高科技工业区占地 67 平方公里，到 1995 年底已兴建企业 2557 家，项目投资 184.7 亿元。青岛经济技术开发区占地 181.4 平方公里，目前已引进外资项目 670 多个，合同利用外资 10 亿美元，其中 1000 万美元以上的外资项目 30 多个。

5 月 29 日下午，我们在青岛高科技工业区参观了青岛啤酒股份有限公司的二分厂。据介绍，"青岛啤酒"是我国第一家在海外上市的股份制企业，其全自动的先进生产设备分别从法国、德国引进，1995 年销售收入 16 亿元，实现利税 3.6 亿元。

烟台、威海地处港湾要塞，外向型经济正向多领域、纵深化、高层次发展。1995 年，烟台市实际利用外资 6 亿美元，三资企业出口创汇 5 亿美元。目前，烟台市农业开放开发区已引进外资项目 587 个，利用外资 3.9 亿美元。

引进一个外资项目，就新增一个增长点。山东的三资企业星罗棋布，外向型经济已成燎原之势。

增长点之二： 嫁接改造

山东人认为，对外的开放是为了对内的调整改造。他们把发展外向型经济与产业结构、产品结构和企业结构的调整结合起来、一方面引进国外先进技术、管理经验和资金对国有大中型企业进行嫁接改造，一方面实行兼并联合，对中小企业进行资产重组，从而使国有企业焕发青春，再造优势，形成新的经济增长点。

在山东，集约化经营、规模化发展已成为一种共识，大市场、大公司、大集团战略正在抓紧实施。目前，山东省的 1197 户国有大中型企业中，已有 20% 成立了企业集团。"八五"期间，济南市改造组建了"济南轻骑"等一批股份公司，组建发展了 148 家企业集团，使一半左右的国有大中型企业得到嫁接改造。济南市在确定今后 15 年的经济发展战略时，仍然坚持把发展企业集团放在首要位置，突出抓好"双十五工程"：培植 15 个年销售收入分别超过 20 亿、50 亿、100 亿的大型企业集团和数控机床、大型压力机、摩托车、洗衣机等 15 个名牌产品。

对于"双十五工程"，济南市实行了两个政策倾斜：第一，动员银行与企业联姻，实行紧密型联合和主办行制，目前已为"双十五工程"落实 30 亿元技改资金；第二，动员中小企业向骨干企业靠拢，实行兼并联合，扩大企业规模。

据了解，济南市的"双十五工程"是从青岛市的"强强联合"战略受到启发的。在青岛，"八五"期间已组建啤酒、橡胶、双星等企业集团 35 个，成员企业 800 多家。近年来，青岛市每年都有近百个企业在重组中消失，20 多个企业在联合兼并中获得新生。5 月 31 日下午，我们在青岛参观了海尔集团。海尔集团是青岛电冰箱总厂 1984 年以引进德国利勃海尔电冰箱生产技术为基础发展起来的。它以名牌战略为指导，通过技术开发、精细化管理、资本运营、兼并控股及国际化，已从一个负债 147 万元的企业成长为中国家电行业的排头兵。1995 年，海尔集团销售收入达 43.4 亿元，现有企业 101 个，其中年销售收入过亿元的有 11 个。"海尔"的成功，走的正是"强强联合"之路。

增长点之三： 乡村工业化

考察山东经济发展的增长点，乡镇企业是一个非常重要的方面。正是农村工业化、城镇化进程加快，为山东区域经济发展注入了强大动力。在山东，农村非农产业占农村社会总产值的比重已提高到88％。青岛、威海的县已全部改建为市。

山东人认为，加快实施城乡一体化战略，必须把乡镇企业作为战略重点来抓。"八五"期间，济南市充分发挥城市大工业的辐射作用，加强城乡联合协作，带动了乡镇企业发展。1995年，济南市乡镇企业工业增加值达70亿元，比1990年增长4倍。

烟台市乡镇企业以"龙虎工程"为重点，加速向科技主导型战略转变，呈现出群龙出海、百虎争雄的二次创业态势。1995年，烟台市乡镇企业实现产值1044亿元、利税111.6亿元。在烟台，总收入超亿元的村和企业已发展到120个，全市已有9个县（市、区）和125个乡镇、4418个村达到小康标准。

6月1日下午，我们来到烟台市牟平区西关村。这里街宽路平，厂房林立，宾馆别墅相互辉映，好一派农村工业化、城镇化新貌。西关村共有1500户、4500人，近几年外地来此务工者却多达1万余人。在西关村，乡镇企业发展自成体系，由"海德集团总公司"集中统一管理，下属10多个公司、60多个企业，拥有总资产10亿元。1995年，西关村乡镇企业总收入15亿元，实现利润1.2亿元。

据调查，牟平区还有一个比西关村更有气势的新牟里村。目前，新牟里村已兴办37个企业，其中10个是跨地区、跨行业、跨所有制的联营企业，7个外向型企业，拥有自营进出口权。1995年，新牟里村乡镇企业总收入突破10亿大关，出口创汇2000多万美元。

山东经济发展还有一些引人注目的增长点。例如科教兴鲁、市场培育和精神文明建设等等，都为山东经济的快速发展作出了突出贡献。

"黄河之水天上来，奔流到海不复回。"这"天上"，应当是指青藏高原上的巴颜喀拉山。黄河从这里发源，曲折东流，经过青海、四川、甘肃等省，沿途接纳了许多支流，最后在山东流入渤海。由此看来，四川与山东的关系好比四川与上海的关系。10 年前，四川曾与山东结成对子共求发展。如今，我国经济发展重点正逐步由东向西转移，四川与山东的合作与交流难道不是更有吸引力吗？

（1996 年 6 月 17 日《四川日报》2 版头条）

平等基础上的战略伙伴
——欧盟中国记者研讨会侧记（上）

9月25日至29日，欧盟中国记者研讨会在欧盟总部所在地比利时首都布鲁塞尔召开。应欧盟总部邀请，我作为《四川日报》的代表出席此次研讨会，听了欧盟有关机构和来自英、德、比、法等国十几位经济专家的专题报告，与他们进行座谈和讨论，从一个侧面了解到欧洲联盟及经济货币联盟的发展进程和未来趋势，特别是对欧盟与中国建立在平等基础上的战略伙伴关系感到前景乐观。

在研讨会召开前一天（24日）晚上，中国驻布鲁塞尔大使馆为中国新闻代表团举行了招待会，给我们介绍了中国与欧盟近几年在建立战略伙伴关系方面的有关信息。

9月27日，欧洲委员会负责对外事务的委员克里斯·帕滕（彭定康）先生在欧盟总部与中国新闻代表团座谈并接受采访。在谈到欧盟与中国建立战略伙伴关系时，彭定康说，现在欧中关系发展很好，他希望中国更加繁荣富强。

谈到欧盟与中国的关系，出席研讨会的欧盟官员和专家对1998年4月在伦敦举行的第一次欧盟——中国高峰会议给予高度评价。他们认为，这次会议使中国将欧盟同美国、日本和俄罗斯放在了同一个天平上。1998年6月，由欧盟15国签字的名为《同中国建立全面伙伴关系》的政治文件中规定了欧盟的对华策略。同年10月，欧盟委员会主席桑特对中国大陆和香港特别行政

区进行访问，巩固了这一新的战略伙伴关系。1999 年 12 月，第二次欧盟——中国高峰会议在北京举行，使欧盟与中国的战略伙伴关系进一步加强。

对于"欧盟"，我们过去知道它是欧洲联盟的简称。参加这次研讨会，才进一步了解到它是欧洲分担着广泛的政治和经济职责的国家的联合体，目前有 15 个成员国，分别是：奥地利、比利时、丹麦、芬兰、法国、德国、希腊、爱尔兰、意大利、卢森堡、荷兰、葡萄牙、西班牙、瑞典和英国。目前，几个中欧国家正在为加入欧盟进行谈判。

据我们对欧盟总部、欧洲议会的现场考察和几位专家介绍，欧盟的政策和活动由几个部门管理。其中，欧洲委员会负责起草法律、管理日常事务并监督作为欧盟职能基础的《罗马条约》实施。欧洲委员会起草的法律由欧洲议会进行审查，并由 15 个成员国部长组成的部长理事会决定批准、修改或否决。每个成员国担任 6 个月的执行主席。在每一个执行主席任期内，通常有两次由 15 个成员国政府领导人参加的高峰会，对重大问题最后决策，这就是众所周知的欧洲理事会。

在欧洲人看来，欧盟与中国建立战略伙伴关系是全球化趋势的必然选择。在研讨会上作专题报告的欧盟官员和专家一致认为，中国自 1978 年实行改革开放以来发生了翻天覆地的变化。随着改革开放的推进，中国从计划经济体制转向市场经济体制，今天的中国已经在很大程度上对世界其他地区敞开了大门，中国已成为参与世界经济的主要贸易国和经济强手。与此同时，欧洲也在发生着深刻的变化。欧洲统一市场促进了跨国贸易，创造了经济规模，提高了欧洲在世界市场的竞争力和影响力，并在此基础上实施了欧洲统一货币的计划，促成更大程度的政治联盟。当全球化趋势正使世界各地日益紧密的时候，中国和欧洲都在进行内部重建，都需要一个和平稳定的外部环境，这就为欧盟与中国在平等基础上建立全面的战略伙伴关系提供了"双赢"的基础和可能。

在欧洲人眼里，中国已经作为一个主要的经济和政治角色出现在世界舞台上。欧盟的主要目标是同中国建立全面的伙伴关系，支持在中国实行的经济及社会改革措施，支持中国尽快加入世界贸易组织。欧盟相信，中国的发展有益于保持全球稳定，希望中国进一步融入全球经济并在世界贸易体系中发挥重要作用。

参加这次研讨会，我们发现欧洲人对中国在亚洲金融危机中发挥的积极作用普遍持充分肯定态度。他们认为，中国在亚洲金融危机中的表现证明了中国不仅在地区及国际金融体系中具有越来越重要的地位，而且在面临困难的同时也愿意采取负责的国际态度，特别是中国抵制住了通过人民币贬值来保护其在亚洲地区贸易竞争力的诱惑。尽管金融危机对中国国内造成不利影响，中国还是坚持采取人民币不贬值的态度。因此，欧盟主要通过亚欧会议信托基金和中国携手解决金融危机的影响。从这个意义上讲，欧盟和中国被公认为在此次世界范围的抵御金融危机的斗争中发挥了主要作用。

由此看来，欧盟与中国的战略伙伴关系不仅对欧盟和中国有利，而且对维护世界和平与稳定也有利。欧盟与中国的战略伙伴关系必将进一步发展。

（2000 年 10 月 9 日《四川日报》3 版）

欧盟的"中国入世观"

——欧盟中国记者研讨会侧记（中）

为了对参加研讨会作些准备，中国新闻代表团 9 月 16 日提前到达比利时首都布鲁塞尔，然后到法国、荷兰、卢森堡、德国进行短期采访。在此期间，美国参议院经过激烈辩论，于美国东部时间 19 日下午以 83 票对 15 票的绝对优势通过对华永久正常贸易关系议案。这一新闻在欧盟受到好评，也成为这次研讨会的热门话题。

欧洲人对中国加入世界贸易组织普遍持积极支持态度。尽管几个月前，中国与欧盟经过 14 年的艰苦谈判，已经对中国入世达成双边协议，但这次研讨会仍然把中国入世问题作为一个主要议题，请了好几位欧盟官员和专家作专题演讲。

在欧洲人看来，欧盟是中国尽早加入世界贸易组织的最热心的倡议者之一，世界贸易组织没有中国就不能称为全球贸易组织。他们认为，对中国来说，加入世界贸易组织将象征着中国进入全球经济秩序的圆满胜利。

正如 9 月 27 日彭定康先生接受中国新闻代表团采访时所说，欧盟一直支持中国加入世界贸易组织，占世界人口近 25％的中国不加入该组织是不可思议的。中国加入世贸组织非常重要，这对中国、欧盟和亚太地区以及整个世界都有好处。我们认为，这段话可以代表欧盟的"中国入世观"。

谈到欧盟对中国入世采取的积极态度，为这次研讨会作演讲的几位欧盟官员和专家列举了大量数据，表明中国和欧盟加强贸易关系将使彼此获益匪浅。他们认为，作为世界上最大的两个市场，中国自从 1978 年实行改革开放以来，经济增长了 20 倍，欧盟同中国的贸易额也呈十几倍地增长。在此期间，欧盟也成为世界最大的贸易势力，其进出口额占全球贸易 20％左右。特别是随着 1993 年欧洲统一市场的建立，形成了一个拥有 3.72 亿消费者的巨大市场，如果以后几年内，几个中欧国家能够加入欧盟，其消费者人数还可望大幅增长。目前，中国已经成为欧盟的第三大非欧洲国家贸易伙伴，欧盟也成为中国第三大贸易伙伴。中国入世后，欧盟与中国的经济贸易与合作必将大有作为。

欧盟相信，中国入世将使中国吸收到更多的国外资金和先进技术，从而保持经济的快速增长。1998 年，欧盟在中国投资达 37 亿欧元；1999 年，欧盟在中国的投资增加到 45 亿欧元。在欧洲人眼里，中国是全球第二大外国直接投资吸收国，仅次于美国。因此，欧盟很想在中国进一步扩大投资，与中国加强经济贸易合作。正是认识到中国入世的良好前景，1998 年初，欧盟决定当接到中国产品倾销欧洲市场的指控时，不再把中国列为非市场经济，在将中国公司作为个案接受调查时，中国将不再作为一个国家整体受到株连。此举改善了中国在欧盟反倾销法案中的地位。

欧盟认为，中国入世后进一步吸引外国投资的最好办法是给投资者一个健全而透明的管理体制。因此，欧盟将出资实施几个计划，以帮助中国实施世界贸易组织条例和改善中国的法律框架。目前的合作项目包括：支持法制建设的欧盟——中国法律合作项目、促进村级地方选举的欧盟——中国村务管理项目、统计工作和支持 WTO 条例的实施等。据了解，欧盟已在上海创立了中欧国际工商学院。欧盟积极支持中国金融服务业的现代化和开放进程，已在航空、汽车、软件、电信等领域开展合作项目，还将在环保、科技、教育等方面加强合作。欧盟最大农村发展项目将在西藏展开，以帮助西藏解决灌溉、饮用水、农业、教育和医疗问题。

欧盟对中国西部非常关注。参加这次研讨会，本报记者也抓住时机，向与会者介绍了中国实施西部大开发的情况和摩托罗拉等国际大公司在四川投

资的新举措，还通报了 10 月将在成都举办"2000·中国西部论坛"的重要信息。

9 月 27 日上午，欧洲委员会官员雷蒙德先生在欧盟总部与中国新闻代表团座谈时，回答了本报记者关于"欧盟对中国西部大开发有什么看法"的提问。雷蒙德先生说，中国实施西部大开发战略，对于缩小中国西部与东部地区的差距非常重要。他认为，中国西部地区在加快基础设施建设和经济发展速度的同时，也要重视发展文化教育事业，提高西部地区的科技文化水平，保持少数民族地区的特色。

由此看来，欧盟不仅对中国入世很关注，对中国的西部大开发也很关注。他们希望中国入世后，能在改革开放和经济社会发展方面迈出更大的步伐，取得更大的成就。

（2000 年 10 月 10 日《四川日报》3 版）

丹麦为何对欧元说"不"
——欧盟中国记者研讨会侧记（下）

在布鲁塞尔参加欧盟中国记者研讨会期间，正是丹麦就是否加入欧洲经济货币联盟（欧元区），举行全民公决的关键时刻，整个欧洲都在焦急地等待着 9 月 28 日的公决结果。对此，为研讨会作报告的欧盟官员和专家没有一个人敢于大胆地作出肯定或否定的预测。几次民意调查显示，丹麦民众对欧元的态度在不断变化。临近投票前夕，民意测验结果仍然是反对派与支持派势均力敌。

9 月 28 日晚上，我们在布鲁塞尔欧盟总部附近一家会馆参加了丹麦人为庆祝全民公决而举行的社区活动。我们从会馆电视实况转播的大屏幕上看到了丹麦全民公决的结果：全国 92.6％的公民参加投票，其中 53.1％投票反对，46.9％赞成，否决了丹麦加入欧元区的提议。

也许是早有心理准备，丹麦全民公决结果既没有像某些舆论预测的那样在欧盟内部引起"震动"，也没有在国际金融市场再次引起欧元"暴跌"。

29 日，我们在法兰克福采访德国商业银行和欧洲中央银行官员，他们对丹麦全民公决结果虽感遗憾，但对欧元的未来趋势仍保持乐观态度。他们认为，在欧盟的 15 个成员国中，目前已有奥地利、比利时、芬兰、法国、德国、爱尔兰、意大利、卢森堡、荷兰、葡萄牙、西班牙和希腊等 12 个国家加入欧元区。欧元区国家的生产总值和对外贸易额可以和美国抗衡。丹麦、英国、瑞典目前暂不加入欧元区，并不影响欧元作为一种统一货币在多极化的国际经济格局中发挥重要作用。欧盟相信，尽管欧盟内部在管理欧元的机制上还有一些问题没有完全解决，但欧元作为欧盟单一货币的发展趋势是不可逆转的。

在欧洲，舆论界对丹麦全民公决结果有不同的解读。不少人认为，丹麦人对欧元说"不"，将意味着在欧洲划分了一条金融分界线，将在欧洲形成一个欧元以外的地区。丹麦是北欧国家中最早参加欧共体的，但在加入统一货币问题上一直犹豫不决。丹麦这次否决加入欧元区，对瑞典和英国也会有影响。英国政府表示要"等等再说"，瑞典政府将很难说服瑞典人同意加入欧元区。

丹麦人为什么要对欧元说"不"？欧洲舆论界和出席研讨会的欧盟官员分析了种种原因：首先，很多丹麦人担心，欧洲经济货币联盟必然导致政治联盟，随着欧盟一体化的加深，丹麦在经济社会甚至外交、国防等方面的主权将部分丧失，独立和民族特性将受到威胁。第二，丹麦政府的财政情况很好，优于其他欧元国家，丹麦人享有发达国家最好的福利保障，多数丹麦人担心，加入欧元区后，丹麦政府为达到欧盟统一标准会改革现存社会福利体系。第三，丹麦与瑞典和英国不同，虽未加入欧元区，但却在1999年欧元启动后加入了欧洲汇率机制。丹麦一直锁定欧元，在2.25％的幅度上下波动。因此，很多丹麦人认为，拒绝加入欧元区不会使丹麦失去什么，既不会改变政府现行的经济金融政策，也不会损害他们的经济繁荣，还是在欧元区外"等等再说"。第四，欧元启动一年多来已经贬值27％，近期再创新低，很多丹麦人看不清欧元的未来趋势，故而大大加强了反对派的力量。

一个统一的欧洲市场需要一种统一的货币。欧洲经济货币联盟对于暂时不加入欧元区的欧盟成员国也是采取"等等再说"的态度。目前，欧洲经济货币联盟还处于各国货币与欧元共存的过渡阶段。到2002年1月1日，欧元区国家才开始全面使用欧元，各国货币便开始撤出市场。许多欧洲人希望，当2002年欧元正常运转、正式发行纸币和硬币后，丹麦、瑞典、英国会加入欧元区。对于丹麦来说，欧元区的大门是敞开的。他们这次虽然否决了加入欧元区的提议，但这并不意味着将永远对欧元说"不"。当他们看到欧元成功时，还可能再次全民公决。现在还犹豫不决的人也许会改变态度，加入到支持者行列，对加入欧元区投赞成票。

（2000 年 10 月 11 日《四川日报》3 版）

|松武按| 2000 年 9 月 25 日，应欧盟总部邀请，由《人民日报》副总编辑于宁率领的中国新闻代表团出席在欧盟所在地比利时首都布鲁塞尔专为中国新闻界召开的欧洲经济货币联盟研讨会。此次研讨会为期五天。会议期间，与会记者分别听取了欧盟有关机构和来自英、德、比、法等国十几位经济专家的专题报告，并与他们进行座谈和讨论。参加此次研讨会的有《人民日报》《四川日报》等中国内地和港澳地区的 15 家新闻机构。作为出席这次研讨会的《四川日报》记者，梅松武采写了以上三篇研讨会侧记，并在《四川日报》见报。

波音公司的中国情结

　　7月28日13时20分，中国西南航空公司引进的亚洲第一架波音737-600型客机从美国西雅图波音公司飞抵成都双流国际机场。这架编号为B2155号的客机，是西南航空公司近期引进9架新一代波音737系列飞机中的第一架，从7月31日起已投入成都—北京—长春、成都—上海、成都—济南等航线运营。

　　此前，西南航空公司拥有各型飞机33架，其中波音系列飞机30架。近期引进的9架新一代波音飞机，今年将有4架到货，其余5架将在2003年5月底前陆续到达成都。这批飞机加盟后，将大大提高西南航空公司机队的竞争实力和安全水平，使西南航空公司形成洲际航线、中程航线、短程航线梯级需求的波音机队。

　　西南航空公司为什么如此钟情"波音"？这要从波音公司与中国长期的友好合作关系谈起。7月31日至8月5日，我和四川新闻界的几位同行受波音公司邀请，到美国西雅图波音公司采访，参观了波音737飞机生产线和波音艾佛雷特双通道飞机生产线，了解到波音公司与中国长期携手合作的深情厚谊。

　　据波音公司中国项目主任戴婉娜女士介绍，波音与中国的渊源可追溯到波音公司成立初期。创始人威廉·波音先生聘用了生于北京的王助先生为美国海军设计海上飞机。王助成为波音历史上第一位华裔总工程师。当时，王助先生毕业于伦敦的阿姆斯特朗技术工程学院和美国麻省理工学院的航空工程专业，他在波音公司的工作为新一代飞机的诞生奠定了基础。

波音与中国之间的成功合作始于 1972 年。1972 年 2 月 21 日，美国总统理查德·尼克松乘坐的空军一号——波音 707 客机，降落在中华人民共和国境内，它标志着中美关系新时代的到来。同年，中国民航总局订购了 10 架波音 707 客机。1979 年，当时的中国国务院副总理邓小平飞往美国华盛顿进行国事访问，并绕道西雅图参观了波音 707 飞机生产线。20 世纪 80 年代，更多的中国购机订单飞向波音，波音飞机逐步成为中国民用航空客运市场的主力军。

1993 年 11 月，正在美国参加亚太经合组织领导人非正式会议的中国国家主席江泽民参观了爱佛特工厂。1996 年 6 月，波音首次在北京召开了董事会。1997 年 10 月，江泽民主席访美期间，中国订购了 50 架波音飞机，价值 30 亿美元。

截至 2001 年 7 月，中国的航空公司共拥有 548 架客机（不包括香港、澳门地区），其中波音飞机 357 架（包括麦道飞机），以飞机架数计算占市场份额 64％，以飞机座位计算占市场份额的 69％。据波音公司预测，未来 20 年，中国（包括香港、澳门地区）将新增 1764 架喷气机，价值达 1440 亿美元，将成为仅次于美国的全球第二大航空市场。

在波音公司，接受采访的高级职员和销售人员无不看好中国航空市场的发展前景，表示要与中国建立长远的互利互惠的"伙伴"关系。据介绍，波音在中国广泛开展了针对飞行员、维修、管理方面的培训，为波音飞机的运营提供安全保障。同时，还在中国的 16 个城市建立了驻场代表服务和技术支持系统。1993 年到 2000 年，波音已帮助中国培训了 11000 多名航空专业人才。目前，波音正在协助中国民航总局在四川广汉发展民航飞行学院，已赞助该学院价值数百万美元的 737 模拟机，还提供了大量工具书和教学资料。1996 年，波音与美国佛罗里达技术工程学院签订协议，向中国民航飞行学院提供一流的教员和管理技术培训。最近，广汉三星堆文物在西雅图展出引起

轰动，波音公司为此赞助捐献 100 万美元。

谈及与中国航空制造业的转包生产合作项目和合资企业项目，几位波音公司的"中国通"都表示乐观。波音与中国四大飞机制造厂都有转包合作项目。目前，世界范围内有 3100 架现役的波音飞机的重要部件是在中国制造的。谈及波音公司与成都飞机制造公司转包生产 757 尾翼合作项目，戴婉娜女士非常满意，认为"成飞"是最重要的合作伙伴。2001 年，"成飞"已交付 21 个波音 757 垂直尾翼。

目前，波音公司已在中国建立四家合资企业，一是在厦门建立了太古飞机工程有限公司，主要提供飞机大修和维护服务；二是在天津建立了波海航空复合材料有限公司，主要生产飞机次受力结构及内饰复合材料部件；三是在北京建立了波音备件服务中心，为航空公司提供后勤、培训及相关服务；四是建立了昆明飞安波音训练有限公司，主要提供飞行培训。我们建议波音公司也应该到成都兴办合资企业，戴婉娜女士回答说："很好！"波音公司对中国的西部大开发非常关注。

"青山永在，碧水长流。"从西雅图采访归来，我们于 8 月 6 日中午在北京采访了波音中国公司，见到了波音公司公关部总监马德明先生。马先生表示，波音公司大力支持中国加入 WTO，愿作中国航空业最值得信赖的合作伙伴。

（2001 年 8 月 22 日《四川日报》2 版）

走向开放的"香格里拉"

"香格里拉回四川！"

当这个喜讯从最近召开的首届川滇藏"中国香格里拉生态旅游区"座谈会传来时，四川人民不再遗憾。

根据会议纪要，川西南、滇西北、藏东南，都属于"中国香格里拉生态旅游区"项目区域，包括四川的甘孜州、凉山州、攀枝花市、云南的迪庆州、大理州、怒江州、丽江地区，西藏的昌都地区、林芝地区。初步规划，该项目从"十五"时期开始实施，利用 10 年时间，逐步将"中国香格里拉生态旅游区"建成国际一流的生态旅游区。强强联合的"香格里拉"——项目总投资 500 亿－800 亿元。

此前，四川的稻城县与云南的中甸县曾经为"香格里拉"发生争名战，西藏的林芝地区和昌都地区也发现多处与"香格里拉"相似的自然景观。国家民政部去年底批准中甸县更名为"香格里拉县"，四川和西藏深以为憾。如今，川滇藏联合创建"中国香格里拉生态旅游区"，资源共享得以实现。

"香格里拉"概念来源于藏传佛教经典，藏语称之为"香巴拉"，意思是"极乐世界、人间仙境"。据六世班禅撰写的《香巴拉王国指南》描述，香巴拉王国隐藏在青藏高原雪山深处某个隐秘地方，她四面雪山环抱，是冰川、峡谷、森林、草甸、湖泊、金矿以及纯净空气的荟萃之地，也是美好、明朗、安然、宁静、和谐等人类一切美好理想的归宿。那里没有贫穷，没有困苦，

没有疾病，没有仇恨与死亡。这是佛经中的"香格里拉"，是虚无缥缈的人间天堂。

1935年，英国著名作家詹姆斯·希尔顿出版了著名小说《消失的地平线》，书中模糊地提到"香格里拉"位于藏族地区，四周雪山环绕，还有喇嘛庙。希尔顿笔下的"香格里拉"，是一片神奇的具有自然美的乐园。1944年，好莱坞将小说拍成电影，其主题歌《这美丽的香格里拉》响彻全球。这是文学创作中的"香格里拉"，没有确切的地理位置。

真正的香格里拉在哪里？长期以来，热爱和平和向往美好生活的人们在全球范围内掀起了寻找"香格里拉"的热潮。一些地区根据小说中的描述，先后宣布发现了"香格里拉"，如云南丽江、四川稻城、帕米尔高原以及塔里木盆地、吐鲁番盆地，甚至还有尼泊尔蒂斯镇和木斯镇、西伯利亚等等，但都未得到公认。

在寻找"香格里拉"热潮中，有一件重要的历史事件把人们的目光引向川西南、滇西北、藏东南。1922年至1936年，美国植物学家约瑟夫·洛克曾率领一支考察队来到中国西南，任务是收集珍稀植物种子。他们以云南丽江为大本营，走遍了云南西北部、四川西部和西藏东部。洛克1928年从木里进入稻城亚丁，并拍摄了央迈勇雪山的照片，刊登在1931年出版的美国国家地理杂志上。洛克还在1926年出版的美国国家地理杂志上发表了一篇文章，赞叹他在中国西南部一路所见的美丽景色。据研究，希尔顿创作小说时，很可能参考了洛克对藏区东南部风光的描述和赞美，有人甚至认为《失落的地平线》小说人物原型，就是洛克教授。因此，"香格里拉"应定位于川西南、滇西北、藏东南的结合部。这是现实生活中的"香格里拉"。

现实中的"香格里拉"仍然没有具体的地理位置。到川西南、滇西北、藏东南考察，可以发现许许多多具有"香格里拉"特点的自然风光和人文景观。这里山脉横亘，江河纵横，地貌独特，气候差异较大，由东至西依次形成山地亚热带、山地湿带、高原亚湿带、高原寒带等气候类型，部分地区常年为冰川、积雪所覆盖，不仅具有奇特的高原雪山、湖泊、草原、森林、野生动植物等自然景观。而且是多民族聚居地区，具有独特的民族风情和深厚的佛教文化传统。正是这种独具特色的自然生态环境和人文景观，构成了创建"中国香格里拉生态旅游区"的资源背景和文化内涵。

真正的香格里拉在哪里？在西部大开发和经济全球化的时代背景下，这个问题并不重要。重要的是川滇藏已经联合起来，走上共同创建"中国香格里拉生态旅游区"之路。我们已经认识到，只有共同享有"香格里拉"，才能共同创建"香格里拉"；也只有共同创建"香格里拉"，才能永远享有"香格里拉"。这是走向开放的"香格里拉"。

创建中的"香格里拉"属于中国，属于人类。从这个意义上说，我们应该让未来的"香格里拉"走出云南，走出四川，走出西藏，走向世界。

（2002 年 6 月 12 日《四川日报》2 版）

马、车、炮战略

——"三个代表"重要思想在四川的实践·眉山篇

善弈者谋势，往往以"马、车、炮"互动为战略思路。

践行"三个代表"重要思想，眉山市委、市政府坚持以经济建设为中心，在确定跨越式发展目标时，提出了"融入成都、错位发展、强工稳农、追赶跨越、富民兴市"的工作思路。

审时度势，谋定而动。2002年上半年，全市GDP增长首次突破两位数，同比增长10.4%。

眉山跨越式发展妙棋迭出，开局良好。

第一步棋： 错位发展 "马" 当先

善弈者在"后手"情况下，开局第一步往往先跳"马"，意在稳住阵脚，避免与对方正面交锋，在迂回中寻求突破。对眉山来说，"融入成都，错位发展"，正是"拐子马"的棋路。

"错位发展"的出发点和主攻方向是"融入成都"。何为错位？眉山市委书记晏永和这样诠释：眉山作为离成都最近的城市之一，经济先天依附成都；而"大树之下无大树"，眉山在融入成都发展时，必须避开与成都的强势竞争，避免定位趋同和产业趋同，瞄准成都市场潜在的和多层次的消费需求，发挥眉山比较优势，尽可能与成都市场接轨。也就是说，眉山的市场主要在成都，只有融入成都，依托成都，服务成都，才能乘"市"而上，顺"市"发展。

眉山市的发展战略贯穿着一条主线——结构调整。谈到这条主线，市长余斌再三强调眉山现实：无论是经济总量、人均 GDP，还是发展速度，眉山都处于成都平原经济区的末位，这与眉山的地缘优势、自然资源优势不相匹配。特别是经济结构不合理，一二三产业结构比为 31：37：32，与全省有较大差距。眉山经济发展的薄弱环节在工业，潜力在工业，希望在工业。

错位发展，关键是把工业这条"短腿"变长。

对于眉山而言，工业发展的重点在加大投入，做大增量，而投入的重点在抓好重点项目。面对激烈的竞争，市委、市政府果断决策，终于让年产 25 万吨电解铝项目落户眉山。这个总投资 37.7 亿元的项目投产后，年可实现销售收入 30 亿元、直接和间接形成工业增加值 15 亿元。列入今年目标考核的 70 个工业项目总投资将达 23 亿元，陆续竣工投产后，将分别形成钙芒硝及精细化工产品基地、机车制动机生产基地、无氟压缩机生产基地、肉食品加工生产基地。目前，彭山青龙工业港、丹棱陶瓷走廊已初具规模。

对于眉山而言，工业发展的难点在盘活存量，而盘活存量的难点在机制创新。破解难题，眉山市从国有企业全面改制入手，把民营经济放到工业发展的主要位置。进退之间，东坡区的 214 家国有、集体企业实现了产权百分之百转变，193 家企业被民营企业收购重组。目前，全市经济中非国有经济占到 90％以上，民营经济已成为工业发展的主力军。

工业发展一"马"当先。上半年，全市实现工业增加值 10.81 元，同比增长 19.1％，工业对经济增长的贡献率达 58.8％。一大批龙头企业、龙头产品在成都市场初露锋芒。

"拐子马"终于闯过"楚河汉界"。

第二步棋： 互动发展 "车" 纵横

眉山是成都平原经济区的组成部分，具有显著的"城郊经济"特征。按照"一、二、三产业互动、城乡经济相融"的发展思路，眉山以市场为导向，以企业为龙头，把"融入成都"的发展平台建立在产业链上。一条条产业链如同棋盘上的"车"，与"龙头马"互动。

当25万吨电解铝项目启动时，一条巨大的产业链开始急速舞动。上游：投资16亿元的省重点工程瓦屋山电站年底开工；总投资4.1亿元的高凤山水电站已完成投资2.27亿元。中游：投资7亿元的500千伏变电站选址落户。下游：由马来西亚和中国香港两家公司联合投资1亿元的大型铝型材生产企业将在眉山科技园建设。

道泉茶业、雅达药业……一个个龙头企业牵动产业化经营的龙身；优质粮生产基地、水果生产基地、茶业生产基地、药业生产基地、竹业生产基地、蔬菜生产基地……产业化的互动，使眉山日渐成为成都农副产品市场的一个主要基地。

产业链的互动把龙头企业、龙头产品—市场—基地紧紧地连接在一起，也在眉山与成都之间建立起招商引资、借脑借智的金桥。

"城市多喝一杯奶，农村致富一家人。"在洪雅，连接着城市和农村奶业产业化的龙头企业是新阳坪乳业。前几年，阳坪奶粉曾占据省内市场份额70%，近年却节节败退。2001年10月，阳坪与新希望集团联合，组建新阳坪乳业有限公司，迅速做大做强。目前，投入5000多万元的一期技改工程进入尾声，日产鲜奶能力从过去的30吨飙升至140吨；3年内日产鲜奶将达到300吨，带动农户饲养奶牛5万头。

依托产业链的互动，产品销售半径变长，市场空间拓宽，一大批外向型企业应运而生。一个小小的青神县，便有强力机械、青神木工、华明纺织等

13 家企业的 20 多个产品出口，年创汇上千万美元。

依托产业链的互动，资金、人才、技术不请自来。2002 年上半年，眉山招商引资 9.2 亿元，比 2001 年全年多出 2 亿元。2000 年 10 月启动的眉山科技工业园，目前已有 24 个项目入园，引资 20 亿元。

在经济全球化背景下，"车"行万里无禁区，互动发展势不可挡。

▌第三步棋： 持续发展 "重重炮"

善弈者无不看重"炮"的后发效应，尤其是"重重炮""马后炮"的后劲令人惊叹。

在眉山人看来，实现新跨越，必须以可持续发展为支撑。于是，有了"炮"定乾坤——正在施行的五大工程如同五个坚实的"炮台"，托起可持续发展的脊梁。

——基础工程。106 线、213 线改造年底全面完成，仁寿到成都、仁寿到洪雅的通道终将打通；"龙水引眉"工程竣工通水；城市污水处理工程加速推进。

——生态工程。刚刚结束的"洪雅生态文化节"，让人们深刻体会到生态经济的魔力。生态农业、无公害食品和有机食品基地建设全面铺开，退耕还林还草进展顺利。

——信息工程。丹棱县已开通"信息科技网"。通过专业大户网上营销，丹棱县 50％以上的水果销往全国。全市实施"科技信息网乡工程"，217 个乡镇、100 多个专业户建起网站。

——人才工程。全市选聘 20 余名博导、教授、高级工程师等到市级部门和区县任职，选调 300 余名本科以上应届优秀毕业生充实基层，与清华大学结成市校友好关系，帮助培训 100 余名党政干部和企业管理人才。

——民心工程。仁寿各级政府自加压力，每年向群众承诺十件实事件件兑现；东坡区干部群众"心连心"，帮助 719 户贫困户搬进新居；青神白果乡政府听民声，解民忧，成立了 5 个排忧解难服务队深入农家。干群关系血浓于水——346 万颗民心拧成一股劲，还有什么不可跨越！

眉山，一场开局奇妙的博弈。眉山人深知，唯有与时俱进，随机应变，勇于创新，方能把握中盘的胜势。

（2002 年 9 月 29 日《四川日报》1 版，与范英、王青山合作）

"牛经"新弹

——峨眉山市企业产权制度改革启示录

这是一个量变的过程。5 年时间，峨眉山市工业快速发展，总量规模不断扩大，市属工业企业总产值以年均 23.6％的速度递增，2000 年达到 24.97 亿元，较 1995 年增长 188.9％。

这是一个质变的过程。5 年时间，峨眉山市建立起以民营经济为主体的多种所有制经济共同发展的新格局，传统工业逐步让位于"轻、净、高"现代工业，产业结构趋于优化，工业经济牛劲十足，效益综合指数从 23.68 上升到 120.83，步入良性发展的轨道。

从量变到质变，峨眉山市实现了新跨越，一、二、三产业比例改写为 18：47：35，综合经济实力排名从 1998 年全省第 32 位上升到 1999 年的第 24 位，在山区县中名列第一。一个工业强、旅游兴的新峨眉展现在世人眼前。

从量变到质变，一切源于企业产权制度改革。

▌产权如同 "牛鼻子"， 一动百动， 连股连心， 心有灵犀一点通

峨眉山经济一度十分尴尬。

尽管境内有金顶、峨铁、峨眉山等三家上市公司，但市级工业基础十分薄弱。1996 年以前，该市有 227 户乡以上国有和集体企业，仅有 1 家上了规

模，其余的都是小企业。所有制结构单一，技术管理水平落后，经济效益不佳，企业资产平均负债率高达 90.93％。

缺乏工业经济的支撑，峨眉山市如同一头"跛足牛"，跌跌撞撞，发展也少了后劲。

如何"工业强市"？一场以企业产权制度为突破口的改革于 1995 年酝酿成熟。

产权如同"牛鼻子"，抓住了这个"牛鼻子"，就能牵动工业经济这头"牛"——市委、市政府达成共识，结合当地实际，提出"两个百分之百"的目标：百分之百的企业都必须改革，百分之百的企业改革都必须触动产权。

接下来的三年，通过整体转让、股份配售、破产、兼并、摘掉假集体帽子等多种形式，国有、集体资本从 277 户企业中退出，全市共收回国有及集体资本 3.04 亿元。

产权变更，为峨眉山市企业机制的转换打下了基础。

熊建华，峨眉山水泥公司的法人代表。如今公司的每一步发展，他都会仔细盘算，因为产权制度改革后，他持有公司领导班子 51％的股份，领导班子又持有公司一半以上股份。

"连股连心连血肉"，经营者持大股，触及灵魂的产权制度改革把熊建华们的命运与企业的兴衰捆在了一起。他们创新用人机制、分配机制与激励机制，加大科技投入，狠抓技术改造，提高企业竞争力，取得了骄人业绩。

1997 年，唐晓军以 860 万元购买了严重资不抵债的竹叶青茶厂，全部接收了债权债务，组建了竹叶青茶叶有限责任公司，短短几年时间，便使公司年产值达 5800 万元，间接出口创汇 1200 万元。"竹叶青"品牌价值近亿元，带动农业产业化发展，实现了企业与茶农的"双赢"。

▌项目如同 "牛肚子"，去粗取精，化草为奶，奶贵如金日日新

工业要发展，关键在项目。

重工业偏重、轻工业偏轻的矛盾，"黑、大、粗"传统产业与峨眉山旅游业的矛盾，如同拦路石，挡在发展路上。

"退"是为了"进"。调结构，改造传统产业，发展制药、新材料、生化制品等新兴产业写入了峨眉山市产业政策。结合环境保护，通过产权制度改革，峨眉山市关停并转了一批高污染、低效益企业，并把好的项目拿出来，制定优惠政策，尽可能向外地企业和本地企业招商。

"钱从哪里来"，往往是制约地方经济发展的最大"瓶颈"。然而，市长何金文却这样说："有好项目，何愁资金！"

资本追逐利润，利润追逐项目。于是，付艳玲收购峨眉山铁合金厂；万水奇购买外贸公司净资产……104 户国有、集体企业资产被民营企业主购买，吸引民间资金 3.37 亿元。

于是，美国晶体公司与峨眉半导体材料厂合资建设高纯砷项目；华润集团将峨眉山啤酒厂纳入麾下……40 余户外来企业带来 4.8 亿资金。

项目给峨眉山市带来的不仅仅是资金。

荣高生化公司等 4 家企业被省科委认定为高科技企业，6 家企业拥有了自营进出口权，市属规模以上工业企业由 1 家发展到 38 家。2000 年，规模企业实现销售收入 9.6 亿元，利润 3800 万元，上缴税金 5400 万元，分别比上年增长 29％、66％、15.6％。

目前，峨眉山市在建项目总投资 13 亿元，工业经济后劲十足。

政府如同 "放牛娃"，培育 "草场"，规范市场，无为有为看服务

健康制药有限责任公司总经理高松听说有同行盖了 100 多枚公章还没有拿到 GMP 之后，觉得自己的公司真是太幸运了。2001 年 7 月，公司将申请 GMP 认证。为此，他已准备了近一年时间，一路 "绿灯"。"峨眉山市投资环境就是好。"高松由衷地告诉记者。

在国有、集体企业彻底转制后，峨眉山市所有制结构发生了变化。以民营经济为主体的多元化所有制结构逐渐形成，政府管理经济的手段和经济运行方式也必须随之变革。

峨眉山市提出，政府要从 "国有经济政府" 转变为 "国民经济政府"，着力构筑市域经济良好发展环境。一方面，在企业日常经营活动上 "无为" 而治；另一方面，在规范政府行为、搞好服务上强化 "有为"，与企业 "互动"。

"无为"：不再直接兴办企业，不再任命企业干部，除涉及环境、公用事业和基础设施项目等需要审批外，其他项目采取企业报告、政府备案和确认的办法。为此，市级经济职能部门减少到 9 个，清退机关临时工作人员 330 名，取消了一系列行政管理收费项目。

"有为"：如果把企业比作 "牛"，那政府就是 "放牛娃"，培育 "草场"，规范市场，逢山开路，遇水搭桥，对域内所有的 "牛" 都一视同仁——峨眉山市领导如是说。

市域内有多家乐山市直属企业，多年来与峨眉山 "鸡犬之声相闻，老死不相往来"。峨眉山市转变了观念：企业在自己的地界上，要投资，要消费，扩大了本地就业机会，其先进管理经验更值得学习。市委、市政府采取了主动：市里每作重大决策，都要听取这些企业的意见；出台奖励政策，对这些企业同样有效；企业遇到麻烦，政府总是积极帮助。

年产 70 万吨水泥技改工程是金顶集团今年的重点工程，峨眉山市专门为此成立了"70 万吨技改工程协调班子"，多次召开现场办公会。3 月 8 日，工程正式开工，第二天，市委书记王定成、市长何金文便带着计委、国土、环保、城建等部门负责同志亲往现场，解决周边农民用水、用电等 6 个问题，使困扰工程的难题得到了妥善解决。

解决了越位与缺位的矛盾，政府有了精力和时间做自己该做的事。出台政策措施，构建社会化服务体系，完善社会保障制度，带来了经济和社会事业的大发展。

（2001 年 5 月 23 日《四川日报》1 版头条，与陈露耘合作）

把水浇到"根"上

——开局之年看德阳

德阳，南接成都，北连绵阳。独特的地理位置，独特的产业结构，独特的市场机遇，德阳不能不把"工业强市"作为践行科学发展观的重中之重，不能不把自主创新作为"德阳制造"的第一竞争力，不能不把拓展市场作为"德阳创造"的"根"。

2006 年上半年，德阳交出优异答卷：全市规模以上工业企业完成工业增加值 102.8 亿元，同比增长 25.1%；利税总额 49.36 亿元，同比增长 32.64%；工业对 GDP 的贡献率达到 74.78%。

"十一五"的开局之年看德阳，德阳市委书记、市长方小方用一句话作结：企业是一个地方经济发展的"根"，工业强市，关键是把水浇在"根"上。

新的理念： 自主创新是第一竞争力

东方电气自动控制工程有限公司坐落于德阳市郊，7600 平方米的办公区，240 多名员工，2006 年 1－8 月已创下 3.5 亿元的产值，实现利润近 7000 万元。

3 年前，它还只是东方汽轮机厂下属的"自控开发处"。实现主辅分离后，如今它已成长为一个技术密集型的高科技企业。

"我们通过自主创新，把技术转化为经济效益。"站在办公大厅里，东方自控董事长兼总经理尚小林高兴地说，"以前，进口一台汽轮机控制系统的关键设备需要 40 万元，通过自主研发，掌握了核心技术，产品完全实现了国产化，其制造成本只有原来的 1/4，公司一年 30—40 台用量，可节约成本上千万。"

经过三线建设、改革开放，如今的德阳工业，已是机械、食品、化工三大支柱鼎立。2006 年上半年，三大支柱产业共完成工业增加值 85.27 亿元，同比增长 28.4%，对全市规模以上工业贡献率为 67.84%。

德阳善于为企业培土、浇水，各级政府放水养鱼。近几年，德阳市县两级财政每年投入 2000 多万元，建立工业发展资金和企业技改贴息资金，用于企业自主创新和技术改造。"十五"期间，仅返还二重、东电、东汽三大厂的各种税收就达 9 亿多元。三大厂加快技术创新，二重"H 型钢主要设备设计研究与制造"，东汽"第 8 代 30 万千瓦汽轮机技术开发及应用"获得省科技进步一等奖。东电凭借具备自主设计、制造 70 万千瓦水电设备能力，在国内外多家竞标中脱颖而出，签下三峡电站 4 台 70 万千瓦水轮发电机组的"大单"。2005 年，东汽申请专利 15 件。

让"德阳制造"成为"德阳创造"！就在 10 多天前，我国首批 4 台最大功率（1.5 兆瓦）的低温应用型风电机组在东方汽轮机厂下线发运。令东汽人自豪的是，该机组的国产化和本地化率达到 75.46% 以上，设计性能超过欧洲风电制造技术标准。

11 年前，川油广汉宏华有限公司还是一个只有 11 名员工，年产值仅 400 多万元的小企业。当时，对于一个资金周转困难的石油钻机制造企业而言，每年近一半的税收优惠，简直成了"救命钱"。凭借自主创新，研制出具有自主知识产权、达到世界先进水平的"DBS 数控变频电动石油钻机"，川油宏华挺进国际市场，现已发展为拥有 1400 多名员工，年产值 12 个亿的我国第二

大石油钻机制造企业。

龙蟒集团自主开发的"晶相控制转化""废硫酸浓缩净化"等硫酸法钛白粉生产工艺，被专家称为"改变了一个行业的命运"；利通印业在高、中、低档切纸机生产中全部实现知识产权自主化……

自主创新已成为德阳工业的"第一竞争力"。截至目前，德阳共申请专利3669件，仅次于成都，列全省第二位；全市有303家企业拥有专利技术，占1.44％。

对外投资： 扎 "根" 大市场

对德阳来说，市内市场太小，企业要做大做强，必须充分利用国际国内两个市场、两种资源。德阳鼓励企业走出去创新创业，深深扎"根"于国际国内大市场。

初秋的攀枝花艳阳高照。在盐边安宁工业集中发展区，当地政府承诺：为四川龙蟒矿冶有限责任公司专门建设一个开发区。

龙蟒集团为什么受到如此重视？位于绵竹市的龙蟒集团向外拓展，打造中国最大的"钛白粉生产基地"，在攀枝花总投资1.2亿元的项目建成后，将带来钒钛磁铁矿资源大规模的综合利用开发和高附加值的增值转化。

无独有偶。川油宏华董事长张弭今年满世界地飞。美国、俄罗斯、委内瑞拉、哈萨克斯坦、乌兹别克斯坦……凡是"世界主要产油的地方，就有宏华的装备和五星红旗高高飘扬"。

"哪里有市场，我们就往哪里去。"如今，川油宏华已成长为出口额占生产总量70％的出口型企业。

宏达集团在云南建厂，每日利润超过300万元；蓝剑啤酒走出盆地，先后收购新疆、贵州等多家啤酒厂。

德阳的决策者说："德阳是河，企业是船，船身大了，需要有更宽广的江河助推，才能走得更远。"在这样的思路指导下，一个又一个的企业走出德阳，在省外、国外投资，实现了宽领域、多层次发展。统计显示，仅什邡市企业在外投资总额就超过 20 亿元。

市场是企业发展的"命根子"。德阳的企业家说："企业走得再远，发展得再大，我们的根始终在德阳。"

德阳企业不忘回报家乡。截至 2005 年，二重、东电、东汽三大厂配套企业达 300 余家。今年上半年，宏达集团投资 1 个亿在什邡市民主镇共和村、成林村等部分村组建设"宏达新村"。

‖碧水蓝天： 人与自然和谐发展

随着企业的不断发展壮大，德阳越来越感到来自资源约束和环境承载能力的双重压力。

重化工业比重高，节约降耗和资源综合利用潜力大，工业"三废"产生和排放相对集中——找准问题所在，德阳对症施药："十一五"期间，以节地、节能、节水和废气、废水、固体废物综合利用为重点，大力发展循环经济。目前，21 个工业集中区的布局和规划建设，全部纳入资源节约、环境友好型发展轨道。

治污，德阳市狠下重拳，明确规定：有污染的企业坚决不上；明确限期治污的企业必须及时治理；治理不达标的企业，坚决予以关闭。2005 年，关闭小煤矿 16 个，关闭因污染不达标或企业规模小，不符合产业政策，没有办理环保相关手续的企业 25 家。

节能降耗，德阳市对全市输配电能力和网络结构进行了全面改造。天元工业园区建起商品混凝土双机搅拌站，年设计生产能力 70 万立方米，每年可节约标煤 7 万吨。金路树脂引进日本氯工程公司离子膜制碱技术，每年减少耗电 300 千瓦时。2006 年 1 至 6 月,德阳工业产值综合能耗平均每万元下降 0.46 吨,比 2005 年同期下降 22%。

德阳正在找回碧水蓝天,阔步走向人与自然、人与人和谐相处的全面小康。

(2006 年 9 月 22 日《四川日报》1 版,与孙琳、文铭权合作)

"三个代表"重要思想在实践中升华

——写在 2004 年全省"两会"召开前夕

|开篇的话| 2003 年是全面建设小康社会的第一年。我省广大干部群众努力实践"三个代表"重要思想,大力推进"三个转变",在改革开放和经济社会发展等方面写下了浓墨重彩的一页。为总结成绩,推进创新,本报从今天起连续推出《"三个代表"重要思想在实践中升华》《"三个转变"在创新中推进》《"三个机制"在跨越中构建》《"三次产业"在统筹中壮大》《"三个文明"在协调中发展》5 篇深度报道,以此迎接全省"两会"的召开。敬请读者关注。

新的时代呼唤新的理论,新的理论指导新的实践。

党的十六大把"三个代表"重要思想写在党的旗帜上,也把全面建设小康社会的奋斗目标写在党的旗帜上。

"好雨知时节,当春乃发生。"四川省委、省政府用"三个代表"重要思想指导全面建设小康社会的伟大实践,作出了"三个转变"的重要部署,使四川的改革、开放和发展不断取得新突破。2003 年,我省国民经济持续、快速、健康发展,全省 GDP 完成 5456.3 亿元,增长 11.8%,创 10 年来最高水平;"三次产业"在统筹中互动,规模以上工业增加值首次突破千亿元大关,

增长21％；投资、消费、出口"三驾马车"拉动经济全面增长，四川发展新跨越之舟风帆正举。

"三个代表"重要思想，恰如一夜春风，为巴山蜀水带来勃勃生机。

与时俱进是 "三个代表" 的灵魂：践行 "三个代表"，关键是坚持与时俱进

2003年，四川人民最难忘中共中央总书记、国家主席胡锦涛5月中旬来川视察。当时，一场突如其来的非典疫情使共和国面临严峻考验，锦涛同志奔走蜀中城乡最基层，鼓励四川人民：一定要从实践"三个代表"重要思想的高度，充分认识一手抓抗击非典、一手抓经济建设的极端重要性，夺取抗击非典和经济建设双胜利。

2003年，四川人民最高兴的是，我们不仅取得了"双胜利"，而且在学习贯彻"三个代表"重要思想的新高潮中进一步解放思想、转变观念，激发出与时俱进的精神状态。比11.8％的增长速度更令人欣喜的是，广大干部群众在解放思想中统一思想，在统一思想中凝聚力量，在凝聚力量中真抓实干，形成了聚精会神搞建设、一心一意谋发展的新局面。

解放思想、实事求是、与时俱进，是保持共产党员先进性、增强创造力的决定性因素，也是四川与沿海地区在思想观念上的最大差距。2003年，党中央把四川确定为全国省级机关保持共产党员先进性教育活动试点单位。以此为契机，从机关到农村，全省各地广泛兴起学习贯彻"三个代表"重要思想的新高潮。理论联系实际，省委、省政府主要领导分别率团赴浙江、江苏、广东、福建、上海考察取经。集中全省人民的智慧，省委、省政府提出加快土地资源向土地资本转变、民间资金向民营资本转变、人才资源向人才资本转变的发展新思路，出台了一系列推进"三个转变"的新举措。

践行"三个代表"重要思想，必须把发展作为富民强省的第一要务

"我们离全面小康有多远？"

按国家统计局等 12 个部门提出的 16 项指标，2000 年四川的小康实现程度为 84%，而全国是 96%。当时，四川人均 GDP 为 4784 元，仅为全国平均水平 67.6%。

"我们是更低水平、更不全面、发展更不平衡的小康！"2000 年，全省人均 GDP 最高的是成都市（13020 元），最低的是巴中市（2438 元），相差 4.3 倍；全省城镇居民人均可支配收入 5894 元，而农民人均纯收入只有 1904 元，相差 2.1 倍。

四川离"全面小康"还要走很长的路。尽管四川去年的经济发展速度高于全国平均水平 2.7 个百分点，但我们的人均 GDP 只有 6300 多元，仍然比全国人均 GDP1080 美元低 1/3 左右。中国的经济增长及结构调整进入新的发展阶段，四川与东部发达地区的差距有扩大趋势。

面对差距，四川人民更深刻地认识到：从"基本小康"到"全面小康"，四川要跨越的不只是人均 GDP1000 美元这道"坎"，还必须在物质文明、精神文明、政治文明的协调发展中取得新突破，进一步树立全面、协调、可持续的科学发展观。

用科学的发展观指导发展，四川人民形成一种共识：追赶型跨越式发展战略是在低水平的不平衡发展中走向"全面小康"的必由之路。四川的新跨越，关键是要抓住西部大开发的历史机遇，选准发展重点和突破口，特别是要在"五个统筹"中把统筹城乡发展和"三农"作为重中之重。

用科学的发展观指导发展，四川人民形成一种共识："三个转变"是推动四川发展新跨越的"抓手"，根本目的在于实现富民强省的目标。"三个转变"立足于"资源"这个实际，着眼于"资本"这个核心，着力于"转变"这个

过程，落脚于"发展"这个主题，其实质是通过市场配置资源，促进资源的资本化。

用科学的发展观指导发展，四川人民形成一种共识：人才是第一资源，"三个转变"的关键是人才资源向人才资本转变。于是，以人为本的新观念深入人心，四川在全国率先推出一系列干部人事制度改革和社会保障改革的新举措，在跨越中建立动力机制、公平机制和稳定机制。

践行 "三个代表" 重要思想，最根本的是 "权为民所用、 情为民所系、 利为民所谋"

"群众利益无小事。"2003 年初，一叠民工工资被拖欠的投诉信引起省委书记张学忠的震怒："我们的农民兄弟流了汗水又流泪水，这种现象不能再继续下去了！"在省委、省政府的关注下，有关部门在蓉成立了全国首家民工救助机构——华西民工救助中心。中心开办仅半年，挽回民工直接经济损失 1400 万元。截至 1 月 19 日，全省已清理兑现拖欠民工工资 18.4 亿元，其中兑现 2003 年拖欠民工工资 10.34 亿元，占当年拖欠民工工资的 96.35％。

"最宝贵的政绩是民心。"三九岁寒，省委书记、省人大常委会主任张学忠走进小凉山区的马边、峨边等地，所到之处，情真意切，深得民心。大雪无痕的康巴高原，省委副书记、省长张中伟深入甘孜州的农牧民家中，嘘寒问暖。春节前夕，省领导率领的春节慰问团足迹遍至全省各地，心系百姓，情暖万家。

"脚踏实地干实事，一心一意为群众。"新年伊始，各地大张旗鼓地表彰了一批爱民、亲民、为民的优秀乡镇党委书记。与优秀乡镇党委书记比肩而立的还有一大批优秀村党支部书记。在南部县四房嘴村，村党支部书记雍宗满带领群众把一个"乞丐村"转变为"文明新村"。同样感人的是，在渠县汇西乡登封村，村主任刘洪元在一荒野渡槽的石拱下露宿了 40 多个日日夜夜，带领村民修通了一条5公里的"断头路"。

在沙湾区嘉农镇一个农家小院，村民冯佳贴出一副对联：筑路修渠全为百姓，投工投劳我不落后，横批："三个代表"好！

"三个代表"好！好就好在它已深深地扎根于最广大人民群众心中！

"三个代表"重要思想在实践中，"全面小康"就在我们身边！

（2004年2月3日《四川日报》1版，此稿为川报推出《写在2004年全省"两会"召开前夕》系列报道的开篇。这组系列报道获2004年度四川新闻奖二等奖）

在攻坚破难中转变发展方式

——对省情与发展的再思考

改革与开放互动，创新与创业互动，四川正处于攻坚破难、奋力爬坡、科学发展的关键时期。

深入学习贯彻党的十七大精神，要认真分析国内外形势，把我省经济社会发展置于国内外大环境下去研究和思考。对于四川来说，当前必须紧紧抓住转变经济发展方式和完善社会主义市场经济体制的关键环节，坚定不移地推进改革开放，着力解决影响和制约科学发展的突出问题，让创造财富的源泉充分涌流。

▎"三个转变"，"五个坚持"，转变发展方式是根本问题

站在新的历史起点，分析四川的省情与发展，我们面临的发展难题比较多，既有产业结构、需求结构、城乡结构、要素结构的问题，也有人口、资源、环境的突出矛盾，根本问题是转变经济发展方式。

党的十七大报告强调，加快转变经济发展方式，主要是实现"三个转变"，即促进经济增长由主要依靠投资、出口拉动向依靠消费、投资、出口协调拉动转变，由主要依靠第二产业带动向依靠第一、第二、第三产业协同带动转变，由主要依靠增加物质资源消耗向主要依靠科技进步、劳动者素质提

高、管理创新转变。

转变发展方式，关键是"五个坚持"，即必须坚持创新驱动，必须坚持城乡统筹，必须坚持节约资源、保护环境，必须坚持内外协调，必须坚持以人为本。这是我们深入思考攻克发展难题、突破发展制约的问题时必须坚持的基本思路。

转变思路，创新驱动，改革开放是根本动力

发展的先导在理念，发展的动力在创新。

转变发展方式，首先要创新发展理念。对四川而言，当前要深入思考的主要问题是，如何把城乡二元结构的压力转化为统筹城乡发展的动力，如何把区域发展不平衡的压力转化为区域协调发展的动力，如何把节能减排的压力转化为科技创新的动力，如何把交通、水利等基础设施滞后的压力转化为增强发展后劲的动力，如何把国际竞争力不强的压力转化为开放合作的动力，如何把8700多万人口的压力转化为全民创业的动力，如此等等，都是带有根本性、全局性的问题。只有在深入调查研究的基础上深入思考，转变发展思路，才能找到破解之策，赢得新的发展空间。

改革创新是跨越发展的根本动力。攻克发展难题，突破发展制约，我们要坚定不移地推进改革开放，促进创新创业创造，向创新要发展的动力、发展的资源、发展的空间。

"以工促农，以城带乡"，城乡统筹是根本途径

"以工促农、以城带乡"的新趋向，决定了新时期农村改革的核心是改变城乡分割的二元结构，城乡统筹是建设社会主义新农村的根本途径。

当前，四川统筹城乡发展正面临前所未有的机遇。2006 年，我省人均GDP 达到 1355 美元，非农就业比重超过 50％，城市化率 34.3％。我们要紧紧抓住统筹城乡发展的战略机遇和市场机遇，大力推进农业产业化经营，破解小生产与大市场的矛盾，促进资金、人才、技术等要素在城乡之间互动。要坚持以工业化推动城镇化，以城镇化促进工业化，在统筹城乡综合配套改革方面取得新突破。

作为全国统筹城乡综合配套改革试验区，成都市呈现出城乡统筹发展的良好态势。成都要大胆探索，发挥好示范带动作用。全省统筹城乡综合配套改革梯级试点要积极推进，创新突破。

开放合作， 内外互动， 自主创新是核心竞争力

经济全球化的新机遇，决定了"两种资源、两个市场"的内外互动。面对国内外市场竞争，我们要有全球化的新视野，既要采取开放合作的新思路，又要坚持走自主创新的发展道路。

四川是一个地处内陆的人口大省、农业大省、工业大省，必须进一步提高对外开放的水平和利用外资的质量，实施充分开放合作，主动融入区域合作，善于在合作中发展自己，努力从外部获得更多的发展资源，向外部拓展新的发展空间。与此同时，要鼓励更多的企业"走出去"，到省外海外拓展，与国内外大公司进行合作竞争，形成"你中有我、我中有你"的发展态势，使我们走向国际市场的风险减少到最低程度。

创新能力日益成为国家竞争力的核心，当然也是一个地区、一个城市、一个企业的核心竞争力。要将提高企业自主创新能力作为工业强省的突破口。2006 年，国家创新型企业试点工作启动，我省长虹、地奥、攀钢、东电入围。要认真总结过去不少企业沦为"壳资源"后进行资产重组的经验教训，进一步把企业产权改革与企业内部机制创新和技术创新结合起来，以企业制度创

新推动企业技术创新，提高企业的自主创新能力。

转变职能， 依法行政， 公平竞争是最好环境

攻克发展难题，突破发展制约，需要把改革创新精神贯彻到转变经济发展方式的各个环节。无论是城乡统筹，还是开放合作，无论是全民创新，还是全民创业，总是成本越低越好，办事越快越好，竞争越公开公平公正越好。新时期深化改革开放，关键是转变政府职能，核心是依法行政，进一步提升市场竞争的公平与有效性。

政府是创造环境的主体。目前，四川正大力推进行政审批制度改革，21个市（州）政府全部建立政务服务中心。我们还需要进一步营造鼓励创新的环境，使全社会创新智慧竞相迸发。

走向市场，走向开放，走向创新。加快发展、科学发展、又好又快发展，四川前景广阔。

（2007 年 12 月 21 日《四川日报》1 版）

破镜重圆记

1981 年冬，仁寿清水人民法庭连续收到里仁公社白杨六队青年社员陈光林十多封离婚申诉信。他要求离婚的主要理由是妻子刘润兰好逸恶劳，1976年逃回娘家住了八个月后私生一女，1977 年春返家后，劣性不改，于 1979 年春另立门户，与他分居达三年之久。陈光林还到法庭哭诉多次，强调非离婚不可。

法庭派人到里仁公社白杨六队调查核实陈光林申诉离婚的理由。他们发现：1975 年春，陈光林、刘润兰经过恋爱，双方自愿并一起到公社办理了结婚手续。婚初，小两口相亲相爱。刘润兰心直口快，在处理家务事时，常常不合婆婆心意。婆婆高淑华，唠唠叨叨，逐渐使润兰不满。加之邻里亲朋中，有的人说长道短，促使婆媳关系恶化。1976 年底，陈光林夫妇与父母弟妹分家，自立门户。

分家后，小两口又互相猜疑。刘润兰一气之下，只身跑回娘家。住了八个月，并于 1978 年春在娘家生一女孩。陈光林听信风言风语，不认亲女，经公社有关部门调查核实，刘润兰在娘家所生女孩确系陈光林的亲女。经过一些干部、群众劝说，陈光林与刘润兰再度和好，又相处了一年。1979 年春，陈光林与刘润兰因家务事，大吵一架，互不谅解，夫妇感情几乎破裂。刘润兰依靠娘家，在离陈家仅几百米远处建房两间，另立门户，与小女儿相依为命。从此陈光林夫妻分居两处，鸡犬之声相闻，三年不相往来。

经过调查，清水法庭认为，陈光林夫妻矛盾源于婆媳不和，各有责任。刘润兰作风正派，热爱劳动。她虽出走娘家，另立门户，但坚决不同意离婚，对陈光林还有感情，也有和好愿望。如果调解适当，陈光林与刘润兰仍有和好的可能。只要陈光林夫妻和好，婆媳关系不难好转。法庭决定做深入细致的说服工作，使破镜重圆。

法庭在社队干部群众支持下，分别找陈光林、刘润兰谈心，把陈光林夫妻之间、刘润兰婆媳之间的疙瘩一个一个解开；把陈光林申诉离婚的理由一条一条驳回，热情帮助他们言归于好。经过细致的工作，终于说服陈光林息诉离婚，同意与刘润兰和好。

1981年12月21日，清水人民法庭在白杨六队召开陈光林夫妻和好座谈会。陈光林表示，愿意与刘润兰言归于好。刘润兰表示不再算陈年老账，保证对光林仍像结婚时那样好。她还当面向婆婆道歉，表示今后要孝敬公婆。婆婆高淑华当众承认自己过去教子无方，打骂媳妇有错。她还表示要在1982年给陈光林夫妻修两间新房。这天中午，陈光林夫妻带着小女儿与奶奶一起吃了团圆饭。一个感情几乎破裂的家庭又重新团圆了！人们称赞清水法庭："清官"善断家务事，破镜能重圆，共产党的法官好！

1982年5月5日，清水法庭负责人专程回访了陈光林夫妇。刘润兰满面春风地说，光林现在对我很好。赶场、看病，他总是用自行车推我去。奶奶对我也很关心，把个小孙女当成了宝贝。她老人家吃点什么好东西，总忘不了我们母女。婆婆高淑华对法庭负责人说，全托你们的福了！

（四川日报1982年6月15日《四川日报》3版头条）

峨山情

峨眉山崛起平畴，高凌五岳，雄秀天下。每到夏秋之际，中外游客蜂拥而至，探奇览胜，游踪所及，料亦未料。

峨眉山上的接力赛

8月4日上午，峨眉山细雨蒙蒙。成都中医学院讲师邓道昌、张家锡和彭兴宇从洗象池来到九老洞，刚进洞口，便见两个农民从里面出来，神色慌张地说："快，里面有人呼救！"他们听了立即退出洞来，一同去附近的仙峰寺报案。

10时45分，仙峰寺武装民警班班长吴建城、管理站副站长徐万年等人跑步赶到了九老洞。

九老洞位于峨眉山腰的仙峰寺旁。洞内怪石嶙峋，深邃莫测，谁也不知洞有多深，岔道有多少条。冷风飒沥，令人毛骨悚然。几个人进得洞来，一边摸索前进，一边搜寻，走过了一个岔洞又一个岔洞，终于在距洞一千多米的小岔洞中，发现了一个蓬头垢面、奄奄一息的姑娘。她见了来人，一下扑上去紧紧抱住，激动地哭泣起来："我晓得我们不会死的……"他们很快又发现了另外两个男青年。背出洞来，都昏迷过去。

急救工作在仙峰寺管理站办公室进行。站上没有医务人员，邓道昌、张家锡当仁不让，担任了临时主治医师。经初步检查，三个青年呼吸微弱，全身冰凉、浮肿，双眼患严重的结膜炎，双腿一二度冻伤，水泡多处。邓老师决定采取以保温为主的急救措施。人们打来热水，细心地为他们擦洗，把棉絮撕成条条，包脚取暖，一口一口地给他们喂盐糖水、蛋花汤。仙峰寺的和尚、成都制药厂的青年董志义、北京永定制药厂的陈晋宝等许多素不相识的人，都积极参加了抢救。经过两个小时的努力，终于使他们恢复了知觉，能够说话了。经了解，女青年叫杨波，是昆明师专的学生。男的一个叫李克功，一个叫林翔，是昆明医学院的学生。他们进洞迷路十二天了，粒米未进。

为了让他们完全脱离危险，邓道昌、张家锡等决定，立即送他们到峨眉县医院。管理站找来三个身强力壮的农民背人下山。下山必经之路是险峻闻名的九十九道拐，上千级石梯，壁峭坡陡，崎岖难行。为保安全，邓老师前边开路，张老师断后。说来奇怪，两位老师本来是专程上金顶的，爬到洗象池就筋疲力尽，只好半途而废，改道下山，现在不知哪来的力气，居然一口气闯下了九十九道拐。一次又一次摔倒，爬起来，又继续前进，一路小跑，终于到达了五显岗公路边，三小时走了近 25 公里。峨山管理局的汽车马上载着他们向县医院开去。

团结一心斗 "死神"

十二天不进饮食，这几乎叫人难以相信。他们到底是怎么熬过来的呢？

7 月 24 日中午，三个大学生下山来到仙峰寺后，误认为走在前面的旅伴已去九老洞，便向游人要了两支蜡烛，慌忙进洞，由于对九老洞一无所知，糊糊涂涂地钻进了迷宫。待他们往回走时，始终找不到出口。蜡烛燃尽了，身边的书刊杂志烧完了，他们仍然冲不出黑暗的"地狱"。

事情很清楚，一时是走不出去了。冷静下来后，他们在一个岔洞交叉口

驻扎下来。洞里没有光明，没有食物，也听不到一丝人声，看来要打一场生死搏斗的持久战了。医学知识告诉他们，人在绝食的情况下，可以通过喝水，消耗自身的蛋白和脂肪来维持十天以上的生命。于是，他们找到附近的山泉滴水，每天坚持喝二至三次水，注意保存体力。林翔戴的日历夜光电子表，使他们在漆黑中计算着白天与黑夜。白天，他们轮流到远处去呼救，晚上，躺在潮湿的钟乳石上休息。洞内太冷，只有摄氏二三度，男同学把带来的唯一一件毛衣给了女同学杨波。

时间一天天地过去，他们一次又一次地昏厥过去。他们十分明白，死神在向他们逼近，开始几天每个人还摸索着记日记，到后来，都写下了自己的遗书。

"我亲爱的全家及其同学们：我二十四日在峨眉山进入九老洞，因一时迷路，消失在漆黑的山洞里。身边什么也没有，路也走不动了。我过去认为世界丑恶，然而现在我在黑洞里，却感到人间的可爱，明媚的春天，欢笑漂亮的人们。"

"我们就像亲兄妹一样，互相照顾、鼓励。"

是的，现在他们团结得像一个人。对生活的眷恋和热爱，使他们都燃起了生的希望。他们从不互相埋怨，总是不当着别人的面流露出失望和痛苦的情绪。一次，有个同学在打水途中摸到了一具尸骨，伤心得几乎哭了起来，可回到驻地却一声不吭，生怕另外两个同学触景生情。由于饥饿和潮湿，杨波月经提前，痛经很厉害，她咬紧牙关，强忍痛苦，始终不让别人知道。

一次，有一个同学从噩梦中惊醒，狂呼一声："我不想活了！"拿出弹簧刀便要自杀。两个同学立即劝住他。"不，绝不能自杀！哪怕只有万分之一的希望，也要活下去。也许有人会发现我们。"

他们的希望没有落空，就在他们濒临死亡边缘的时候，日夜盼望的人终于来到了面前。

不是亲人胜亲人

峨眉县医院第一次遇到这样奇特的病人：严重的蛋白质饥饿病，腿脚冻伤不能下地。医生们连夜会诊，决定采用"支持疗法"，进行特别护理。厨房为三个学生开小灶，吃流食。医护人员专人负责，昼夜值班，轮流为他们端汤喂饭，背上背下，洗脸洗澡，擦洗脚伤。他们给每人买来一套新衣，换下的脏衣服又洗得干干净净。

三名大学生不幸遇险的消息传开后，牵动了许许多多的人的心。附近的工人、农民、干部络绎不绝地到医院探望，以不同的方式表达了峨山主人的深切关心。峨眉县县长张文彬等同志代表领导及全县人民到医院看望了三位青年，要求医院尽最大努力，保证三人迅速康复。峨山管理局党委四位领导同志，专程到医院慰问，送来了麦乳精、奶粉等营养品以及牙膏、牙刷、毛巾等生活用品。峨山管理局团总支把刚收到的几十本新期刊送给病人阅览，并赠送每人一本《闪光的道路》。

三个学生没有亲人陪伴，可病房里从未断过陪伴的人。四日晚，县公安局长唐泽超守候在医院，跑上跑下，深夜还上街为病人买蛋糕、白糖。有一位姑娘，每天上班前、下班后，都到医院里来为三个学生打水、煮鸡蛋……默默无闻地担任编外护士。三个学生感动了，问起她的姓名和单位，她总是一笑了之。人们后来才知道，她就是峨眉县粮站的共青团员袁秀珍。

三个学生的亲人来到峨眉时，见到这种动人情景，激动不已。林翔的妈妈热泪盈眶，连声说："共产党好！社会主义好！峨眉山人好！"

经过十二个日日夜夜，三名大学生康复出院了。开向昆明的289次列车载着他们飞驰而去，他们心里却久久不能平静。遥望峨眉山，依依难舍，低头思故事，情丝万缕……

（1983 年 8 月 26 日《四川日报》2 版）

一封书信牵动万人心

蓉城的冬天充满了温暖。一件件毛衣，一条条绒裤，一顶顶帽子，一双双鞋袜从四面八方汇集在一起，这是干什么呢？这是蓉城人民捐献给大巴山区贫困群众的御寒物资。它们像一团团燃烧的火炭，被汽车、火车、轮船运到那冰天雪地的大巴山区。

同志啊！当你看到这一批批御寒物资送往大巴山区群众的时候，你可曾想到在大好形势下何以还有如此突出的生活困难？又是谁把这些困难及时报告党中央，引起各级党政领导部门和社会各界如此重视！

这得让我们从十位老红军的一封信谈起。

1984 年秋天，一部分红军老战士在城口县参加川陕革命根据地城口苏维埃政权建立五十周年纪念活动。他们旧地重游，发现城口一部分边远山区的农民缺吃少穿，个别特困户还住在窝棚、岩洞里。此情此景，使红军老战士王波、刘武彩、苟松亭、王有舟、龚锦文、陈鹏、王朝禄、昉明、金玉成、张维高等十位同志深感不安。9 月 27 日，他们联名向中央书记处并耀邦同志写了一封长信。信中说：

"新中国成立后，特别是十一届三中全会以来，城口的经济建设有所发展，人民生活有一定改善。但是，同全国和四川的经济发展水平相比，还有很大差距。去年他们遭受严重自然灾害，今年春荒缺粮面高达 85% 以上。这里农民的温饱问题尚未根本解决。……"

十位老红军恳请党和国家对老区人民给予必要的扶持。

这是喜庆声中的报忧信！党中央十分重视把它及时批转给了四川省委。

11月上旬，省委负责同志看到了这封信，立即引起高度重视。在此之前，省委负责同志已从省委扩大会议小组发言的简报上看到了有关城口、宣汉、万源部分山区农民生活困难的情况反映。当时，省里正准备按照常规，发放春荒救济款，但由于对贫困山区群众生活困难的程度估计不足，因而解决困难的重点不够突出。省委负责同志读了十位红军老战士的信，立即派人到城口、宣汉、万源等地调查。

初冬的大巴山区雨雪纷飞，寒风袭人。省委调查组11月12日至12月17日，先后在宣汉、万源、城口、通江、巴中、南江、仪陇等七县进行了36天的考察。他们与有关地县负责同志一起，在荆棘丛生的山间小路上长途跋涉，历尽艰辛，深入到山区特困户的窝棚里问寒问暖，了解到许多基层的实际情况。他们一边调查，一边向省委发回传真电报，随时报告调查情况。省委负责同志密切注视调查的进展，随时与有关部门的领导同志商讨救灾措施。

在省委、省政府的关怀下。全省43个山区贫困县、特别是大巴山区的各级领导，普遍对群众衣、食、住方面的情况，进行了一次大检查，把救济款和救济物资及时送到了贫困户手中。元旦前夕，达县地区各县的党政负责同志，分别率领部、委、局、室的一千多名干部深入山区，与区乡干部一道，对贫困户逐户检查，登记造册，并把执行扶贫措施的责任落实到乡村干部每个人头上。山区农民感动地说："共产党为我们雪中送炭来了，我们再一次感到社会主义制度的温暖。"

改革的春风催发了神州万物，新年的大巴山区到处生机勃勃。过不了多少年，也许三五年，也许十几年，当山区退耕还林、退耕还牧大见成效的时候，大巴山区的冬天不仅会像川西平原一样充满温暖，而且将会给"天府"之国带来生机，增添温暖！

(1985年2月11日《四川日报》4版头条)

共产党员韩景云

——尊重知识尊重人才

省委、省政府表彰的优秀企业领导干部中，有一个"尊重知识、尊重人才"的厂长——韩景云。1979年夏，他刚到成都无线电一厂担任第一副厂长时，正好遇上中年工程师伍学高因发明"ABS塑料镀前处理一步法"的新工艺而遭到嫉贤妒能者的压制和非难。韩景云想：工厂要振兴，除了靠党的领导和全厂职工努力奋斗外，主要靠技术进步和科学管理，而技术进步和科学管理，归根到底又是智力和人才开发。因此，他走马上任第一件事，就是为伍学高主持科学技术鉴定会。

韩景云不懂化工知识。他先借了一些有关电镀技术的书籍来看，了解到一些基本常识之后，便亲自到实验场地为伍学高当"后勤部长"。有了充分把握之后，他又四处奔走，把省内外电镀行业的专家请到厂里进行了三次鉴定，终于使伍学高发明的新工艺得到了国家科委的确认，获得了国家重大科技成果四等奖。

任何一个企业家，都很难把企业的每个人才使用得恰到好处。韩景云也有用人不当的时候。可他的可贵之处则在于，一旦发现自己用人不当，便严于解剖自己，从不诿过于人。

中年工程师陈景培在厂里工具设备科担任了十年副科长，由于"不善于管人"，同志间的关系搞得比较紧张。1982年企业整顿时，厂里免去了陈景培的副科长职务，却没有充分发挥他在机械模具设计方面的专长。陈景培气而不馁，坚持利用业余时间到成都市科技交流站参加义务劳动，先后为有关单位或个人绘制了900多张机械模具的图纸或表格，受到社会尊重。1983年陈景培被科技交流站推选为成都市劳动模范，市科委将其材料送到厂里签字，厂领导班子才恍然大悟。而一些同志则抓住陈景培的某些缺点，不同意为他申报"劳动模范"称号。

作为厂长的韩景云，心里则很内疚。他感到自己对陈景培缺乏了解，关心不够，使用欠妥。他找陈景培谈心，主动作自我批评，并力排众议，毅然以厂长名义签字，为陈景培申报了"劳动模范"称号。陈景培深受感动，竭尽全力为厂里的技术改造和引进外资出谋献策，在拟定联合国援建模具中心的实施方案时一举成功。韩景云当机立断，将陈景培提升为副总工程师，给他晋升一级工资。

韩景云千方百计为科技人员的知识更新创造良好的环境和条件。他邀请四川大学、电讯工程学院的专家教授来厂举办日语、英语补习班和微型电子计算机原理等各种学习班，先后派出十批工程技术人员去日本、加拿大、西德、荷兰、比利时、丹麦等国学习考察。1983年底，教育部要在全国工矿企业的青年科技人员中招收一批出国研究生。韩景云明知这批研究生学成归来后不一定回原单位，他主动找厂领导班子商定，动员和推荐了厂里最有培养前途的青年工程师、共产党员梁林和罗忠恕前去报考。梁、罗二人深感其诚，欣然应考，双双金榜题名，将被派往美国和加拿大深造。

在祝贺梁林、罗忠恕出国深造的座谈会上，厂里的科技人员畅所欲言，互相勉励。韩景云触景生情，心潮起伏，久久不能平静……

（1985年7月1日《四川日报》4版头条）

今日东海明珠

——舟山群岛散记

3月上旬，国务院批准建立浙江省舟山市，下设定海、普陀区，同时撤销原舟山地区和定海、普陀县建制。值舟山市建立伊始，记者有幸受东海舰队4806厂和舟山市计经委邀请，前往舟山采访。所见所闻，使人耳目一新，感触良多。

‖ 踏勘竹山门

舟山群岛海域辽阔，岛屿错综，宛如散落在浩瀚东海上的一盘明珠，是我国最大的"海中洲"，这里是连接南北航运和东西江海联运的枢纽，历来为兵家必争。初到舟山，记者特意到定海有名的竹山门炮台遗址踏勘。

竹山门炮台遗址是第一次鸦片战争中英军首次以武力打开我国门户的地方。那是1840年7月，英军进攻广州海口遭到林则徐抗击，炮轰厦门又被邓廷桢击退，便转攻定海。定海总兵张朝发率水师英勇抗击、终因武器不济而使定海失陷。中英签订不平等的《南京条约》后，腐败无能的清王朝以割让香港收回定海。以后，竹山门炮台遗址又成为日寇的练兵场和国民党反动派屠杀革命志士的"法场"，定海人一直把竹山门称为"鬼门关"。

昔日的"鬼门关"如今已变成"东海长城"的现代化后勤基地。海军

4806 厂在竹山门设港建坞，维修军用船舰，为我国海防和经济建设作出了巨大贡献。据厂长介绍，在改革开放的新形势下，他们积极贯彻"保军转民、以民养军"方针，已研制开发出"凯灵"系列民用产品。特别是"凯灵"电扇，曾经三次获"全军优质产品奖"，在沿海市场上与"华生""旋风"等名牌平分秋色。今年，他们已与中华旅游纪念品成都公司川光公司合作，特意把"凯灵"系列产品引入四川，让四川人民一睹其风采。

四川人在舟山

俗话说："美不美，乡中水；亲不亲，故乡人。"在舟山与四川老乡摆"龙门阵"，有一种特别的亲切感，几句话就把心掏了出来。

4806 厂卫生所所长周桢乡音未改，乡思凝重。他 1929 年出生在永川大磨乡，16 岁便被抓丁，参加过抗日战争，淮海战役中参加解放军后，被编入华东海军后勤部，从此与海防建设结下不解之缘。为了保卫和建设祖国的"东海明珠"，他又毅然在舟山安家落户，并勤勤恳恳，任劳任怨，在此工作 30 多年，还多次立功，为故乡人民增添了光彩。

四川人在舟山安家落户的不少。他们建设舟山，热爱舟山，保卫舟山，也眷恋着四川。以刘淮南同志为例吧，他 1955 年在大榭岛服役期间爱上了舟山姑娘，便在舟山扎下根来，如今虽已两鬓斑白，每当收到哥哥姐姐从老家屏山寄去的信，总要高兴好几天。他常常从报纸上查阅四川新闻，与记者说起四川这几年的变化来，还头头是道，俨然还是个"老四川"。

"渔都" 何以买鱼难

舟山是我国著名的渔场和提供商品鱼的重要基地，誉称"渔都"。还在读

小学的时候，就知道舟山盛产黄鱼、带鱼、墨鱼、鱿鱼等"四大鱼类"。但这次到舟山，在定海的水产品市场上寻觅了两个半天，竟无所获。

原来，定海的国营水产商店没有出售"四大鱼类"干制品，街头巷尾的个体商贩虽有少量出售，但价格与成都的青石桥相差无几。市场上新鲜的"四大鱼类"也不多，黄鱼每斤卖到五元，甚至七元，带鱼高达两元左右。据当地居民说，1986年春节，定海的带鱼是凭票供应，特殊情况下要从冷库里购买十斤黄鱼，需得有关领导签字。

"渔都"何以买鱼难？在舟山市经委方得知原委。主要是前些年"竭泽而渔"，把子孙后代的鱼也吃了。目前，舟山的渔业总产量虽然保持在40多万吨，但是以低档的马面鱼和鳀鱼居多，而且面向全国乃至世界销售，国家收购的很少一点"四大鱼类"几乎要全部冰冻起来，以保证计划内供应。自从市场价格放开后，内地到舟山收购鲜鱼的越来越多，而且往往到渔船上以高价抢购"四大鱼类"。这就使舟山的鱼价猛涨。舟山市经委的同志打了个比方："这就像四川的'五朵金花'在舟山可以买到，在四川反而不易买到。"

说来也是。记者曾在定海的一家国营商店亲眼看见货架上放着六盒礼品式"剑南春"，价格是16.91元，和四川的价格差不多。看来，舟山的鱼，四川的酒，销售情况何其相似，颇令人深思。

舟山人看四川

舟山人特别羡慕四川地大物博，人口众多，消费市场大，因而乐于到四川做生意。据舟山工艺美术厂介绍，该厂在四川的各大中城市和一些县设有20多个销售窗口，其贝雕产品在四川销路最好。自从1986年绵阳市与浙江联合举办展销会以来，舟山进入四川的针织品、水产食品和家用电器越来越多。今年3月，舟山的一些工商企业还到成都参加三类商品展销会，仅水产食品一项就成交300多万元。

　　在舟山人看来，四川不仅是全国最大的消费市场和农副产品市场，而且是经济体制改革的发源地，因而渴望与四川结成经济技术协作关系。定海区政府的负责同志接受记者采访时，就明确表示要引进四川名酒之乡的酿造技术人员，欢迎四川的大型企业到舟山联办分厂，同时还要求在四川选择一个与舟山经济较为接近、体制改革搞得较成功的县（区）结为友好县（区）。

　　愿滚滚东去的长江把四川与舟山紧紧相连。

（1987 年 4 月 14 日《四川日报》2 版）

徐中舒的最大愿望

金秋时节，趁到四川大学参加著名史学家、古文字学家徐中舒教授 90 寿辰暨执教 70 周年座谈会之机，我拜访了徐老。

徐老 1984 年底患轻度脑溢血，现在还未康复，但心情很愉快。他多次对儿孙们说："我很幸福，到了 80 多岁，还是耳聪目明，我最大的奢望就是在有限的余年中，把平生积累的知识系统地整理出来，留给后人参考。"

徐老不能多说话，让助手带我到工作室参观。进得室去，但见书架上陈列着徐老从 30 年代以来撰写的 100 多种学术论著，其中他主编的《汉语古文字字形表》《汉语大字典》《殷周金文集录》等大型工具书出版不久，格外引人注目。徐老在学术上的贡献，主要是古文字学、先秦史、明清史和巴蜀史四个方面，这些方面他知识广博，通贯古今。正如全国人大常委会副委员长周谷城给徐老发来的贺词所赞："先生学问，博大精深。著作创造，精密绝伦。讲学授徒，七十年整。影响所及，遐迩咸钦。"

90 年前，徐中舒降生在安徽省安庆市附近的一户农家中。3 岁丧父，5 岁便与母亲一起进入慈善机构寻求生计，读书到初中一年级后，因交不起学费而几度辍学谋生。过去，人们只知道他是王国维、梁启超的学生，却很少有人知道他是靠刻苦自学考入清华国学研究院的。抗日战争爆发的第二年，他应四川大学的聘请举家入川，任教到今。成都解放前夕，蒋介石指令当时的川大校长黄季陆，劝说徐老去台湾。黄多次登门动员，又亲送去台的飞机票，均遭徐老拒绝，因为他对巴山蜀水、对川大的一草一木，爱得太深了。

　　近9年来，眼见国家蒸蒸日上，徐老精神更加振奋。就拿主编《甲骨文字典》来说吧，这是国家下达给他的一项重点科研项目。接手之后，没有人才，他自己培养，一次就招收5名古文字研究生；还通过中央有关领导的帮助，从兄弟院校借调来一名助手。又把藏书拿出来供学生和助手查阅，解决了资料不足的困难。为对付行动不便，他干脆把教室和办公室设在自己家里，争分夺秒，手不释卷，放弃了许多星期天和节假日，加快了字典的编著进度。最近，《甲骨文字典》已通过审定，即将出版。由于徐老教书育人师德高尚、科研著述成果甚丰，被选为六届全国人大代表和省劳动模范。

（1987年11月28日《四川日报》2版）

四川告诉世界：中国的伟大力量

——写在汶川大地震抗震救灾一月之际

回望一个月用血肉、血泪、血汗铺就的抗震救灾路，我们比任何时候都更清醒地看到，30 年改革开放，不仅增强了中国抗击灾难的物质基础，更深刻改变了社会主义中国的整体形象和中国人民的精神面貌，显示了中国特色社会主义的伟大力量。

回望一个月用血肉、血泪、血汗铺就的抗震救灾路，我们比任何时候都更清醒地看到，我们的党、我们的人民、我们的国家、我们的军队，有不畏任何艰难困苦的大智大勇，能够凝聚起战胜一切困难的强大力量；只要我们心连心、同呼吸、共命运，任何困难都难不倒英雄的中国人民。

回望一个月用血肉、血泪、血汗铺就的抗震救灾路，全世界关注汶川，关注四川，关注中国。今天，我们告诉世界：汶川挺住了！四川挺住了！中国挺住了！

这是一个将永远铭刻于历史的时刻：公元 2008 年 5 月 12 日 14 时 28 分，山崩地裂。

一场里氏 8.0 级地震——新中国成立以来破坏性最强、波及范围最大的地震，重创四川：1/5 的土地被撕裂，数以百万计的民众被推向生死边缘。

正致力于建设西部经济发展高地的四川，灾难空前，考验空前。

正如全国哀悼日第一天成都天府广场上那震耳欲聋的呐喊："同胞走好！四川雄起!! 中国加油!!!"人们的头为死难同胞深深埋下，人们的心为战胜灾难紧紧凝聚。

一个月来，世界瞩目中国，瞩目四川。

山河作证：在空前的灾难面前，我们万众一心、不屈不挠、友爱互助、自强不息。

大地作证：在空前的考验面前，在以人为本的旗帜下，8800 万四川人挺起不屈的脊梁。

> **越是危急时刻，越是需要坚强的领导。这是一场生命与死神的较量，更是一场考验执政者决策智慧与执行能力的大考。31 个日日夜夜，记录了执政党对人民的深情，对责任的诠释，对速度的追求。四川告诉世界：人民生命高于一切，以人为本是抗震救灾的一面旗帜**

空前的灾难，牵动中南海。

31 个日日夜夜，北京连着四川。

这是一场生命与死神的较量，更是一场考验执政者决策智慧和执行能力的大考。31 个日日夜夜，记录了执政党对人民的深情、对责任的诠释、对速度的追求。

时钟，定格在 2008 年 5 月 12 日 14 时 28 分。较量和大考也就从此刻开始。

"尽快抢救伤员，确保灾区人民群众生命安全。"震后不到一个小时，胡锦涛总书记的指示，通过网络、电视、电波直抵灾区。两个小时后，一架专机从北京西郊机场腾空而起。机舱内，温家宝总理摊开地图，手指迅速滑向目的地：四川，四川的汶川。

"2008 年的地震与 1976 年的唐山地震相比，拯救能力变得更强、处理方式变得公开透明、舆论更为自由开放、举国救灾的机制更为有效。"新加坡《联合早报》这样评价。

"中国速度"令世人惊叹。"第一时间""第一地点""第一目标",一个个"中国纪录"清晰地记录下一个政党、一个政府对生命的尊重、对人民的责任,充分展示出政府的危机处理能力。

北京:地震当晚,胡锦涛主持召开中央政治局常委会议,部署抗震救灾工作。国务院抗震救灾总指挥部迅即成立,开始高效运转。主题只有一个:把挽救人的生命作为重中之重,只要有一线希望,就要尽百倍努力。

四川:12日晚11时40分,在一间只能用塑料布防雨的临时"帐篷"里,中共中央政治局常委、国务院总理、国务院抗震救灾总指挥部总指挥温家宝主持召开国务院抗震救灾总指挥部第一次会议。72小时内,他辗转视察7地灾情,召开6次国务院抗震救灾总指挥部会议。

31天,胡锦涛总书记数度主持召开中央政治局常委会议,专题研究抗震救灾。"任何困难都难不倒英雄的中国人民!"四川地震灾区的废墟上,总书记紧握拳头与救援人员和灾区人民一起振臂高呼。

31天,共和国总理三赴四川。"有人在,有这种团结互助的精神在,还有什么不可以克服的困难!"废墟上,总理的声音响彻山谷。

31天,吴邦国、贾庆林、李长春、习近平、李克强、贺国强等中央领导或奔赴四川灾区,或就四川抗震救灾相关工作作出部署。

时间就是生命。10万平方公里的受灾土地上,以"分"为刻度的"第一时间"成为体现动员能力和应急能力的指标。

设在成都的国务院抗震救灾前线指挥部,一条决策从提出到全面实施,长不过两天短则半个小时。在这里,新中国成立以来首次救灾对口支援行动拉开大幕:一个省帮一个重灾县——13亿中国人书写出"一方有难、八方支援"的大爱华章。

时钟,定格在2008年5月12日14时28分。

面对突如其来的特大地震灾害,四川省委、省政府临危不惧,紧急动员部署,带领8800万四川人民全力抗震救灾,走过一段"自强、自立、自救,坚定、坚强、坚韧"的难忘历程。

震后仅仅半个小时，省委书记、省人大常委会主任刘奇葆已冒着余震中飞落的砂石，沿着滑坡的道路边缘，向震中汶川挺进。越野车上，省委书记作出7条指示，核心一个：救人！"要以最快的速度、最大的力量，不惜一切代价救人。""以人为本"成为贯穿整个抗震救灾的主题。

同一时间，省委副书记、省长蒋巨峰在向国务院值班室汇报灾情后，赶到省地震局了解灾情，旋即乘直升机赶赴汶川。

道路中断、空中受阻，两路人马折返都江堰会合，省"5·12"抗震救灾指挥部在都江堰成立，刘奇葆任指挥长。省领导兵分三路：一批分赴6大重灾区，一批赶到设在都江堰的前线指挥部，一批留守成都。11位省领导分别领衔指挥部总值班室等8个工作组，7位省领导分别坐镇广元、阿坝、德阳、雅安、成都、绵阳6个重灾区。各市州分别成立了由主要领导担任指挥长的指挥部。

党中央的每一项重要指示，都马上学习贯彻绝不过夜；党中央的每一项部署，都第一时间细化落实。上通下达，四川抗震救灾的庞大机器高速有效运转。

"山河可以改变、道路可以阻断、房屋可以摧毁，但摧毁不了我们抗灾救灾的坚强决心，摧毁不了我们救助灾区人民的坚强决心，摧毁不了我们在废墟上重建美好家园的坚强决心。"省委书记的动员令，让8800万四川人挽起众志成城的钢铁臂膀。

救人、安置、防疫、转移、恢复生产、灾后重建……

31天，刘奇葆、蒋巨峰等省领导的足迹，遍布每个重灾区。

31天，从指挥部下达的一个个紧急指令、对一个个环节的前瞻研究，使四川抗震救灾有力有序有效推进。

31天，四川创造了"我国乃至全球抗震救灾史上的一个奇迹"：没有饿死一个人，没有发生重大疫情，没有发生重大次生灾害死人事件，没有发生严重刑事治安案件。

6月10日，又一个"奇迹"令世界瞩目：经过18个昼夜的奋战，危险程

度、处置难度均创"世界纪录"的唐家山堰塞湖排危除险取得决定性胜利！在这场史无前例的硬仗、恶仗中，下游群众和施工人员伤亡为零。

"受灾，不是放慢速度的理由，而是对加快发展提出新要求。"面对抗震救灾取得重大阶段性成果，省委、省政府果断决策：把妥善安置受灾群众特别是解决好安置住房作为重中之重；一手抓抗震救灾工作，一手抓经济社会发展。

震后一周，全省灾后重建规划协调小组成立。6月10日，四川灾后重建总体规划文本定稿。

"坚持省委九届四次全会重大部署和奋斗目标不改变，坚持实现全省今年主要目标任务的决心不动摇！"刘奇葆近日强调。自信凸显责任，更是在大灾中升华的抗震救灾精神的最好表达。

> 越是危急时刻，越是需要不畏艰险的突击队。31个日日夜夜，人民子弟兵总是出现在最需要他们出现的时刻、最需要他们出现的地方；哪里有子弟兵，哪里就有安全感，哪里就有信心和希望。四川告诉世界：军民一心，其利断金

汶川告急、北川告急、青川告急……灾情就是命令，人民子弟兵紧急出动。

震后第21分钟，成都军区派出察看灾情的4架直升机腾空而起。成都军区、成都军区空军、武警四川省总队救援部队紧急出征，采取多种办法南北并进，开赴救灾第一线。省军区抗震救灾指挥部采取"全省动员、跨区支援"的动员方式，及时发出紧急集结令，组织5万余名民兵预备役人员投入抗震救灾……

"解放军来了人心定！"31天，13万人民解放军、武警部队和公安干警，遵照党中央、国务院和中央军委命令，奔赴重灾区。搜救群众，救治伤员，

转移人员，抢通道路，抢运物资，一个又一个艰难险阻被攻克。"世界上没有哪个国家的军队应对灾难的能力像中国军队这样出色，中国军人是困境中的救星。"奥地利《新闻报》的报道中说。

路断了，通讯断了，汶川、北川、青川……一座座城池和乡村，沦为"生命孤城"。

5月12日，武警驻川某师参谋长王毅主动请缨，率官兵火速开赴汶川。21小时后，200名勇士徒步跋涉90多公里，成为第一支到达汶川县城的救援部队。震后与外界隔绝33个小时的汶川，又"回来"了。

同一天，全国各地军队星夜驰援——成都、济南、兰州、北京、广州军区，海军、空军、第二炮兵和武警等大单位，海军陆战队、空降兵、工程、通信、侦察、医疗防疫等20余个兵种闻风而动，近80位将军与官兵奋战在一起，一场大规模的跨区机动，在各大军区和军兵种间全线铺开。

逢山开路，遇河搭桥。人民，是人民子弟兵肩头的全部重量。

一个个年迈体弱的老人，被一副副强壮的双肩从危房里背出；一个个废墟深处的孩子，被一只只有力的臂膀缓缓托起……在北川、在绵竹、在汶川、在都江堰，在地震灾区的每一个街区、每一座乡村，在房倒屋塌的每一处废墟，人民子弟兵与死神展开殊死的搏斗。

15日上午10时，在都江堰地震灾区一处6层楼房的废墟上，成都军区成空导弹某旅三级士官游森，面对刚刚挖掘出来的一具遇难者遗体双膝跪地，热泪顺着沾满尘土的面颊扑簌簌滚下。此时，已在灾区连续执行了3天营救任务的战友们才得知，这位刚刚挖掘出的遇难者是游森的岳母，脚下的废墟是他的家……

"让我再去救一个！我还能再救一个！"废墟上，消防战士荆利杰跪求"请战"。"绷带留给需要的人。"在汶川，一位战士的腿被钢筋划开10厘米的口子，当医护人员要为他包扎时，被他一把推开。为抢救一名3岁小女孩，雅安某预备役团政委范后雄不幸被滚落的山石击中，身负重伤……这样的场景，让来自国外的记者也不禁潸然落泪："没看到世界上有这样舍己救人、充

满人性的士兵。"

5月31日下午，一架米-171直升机再次飞过汶川上空，这是成都军区某陆航团邱光华机组大地震以来执行的第64次飞行。此前，在极为恶劣的地理、气象条件下，他们义无反顾地踏上"生死航线"，已向灾区运送物资25.8吨，运送救灾人员87名，转移受灾群众234名。然而这次，雄鹰未能平安返航……规模空前的大搜救牵动亿万人心，6月10日，人们终于在深山峡谷中找到失事直升机残骸。含泪，仰望苍穹；敬礼，向着天空；雄鹰，魂归青山；英雄，永在人心。

对13万子弟兵而言，气壮山河的抢险救援仅仅是抗震救灾这场硬仗的开始。

救援甫一结束，那些曾在废墟上奋战的身影，有的拿起药桶成为"防疫员"，有的挽起裤脚转入"双抢组"。肩背上的皮肤，已被晒脱几层；十指上的血泡，起了一回又一回。可是，哪里百姓需要，他们就出现在哪里。

一曲军爱民、民拥军的壮歌，在10万平方公里的受灾土地上激荡。

"谢谢""你们辛苦了""你们休息一下吧"……通往灾区的道路上，老人和孩子把印有这些字样的牌子高高举过头顶。

6月8日，中国农历端午节。

青川县石坝乡的山道上，一支身负背篓的解放军队伍冒着山间滚石，连续翻越7座大山，为大山深处的老乡送去亲手制作的粽子。老乡们则挖出家里陈酿多年的雄黄酒，用艾草把酒均匀抹在官兵的脸上。村里最年长的老人，为他们祈福："亲人啊，你们辛苦了，愿你们百病不侵、疾邪不近。"

这一天，已经在绵竹奋战了20多天的800名空降兵结束任务准备凯旋。得知消息后，近万名当地群众排起长队，用亲手制作的大红花、用路边青草和野花扎成的花环，用几十公里外买回的鸡蛋，为子弟兵送行。

31天，四川告诉世界：军民一心，其利断金！

> **越是危急时刻， 越是需要有力有序有效的靠前指挥。 31 个日日夜夜，力量向基层下沉， 救助向灾区集结， 一切为了灾区， 全力支援灾区。四川告诉世界： 灾难有多大， 中国有多强**

5 月 28 日下午两点，汶川县映秀镇岷江边的沙地上，两个战士正忙着砌一个水泥台。半小时过去了，一面鲜艳的五星红旗沿着水泥台中央的旗杆冉冉升起。比起过去的旗杆，新旗杆高出很多。映秀镇几乎每一个角落，都可以看到这面旗帜。"高高升起一面旗，就是要让灾区群众知道，我们就在他们身边。"已经在此驻扎了半个月的阿坝州领导如此解读。

地震发生时，正在成都出差的一位州领导马上驱车赶往映秀，车至都江堰遇阻，之后辗转北川、平武，欲转道进入震中亦受阻。13 日凌晨 3 点，他决定徒步进州，当日晚 9 时，一行人终于徒步抵达震中映秀镇，此后便一直"钉"在第一线。奋战 60 天，确保全州每户受灾群众都有一处能越冬的过渡安置房，成为近来全州安置工作的头号工程。

在同一个时间，在不同的地点，全省 6 个重灾市州的主要领导，从不同方向，以不同的取道方式，第一时间赶到当地重灾区，靠前指挥抗震救灾，确保了中央和省抗震救灾决策部署在第一时间不折不扣地落到实处。

5 月 12 日下午，成都市党政主要领导在震后第一时间奔赴都江堰；14 日凌晨 1 点 30 分，他们在黑夜中进入被断桥阻隔的龙门山镇；15 日中午奔赴青城山；16 日，赶赴道路未通的虹口乡，冒着余震、滚石和滑坡的危险，指挥抗震救灾，协调空投和救人，加快打通救灾通道……工作日志记载：灾情发生至今，市委、市政府主要领导大部分时间都"钉"在都江堰、彭州等重灾区，指挥抢险救人、群众安置和灾后重建等工作，"以抗震救灾精神加快恢复生产和灾后重建，成都有条件、有信心发挥好带头和表率作用"。

地震发生后，德阳市委迅速召开常委紧急扩大会，立即成立抗震救灾指

挥部。下午 4 点前，6 位常委、3 位副市长被派到绵竹、什邡。接着派出紧急医疗救助小分队，组织动员民兵预备役人员到震区。所有市县两级机关干部、11 万多名党员都到第一线。入冬以前，全面完成灾区居民的应急安置和基本生活生产条件恢复工作，其中农业生产能力要基本恢复到灾前水平——面对新的承诺，新的考验，市领导言之凿凿：灾后重建，绵竹、什邡要建设得比过去更好！

在绵阳，市委、市政府主要领导灾后迅速集结到广场上，随即启动特大型破坏性地震紧急预案，成立抗震救灾指挥部和 8 个救援工作组。一面组织上万名党政干部、公安、武警、预备役官兵赶赴现场救人，一面迅速调集市内所有大型机具赶赴灾区抢修公路，为大部队救人开道。8 名市领导当天下午分赴北川、平武、安县、江油 4 个重灾县，一线指挥。唐家山堰塞湖排危避险，乡村防疫全覆盖，直面一个个挑战；灾后重建规划，恢复工农业生产，举措一项项落实。

在广元，地震发生后，抗震救灾应急预案立即启动，市抗震救灾指挥部成立，组建 6 大工作系统，形成 13 个工作组，市领导带队迅速查灾救灾、全力施救，全力抢修供电、供水、通讯等设施。4 名市领导分批带领抢险队伍从南北两路赶赴交通、通讯中断的青川。随后，由部队、医护人员、县乡干部组成的 36 支救援小分队，实现救援力量全覆盖。"震不垮的广元人"在抗灾自救的一线喊响，灾后重建的 14 项重点工作已逐项落实责任人。

在雅安，地震发生后，市抗震救灾指挥部迅速成立，明确把抗震救灾作为当前中心工作，把救人放在第一位，作出"举全市之力抢汉源之险"的决策。市委和市政府领导随即赴汉源，现场指挥抢险救灾。5 月 13 日，全市就开始大面积防疫工作，17 日前受灾群众基本实现了国务院提出的"四有"要求。眼下，全市上下正"集中精力搞恢复重建，一切服务于恢复重建"。

灾区各级党政领导靠前指挥，各部门统筹协调，使全省抗震救灾工作有力有序有效推进。在灾难发生的第一时间，指挥向前线靠近！力量向基层下沉！救助向灾区集中！空中、铁路、公路、水路立体运输，国家战略储备物资紧急筹措，各种救援力量迅速集结，数百万吨食品、药品、帐篷等救灾物资驰援灾区。

全国一盘棋，灾难有多大，中国有多强。这场拯救生命的大营救，是对社会主义中国强大组织动员能力的集中检阅，是对各级各部门统筹协调能力和灾害应急能力的集中检阅，是对改革开放 30 年来综合国力的集中检阅。

> **越是危急时刻，越是需要振臂一呼的主心骨。"是共产党员的站出来！" 31 个日日夜夜，责任如山，使命如山，一个个共产党员在废墟中舍己救人，一个个共产党员在"孤岛"坚守岗位。四川告诉世界：灾区基层党组织是震不垮的战斗堡垒，党员干部是群众的贴心人**

掏出錾子和锤子，阳光下响起一阵清脆的叮叮当当，整整花了一天时间，王奋安终于在一块石板上刻下"感谢共产党"的字样。

这是地震发生后第十天。被誉为"云朵上的街市"的汶川县萝卜寨已成一片废墟，寨子里的石匠王奋安除了痛惜，更多的是感动。

地震发生当天，倒塌的山体阻断了他回家的路，将他的家乡变成"孤岛"。几天后，当几近绝望的他回到家乡时，却意外地发现家人都还平安。"是共产党员救了我们的命。"家人告诉他，危难时刻，村支部书记马前国立即召集村干部开会，安排疏散和搜救工作，并组织了 18 名青壮年组成搜救队伍，分成 3 个小组，分别由村干部带领，返回寨中搜救被困群众和幸存者，将 60 余名幸存者和受困群众成功解救到安全地带。除了凿一块石碑，王奋安再想不出更好的方式表达他内心的感激。他要让村民世代记住党的恩情。

萝卜寨只是大地震造成的无数"孤岛"之一。

在汶川县银杏乡沙坪关村，地震发生后，当村支部书记龙德强跌跌撞撞跑回村里，整个村寨已被夷为平地。面对四下里一片混乱，他振臂高呼："是共产党员的站出来，都跟我来！"在龙德强的带领下，当晚 19 时左右，全村

500 余名群众全部被转移到相对安全的地带，并组织营救出 10 多名被埋群众。

村民王天强事后哭着说："当时村子里一片混乱，如果不是龙书记第一个站出来，组织我们转移，不知最后会怎么样。"

与龙德强一样，当北川县陈家坝乡党委书记赵海清冒着滚滚浓烟冲上大街，吼出的第一句话是："是共产党员的站出来！"正是这样一支危难时刻挺身而出的队伍，第一时间救出了被埋在废墟下的幸存者。

平武县平通镇也是"孤岛"之一。最危急的时刻，几千人剩下不到一天的口粮。就在此刻，从废墟中爬出的当地交警中队中队长王磊站了出来："马上成立临时党小组，我任组长，所有党员听我指挥！"临时党小组决定：征集全镇的食品，并集中发放，老人和儿童先发，共产党员不发。这样，数千群众挨过了最困难的时期。

映秀镇渔子溪村党支部书记蒋永福从废墟中爬出后的第二天，就把"中国共产党渔子溪村支部委员会"的牌子掏了出来，并在自家的帐篷外撑起一面鲜艳的党旗。"目的就是要告诉群众，党和你们在一起。"

基层党组织的战斗堡垒作用、共产党员的先进性，不仅体现在一个个"孤岛"，也体现在灾区的每一寸土地，更体现在灾区的每一个岗位。许许多多参与救援的解放军武警官兵、白衣天使和战斗在抗震救灾第一线的领导干部和共产党员，他们的家也在灾区，却来不及救自己的亲人，他们明知自己的亲人遇难，却来不及看上一眼，他们心里流着血，却像钉子一样"钉"在工作岗位上。

地震发生后，江油市各大医院迅速组建了一支支由党员组成的"敢死队"，地震发生 10 分钟后，就组织被困病人撤离到了安全地带。"设备和药品还在楼上！怎么办？""上！抢设备！抢药品！"制定好转移设备、药品方案后，3 批"敢死队员"义无反顾地冲进仍在颤抖的楼房，抱的抱、扛的扛……

什邡市各级党组织成立"党员团员志愿者服务队"，近 800 名党员团员志愿者在救助服务站，接待、安置受灾群众；彭州市龙门山镇宝山村党委在灾后不到 1 小时成立了抗震救灾指挥部，分设抢险突击队和群众安置、后勤保障两个工作组，救出被埋群众，疏散村民……

据初步统计，在地震灾区，四川基层党组织共组建党员抢险队、党员突击队、党员服务队等 1.8 万个，在抗震救灾一线和灾民安置点组建临时党组织近千个。灾区广大共产党员在抗震救灾最前沿，为打赢这场硬仗，铺上一块块坚实的基石。

> 越是危急时刻，越是需要坚强的后盾。一方有难，八方支援；同舟共济，共渡难关。31 个日日夜夜，在通往灾区的路上，一边是往外疏散的群众，一边是往里挺进的志愿者；我们都是四川人，我们都是中国人。四川告诉世界：中国的公民精神并未缺失

震后第一时间，一句让人热血沸腾的话在互联网上广为流传——川人从未负国，国人必不负川。

这同胞之爱的无声集结令让无数国人坐立难安。他们乘飞机、坐火车、搭汽车、骑自行车、徒步……不约而同地从四面八方奔向四川地震灾区。医护人员、卫生防疫人员、新闻工作者、志愿者们不惧艰难险阻，用一切可能的方式，想方设法抵达救灾一线。

在废墟下幸存者顽强的呼喊声里，近 400 支专业救援队来了，夜以继日地奋战在废墟之上。

13 日凌晨 2 点 23 分，都江堰市中医院和聚源中学的废墟上，出现国家地震灾害救援队队员橘红色的身影。27 个省（区、市）的专业救援队迅速向四川灾区集结，由红十字会组织、各种民间力量组织的若干支救援队也分头赶到灾区。香港特别行政区搜救队来了、台湾红十字救援队来了……据不完全统计，到 5 月 21 日，专业救援队在断壁残垣间共搜救出遇险人员近 2000 人。

与救援队伍同时踏上一线的是医护人员。4.5 万名来自全国各地的医护人员覆盖每一个受灾村庄。

地震发生时，都江堰人民医院的 5 名医护人员正在为一名病人做阑尾切除手术。面对强震、断电，他们没有放弃病人。震动过去，在应急灯的照耀下，他们为病人做完手术，并抬着病人走出大门，成为这栋楼里最后逃生的人。

地震发生 15 分钟后，四川大学华西医院启动应急预案，6000 名医护人员全部取消休息、休假；地震发生半小时后，四川省卫生厅火速派出首批 28 支医疗、疾控队伍，奔赴汶川、什邡、绵竹等重灾区。在徒步进入救援盲区耿达乡前，广东医疗队的 4 名"敢死队员"悄悄写好遗书，并向队友交代了后事。

防疫和救治同时展开。"需要多少调多少！"卫生部领导强调。

防疫需要的药品源源不断运抵灾区，全军 126 支防疫队深入灾区乡村开展卫生防疫工作，灾区实行传染病疫情零报告和日报告制度。6 月 1 日，疾控专家宣布：灾区已实现卫生防疫工作全覆盖。

在受灾群众流离失所衣食无着的困难时刻，超过 600 万名志愿者，有组织地或自发参加四川抗震救灾。100 多个非政府组织奋战在抗震救灾第一线。

地震发生后两小时，江苏企业家陈光标决定将自己公司原定北上的 60 台重型工程设备运送至四川灾区。他组织的抢险突击队随后分批抵达四川，成为最先抵达地震灾区的民间机械化救灾队伍。陈光标从废墟中亲手救出 12 人，背出 200 余具遇难者的遗体。

12 日晚，1000 多名成都出租车司机打着应急灯，冒着余震的危险，一路飞驰至都江堰抢运伤员。山东莒县的 10 个农民赶了 3 天 3 夜的路，赶到重灾区安县，见活就干。宋志永等 13 位唐山农民，从北川废墟中救出 25 名生还者……

在德阳市体育中心受灾群众安置点，一个身穿迷彩服的年轻人从地震当天起就跑到医院帮着运送伤员。直到一位成都的医学专家专程赶来为他送药，人们才得知，小伙子患白血病，已经住院 5 年。

像什邡市人民医院的志愿者周君一样，数不清的游子回乡救灾；像曾获总书记表扬的蒋述娟一样，无数痛失亲人的幸存者留在一线救灾；像安县雎水乡受灾群众安置点晒得黝黑的日本姑娘一样，许多来自外地、外国的志愿者翻山越岭赶到灾区帮忙……

面对巨大的地震灾害，这些性别不同、年龄各异、来自社会各阶层的志愿者，或义无反顾地奔赴抗震救灾一线，或默默在后方当后援。他们有力出力，有钱出钱，用无私与无畏铸就志愿者的丰碑。

当受灾群众潮水般撤离灾区的时刻，有一群名叫"记者"的人，像战士一样咬着牙向灾区突进。通往灾区的道路阻断，通讯不畅，来自全国各地的记者们用脚丈量着灾情，冒着生命危险记录下中国人民抗震救灾气壮山河的历程，传递出中华儿女伟大的民族精神。

> 越是危急时刻，越是需要超越时空的大爱。大悲铸大爱，大爱铸国魂。31 个日日夜夜，零距离感受中华赤子的爱国热情和血浓于水的同胞亲情，零距离感受跨越国界的人道主义情怀。四川告诉世界：大爱无疆

从地震发生那一刻起，来自全国各地、社会各界和海外的赈灾捐赠如一股股暖流涌入四川。截至 6 月 11 日 12 时，全国共接收国内外社会各界捐赠款物总计 445.74 亿元，实际到账款物逾 95％。这样高的捐赠数量和到账率是罕见的。

东汽是哈尔滨电站设备集团公司的竞争对手。但当得知东汽蒙受重大人员伤亡和财产损失时，哈尔滨电站设备集团公司毅然捐助 500 万元支持其灾后重建——手足之情高于商业利益。

如何妥善安置四川地震灾区 1400 多万被转移的受灾群众，是中国政府和人民震后面临的第一道难题。救灾的同时，政府就开始考虑受灾群众安置，抓紧时间向灾区调运帐篷和活动板房。

在总书记的号召和激励下，"广东造"活动板房来了，上海赴川参加援建

的施工队伍和满载着过渡安置房建材的车队来了，浙江、河北等地的帐篷、过渡安置房也陆续运往灾区。

36万伤员，是大地震留给灾区的一大伤痕。铁路、航空齐动员，截至5月底，全国20个省（区、市）已分批收治逾万名四川地震伤员。有的医院为病人准备了收音机和手机；有的医院为病人开通"亲情热线"；有的医院专门聘来川菜师傅，让伤员和家属重新找到家的感觉……

明星们也积极行动起来，央视直播的"爱的奉献——2008宣传文化系统抗震救灾大型募捐活动"筹得善款15亿多元，创造了捐款最多等多项赈灾晚会新纪录；"以生命的名义——四川省抗震救灾大型特别节目"等隆重推出，震撼人心。

外国媒体为中国民众表现出的"井喷式"热忱而动容。爱国热情和血浓于水的同胞亲情在灾难中是那样真实可触，点燃了灾区群众心中的希望。"我们都是中华民族一分子"的心声，在海内外回响。

66个国家和16个国际组织通过多种形式向我国提供资金或物资援助。日本、俄罗斯、韩国、新加坡等国家和地区向四川地震灾区派出7支共281人的搜救队。巴基斯坦、俄罗斯、意大利、德国、英国、古巴等国家和地区，向德阳、绵阳、广元等重灾区派驻了10余支医疗队共280人次医务人员，对伤病员开展救治。

当中方向中国驻巴使馆询问巴基斯坦医疗队员的饮食安排问题时，巴外交部官员马丁·汗的回答是："不用操心医疗队的吃饭、接待问题，他们是去救人的，有菜叶吃就行。"

在废墟上，在帐篷医院中，人道主义的情怀跨越国界。四川人民将铭记国际社会的深情，并把它化作自强不息的动力。

> 越是危急时刻，越是需要自强不息。自强者立，自立者强。31个日日夜夜，背靠祖国母亲，我们万众一心、不屈不挠、友爱互助、自强不息。四川告诉世界："撼山易，撼四川人民难！"

泰山压顶不弯腰，关键是挺起不屈的脊梁；灾难面前不低头，关键是燃起生活的希望。

当大地停止震颤，四川人从不成路的"路"上走来，集结；从垮塌的群山和无尽的废墟上站起，集结。背靠祖国母亲，我们万众一心、不屈不挠、友爱互助、自强不息。

面对巨大的灾难，四川人尽显精神中最动人的一面：

12岁的男孩背着3岁半的妹妹，徒步12个小时自救；丈夫将妻子的遗体绑在背上，带她回家安葬，给妻子最后的尊严；小学教师张米亚用双臂护住2个学生的命，自己却永远闭上了眼睛……

面对巨大的灾难，四川人尽显精神中最无私的一面：

地震发生10多分钟后，北川县民政局长王洪发就开始与时间争夺生命。在地震中失去儿子等15位亲人的他，根本来不及哭泣，只有救人、救人、再救人。"我想伤心，可我有时间吗？"王洪发说，"总有一天我要大哭一场！"

面对巨大的灾难，四川人尽显精神中最坚韧的一面：

6月6日，晨曦中，茂县光明乡马蹄村村民曾孝芳在海椒地里补种玉米。在满目疮痍的废墟之上，已有飘动的炊烟、新播种的玉米、新插秧的稻田。村民们从震后第二天起，就努力清理废墟，抢收抢种，"能干点什么就先干起来，不能等"。

5月18日，在学校操场搭建的简易教室里，都江堰聚源中学复课；5月19日，北川中学高三异地复课；5月21日，平武县南坝镇垭头坪村的

帐篷小学开课；5 月 27 日，有着 9 个年级的龙门山中心校全面复课……在废墟上，临时教室是最早建立起来的建筑物，无数孩子擦干眼泪走进临时课堂。

"撼山易，撼四川人民难！"新加坡《联合早报》的一篇报道中写道。

地震可以摧毁家园、校舍、厂房，夺走老师、同学、亲人，却无法摧毁灾区人民浴火重生、重建家园的坚强意志。

截至 6 月 10 日，所有重灾县的县道都已打通，94％以上的重要乡镇通了公路，92％以上的重灾乡镇恢复了供电，成都、绵阳、德阳、阿坝、广元、雅安等 6 个重灾市州累计建成过渡安置房 479442 套，800 多万名临时安置群众的基本生活得到保障，工农业生产正加紧恢复。

5 月 28 日，我省灾后重建第一个重大项目——成都至都江堰快速客运铁路项目签约；6 月 6 日，成都神钢工程机械（集团）有限公司"创百亿"建设项目正式开工；受灾严重的成德绵三市，喊响"完成全年工业生产任务的目标不改变，决心不动摇"；重灾之年，全省农业锁定"粮食不减产、农民保增收"的目标……目前，四川抗震救灾工作已转入受灾群众安置阶段，全力以赴抓安置，围绕安置抓恢复，抓好恢复促重建，紧锣密鼓，争分夺秒。

多难兴邦，实干兴邦；抗震救灾，以人为本！

万众一心、不屈不挠、友爱互助、自强不息的抗震救灾精神，是我们战胜灾难的强大动力、重建家园的精神支撑。

回望一个月用血肉、血泪、血汗铺就的抗震救灾路，我们比任何时候都更清醒地看到，30 年改革开放，不仅增强了中国抗击灾难的物质基础，更深刻改变了社会主义中国的整体形象和中国人民的精神面貌，显示了中国特色社会主义的伟大力量。

回望一个月用血肉、血泪、血汗铺就的抗震救灾路，我们比任何时候都更清醒地看到，我们的党、我们的人民、我们的国家、我们的军队，有不畏任何艰难困苦的大智大勇，能够凝聚起战胜一切困难的强大力量；只要我们心连心、同呼吸、共命运，任何困难都难不倒英雄的中国人民。

回望一个月用血肉、血泪、血汗铺就的抗震救灾路，全世界关注汶川，关注四川，关注中国。今天，我们告诉世界：汶川挺住了！四川挺住了！中国挺住了！

（2008年6月12日《四川日报》1—3版，与本报记者胡敏、梁现瑞、李旭合作，共同署名，获2008年度四川新闻奖特等奖和第十七届全国省市区党报新闻奖一等奖）

从悲壮走向豪迈的中国奇迹
——写在汶川特大地震三周年之际

●从悲壮走向豪迈，最危急的时刻是抢险救人。以人为本，生命至上；万众一心，众志成城。从废墟中救出 83,988 人的生命，我们创造了人类抗震救灾史上救人最多和伤员死亡率最低的奇迹

●从悲壮走向豪迈，最艰难的考验是安置群众。急灾区群众所急，解灾区群众所难；家家有住处，户户有饭吃，人人有保障。没有发生饥荒，没有出现流民，没有暴发疫情，没有引发社会动荡，我们创造了人类抗震救灾史上安置群众的奇迹

●从悲壮走向豪迈，最重大的任务是恢复重建。科学重建，规划为先；统筹兼顾，分步实施。"三年目标任务，两年基本完成"，我们创造了人类抗震救灾史上恢复重建的奇迹

●从悲壮走向豪迈，最根本的动力是自强不息。自力更生，艰苦奋斗；原地"起立"，发展"起跳"。以"再生性跨越"为根本取向的"四川模式"是人类抗震救灾史上的伟大创举

●从悲壮走向豪迈，最深刻的创新是对口援建。一方有难，八方支援；东西联动，内外互动。对口援建的"中国模式"是人类抗震救灾史上的伟大创举

●从悲壮走向豪迈，最振奋的目标是高地建设。爬坡上坎，蓄势突破；高位求进，加快发展。用科学发展观引领四川发展，我们努力走在新一轮西部大开发的前列

这是一个创造奇迹的伟大时代，这是人类抗震救灾史上大爱无疆的不朽丰碑。

站在改革开放 30 周年的历史节点，2008 年必将以举世瞩目的汶川特大地震和北京奥运会载入中华民族的史册。与更快更高更强的"奥运速度""奥运纪录""奥运精神"相辉映，汶川特大地震抗震救灾的"中国速度""中国力量""中国精神"令世界惊叹，至今仍然受到国内外广泛关注。

抗震救灾与北京奥运同行，四川与世界同在。

穿越灾难，重建家园；逝者安息，生者奋进。我们悲痛而不悲哀，悲壮而不悲愤，化悲痛为力量，化灾难为机遇，共同携手走过用血肉血泪血汗铸就的抗震救灾之路。从地震灾难中挺立起来的四川人民，从来没有这样深切地感受到人的生命如此珍贵、如此坚强，也从来没有这样深切地感到纪念死难同胞的最好方式就是挺起不屈的脊梁，更坚强地奋斗，更美好地生活！

"任何困难都难不倒英雄的中国人民！"

灾难中屹立强大的中国，灾难中挺立坚强的中国共产党人，灾难中崛起自强不息的四川。在党中央的坚强领导下，在全党全军全国人民的大力支援下，四川省委、省政府率领 9000 万四川人民，打赢了抗震救灾、灾后重建的硬仗，仅用两年时间就基本完成了三年恢复重建的目标任务，取得了灾后恢复重建的决定性胜利！英雄的四川人民，创造了人类抗震救灾史上前所未有的伟大奇迹！

汶川特大地震三周年之际，世界关注汶川，关注四川的汶川，关注中国的四川！人们关注的焦点是：四川的科学救灾、科学重建、科学发展创造了

什么样的奇迹？是什么力量让四川地震灾区失去家园的 1200 多万受灾群众得到妥善安置？是什么力量使四川约占全省县市区一半的重灾区在恢复重建中实现"再生性跨越"？

此时此刻，浴火重生，万象更新。走进汶川，走进北川，走进青川。如诗如画的山山水水告诉你：震后四川依然美丽！

此时此刻，春暖花开，政通人和。映秀镇吉祥如意，唐家山碧波如镜，九寨沟宾至如归。多情多义的一草一木告诉你：震后四川更加安全！

此时此刻，发展"起跳"，高位求进。因为有你，因为有党，因为有社会主义中国。感恩图报的灾区人民告诉你：灾区规划建设整体性提高，民生事业突破性进步，基础设施根本性改善，产业发展结构性优化，城乡面貌历史性巨变！

天若有情天亦老，人间正道是沧桑。

千年不遇的震灾袭来，四川人民向世界发出悲壮的誓言：山河可以改变，道路可以阻断，房屋可以摧毁，但摧毁不了我们抗震救灾的坚强决心，摧毁不了我们救助灾区人民的坚强决心，摧毁不了我们在废墟上重建家园的坚强决心！

今天，我们穿越灾难，化危为机，崛起危难。我们豪迈地告诉世界：四川没有垮，四川经济没有垮，四川人民的精神没有垮！

万众一心、众志成城，不畏艰险、百折不挠，以人为本、尊重科学——三年来抗震救灾、灾后重建的伟大实践，铸就并升华伟大的抗震救灾精神；伟大的抗震救灾精神，激励并支撑我们在加快建设灾后美好新家园、加快建设西部经济发展高地的征程中披荆斩棘、奋勇前行。

抓重建，抓发展，双重任务、两个战场，我们交出了无愧历史，无愧子孙的答卷。

此时此刻，我们把这三年的艰难历程概括为：从悲壮走向豪迈！

从悲壮走向豪迈，最危急的时刻是抢险救人。以人为本，生命至上；万众一心，众志成城。从废墟中救出 83988 人的生命，我们创造了人类抗震救灾史上救人最多和伤员死亡率最低的奇迹

没有任何先兆，没有任何预警，四川人民永远难忘地震灾难突如其来的那一刻：

2008 年 5 月 12 日 14 时 28 分。北纬 31 度，东经 103.4 度。四川的汶川，中国的汶川，发生了震惊世界的 8.0 级特大地震，最大烈度达 11 度，震源深度仅有 14 公里。中国进入紧急动员的"汶川时刻"，四川进入极其特殊、极为艰难、极不平凡的抗震救灾时期。

短短 80 秒，山崩地裂，江河呜咽，生离死别。当我们从摇晃的楼房紧急逃生的时候，当我们站在抖动的大街应急避险的时候，当我们望着乌云密布的天空惶惑不安的时候，69,277 名同胞失去了生命，17,923 名同胞失踪，四川、甘肃、陕西、重庆等 10 个省区市 417 个县（市、区）、4667 个乡镇、48,810 个村庄遭受劫难。

从地震的惊恐中迅速转入抢险救灾，我们听到了地震专家对汶川地震灾难的评估：

"5·12"汶川特大地震，是新中国成立以来破坏性最强、涉及范围最广、救灾难度最大的地震。地震震中在汶川县映秀镇，映秀镇与受灾严重的绵阳市北川县都坐落在龙门山主中央断裂带上。汶川特大地震等烈度线大体上呈现 45 度角的分布，大量的能量沿着龙门山断裂带传导，犹如墙上的裂缝被撕开，总是沿着开裂的方向传递能量。正处于这一区域的汶川县、北川县、绵竹市、什邡市、青川县、茂县、安县、都江堰市、平武县、彭州市等 10 个县（市）成为极重灾区。四川是这次地震的主灾区，受灾程度最重，阿坝、成都、德阳、绵阳、广元、雅安等 6 个市（州）的 39 个县遭受重创，其破坏之

严重、人员伤亡之多均为历史罕见。

抗震救灾第一阶段是抢险救人。"生死大营救",主要特点是一个"急"字。最危急时刻,要以最快的速度把人从废墟中救出来,再以最快的速度把伤病员送到医院去救治。

抢险救人,分秒必争,十万火急!世界公认的最佳救援时间是"黄金72小时",我们则坚持了一两个星期。坚持把人的生命摆在第一位,组织开展了我国历史上救援速度最快、动员范围最广、投入力量最多的生命大救援,从废墟中抢救群众83,988名,医治伤病员400余万人次,最大限度地挽救了群众的生命,最大限度地减低了灾害造成的损失。由于救治及时,地震伤员中只有5750多人致残,创造了人类抗震救灾史上救人最多和伤员死亡率、致残率最低的奇迹。

"灾情就是命令,时间就是生命。"抢险救人最危急的时刻,余震不断,天气恶劣,交通通信几乎全面瘫痪。

越是危急时刻,越是需要坚强的领导。四川人民永远铭记党中央的坚强领导和亲切关怀。

党心民心相通,国脉血脉相连。震后第一时间,党中央总揽全局,审时度势,坚决果断地把抗震救灾作为全党全国最重要最紧迫的任务,精心部署抢险救援工作。党中央的坚强领导和巨大关怀,是我们抢险救人取得胜利的根本保证,给我们战胜灾难、不惜一切代价抢救人的生命以极大的勇气和信心。

"尽快抢救伤员,确保灾区人民群众生命安全。"震后不到一个小时,胡锦涛总书记的重要指示,通过网络、电视、电波直抵灾区。5月12日晚,5月14日,胡锦涛总书记两次主持召开中央政治局常委会,研究部署抗震救灾工作。5月16日至18日,在抗震救灾最危急的时刻,胡锦涛总书记亲临灾区指导抗震救灾。总书记一再叮嘱:必须坚持以人为本,抢救人民群众生命是首要任务;只要有一线希望,就要作出百倍努力;以更加顽强的精神、更加迅速的行动、更加密切的配合,克服一切艰难险阻,坚决打赢抗震救灾这场硬仗!

"这是一种速度,一种前所未有的速度!"从地震发生到信息发布,到启动应急预案,到抢险救灾,所有这些工作都在两个小时以内启动,凸显了中国应对突发事件的快速与高效。两个小时后,温家宝总理的专机从北京西郊机场腾空而起。5 月 12 日 23 时 40 分,温家宝总理在地震极重灾区都江堰临时搭起的帐篷内主持召开国务院抗震救灾总指挥部第一次会议,明确提出:第一位的工作是抓紧时间救人。"黄金 72 小时"中,总理辗转视察七地灾情,召开 6 次国务院抗震救灾总指挥部会议。高效、迅速、果断的"72 小时",为抢险救人赢得了宝贵时间。

吴邦国、贾庆林、李长春、习近平、李克强、贺国强等中央领导同志分别到灾区视察灾情,对抗震救灾工作作出部署。

"中国速度令全世界惊叹"!"第一时间""第一目标""第一地点",一个个"中国记录"清晰地记录下一个政党、一个政府对生命的尊重、对人民的负责,充分展示出党和政府的危机处理能力。

越是危急时刻,越是需要临危不惧的靠前指挥。面对突如其来的特大灾难,四川省委、省政府紧急动员部署,带领四川人民全力抢险救人,走过一段自强自立自救、坚定坚强坚韧的艰难历程。

震后半个小时,省委书记、省人大常委会主任刘奇葆已冒着余震中飞落的砂石,沿着滑坡的道路边缘,向震中汶川挺进。越野车上,刘奇葆做出 7 条指示,核心是"救人":以最快的速度、最大的力量,不惜一切代价救人!

同一时间,省委副书记、省长蒋巨峰向国务院值班室汇报灾情后,直奔省地震局了解情况,旋即乘直升机赶赴汶川。

道路冲毁,空中受阻,两路人马折返都江堰会合,省"5·12"抗震救灾指挥部在都江堰成立,刘奇葆担任指挥长。省"四大班子"高度统一,靠前指挥,兵分三路:一批分赴六大重灾区,一批坐镇设在都江堰的前线指挥部,一批留守成都。省领导全部参加指挥部相关工作,11 位省领导分别领衔指挥部 10 个工作组。震后不到 3 小时,各市州都分别成立了由主要领导担任指挥

长的指挥部，省、市、县、乡抗震救灾组织指挥体系基本形成。

救人、安置、防疫、转移……上通下达，四川抗震救灾的应急机制高速有效运转。党中央的每一项重要指示，马上贯彻不过夜；党中央的每一项部署，第一时间细化落实。指挥部下达的一个个紧急指令，对一个个关键环节的前瞻研究，一场场硬仗的靠前指挥，确保四川抗震救灾有力有序有效推进，确保抢险救人取得决定性胜利。

越是危急时刻，越是需要不畏艰险的突击队。人民子弟兵是抢险救人的主力军和突击队，四川人民永远铭记人民子弟兵的救命之恩。

13万人民解放军指战员、武警部队官兵、民兵预备役人员和公安干警，以最快的速度奔赴灾区，承担起抢险救人最危急、最艰难、最危险的任务。中央军委领导都亲临灾区，第一时间在灾区指挥和参加抢险救人的将军达100多名。海陆空联合行动，20多个兵种跨区行动，人民子弟兵用钢铁意志和血肉之躯筑起一道道生命长城。

震后21分钟，成都军区派出察看灾情的4架直升机腾空而起。震后第二天，解放军出动军用运输机22架，征集民航客机12架，将4.7万余人从全国各地调往四川，并空投物资12.5吨。

疾进，疾进，疾进！

突破，突破，突破！

搜救，搜救，搜救！

"解放军来了人心定。"哪里有子弟兵，哪里就有安全感，哪里就有信心和希望。

越是危急时刻，越是需要振臂一呼的主心骨。灾区基层党组织是震不垮的战斗堡垒，一个个党员干部豁得出来、冲得上去，是灾区群众最贴心的人。

"到灾情最重的地方去！"

"到困难最大的地方去！"

"是共产党员的站出来！"

关键时刻，危难关头，灾区广大党员干部战斗在抢险救人的最前沿，带领群众自救互救，形成了一个个坚强的战斗堡垒。据统计，在四川灾区，基层党组织共组建"党员抢险队""党员突击队""党员服务队"8.2万个，参与党员110多万人。哪里灾情最重，哪里群众最需要，哪里就有共产党员。从废墟中抢救出来的人中，80％以上是基层党组织和党员干部组织群众抢救和自救互救出来的。

抗震救灾第一阶段的生命大营救，既是一场生命与死亡的较量，也是一场考验执政者决策智慧和执行能力的大考；既是对社会主义中国强大组织动员能力的集中检阅，也是对各级各部门统筹协调能力和灾害应急能力的集中检阅。

在四川，抗震救灾指挥部发出的第一个指令，就是对通往地震灾区的道路实行管制，第一时间为抢险救人开通了绿色通道，从而保证了多达几十万人的外部救援力量在震后两天到达全部受灾区县，3天后到达全部重灾乡镇，保证了国家战略储备物资的紧急筹措调运，保证了以最快速度抢险救人。我们从废墟中救出人数与死亡、失踪人数之比大约是1：1，这在国内外地震抢险救援中是最高的。

在四川灾区，我们探索出伤员救治的"四集中"经验，这就是集中专家、集中资源、集中伤员、集中治疗，大大降低了重症伤员的死亡率。特别是通过21次专列、99架包机及万余次救护车，安全有序地向全国20个省市紧急转移救治危重伤员10,015名，创造了人类历史上非战争状态下最大规模免费转移救治伤员的奇迹。

抢险救人的"四川经验"充分证明，以人为本是我们党和国家的执政理念，是科学发展观的核心，是抗震救灾的一面旗帜。在抗震救灾最危急的关头，我们的党和政府时时刻刻与灾区人民同呼吸、共患难。第一次设立哀悼日降半旗祭奠平民，第一次开放救灾让国际救援队伍进入灾区，充分体现了以人为本的理念，表现出对人民负责、对生命敬畏、对世界开放的时代精神。正如省委书记刘奇葆总结的那样："坚持以人为本是我们最成功也是最值得总结的经验。"

从抢险救人的人间奇迹，我们看到了一个坚强自信、开放透明、以人为本的强大中国，看到了一个全心全意为人民服务、时时刻刻与人民血肉相连的执政党，看到了人民子弟兵攻无不克、战无不胜的大智大勇，看到了中华民族万众一心、众志成城、共克时艰的大仁大义。

穿越灾难，化危为机，崛起危难，我们充满必胜的信心！

从悲壮走向豪迈，最艰难的考验是安置群众。急灾区群众所急，解灾区群众所难；家家有住处，户户有饭吃，人人有保障。没有发生饥荒，没有出现流民，没有暴发疫情，没有引发社会动荡，我们创造了人类抗震救灾史上安置群众的奇迹

抗震救灾第二阶段是安置群众，主要特点是"难"——极为艰难的"百日攻坚"。

"百日攻坚"，主要是抗震救灾工作重点从第一时间的生命救援向第二时段的生存救助转移，无家可归的受灾群众过渡性安置成为最紧迫的问题。在四川，先用10天左右时间把1500多万受灾群众转移出来进行避难性安置，然后再用3个月时间把失去家园的1200多万群众转送回原地进行过渡性安置，让灾区群众恢复家庭生活，稳定下来恢复生产。一来一回，其工作难度之大，相当于在如此短的时间内把北京或上海的市区人口来回转移一次。我们不仅经受了"多条战线作战、多种矛盾叠加、多种困难聚集"的严峻考验，而且保证灾区群众有饭吃、有衣穿、有水喝、有住处，确保灾区没有发生饥荒、没有出现流民、没有暴发疫情、没有引发社会动荡，创造了人类抗震救灾史上的奇迹！

安居，安稳，安全；安心，暖心，放心。

没有最稳妥的群众安置，就没有最有效的恢复重建；没有最受灾区群众欢迎的政策，就没有最稳妥的群众安置。政策和策略，是安置群众的"定心丸",是"百日攻坚"取得决定性胜利的根本保证。

避难性安置是不得已而为之的应急措施。当第一时间把成千上万灾区群众转移到安全地方的时候,我们的体育馆、街道边、机关、厂矿,凡是能住人的地方都搭起了临时小棚子、小帐篷。这样的避难性安置不能长久,不利于疫病防治和次生灾害防治。更重要的是,来自灾区群众的心理调查表明,地震后的废墟仍然是灾区群众倾心牵挂之地,百分之八九十的灾区群众都希望回到原来居住的地方艰苦创业。四川省委、省政府从全国大局着眼,从灾区实际出发,及时提出"就地、就近、分散安置"的方针,明晰了救灾中安置群众的思路、重心,对安民和稳定起到了极为重要的作用。

与"就地、就近、分散安置"受灾群众紧密结合,各级政府出台了一系列为灾区群众排忧解难的政策措施,保证了灾区群众的基本生活。灾后三个月,四川认真落实受灾群众每人每天1斤粮和10元钱的补助政策,共发放临时性生活补助金83.8亿元。同时,紧急抢修受损供水设施1300多处,新建应急集中供水工程2129处,到5月底便全部解决了575万灾区农村群众临时应急供水问题。

特别引人注目的是对"三孤"人员进行的特殊救助安置。妥善安置了因灾新增孤儿、孤老、孤残人员1449人,其中孤老635人,孤儿630人,孤残184人;社会福利院集中安置167人,分散安置1182人。对地震中死亡子女的家庭提供再生育服务,灾区拟再生育家庭5422户,已出生婴儿2864名。此外,切实解决灾区群众就业,恢复学校上课。充分依托专家和志愿者,在灾区实施了我国灾难救援史上第一次大规模的心理救助活动,有效化解了灾难带来的心理障碍,稳定了灾区人心。

从避难性安置到过渡性安置,四川人民忘不了那一场解决临时过渡住房的攻坚战。

在四川灾区,安置群众急需350万顶帐篷和150万套板房,当时民政部库存救灾帐篷只有17万顶。即使开动全国的生产能力生产帐篷和板房,也至少要用6至7个月才能把受灾群众安置好。四川省委、省政府果断决定,为

农村受灾居民每户发放 2000 元过渡房建设补助,鼓励灾区群众自己动手解决过渡住房,结果 220 万户群众自搭自建过渡住房,使需要 6—7 个月才能完成的安置任务提前到 3 个月。与此同时,采取维修加固安置、活动板房安置、帐篷安置、外出打工或投亲靠友安置等多种方式,震后不到 3 个月,灾区住房倒塌损毁家庭基本实现过渡性安置。

从避难性安置到过渡性安置,四川人民忘不了那一场抢通保通的攻坚战。

地震造成极重灾区国道、省道中断,大量干线公路、农村公路受损,254个乡镇成为"孤岛"。汶川、北川、青川、茂县等重灾区音信全无。在各方面支持下,四川紧急投入 3 万余人、7500 多台机械抢通"生命线"。震后 3 天,经马尔康、理县到汶川的第一条"生命通道"全线抢通。震后 10 天,109 个通信中断乡镇全部恢复。震后一个月,受灾地区所有乡镇全部恢复或临时性恢复供电。

最大的考验是抢通"都汶路生命线"。213 国道都江堰到汶川这段 96 公里的公路,沿岷江河谷有 87 座桥梁、10 个隧道,地震中因塌方、断桥、堰塞湖淹没等原因被摧毁。有专家坐直升机空中查勘后认为,没有两到三年修不通这条路,建议放弃抢修,改为新建。但是,如果不打通这条路,进入汶川就要翻越夹金山,绕道 350 多公里。四川省委、省政府果断决定,组建由省领导挂帅的指挥部,集中力量打攻坚战,仅用 3 个月时间就将这条路全线抢通。其他一些"生命线"恢复工程,也采取这种集中攻坚的办法啃下了"硬骨头",对安置群众和灾后重建起到了关键作用。

从避难性安置到过渡性安置,四川人民忘不了那一场卫生防疫的攻坚战。

大灾之后最难避免的是大疫。汶川地震灾区的卫生防疫难度非常大。数以万计的死难者遗体和 4000 多万头(只)动物尸体如果不能得到及时处理,将成为疫病的源头和隐患。四川省政府协同卫生部,迅速组织划定重点防疫范围,实施防疫紧急行动。全省建立起省、市(州)、县、乡、村五级联动卫生防疫机制,及时把在灾区的部分医护人员、救援人员就地转化充实到防疫队伍中,专群结合、进村入户、不留死角、彻底防疫,共计投入防疫人员 1.6

万多人，在震后半个月即实现了对 446 个乡镇、4185 个村防疫的全覆盖，做到了大灾之后无大疫。

从避难性安置到过渡性安置，四川人民忘不了那一场防治次生灾害的攻坚战。

汶川地震灾区河流众多，水资源丰富，地震引发的滚石、崩塌、泥石流等次生灾害，共形成 104 座堰塞湖。总指挥部组织了若干工作组，及时有效地对境内全部堰塞湖和 2096 座受损水库进行了妥善处理，排查地质灾害隐患 2 万多处，避免了次生灾害造成损失。

最令人揪心的攻坚战是唐家山堰塞湖排危除险。位于北川县境内的唐家山堰塞湖属极高危险等级，一旦溃决，将对下游城镇及 140 多万人造成灭顶之灾。总指挥部成立了唐家山堰塞湖应急处置指挥部统一指挥，省长蒋巨峰担任指挥长，会同武警水电部队、空军、水利部，一方面紧急排危除险，一方面转移疏散群众，有序组织 27 万群众进行长达半个月的转移疏散，做好了 140 多万人的撤离准备。经过党政军民 20 多天的艰苦努力，终于清除了隐患，创造了世界上处置特大堰塞湖的奇迹。

安置群众的"百日攻坚"充分表明，1200 万受灾群众的过渡性安置是一个艰巨而复杂的系统工程，必须坚持系统思想、系统应急，既要抓住安置群众的主要矛盾，解决生存救助的突出问题，也要围绕地震灾害链排查隐患点，防患于未然。应对汶川特大地震这样的系统化危机和不确定影响，应高度重视系统性谋划、链条化防控。正是由于"百日攻坚"中卓有成效地形成了"政府主导、全民参与"的应急防控机制，我们在应对 2010 年夏季发生的特大山洪泥石流灾害中再一次创造了成功避险的奇迹。

穿越灾难、化危为机、崛起危难。用理想凝聚力量，用信念铸就坚强，用真情凝结关爱，用智慧应对挑战——我们不畏艰险、百折不挠。

> 从悲壮走向豪迈，最重大的任务是恢复重建。科学重建，规划为先；统筹兼顾，分步实施。"三年目标任务，两年基本完成"，我们创造了人类抗震救灾史上恢复重建的奇迹

抗震救灾第三阶段是恢复重建，主要特点是"重"。灾害破坏空前严重，恢复重建规模巨大，时间很紧，任务很重——非常之举的"千日奋战"。

"千日奋战"，就是以 2008 年 8 月 27 日国务院原则通过《汶川地震灾后恢复重建总体规划》为标志，用三年时间完成恢复重建的主要任务，使灾区基本生活条件和经济社会发展水平总体达到或超过灾前水平，努力建设安居乐业、生态文明、安全和谐的新家园，为经济社会可持续发展奠定坚实基础，实现"家家有房住、户户有就业、人人有保障、设施有提高、经济有发展、生态有改善"六大目标。国务院批准的恢复重建规划，是地震灾后恢复重建的基本依据和基本蓝图。

地震灾后恢复重建是"世界性难题"。汶川地震灾后恢复重建任务之重、难度之大、时间之紧，一直受到党中央、国务院和灾区各级党委、政府高度重视。早在 2008 年 6 月 8 日，国务院就颁布实施《汶川地震灾后恢复重建条例》。一部法规因一场灾害而立，开中国立法史和救灾史上的先河，标志着汶川地震灾后重建一开始就纳入了科学重建、依法重建的轨道。

"非常之时，要有非常之为；非常之事，要尽非常之责"。四川是汶川特大地震灾后恢复重建的主战场。作为编制《汶川地震灾后恢复重建总体规划》的副组长单位之一，四川省政府为总体规划的编制作了大量深入细致的基础工作。震后第七天，四川就成立了灾后重建规划协调小组。7 月 13 日，省委召开九届五次全会，专题研究灾后重建，明确提出了灾后重建工作的指导原则、目标任务、工作重点。紧接着，中央各部门和省上各行各业数以万计的专家奔走灾区，在编制《汶川地震灾后恢复重建总体规划》和 10 个专项规划

的基础上，完成了我省 43 个行业规划、51 个重灾县（市、区）实施规划，形成了四川灾后重建总体规划和专项规划。

不留遗憾，不留隐患，不留包袱！

对灾区人民负责，对子孙后代负责，对历史负责！

在四川，坚持全域全程搞规划、开门开放搞规划、高起点搞规划、突出特色搞规划，从整个地震灾区到每一个城镇、村社、企业，"科学规划"成为灾后重建的"先行者"。在映秀镇，在北川新县城，在都江堰等极重灾区，重建规划集中了全国乃至世界的智慧，确保了灾后重建布局和设计的合理性和先进性。

"尊重自然，尊重规律，尊重规划。"按照中央的统一部署，四川省委、省政府深刻认识和准确把握地震灾难发生后面临的特殊形势，把灾后重建作为贯彻落实科学发展观最具体的实践，带领四川人民以最快的速度、最好的规划、最严格的质量标准，在灾后恢复重建的"四川实践"中走出了一条科学重建的新路子。

"受灾不是放慢速度的理由，而是对加快发展的要求！"

"抓抗震救灾就是抓发展；抓发展就是支持抗震救灾！"

2008 年 6 月 4 日，刘奇葆主持四川省委常委会，及时分析震后全省经济形势，明确提出"两手抓"，即一手抓抗震救灾，一手抓经济社会发展。他特别强调，坚持省委九届四次全会重大部署和奋斗目标不动摇，坚持实现 2008 年主要目标任务的决心不动摇；号召没有受灾的地区，要以更高的标准推进更好更快发展。6 月 5 日，全省电视电话会议召开，进一步动员全省广大干部群众，万众一心夺取抗震救灾斗争和经济社会发展"双胜利"。

8 月 13 日，全省基本完成无房户过渡安置第二天，刘奇葆在汶川地震灾后恢复重建专题培训班发表重要讲话，明确提出"加快建设灾后美好新家园、加快建设西部经济发展高地"，进一步把"两个加快"作为四川学习实践科学发展观的两大基本任务，要求把"两个加快"统筹起来谋划和推进，坚持发展第一要务不放松，从总体上保持全省经济社会又好又快发展的良好势头。

　　从"两手抓"到"两个加快",抗震救灾的"四川实践"在科学重建、科学发展的互动中找到了最佳结合点,形成统筹兼顾、相互支持、协调推进、良性互动的强大合力。按照"三年基本恢复、五年发展振兴、十年全面小康"的总体目标,以优先解决民生问题为基点,着力推进住房重建、设施重建、产业重建、城镇重建、生态重建和文化重建,四川的灾后恢复重建全面启动,捷报频传。

　　正当"两个加快"刚刚起步,国际金融危机的蔓延又使四川"雪上加霜"。危中有机,灾后重建由此也面临重大机遇。

　　国际金融危机发生后,党中央、国务院审时度势,果断实施积极的财政政策和适度宽松的货币政策,出台了一系列"促增长、扩内需、调结构"的政策措施,特别强调"把恢复重建作为促进全国发展的强大引擎",明确要求"力争在两年内基本完成原定三年恢复重建的目标任务",也就是"三年目标任务、两年基本完成"。所谓"两年基本完成",主要是指重建总体规划正式下达到2010年9月,完成规划项目85%左右,完成规划投资85%左右。原定3年的目标任务,本来就很重,提前到"两年基本完成",时间更紧了,任务更重了!

　　化挑战为机遇,四川人民牢记党中央、国务院的殷切期望,牢固树立"抓重建就是抓发展"的观念,以非常时刻的非常之举、关键时期的超常努力奋力推进"两个加快",为保持经济平稳较快增长、服务全国经济大局做出贡献。

　　快,快,快!机不可失,时不我待!

　　快,快,快!百废待兴,攻坚克难!

　　从"两个加快"到"三年目标任务、两年基本完成",四川人民坚持把灾后重建作为中心工作,大抓项目,抓大项目,抓要素保障,抓道路保通,抓建材供应,抓项目进展,抓建设质量,在灾区形成项目开工和恢复重建热潮。令人振奋的是,到2010年9月底,纳入国家重建规划的重建项目已完工25304个,占85.2%;2010年底,这一数字刷新至92%。

从"两个加快"到"三年目标任务，两年基本完成"，四川人民把灾后重建资金筹措作为重中之重，多渠道解决配套资金缺口。在四川，整个重建资金需要1.7万亿元。其中，纳入国家规划8600多亿元，中央解决30％左右，加上对口援建和社会捐款，总共大约3300亿元，其他的1.3万多亿配套资金缺口全部由地方自筹。如此巨大的配套资金从哪里来？路径选择是，从银行贷，到市场找，到国内外招商引资。我们建立完善市场运作机制，建立完善社会参与机制，确保了重建资金总体平衡。到2010年9月底，纳入国家重建规划的重建项目已完成概算总投资85.6％；2010年底，这一数字刷新至90％。

穿越灾难，化危为机，崛起危难。"两个加快"引领四川进入又好又快发展的快车道，四川人民向党中央和全国人民交出了一份科学重建的满意答卷。喜看今日四川，曾经山河破碎的地震灾区旧貌换新颜，发生了脱胎换骨的巨变，正汇聚升腾新的希望！

> **从悲壮走向豪迈，最根本的动力是自强不息。自力更生，艰苦奋斗；原地"起立"，发展"起跳"。以"再生性跨越"为根本取向的"四川模式"是人类抗震救灾史上的伟大创举**

站在区域经济发展和结构调整的战略高度，审视汶川地震灾后恢复重建，最根本的动力是自强不息，最具有创造性的重建思路是"再生性跨越"。这就是引起国内外广泛关注的"四川经验"和"四川模式"。

今天，回望艰苦卓绝的重建之路，我们记得省委书记刘奇葆对"再生性跨越"的阐释：着眼发展抓重建，抓好重建促发展，处理好恢复与提升、当前与长远、政府与市场、物质与精神、困难与机遇的关系，使灾后重建的过程成为改善发展条件、推动科学发展的过程，努力实现"原地起立"基础上的"发展起跳"。

在四川，灾后恢复重建的路径集中表现为"五个结合"，即把恢复重建与工业化城镇化和新农村建设结合、与优化经济布局结合、与转变发展方式结合、与充分开放合作结合、与改善宏观环境结合。实践表明，我们的灾后重建相当于一种"特区"，是在西部大开发背景下用科学发展观指导的具有区域经济发展特色的创造性实践。大灾之后的恢复重建，既有"原地起立"鲜明的个性，也有区域经济"发展起跳"普适的共性。恢复重建工作就是要把握个性、适应共性，尽可能把两者科学地结合起来，在废墟上建设一个继承历史、融入现实、面向未来的更加美好的新家园。

在四川，"再生性跨越"的灾后重建模式，是一条自力更生、艰苦奋斗的自主创新之路，根本目标是跨越式发展，根本方法是统筹兼顾，核心是以人为本、自强不息。"再生性跨越"的"四川模式"新就新在：把恢复重建作为灾区发展的强大引擎和推动全省加快发展的重要契机，把全面、协调、可持续发展的要求落实到灾后重建各项工作之中，在全省广大干部群众中牢固树立起"抓重建就是抓发展"的新理念，转变为"两个加快"的强大动力。

变！变压力为动力！变困难为机遇！

一种共识就这样形成：恢复重建不能是简单复制过去，应该是更高起点的建设，更高水平的发展，必须经得起实践和历史的检验。城乡规划、住房建设、基础设施、产业发展、生态环境的恢复重建，都要充分体现"提升"的要求，在白纸上画最新的图，在废墟上建更美的家！

从"再生性跨越"看科学重建，我们看到了灾后重建最根本的动力。救灾就是救民，重建就是为民。重建为了群众，重建依靠群众，重建由群众参与。"再生性跨越"的重建思路一旦与灾区群众自力更生、艰苦奋斗的精神融为一体，就会转变为化危为机、克难而上的强大动力。正如大家看到的那样，我们把灾后重建的立足点放在自力更生、艰苦奋斗的基础上，鼓励灾区群众不等不靠、互帮互助、共建家园，增强了灾区干部群众的主体意识、主动意识和主导意识，在干部队伍中形成了特别讲大局、特别讲付出、特别讲实干、特别讲纪律的精神风貌，表现出四川人民特别能吃苦、特别能战斗、特别能创新的那样一种泰山压顶不弯腰的英雄气概。

我们还记得那两幅农家标语。温家宝总理到青川，农民写在自家房子上的两条标语让他动容："有手有脚有条命，天大的困难能战胜"，"出自己的力流自己的汗，自己的事情自己干"。总理称赞灾区人民这种自力更生的精神。

这两条标语，从青川向全川喊响，代表的是四川人民共同的心声，宣示的是灾区群众自强不息的精神面貌。

我们还记得遭受重创的绵竹汉旺镇，记得几乎毁于一旦却在震后第五天恢复生产的东方汽轮机厂。震后一个月，东汽新增订单超过 50 亿元。在废墟中重新挺立，在搬迁重建中新生，东汽党委书记何显富的回答很坚决："发展是硬道理，订单是硬道理。"东汽人时时刻刻这样鞭策自己，用"不怕牺牲、敢于胜利，坚韧不拔、艰苦创业，自主创新、勇攀高峰"的东汽精神，支撑自己走上"再生性跨越"的重生之路。2010 年 12 月 15 日，"新东汽"与印度签订了 166 台直驱式风电设备供货合同，这是我国风电整机设备首次大批量走出国门。

"再生性跨越"的"四川模式"再次证明，人民群众是历史的创造者，是社会发展进步的真正推动力。只要我们始终坚持一切为了人民，一切依靠人民，就一定能够战胜灾后重建道路上的各种困难和挑战，创造一个又一个人间奇迹。2010 年 5 月，参加四川省灾后重建工作现场会和"5·12"汶川特大地震暨巨灾应对全国研讨会的代表，先后对四川灾区进行了现场考察，一致认为"再生性跨越"的重建模式已在灾区开花结果，积累了很多值得总结推广的经验。特别是映秀镇和新北川县城的重建模式、都江堰市的城乡联建模式、绵竹市孝德镇和遵道镇的产业重建模式、青川县的生态重建模式、理县桃坪羌寨和甘堡藏寨的文化重建模式等都受到各方面好评。

从"再生性跨越"看科学重建，我们看到了民生项目在重建中的分量。灾后恢复重建，最需要恢复和重建的就是民生。在重建中，民生项目进展最快。震后一年内，355 万户震损住房修复加固全面完成；震后一年半，150 万户农房重建全部完成；震后两年，25 万户城乡居民住房基本完成。2010 年春

季开学，410 余万灾区学生告别了板房校舍，学校和医疗卫生、康复机构重建基本完成。

民居，学校，医院……灾区民生、公共服务设施全面上档升级，建设标准更高，功能配套更全，服务能力更强。走进灾区，最漂亮的是民居，最安全的是学校，最现代的是医院，最满意的是百姓。正如灾区老百姓感叹的那样："苦干两三年，跨越二十年！"

从"再生性跨越"看科学重建，我们看到了灾区基础设施根本性改善。坚持恢复功能与发展提高相结合，88 条国省干道和重要经济干线大部分完工，灾区 6 条高速公路全部开工建设，贯穿和辐射灾区的成绵乐城际铁路、成都至兰州等重大铁路项目开工建设。从成都到都江堰的高速铁路震后开工，仅用 16 个月就建成通车，开创了西部高铁的新时代。截至 2010 年 9 月，水利重建项目完工 82％；震损水库除险加固已完成 94.9％。电网和电源重建项目完工 95％以上。38 个重建城镇中，汶川、北川、青川县城和映秀、汉旺镇等 37 个城镇已形成主体功能，市镇基础设施全面完成。地震灾区地质灾害防治和防灾减灾能力明显增强，生态环境加快恢复。

从"再生性跨越"看科学重建，我们看到了灾区产业布局结构性优化。依托受灾地区资源优势和产业基础，坚持把恢复重建与工业化、城镇化、新农村建设结合起来，灾区新建起一大批支撑发展的重大产业项目。截至 2010 年 9 月，2440 个规模以上受损企业 98.3％恢复生产，10,704 个生产力布局与产业调整项目完工 98.2％。二重、阿坝铝厂等一大批重点骨干企业借势推动技术升级、产能扩张，再创生产经营新高。灾区新批准设立了 5 个省级开发区，与 18 个对口支援省市合作规划建设了 24 个特色产业园区，已落实产业合作项目 438 个。同时，灾区建成了一批特色优势农产品生产基地，旅游业快速恢复振兴，地震遗址旅游、乡村旅游在灾区蓬勃兴起。重建中注重优化经济结构，淘汰了一批落后产能。2010 年，39 个重灾县主要经济指标均高于全省平均水平。

从"再生性跨越"看科学重建，我们看到了城乡面貌历史性突破。坚持按自然规律办事，确保了灾后重建布局的合理性、安全性，突出了村镇布局的地域特色和民族特色。重建项目选址中坚持"三个避让"，即避让断裂带，避让地质灾害隐患点，避让泄洪通道。城乡住房重建充分考虑安全、经济、实用、省地，重大项目建设充分考虑防灾避险，城镇重要公用设施提高了抗震等级，规划建设了避难所。重建中还坚持"三打破三提高"，即打破"夹皮沟"，提高村庄布局水平；打破"军营式"，提高村落规划水平；打破"火柴盒"，提高民居设计水平，体现山水田园风光，突出地域民族特色。目前，灾区城乡规划整体布局得到全面优化，在很大程度上实现了集中居住、节约用地。

深受群众好评的是，重建资金和工程质量实行"阳光监督"和"全程跟踪"，重建中没有出现大的违纪问题和质量安全事故，恢复重建重点工程建成了优质工程、精品工程。2010年8月，四川再次遭受百年不遇的特大山洪泥石流灾害，以映秀镇为代表的重建成果经受住了严峻考验。

化危为机，转型升级，跨越发展！在未来五年十年甚至更长时间，四川灾区的"再生性跨越"还会显示出发展振兴的更大爆发力，展现在我们面前的必将是一个全面小康的更加美好的新家园。

这是科学重建的"四川实践"，这是"再生性跨越"的"四川模式"！

从中国视野看，"再生性跨越"是一种灾后重建的区域发展新模式，它要解决的核心问题是如何化巨灾为机遇，实现"原地起立"基础上的"发展起跳"。用科学发展观指导灾后重建的"四川实践"表明，"着眼发展抓重建，抓好重建促发展"，灾后重建是化巨灾为跨越的特殊类型的区域发展。正因为如此，"再生性跨越"的"四川模式"，也为其他地区的灾后重建提供了可以借鉴的成功经验，它必将与改革开放以来形成的具有中国特色的"深圳模式""浦东模式""苏南模式"等区域经济发展模式并存而载入史册！

这是自主创新的重建经验，这是中国特色的重建模式！

从国际视野看，面对国际金融危机的巨大冲击，在社会主义市场经济条件下，在10多万平方公里的地震灾区，搞如此大规模、高难度、快节奏的恢

复重建，世界上没有先例，没有现成的经验可循。正因为如此，"再生性跨越"的"四川模式"，本身就是人类抗震救灾史上的伟大创举！

> **从悲壮走向豪迈，最深刻的创新是对口援建。一方有难，八方支援；东西联动，内外互动。对口援建的"中国模式"是人类抗震救灾史上的伟大创举**

再生性跨越的"四川经验"和"四川模式"，与对口援建的"中国经验"和"中国模式"融为一体，为汶川特大地震灾后重建提供了取之不竭的力量源泉，集中体现了中华民族百折不挠、和谐共进、大爱无疆的精神，充分展示了中国特色社会主义无比强大的生命力和集中力量办大事的制度优势。

对口援建是一种独具中国特色的资源协调和区域互助模式，是对"一方有难、八方支援"的中国传统赈灾模式的有序化调整和制度化规范，是在政府全面统筹、企业和社会广泛参与基础上形成的灾后重建多元长效机制。在改革开放 30 年的时代背景下，在"全国一盘棋"的发展格局中，对口援建是灾后重建的坚强后盾，是人类抗震救灾史上的伟大创举。

"5·12"汶川特大地震发生后，我们看到一种"井喷式"的救援热潮。国家各部门迅速行动，各兄弟省市和社会各界纷纷伸出援手，有组织地或自发地为灾区提供各种援助。截至 2008 年底，31 个省区市、新疆生产建设兵团和 18 个中央部门单位直接捐赠款物多达 640 多亿元。全国广大党员自发缴纳"特殊党费"97 亿多元，相当于新中国成立以来全国党员缴纳党费的总和。当时，响彻中华大地的最强音是："我们都是汶川人！""我们都是四川人！""我们都是中国人！"

面对如此大规模的八方支援，面对灾后重建的"持久战"，如何把社会各界力量对灾区的关心帮助引入法制化轨道，如何充分发挥社会主义制度下集中力量办大事的政治优势？党中央、国务院及时作出了由发达地区"一省一市帮一重灾县（市）"的重大决策，形成了集中力量办大事的制度规范。这就是引起国内外舆论广泛关注的以对口援建为特征的中国式救灾模式。

2008年6月13日，党中央、国务院在京召开省区市和中央部门主要负责同志会议，决定实施《汶川地震灾后恢复重建对口支援方案》，组织山东、广东、浙江、江苏、北京、上海、河北、辽宁、河南、福建、山西、湖南、吉林、安徽、江西、湖北、重庆、黑龙江等国内18个省市，对口支援四川18个重灾县（市）。紧接着，四川迎来众多兄弟省市的党政代表团。一种东西联动、共建共享的对口支援长效机制浮出水面。各支援省市每年对口支援实物工作量按不低于本省市上年地方财政收入的1‰安排，18个对口援建省市积极参与灾区重建，急灾区所急，全力为灾区排忧解难。各援建省市先后派出2800多名干部、20多万施工力量参加重建工作。

与此同时，四川的"配套工程"迅速启动：除6个重灾市州和巴中市、甘孜州外，其余13个市州分别牵手13个重灾县（区）的一个重灾乡镇，开展对口支援。

由此，抗震救灾中社会帮扶的涓涓细流汇聚成奔涌而出的江河大川，进入制度化、规范化、长效化的轨道，转化为灾后重建的强大动力。

立足创新看对口援建，正是"一省一市帮一重灾县（市）"这一重大决策，把东部发达地区18个省市与我省18个重灾县（市）紧紧连在一起，这在中国抗灾史上是第一次，也是世界救灾史上的首创。对口支援的最大特点是集中力量办大事，根本方法是统筹兼顾，充分展示了中国特色社会主义制度的伟大力量。这一制度创新，使对口支援的力度大大提高。援建省市全面深度介入到灾区的恢复重建中，创造出"援建省市统一进行援建""援建省市各地区包片援建""援建省市参与园区建设""援建省市直接主导园区建设"等多种形式。

令灾区人民特别感动的是，国际金融危机重创之下，各援建省市异口同声：对口支援决心不变、目标不改、力度不减！目前，对口援建省市确定对口援建项目3880个，已完成投资760多亿元，竣工项目99％。

令灾区人民特别感动的还有，香港、澳门、台湾同胞血浓于水的手足骨肉之情。台湾红十字会救援队 2008 年 5 月 16 日下午从台北飞抵成都，开创了台湾民间首次组织救援队参加大陆救灾的先例。两年多来，香港、澳门特别行政区和港澳社会各界积极参与四川灾后重建，不仅为灾区提供了多方面的巨大援助，而且探索出"一国两制"条件下内地地方政府与港澳特区合作交流的新模式。香港、澳门特区政府首次运用政府财政资金支援内地灾后重建，100 亿港元和 55 亿澳门元巨额资金、295 个关系民生的援建项目，将血脉相连的无疆大爱撒播在地震灾区。

特大地震灾害面前，在对口援建的互动中，举国上下患难与共，前方后方同心协力，海内海外和衷共济，凝结成坚如磐石、共建共享的灾后重建共同体。正如胡锦涛总书记指出的那样，这种团结奋进的强大力量，是我们的人民和民族在生与死、血与火的严峻考验中的本色反映，是中华民族从历史深处走来的内在力量，显示了中国人民和中华文明生生不息的旺盛生命力。

"输血"与"造血"并举，我们看到了对口支援与产业转移互动的新趋势。在国内东西部产业转移的大背景下，对口支援机制激发了大批东部企业投资灾后重建的热情。各对口支援省市已在四川着力打造 18 个工业园区。在汶川，广东省着力提高灾区长远发展能力，务求使产业转移取得最大效益和最好效果，充分发挥当地在产业发展中的比较优势，让优势企业对接特色产业。在都江堰，上海市采取滚动实施的办法推进援建项目，根据都江堰市资源和生态特色，坚持用"总部经济"帮助都江堰完成产业升级。在北川，山东省围绕再造一个新北川的目标，努力建设一个现代化、生态型新县城。在青川，在绵竹，在什邡，在汉源，在对口援建的每一个工业园区，到处都可以看到"长三角""珠三角""环渤海"经济区先进的发展理念和管理模式，到处都可以看到产业转移的丰硕成果。

"输血"与"造血"并举，我们看到了对口援建与区域合作互动的新趋势。随着灾后重建的迅速发展，当基础设施和市场要素运行所需环境建设到位后，建设灾区的接力棒更多地由"政府之手"转移到"市场之手"，对口援建重点逐步由救济型向发展型转变。发挥援建机制的"造血功能",援建省市的各级政府鼓励企业到灾区投资建厂,利用其雄厚的资金、先进的设备,帮助灾区企业走出困境。灾区则积极承接支援地区的产业转移,借助外地大企业的先进技术、品牌和市场优势,在感恩中招商,在招商中感恩,进一步加大招商引资力度,尽可能把对口支援机制与市场机制结合起来,形成政府与市场互动的区域合作长效机制。

在援建中互动,在互动中共建共享,灾后重建的四川是机遇的四川、开放的四川、日新月异的四川!国民党荣誉主席连战、亲民党主席宋楚瑜在四川亲见灾后重建的巨变后,坦诚地说:共产党了不起!

毫无疑问,如此大规模、多层次、全方位的对口援建新模式,只有在中国共产党领导下的社会主义中国才能做到。这本身就是人类抗震救灾史上的伟大创举!

从悲壮走向豪迈, 最振奋的目标是高地建设。 爬坡上坎, 蓄势突破; 高位求进, 加快发展。 用科学发展观引领四川发展, 我们努力走在新一轮西部大开发的前列

奇迹仍在延续。

当灾后重建"三年目标任务,两年基本完成"取得决定性胜利,我们进入"五年发展振兴"和"十年全面小康"的后重建时代。此时此刻,崛起危难的四川正处在加快建设西部经济发展高地和全面建设小康社会的关键时期。

爬坡上坎,蓄势突破,我们别无选择!

高位求进,加快发展,我们豪情满怀!

新一轮西部大开发吹响了西部地区全面开发开放的前进号角。省委九届八次全会绘就了"十二五"发展的宏伟蓝图。我们要继续弘扬伟大的抗震救灾精神,在科学发展观的指导下,深入总结推广灾后重建的"四川实践""四

川经验"和"四川模式",坚持不懈地推进跨越式发展,着力巩固扩大四川在西部的发展优势,推动"两个加快"不断取得新进展新成就。

2008年初,省委九届四次全会站在新的起点谋划四川发展,对四川省情进行再思考、再认识,从创造和发展区位优势出发,明确提出建设辐射西部、面向全国、融入世界的西部经济发展高地,着力打造"一枢纽、三中心、四基地",即建设贯通南北、连接东西、通江达海的西部综合交通枢纽,建设西部物流中心、商贸中心和金融中心,建设重要战略资源开发基地、现代加工制造业基地、科技创新产业化基地、农产品深加工基地。这是一个高瞻远瞩、影响深远的重大战略,引领四川在科学重建、科学发展轨道上保持着又好又快发展的好势头。2010年,四川确立了"巩固回升、加快发展"的经济工作思路,狠抓投资拉动和产业支撑,不仅如期实现了"三年目标任务,两年基本完成"的重建目标,而且实现全省生产总值增长15.1%,创改革开放以来四川经济增速历史新高。

用科学发展观引领四川发展,四川人民满怀豪情地看到了建设西部综合交通枢纽的新格局。不仅要变"蜀道难"为"蜀道通",而且要变全国路网的"西部终端"为"西部中枢",变"内陆盆地"为"西部门户",变"四川自用"为"东中西部共用"。据规划,到2012年,全省铁路运营里程将达到3765公里,在建里程2656公里;高速公路通车里程将达到3800公里,在建里程2782公里;形成包括7条铁路、12条高速公路和2条水运通道的出川通道。目前,大多数规划项目都已开工,有的已建成投入运营。两年多来,在抗击汶川特大地震和加快灾后恢复重建过程中,我们进一步加快西部综合交通枢纽建设,铁路和高速公路双双出现"在建里程超过通车里程"的建设高峰。

令人振奋的是,成都地铁作为中国西部地区第一条地铁,已于2010年国庆节前投入营运。成都双流国际机场第二条跑道已投入使用,成为仅次于北京、上海和广州机场的全国第四大枢纽机场。宜宾、泸州港口建设也取得新进展。

用科学发展观引领四川发展，四川人民满怀豪情地看到了培育壮大特色优势产业的新空间。国际金融危机深刻地冲击和改变着世界经济格局和发展模式，加快经济发展方式转变是我们深入贯彻落实科学发展观的重要目标和战略任务。当前和今后一个时期，四川转变经济发展方式的突破口，就是抓紧培育特色优势产业和战略性新兴产业，推动产业结构优化升级。可喜的是，四川深入实施"7＋3"产业发展规划和"八大产业调整振兴行动计划"，发展壮大电子信息、装备制造、能源电力、油气化工、钒钛钢铁、饮料食品和现代中药等优势产业，积极培育航空航天、汽车制造、生物工程等有潜力的产业，加快打造千亿产业和百亿企业，已形成千帆竞发、百业兴旺、万马奔腾的发展态势。

用科学发展观引领四川发展，四川人民满怀豪情地看到了充分开放合作的新局面。改革开放以来，四川一直走在西部全面开放的前列。面对经济全球化和区域经济一体化的大趋势，四川省委、省政府从区位特点出发，提出了实施充分开放合作战略，变"天府之国"为"天府之域"。目前，四川已与世界 200 多个国家和地区建立了经济贸易关系，有 9 个国家在川设立领事机构，数量仅次于上海和广州，全球 500 强企业中已有 175 家在川投资或设立办事机构。由四川承办的中国西部国际博览会已成功举办 11 届，发展成为西部地区对外开放合作的最大窗口，具有重要影响的首脑外交平台、投资促进平台和贸易合作平台。四川是西部最具投资吸引力的地区，已经成为名副其实的西部开放前沿和窗口。特别是近几年，四川强力推进开放合作，敏锐把握国内外产业大规模向西部转移的契机，提早谋划，主动对接，招商引资和对外经贸取得重大突破，开创了承接产业转移的喜人局面。随着富士康、仁宝、联想、戴尔、德州仪器、德国大众、一汽大众、吉利沃尔沃等重大项目的引进，四川电子信息产业和汽车产业正在强势崛起！

用科学发展观引领四川发展，四川人民满怀豪情地看到了统筹城乡改革发展的新机遇。早在 2003 年，成都市就启动了统筹城乡改革。2007 年 6 月国务院正式批准成都市设立全国统筹城乡综合配套改革试验区后，成都市深入

推进以工业向集中发展区集中、土地向适度规模经营集中、农民向集中区集中的"三个集中"和城乡规划一体化、城乡基础设施一体化、城乡公共服务一体化、城乡管理体制一体化等"六个一体化"为主要内容的综合改革，走出了城乡经济社会一体化发展的新路子。在成都试验区的基础上，四川省委、省政府在全省选择了不同经济发展水平的德阳、自贡、广元三市和17个县，梯次开展统筹城乡综合配套改革试点，在构建一整套科学发展的体制机制方面走在了前头。目前，四川正在进一步把统筹城乡发展与推进新型城镇化结合起来，联动推进新型工业化、新型城镇化和农业现代化，构建现代新型城乡形态。

用科学发展观引领四川发展，四川人民满怀豪情地看到了着力保障和改善民生的新进展！看到了科技创新和人才高地建设的新突破！看到了敢于突破、勇于创新、高位求进的新作风！

多难兴邦，多难砺党。

穿越灾难，崛起危难。

重建后的地震灾区，脱胎换骨，凤凰涅槃，正成为开展爱国主义教育基地、社会主义核心价值体系学习教育基地、民族团结进步宣传教育基地和展示中国发展模式、发展道路勃勃生机的窗口。

从三年来的"四川实践"看"中国力量"，抗震救灾、灾后重建直接检验了我们党的领导水平和执政能力，充分展示了人民子弟兵的战斗力和广大共产党员的先进性。我们更加深切地感受到，社会主义祖国大家庭最温暖，人民群众最可敬，人民子弟兵最可爱，中国共产党人最贴心。实践再一次有力证明：我们的党、我们的人民、我们的国家、我们的军队，有不畏任何艰难困苦的大智大勇，能够凝聚起战胜一切困难的强大力量；只要我们心连心、同呼吸、共命运，任何困难都难不倒英雄的中国人民。

从三年来的"四川实践"看"中国模式"，抗震救灾、灾后重建直接检验了中国特色社会主义道路的强大生命力，充分展示了社会主义制度能够集中力量办大事的政治优势。实践再一次有力证明：改革开放增强了中国抗击灾难的物质基础，深刻地改变了社会主义中国的整体形象和中国人民的精神面貌，使社会主义在中国进一步焕发出蓬勃的生机和活力，中国特色社会主义展现出无比美好的发展前景。只有社会主义才能救中国，只有中国特色社会主义才能发展中国。这是中国人民发自内心的真实感受和坚定信念。

从三年来的"四川实践"看"中国精神"，抗震救灾、灾后重建直接检验了中华民族高度的凝聚力，充分展示了我们的民族和人民自强不息的旺盛生命力和大爱无疆的崇高精神。实践再一次有力证明：民族精神是一个国家综合国力的重要组成部分，中华民族历经曲折而愈挫愈勇，饱受磨难而自强不息。万众一心、众志成城，不畏艰险、百折不挠，以人为本、尊重科学的抗震救灾精神，是爱国主义、集体主义、社会主义精神的集中体现和新的发展，是我们党和军队光荣传统和优良作风的集中体现和新的发展，是中华民族精神在当代中国的集中体现和新的发展。

抗震救灾、灾后重建的"四川实践"启示我们：正是伟大的"中国力量""中国模式""中国精神"，创造了从悲壮走向豪迈的中国奇迹！

我们无愧于这个伟大时代！

（2011 年 5 月 4 日《四川日报》1—3 版）

|松武按| 此稿由梅松武利用半年时间执笔撰写，总编辑罗晓岗、副总编辑陈岚编辑定稿，署名"本报编辑部"，表现出新时期全景式深度报道之"史家笔"风格（也有人戏称为"梅氏风格"），获 2011 年度四川新闻奖特别奖。全文被收入由中共中央宣传部新闻局和中国记协国内工作部编辑、学习出版社 2012 年 8 月出版的《见证奇迹——"5·12"汶川特大地震恢复重建主题宣传优秀新闻作品选》。

附录一：专题报道贵在求"新"

提要 专题报道的创新，既要求"快"，也要求"深"。"快"是新闻要新的必然要求，也是新闻能新的必要条件；"深"是专题报道的本质特征，也是专题报道推陈出新的必由之路。"快"中求"新"，"深"中求"新"，专题报道才能高人一筹，形成"集束效应"，具有强大的吸引力和感染力。

　　专题报道既是新闻媒体普遍采用的一种新闻传播方式，也是广大受众喜闻乐见的传统"节目"。面对国内外激烈的新闻竞争，我国新闻媒体适应改革开放的新形势，近几年在新闻改革中都把专题报道作为"重头戏"，进一步加大了专题报道的力度，精心策划，大胆创新，以独具特色的专题报道吸引受众。在这种情况下，我们的各级党报更应该坚持以"三个代表"重要思想为指导，按照"三贴近"的要求，进一步加快新闻改革和新闻创新的步伐，努力在专题报道方面形成自己的竞争优势。

　　近几年，《四川日报》按照省委的要求，紧紧围绕经济建设这个中心，在专题报道方面作了一些探索，受到读者好评。我们的体会是，在新的形势面前，党报要不断提高社会影响力，关键是要加强专题报道的组织策划，进一步加大专题报道的力度，在增强专题报道的新闻性、思想性和贴近性上下功夫。

专题报道贵在创新：新的选题、新的思路、新的组合。选题不新，就不能提供新的信息，就会失去受众；思路不新，就会观点陈旧，不能给人新的启迪，也会失去受众；组合不新，版面就难看，也不能吸引受众。在专题报道过程中，策划者和传播者的责任，在于不断发现新闻价值，并尽可能快地在报道中把新闻信息的潜在价值充分展示出来，使它满足受众不断变化的需求。

‖ 在快速传播中抓 "热点"

从新闻创新和新闻传播看专题报道，它的选题既要重大，也要"时新"，这就是我们常说的新近发生、发现和变动着的重大题材。所谓"专题"，或者是广大受众普遍关注的新闻热点，包括改革开放和现实生活中的焦点、难点、疑点问题；或者是突如其来的重大社会事件，如大面积的自然灾害或疫情、特大水灾、沉船、灾难等重大事故。看一看近几年各类媒体有关美国"9·11"事件、伊拉克战争、非典疫情方面的专题报道，就会发现，那种争分夺秒抢新闻的现场采访背后是多么激烈的新闻竞争。"苟日新，日日新，又日新。"新闻时效是新闻的生命，当然也是专题报道的生命。新闻要新，传播要快，快中求新，以新取胜，专题报道的创新首先必须在时效性上下功夫。

对于我们的各级党报来说，党的先进性要求党报必须紧跟时代潮流，站在时代前列，高扬改革、开放、发展的主旋律。在这方面，党报具有的优势是其他市场类报纸难以超越的。例如，2000年开始实施的西部大开发战略，为加快四川发展带来了难得的机遇。四川省委、省政府抓住机遇，确定了四川实现经济社会跨越式发展的目标和任务。近年来，《四川日报》紧紧围绕省

委、省政府这一重大决策，精心策划，先后组织了"西部大开发，四川怎么办"，以及"我为四川新跨越做什么"大讨论等一系列专题报道，推出了《四川在西部大开发中的历史方位》《关于建设长江上游生态屏障的思考》等一批体现时代精神的深度报道，推动了省委重大决策的贯彻落实。中宣部有关材料多次肯定上述专题报道，认为"在内容和形式上刻意突破"，较好地发挥了舆论导向作用。

非公有制经济在我国国民经济的主战场上扮演着日益重要的角色。2003年初，四川省委、省政府对加快非公有制经济发展做出了一系列重大决策，要求加快民间资金向民间资本转变。3月份，省委、省政府主要领导率团赴沿海学习考察，《四川日报》抓住机遇，派出5个采访组分赴浙江、江苏、上海、福建、广东作先期采访，推出《经营民间资本看沿海》大型专题报道，力求鲜活，突出现场感，以点带面，以小见大，既介绍沿海地区发展非公有制经济方面的成功经验，又很好地配合了四川党政代表团在沿海5省市的考察活动，给四川带来许多启示。紧接着，又推出《经营民间资本看环境》《经营民间资本看企业》两组专题报道，进一步强化了发展非公有制经济的新思路，既有声势又有实效，受到省领导和广大读者好评。

正是改革开放和市场经济的新时代，拓宽了党报的报道领域和报道思路，使党报的专题报道在前所未有的广度和深度上展开。根据我国社会主义市场经济的发展要求，党报的权威性和指导性越来越多地表现在舆论引导和舆论监督方面。例如，如何认识社会主义社会的生产力和生产关系，如何认识社会主义社会的劳动和劳动价值，公有制与市场经济如何有效结合等等问题，马克思主义经典作家有的没有论述，有的虽然作过论述，但是受到当时社会情况和条件的限制，某些判断和结论难以解释我国当前社会情况和实际问题，而它们现在正是进一步深化改革面临的重大理论问题和焦点、难点问题，迫切需要我们通过专题报道，引导读者进一步解放思想，转变观念。还有产业结构调整，失业与就业问题，减轻农民负担问题，生态环境问题，全球化带来的经济安全问题，群众关心的反腐倡廉、公民道德建设和民主法制建设问题等等，都需要党报的积极引导和舆论监督，都应该是专题报道的热点题材。近两年，我们的各级党报在这些方面加大了报道力度，推出了不少专题报道，受到好评。

在深入思考中立新意

从新闻创新和新闻传播看专题报道，既要进一步拓宽报道领域，也要进一步拓宽报道思路，要善于把握事物发展的内在联系和未来趋势，注重专题报道的前瞻性。特别是改革开放和现实生活中的热点、难点、焦点问题，往往是诸多社会现象的交汇点，只有通过深入地采访和思考，从不同角度进行全方位审视，才能在专题报道中透过现象看本质，清晰地展示出事物发展的因果联系，给人以深刻的启迪。还有许多广大受众普遍关注的重大题材，尽管已经多次报道过了，但只要深入开掘，从不同的切入点进行专题报道，仍然可以推陈出新，在报道深度上求"新"意。"深"中求"新"，正是专题报道的拿手好戏。

西部大开发处在新的国内外环境、新的体制背景、新的市场态势、新的对外开放环境中，不能走"三线建设"的老路，要结合西部的实际，吸取东部开发的经验教训，走出一条既有较高速度又有较好效益的新路子，这就需要进一步处理好资源、环境与发展之间的关系。站在可持续发展的战略高度，《四川日报》2001年推出了《四川在西部大开发中的历史方位》三部曲。"上部"是《"天府"三问》，提出"四川还是天府吗""粮猪还能安天下吗""资源开发为什么带来灾难性后果"等三个问题，从历史与现实的结合上，深入分析把四川建成"西部经济强省"和"长江上游生态屏障"这一战略目标的宏观背景和紧迫性。"中部"是《跨越三"特"》，提出西部大开发不搞特区，但也有特殊情况需要特殊思考，即四川要实现追赶型、跨越式发展，必须抓住一条主线：结构调整；抢占一个制高点：西部硅谷；选准一个突破口：扩

大开放。"下部"是《魂系三新》：新机制、新观念、新作风，提出改善和创新软环境。这组专题报道把解决眼前问题同实现长远目标结合起来，比较集中深入地宣传了省委、省政府确定的发展思路，较好地发挥了专题报道的舆论引导作用，获得四川省新闻奖一等奖。

在西部大开发过程中，还会出现许多焦点、难点、疑点，比如：如何处理好政府与市场的关系，全面规划与分步实施的关系，突出重点与兼顾各方的关系，资源开发与生态环境保护的关系，等等，这些都是专题报道的重大题材，应该采取分析、解释、讨论的方法加以正确引导。特别是西部生态建设，包括天然林保护工程和退耕还林工程，既是西部大开发的难点和重点，也是国内外新闻媒体普遍关注的热点。四川省委、省政府2000年作出了"建设长江上游生态屏障"的战略决策，但在实施过程中却遇到不少思想障碍，有的地方甚至把生态环境保护与西部大开发对立起来，急功近利，片面追求经济发展速度，干了一些破坏生态环境的蠢事；一些地方对天然林保护和退耕还林还草不理解，觉得自己作出了"牺牲"，天然林中仍不时传来"刀斧声"。正是在这样一种背景下，《四川日报》2002年又推出了《关于建设长江上游生态屏障的思考》的专题报道，首次对"建设长江上游生态屏障"进行了全方位审视，在深入分析长江上游生态环境历史变迁和严峻现实的基础上，提出了建设长江上游生态屏障的新思路，具有较强的前瞻性。这组专题报道主题重大，构思新颖，表现出勇于创新的探索精神。《绿色的平衡》《绿色的发展》《绿色的生活》三部曲，如同一条环环相扣的"生态链"，把生态平衡与可持续发展和人的全面发展结合起来，深入浅出地揭示了人与自然和谐共存、协调共进的生存发展之道，在同类报道中颇有新意，读后引人深思，发人深省，这组报道也获得四川省新闻奖一等奖。

又比如，农业、农村、农民问题也是当前引起各方面普遍关注的热点、难点问题，许多媒体已多次进行过专题报道。《四川日报》在去年推出《产业互动·城乡相融》专题报道的基础上，今年又以"推进产业化、全面建小康"为主题，先后推出了"龙头企业篇""合作经济组织篇""农技协会篇"等系列专题报道，把"三农"问题的思考提到了一个新的高度。特别是《关于农业产业化的思考》三部曲，立足于农业现代化和经济全球化的宏观背景，结合四川实际，分别对"市场导向是什么""谁来投资农业""农业劳动力转向哪里"等问题进行宏观思考，提出了以"三化"（市场化、工业化、城镇化）解决"三农"问题的新思路。接着，《四川日报》还推出了社论《用抓工业的思路抓农业》，进一步强化了"推进产业化、全面建小康"的主题。

专题报道的创新，既要求"快"，也要求"深"。"快"是新闻要新的必然要求，也是新闻能新的必要条件；"深"是专题报道的本质特征，也是专题报道推陈出新的必由之路。"快"中求"新"，"深"中求"新"，专题报道才能高人一筹，形成"集束效应"，具有强大的吸引力和感染力。

（原载《新闻战线》2003 年第 11 期）

附录二：发挥深度报道在西部大开发中的导向作用

实施西部大开发战略是一个大题目，宣传西部大开发要浓墨重彩，在深度报道上下功夫。正如四川省委领导在全省新闻工作座谈会上指出的那样，我们在宣传舆论上还存在着一些不深入的东西，深度报道很不够。新闻工作者应该深入到西部大开发的主战场和重大项目中去，深入到结构调整的关键环节中去，为实现四川新跨越鼓实劲。面对激烈的新闻竞争，面对千载难逢的历史机遇，党报更应该充分发挥深度报道的优势和导向作用，为西部大开发唱响主旋律。

‖ 一

从改革开放以来的新闻实践来看，深度报道主要是报纸为适应新闻竞争的需要而采取的一种相对独特的报道方式，以便更加翔实、系统、深入地反映重大新闻事件和社会热点，揭示其实质，追踪和探索其发展趋向。应该尽可能在一篇报道中把新闻事实中的内在意义写深写透。在特殊情况下，为了强化某些重大新闻的报道效果，深度报道也可以采用多种新闻体裁作系列的或追踪式的连续报道、组合报道，有时也可以采取问题讨论的形式。深度报道这种报道方式比较适应报纸的特性，需要新闻记者具有较高的综合素质，代表着编辑部的报道水平。

深度报道要为西部大开发唱响主旋律。就四川来说，主旋律就是实施追赶型、跨越式发展战略，使四川在西部大开发中实现新跨越。党报要紧紧围绕这个中心，积极主动地进行深度报道。在西部大开发中，会出现许多焦点、热点、难点、疑点，比如：如何处理好政府与市场的关系，全面规划与分步实施的关系，速度与效益的关系，突出重点与兼顾各方的关系，等等，这些都是深度报道的重大题材，应该采取分析、解释、讨论的方法加以正确引导。

伟大的创业实践需要伟大的创业精神。西部大开发处在新的国内外环境、新的体制背景、新的市场态势、新的对外开放环境中，不能走"三线建设"的老路，要结合西部的实际，走出一条既有较高速度又有较好效益的新路子。这就需要进一步解放思想，不断地探索，大胆地创新，勇敢地开拓。充分发挥深度报道在西部大开发中的导向作用，就应该集中力量组织好思想解放大讨论。去年，《四川日报》率先推出"以什么样的精神状态投入西部大开发"系列评论，开展"西部大开发，四川怎么办"的思想解放大讨论，取得了很好的宣传效果，受到省委书记表扬。"2000·中国西部论坛"召开前夕，《四川日报》又推出"西部的空间"系列深度报道，比较全面深入地分析了西部大开发中政府与市场、机遇与挑战、重点与难点，以及四川实施追赶型、跨越式发展的战略思路，给人留下了深刻印象，受到广泛好评。

跨入 2001 年，四川日报进一步发挥深度报道在西部大开发中的导向作用，紧紧围绕"追赶型、跨越式发展"这个主旋律，从各个角度大做文章，中宣部有关部门评价认为"很好地发挥了它在省级传媒中的示范作用"。

二

《四川日报》推出的深度报道采用了多种新闻体裁，既有一批重大评论在前面开路，又有一批深度的连续报道作中坚，还采取了问题讨论的形式。如

元旦献辞《走进新世纪，实现新跨越》，高扬跨越式发展的主旋律，指出："我们可以而且必须超越某些发展阶段和发展领域，站在高起点上，直接从当今最前沿的领域进行赶超，用全新的方式和较短的时间，实现经济技术的超常规发展。"随后又发表了《人人都是投资环境》《人人都是战斗员》等评论，还开辟了《我为四川新跨越做什么》专栏，连续发表10多篇基层干部群众参与大讨论的特稿。3月14日又发表社论：《更新观念，排除障碍，实干兴川——把"我为四川新跨越做什么"大讨论推向深入》，进一步动员和激励广大干部群众参与到实现四川新跨越的行列中来。

同时，还推出了一批站在时代高度、进行深度报道的通讯，把人们引入理性思考之中。这就是《四川在西部大开发中的历史方位》三部曲。"上部"是《"天府"三问》，提出了"四川还是天府吗""粮猪还能安天下吗""资源开发为什么带来灾难性后果"等问题，从历史与现实的结合上，深入分析把四川建设成为"西部经济强省"和"长江上游生态屏障"这一战略目标的宏观背景。"中部"是《跨越三"特"》，提出西部大开发不搞特区，但也有特殊情况和特殊思考，即四川要实现追赶型、跨越式发展目标，必须抓住一条主线：结构调整；抢占一个制高点：西部硅谷；选准一个突破口：扩大开放。"下部"是《魂系三"新"》：新机制、新观念、新作风，提出改善和创新软环境。这组深度报道注意把解决眼前问题同实现长远发展目标结合起来，比较集中、深入地宣传了四川省委、省政府提出的发展思路。

充分发挥深度报道在西部大开发中的导向作用，还要把思想解放大讨论与转变观念结合起来，进一步加大批评报道的力度。舆论监督也是一种导向。特别是要对那些阻碍西部大开发的体制性障碍和陈规陋习展开批评，必要时可以选择一些典型进行曝光，并从思想上和体制上分析原因，开展讨论。在这方面，《四川日报》去年关于《乡镇干部走读现象》的讨论和《直击岷江污染》《天然林响起斧锯声》《碑立何处》等批评报道进行了有益的探索，收到较好效果。

国务院关于实施西部大开发的政策措施颁布后，四川省正在对过去那些不利于经济发展的地方政策法规进行清理，该废止的坚决废止，并在改善投资环境方面采取了一系列措施。但华西医科大学制药厂有一个技改项目在办理立项、审批等手续时，却要加盖 100 余枚公章，项目的进度受到严重影响。如此复杂的审批程序，暴露出成都市在投资环境方面还存在着某些体制性障碍。考虑到这类体制性障碍在四川的其他地方同样存在，《四川日报》抓住这个典型，于 3 月下旬推出了《百枚公章难倒"GMP"》追踪报道，还配发了《体制性障碍非排除不可》等评论，在社会上引起反响。接着，《四川日报》又对成都市清理废除 158 项地方政策性法规的新举措进行重点报道，促进了投资环境的改善。

充分发挥深度报道在西部大开发中的导向作用，还要密切关注西部大开发中的工作重点，对那些为加快基础设施建设、生态环境建设、产业结构调整、科技教育和人才培养而采取的新思路、新方法和改革、开放的新举措进行"追踪""探源""透视"，揭示其内在的意义和发展趋势，争取广大干部群众的理解和支持。特别是要配合一些重大政策的出台和重大项目的实施，精心组织分析性、解释性报道。比如，农业结构调整和农村税费改革就大有文章可做。对于农民来说，现在困难的是增收，最难实现的目标也是增收，应该组织一批带方向性的深度报道，推出一批先进典型，让农民知道怎样调整产业结构才能赚钱。又比如工业结构调整，也可以一个产业一个产业地进行调查研究，采写一批深度报道来加以引导。

三

深度报道求"深"，主要是理论的深度，认识的深度，实践的深度。要充分发挥深度报道在西部大开发中的导向作用，采写深度报道时还要注意以下三个问题。

第一，深度报道要有宏观思考，给人以启迪。采写深度报道的记者，一

般都有这样的感受，几乎每一次调查研究，都是一场痛苦的磨炼。与平时采访最不同的就是，当你拥有了一大堆材料的同时，你不知道应该把结论引向何方。这就要求记者具有创新意识，具有观察社会的政治洞察力，要有剖析事物的思辨力，要进行宏观思考。采写西部大开发的深度报道更是如此。如果不能站在全球的高度、全国的高度和西部大开发全局的高度，就难以深刻认识西部各省、市、区实现追赶型、跨越式发展的紧迫感，也难以对西部大开发进行深入报道。比如，西气东输、西电东送、东资西进、东人西行、东西联动等新举措，也只有着眼于中国改革开放的宏观背景和中国现代化建设的"两个大局"，才能深刻认识它的重大新闻价值。宏观思考是采写深度报道的基本功。在事实的集纳中，有多深刻的思考，就会有多深刻的组合；有巧妙的分析，才会有深刻的启示。

第二，深度报道的宏观思考，应该遵循实事求是的原则，必须具有新闻的特质。深度报道的基础是新闻事实，不管是思考型报道、解释性报道，还是系列报道、组合报道，最基本的东西是事实，总是先有事实，后有思考。采访越深入，对新闻事实的发掘越深入，报道越有深度。西部大开发目前还处于起步阶段，而有些报道在宣传过去的成绩时，也把它挂在西部大开发的名义下。有些改革开放的措施，早在几年前就提出来了，也把它"穿靴戴帽"，作为西部大开发的新思路、新举措进行报道。这些报道不管有没有"深度"，都经不起实践和历史检验，容易给读者留下"假、大、空"的印象，会损害深度报道的宣传效果。

第三，深度报道也要注意把握分寸，避免片面性。深度报道中很大一部分是问题性报道、反思性报道、批评性报道。反思和批评，应力求深刻，但深刻却不是尖刻。也就是说，看问题要入木三分，表达时却要讲究艺术。批评的尖锐性在于事实本身，而无需摆出一副盛气凌人的架势。采写问题性、批评性报道，应该在分析原因的基础上尽可能找出解决问题的办法，为解决问题提出建设性意见。

总之，深度报道是对传统的新闻报道方式的创新。宣传西部大开发是新闻工作者义不容辞的职责，我们既要有紧迫感，也要做好长期宣传的思想准备，既要坚持从实际出发，抓好日常新闻报道，又要立足当前，着眼未来，突出重点，充分发挥深度报道在西部大开发中的导向作用。

（原载《新闻战线》2001 年第 8 期）

附录三：深度报道专题讲座

第一讲： 深度报道是什么

深度报道已经成为党报新闻创新的主流产品和新闻记者追求的创新目标。为什么说它是创新目标呢，主要是因为它是随着改革开放的不断深入而与时俱进地成长壮大起来的，目前仍然处于创新和发展之中。有关深度报道的新闻创新实践已经取得了有目共睹的成就，但新闻界却至今没有对深度报道的新闻理念和创新探索取得共识，有关深度报道的新闻理论问题有待进一步总结、研究、认识。因此，我们的讲座主要结合《四川日报》和我本人在深度报道创新中的实践经验和一些代表作品进行具体分析，谈谈深度报道的主要特征和写作要求。

今天主要讲什么是深度报道，也就是要回答深度报道是什么，深度报道有哪些特征。

一、 深度报道与新闻体裁有什么区别

新闻界对此没有比较一致的看法，从中国新闻奖的分类可以看出分歧所在。1986 年全国好新闻评选第一次把深度报道正式作为一类获奖作品，1987

年、1988 年被评为全国好新闻作品中仍有不少是深度报道，这表明当时是把深度报道看作一种独特的新闻体裁。但是，不知从什么时候起，全国好新闻评选就取消了深度报道这个类型，现在的中国新闻奖分消息、通讯、系列报道、新闻评论，有很多具有一定深度的好作品往往被分别归入通讯、系列报道、评论参加评选，这表明现在没有把深度报道看作一种独特的新闻体裁，而是看作一种报道方式。比如，我自己参与采写的深度报道《硅梦》《创新创业需要什么样的政务环境》《关于长江上游生态屏障的思考》就分别获得通讯和系列报道中国新闻奖。

综合新闻界对深度报道的各种定义，结合我自己的实践和探索，我认为有两点基本认识是共同的：第一，深度报道是新近发生的事实的报道，从而把它同新闻评论、理论文章和报告文学之类文体区别开来。第二，深度报道不仅要传播新闻事实，还要分析、解释新闻事实的性质、起因、趋向等，揭示事物发展的因果关系，从而把它与一般动态性的新闻消息或小通讯区别开来。分歧主要在于，深度报道与早已有之的连续报道、系列报道、组合报道、专题报道、典型报道以及新闻述评、新闻特写、人物专访等有没有区别？如何区别？

看一看以下几篇（组）作品：

1.《田坎上的文章》，原载 1979 年 2 月 9 日《四川日报》。其见微知著、以小见大、敢为天下先，被称为"家庭联产承包责任制报春第一枝"。文章仅千余字，用采访札记形式，提出了一个简单、敏感而又颇有争议的话题，引发了一场要不要"包产到户"的思想解放大讨论。《四川日报》随后刊登了《就"田坎上的文章"答读者》《也谈"田坎上的文章"》等系列报道，成为当时宣传农村改革的热点。

2.《天上人间一曲动人的歌》，原载 1996 年 1 月 5 日《四川日报》头版头条，情节生动感人，故事颇具传奇色彩，经济部有关领导、编辑得知这一新闻故事后当即决定推出一次新闻策划，以追踪报道方式，把《天上人间一曲动人的歌》唱得更响。这组报道见报后引起读者广泛关注，四川省委副书

记秦玉琴专门为这组报道写了署名评论。需要说明的是，这是差一点就漏掉了的好报道，也是罗晓岗主持《四川日报》经济部工作获得的第一个中国新闻奖。

3.《难忘的1989：改革与稳定——经济战线治理整顿第一年的回顾与思考（3）》，原载1989年12月29日《四川日报》1版。当时的中国，改革正面临新的历史性选择，四川承受了三次强大的冲击波："川军"向何处去？"中心"大还是"核心"大？承包前途如何？这篇报道从四川看全国，不仅旗帜鲜明地回答："改革的大趋势不可逆转"，而且以前瞻性的眼光把趋势说透：20世纪90年代的改革，一定能够完成这个重大的历史使命，即建立计划经济同市场调节相结合的经济运行机制，这是"改革的核心问题"。历史已经证明，改革在20世纪90年代，带着成熟的魅力，激荡于社会主义中国。

4.《万里写入胸怀间——西部的空间·市场篇》，原载2000年10月11日《四川日报》1版，作为"西部的空间"系列深度报道第二篇，它的深刻之处在于明确提出：坚持以市场为导向进行西部大开发，充分利用市场机制在促进发展中的作用，走出一条符合建立社会主义市场经济体制要求的地区发展道路，率先喊响了"市场是第一资源""市场是第一资本""市场是第一车间"。三个小标题的新颖独特，夹叙夹议的表现形式，"市场无禁区"的游戏规则，"谁是西部强中手，且看市场作裁判"的结尾，都给读者留下深刻印象。

5.《创新创业需要什么样的政务环境》，这组系列报道从2006年4月12日《四川日报》改版之际推出，7月28日结束，历时三个月，共推出20期，共见报59篇，约3.5万字，包容了通讯、消息、专访、摄影、评论多种新闻体裁，参与采访和讨论人数之多、持续时间之长、涉及面之广，在同类报道中前所未有，从头到尾都在读者、记者、创业者、专家学者的互动中有序推进，高潮迭起，环环相扣，在政府和百姓中引起共鸣，是我主持时政·评论理论部工作期间精心策划的一次高难度、多层次、大跨度的最有影响力的系列深度报道。

　　这组报道从资阳市的探索与实践破题，把广大创业者在创新创业中的困惑概括为"十个最"，即最难找的是项目，最困难的是融资，最麻烦的是审批，最关心的是税费，最头痛的是检查，最痛恨的是寻租，最害怕的是报复，最缺少的是人才，最担心的是政策变化，最费神的是官司。这"十个最"是当时政务环境的肠梗阻，大部分问题至今仍然是政府工作中存在的突出问题。

　　这组报道的策划从一开始就是瞄准中国新闻奖这个目标的，我们是看准了"创新创业需要什么样的政务环境"这个选题的重大新闻价值，有了获奖的强烈愿望，才全力以赴、精心策划的。在这里，新闻创新光有强烈的愿望还不行，还要有创新的胆识，创新的能力，创新的毅力。我们策划这组报道时遇到了不少困难，最困难的是破解"十个最"，在第一波正面报道"资阳全民创业的探索与实践"的基础上，需要找十个与"十个最"有关的新闻事件进行追踪报道，形成解剖麻雀、分析和讨论问题的第二波舆论热点。当时，资阳市委宣传部的负责同志来找我说情，报喜不报忧，我拒绝了。然后，省委宣传部当时分管新闻的副部长李静同志又把我和陈露耘请到她的办公室去"商量商量"，也是建议我们对涉及"十个最"的追踪报道不要搞了。我也是"商量商量"，商量的结果，还是按照我们的策划方案见报了。采访"十个最"的追踪报道过程中，有的记者找不到采访线索，碰了不少钉子，一再提出放弃。我在部里吼了几次，几乎像逼迫士兵上战场那样，不给记者留任何退路，好不容易按计划推出了"十个最"的追踪报道。然后是展开破解"十个最"的讨论，以专家访谈为主，也采访政府官员和外地企业家，形成"他山之石可以攻玉"的第三波讨论，最后以我撰写的总结性评论《在更高起点上创新创业》收尾，在四川首次明确提出"用创新推动创业，用创业推动就业，在创新创业中实现人的自我价值，促进人的全面发展，推动社会全面进步"新思路，具有一定的启示性、前瞻性，引起省委、省政府领导高度重视。就是在这篇评论员文章见报当天，当时的省长张中伟给《四川日报》写了一段表扬致谢的批示："这篇述评很好，核心是改革创新，读后令人启发。感谢《川报》这一专题的系列报道，这对于促进政务环境改善，激励全省人民在更高起点上创新创业，具有重要的现实意义。希望有更多更好的报道问世！"这组报道见报七个月后，省第九次党代会做出了"推动全民创业"的战略决策。

　　二、深度报道追求的核心价值是"把趋势说透"

　　从新闻创新的角度看，深度报道的根本取向是把报道对象作为一个整体、一个过程加以反映，从而与那种"一事一议""一人一报""一时一报"的报道方式相区别。一般情况下，深度报道应该尽可能在一篇报道中把新闻事实中的内在意义写深写透。在特殊情况下，为了强化某些重大新闻报道的效果，根据新闻创新和新闻传播的需要，深度报道也可以采用多种新闻体裁作系列的、追踪的、多层次、多角度、全方位的连续报道、组合报道、专题报道、典型报道，有时也可以采取问题讨论的形式。也就是说，深度报道是一种开放性很强的报道方式，集各种新闻体裁之长，推陈出新，为我所用，具有兼收并蓄的包容性和海纳百川的创新空间。从写作风格、写作方法而言，深度报道没有一个固定不变的模式，不仅能够把通讯、调查、述评的特色兼收并蓄，融为一体，而且可以将新闻的、文学的、政论的多种写作技巧都拿来为我所用，具有随心所欲不逾矩的大家风范。有人说，深度报道是"通讯不像通讯，调查不像调查，是'四不像'"。我们说，深度报道好就好在"四不像"。用《中国改革的历史方位》一文作者的话说："最好不用传统新闻体裁的概念去套，文章摆在那里，说通讯也行，专访也行，评述性新闻也行，解释性报道也行。这种'四不像'的综合写法，也算是一次有意识的探索和尝试吧。"

　　深度报道不是供读者一次性消费的新闻产品。多数情况下，作为新闻事件的延伸和拓展的深度报道，呈现的是更全面、更翔实、更细微的新闻第二落点，主要任务已经不是要写"是什么"，而是要回答"为什么"；不是照相式的再现新闻，而是理解性地剖析新闻，解疑释惑，尽可能实现新闻价值最大化。

　　深度报道的特征主要表现在以下四个方面：一是报道思路"多层次"，以小见大；二是宏观视野"全方位"，透过现象看本质；三是报道形式"集约化"，百花齐放；四是新闻策划"立体化"，高瞻远瞩。

1992 年下半年，由《四川日报》发起，联合五省区七方党报共同参与的"中国的大西南"大型采访报道就是一次全方位、多层次、集约化、立体化的系列深度报道。当时，贯彻落实邓小平南方谈话精神，四川省委、省政府提出了"联合起来开发大西南，走向东南亚"的开放合作新思路。《四川日报》敏锐地意识到这对推进四川改革开放发展是一个重要决策，果断决定策划一次"中国的大西南"大型联合采访活动。时任中共中央政治局委员、四川省委书记杨汝岱批示："西南各省区报纸联合组织采访组很好，这对西南地区加快改革、扩大开放有一定的促进作用。"省政府财政厅为支持这次采访活动，特别为《四川日报》拨款 5 万元。《四川日报》经济部作为这次采访活动的发起者和组织者，我和经济部主任罗晓岗做了大量策划、协调工作。我起草了向五省区七方党报编辑部发出的"倡议书"和"致读者"，还与赵坚一起参加了"中国的大西南"第一站广西行采访。这次大型联合采访活动采取轮流做东、联合组团、交叉采访的方式，1992 年夏天从广西首发，展开了自范长江《中国的西北角》以来对"中国的大西南"首次全方位、多层次、大规模报道，持续时间半年之久，参与采访记者 120 多人。广西行，西藏行，云南行，贵州行，重庆行，四川行，成都行，一路行来，听决策者的谋略、老百姓盼富的心声，看大西南改革开放发展新变化新思路新举措，在西南五省区七方党报产生广泛影响，有力地推动了大西南区域经济开放合作发展。

三、 深度报道具有 "深中求新" 的后发优势

深度报道主要是报纸为适应新闻竞争的需要而采取的相对独特的报道方式，比电子媒体和网络媒体能够更加翔实、系统、深入地反映重大新闻事件和社会热点，具有"深中求新"的后发优势。

从世界新闻发展史来看，深度报道是在 20 世纪 40 年代报界适应电子新闻时代的竞争而采取的一种解释性报道的基础上发展起来的，是报纸同广播、

电视进行竞争的主要手段和形式。对比一下近几年我国报纸、电台、电视台和网络媒体关于运动会、党代会、人代会、政协会、西部大开发、汶川大地震抗震救灾以及各种突发事件的连续报道、系列报道、组合报道，不难看出像《四川日报》推出的《西部的空间》《四川在西部大开发中的历史方位》《从悲壮走向豪迈的中国奇迹》一类深度报道不但为数不多，而且只有报纸才能做到。尽管电子媒体和网络媒体也在深度报道方面作了不少探索，但很难在"深中求新"方面超越报纸。

新闻竞争有三种方式："快"中求新，"深"中求新，"活"中求新。

深度报道的本质特征就是一个"深"字，其求"深"的方法和要求也与其他报道有所不同。我们的深度报道主要追求的是思想的深度、认识的深度、实践的深度。这种报道方式比较适应报纸的特性，需要记者具有较高的综合素质，代表着编辑部的报道水平，也是报纸的一面旗帜。就新闻创新和新闻传播的效果而言，深度报道既是党报新闻创新的拳头产品，也是党报新闻记者的一种价值追求和品牌追求。

值得高度重视的是，进入互联网时代，传统媒体与新媒体和自媒体的融合、互动、互补势不可挡，深度报道在舆论生态和传媒格局的变革中越来越表现出"深"中求新、"活"中求新的核心竞争力，呈现出明显的"多层次""全方位""集约化""立体化"报道特征，正在演化为报纸、广播电视、互联网传播的互动、互通、互助品牌。

"你中有我，我中有你；先入为主，先声夺人；厚积薄发，重点突破。"深度报道既是新闻舆论的"主旋律"，也是新闻人才培养的基本功，更是新闻创新的一种导向和追求！

第二讲：　视野决定高度

新闻求"深"是一个普遍要求。各种新闻体裁乃至专栏版面都有求深的任务，并不是某些新闻体裁或报道方式可以求深，某些体裁或报道方式不要求深或不能求深。而报纸的深度报道既然以求"深"为基本特征，其求深的要求和路径就必然与其他新闻体裁或报道方式有所不同。

一、着眼于经济全球化和中国改革开放的宏观视野，开掘具有宏观指导意义的重大题材，揭示中国特色社会主义"五位一体"布局的内在联系和发展趋势，也就是我们常说的"会当凌绝顶，一览众山小"，站得越高，视野越宽，看得越远，认识越深刻

视野是什么？视野是一种眼界，也是一种境界，更是一种胸怀。我们常说"眼观六路，耳听八方"；"身在家门口，放眼全世界"；"海纳百川，有容乃大"；这些都是采写深度报道的作者应该具有的宏观视野。

大视野才能发现大题材，大题材才能做大文章。深度报道之所以深，主要是因为它要站在全社会或者一个地区、一个部门整体的全局高度，全方位、多层次、多角度地观察审视各种事物，从党和国家的发展战略、发展路径、发展趋势上，从理论、认识和指导实践的意义上，分析和回应现实生活中遇到的许多热点、难点、焦点甚至痛点问题。

比如，西部大开发就是一个具有宏观指导意义的重大题材。这种重大选题的开掘，往往包容了"上下几千年，纵横数万里"的思想内涵和历史深度，涉及人与社会、人与自然、人与人的复杂关系，只有视野宽广、目光敏锐、思考深刻、知识丰富，才能采写出那种具有历史纵深感和时代宽广度的深度报道。

解读之一：《以什么样的精神状态投入西部大开发》。

这是一篇思想评论，原载 2000 年 2 月 17 日《四川日报》1 版头条，是那一年春节上班撰写的第一篇作品。我写得很用心，也是我自己多年来比较满意的一篇评论，2 月 15 人晚上熬了一个通宵写出了初稿，经时任经济部主任罗晓岗精心编辑，最后由时任总编辑唐小强审定发稿。这篇评论在全省上下引起巨大反响，以此为开端，一场"西部大开发，四川怎么办"的思想解放

大讨论在全省展开。这场大讨论时间持续一年多，讨论范围之广、视野之宽、认识水平之高、社会影响之大远远超出我自己的预期。如今，再一次解读这篇14年前的评论，主要是想说明我后来撰写有关西部大开发的一系列深度报道的理论积淀、改革开放的宏观视野和用新的思维重新审视四川在西部大开发中战略地位和比较优势的思想高度。

尤其需要关注的是四个背景：一是当时的精神状态，喊响了"麻将桌上打不出西部大开发，卡拉OK厅里唱不出西部大开发，文山堆不出西部大开发，会海泡不出西部大开发"。二是省委开年第一件事，就是研究实施西部大开发战略，虽然召开常委扩大会和专家座谈会，广泛听取各方面意见，但并没有形成决策，尽管省委主要领导已经在春节前省政协会议上明确提出了实施追赶型、跨越式发展的战略思路，但并没有做出翔实的阐释，从而使我在撰写这篇评论时遇到了困难，不能不更多地依靠自己的独立思考，对省委领导在不同场合的即席讲话进行归纳，对专家学者的各种意见进行融合，形成这篇评论的总体思路。三是率先提出有必要在全省开展一场广泛深入的解放思想大讨论，以达到转变观念、统一认识、增强信心、振奋精神的目的。四是从勇于创新的大视野，看到西部大开发处于全新的国内外环境、新的体制背景、新的市场态势、新的对外开放环境中，前瞻性地提出我们既不能走"三线建设"的老路，也不能走沿海地区走过的弯路，要结合四川实际，吸取东部开发的经验教训，走出一条既有较高速度又有较好效益的新路子。由此可见，我对西部大开发的关注和思考，一开始就是经济全球化的宏观视野，一开始就是改革开放的新思路，一开始就抢占了西部大开发的战略制高点。

解读之二：《四川在西部大开发中的历史方位》三部曲。

实施西部大开发战略是一项规模宏大的系统工程，既要有紧迫感，也要做好长期奋斗的思想准备。宣传报道西部大开发也是这样，不急不行，太急也不行，既要从实际出发抓好日常新闻报道，又要立足长远，着眼当前，突出重点，勇于创新，充分发挥深度报道在西部大开发中的导向作用。从2001年初开始，《四川日报》便以重要评论开始，采取多种形式，深入开展"我为四川新跨越做什么"的大讨论，进一步动员和激励群众参与到实现新跨越的行列中来。我再一次抓住机遇，用了一个月时间，精心撰写了《四川在西部大开发中的历史方位》三部曲，站在时代高度，对省委提出的追赶型、跨越式发展的战略目标进行了全方位、多层次审视，把人们引入理性思考之中。

"上部"是《"天府"三问》，提出"四川还是'天府'吗""粮猪还能安天下吗""资源开发为什么带来灾难性后果"等三个问题，从历史与现实的结合上，深入分析把四川建成"西部经济强省"和"长江上游生态屏障"这一战略目标的宏观背景和紧迫性。"中部"是《跨越"三特"》，提出西部大开发不搞特区，但也有特殊情况和特殊思考，即四川要实现追赶型、跨越式发展，必须抓住一条主线：结构调整；抢占一个制高点：西部硅谷；选准一个突破口：扩大开放。"下部"是《魂系"三新"》，新机制、新观念、新作风，提出改善和创新软环境。这组深度报道把解决当前问题同实现长远目标结合起来，比较集中深入地宣传了省委、省政府确定的发展思路，被中宣部阅评组评为"很好地发挥了它在省级传媒中的示范作用"。这组深度报道从 2001 年 3 月 7 日起在《四川日报》1 版、2 版显著位置连续刊出，正是全国"两会"在北京召开的关键时刻，影响之大，至今仍然是我外出采访的一张"名片"。

需要说明的是，这组深度报道不是"规定动作"，是我在写出《以什么样的精神状态投入西部大开发》那篇评论后，经过长达一年的采访、资料搜集整理和深入思考，到了"不吐不快"的时候一气呵成的。稿子写作期间，只有罗晓岗知道我想写什么，稿子写成之后才告诉总编辑唐小强。一个月的"闭门造车"，靠的是独立思考，我自己可是掉了 10 斤肉啊！满腔热情中融入冷静思考，我最用心的是《"天府"三问》，最敏感的是《"天府"三问》，最有深度的是《"天府"三问》，最引人注目的是《"天府"三问》。

解读之三：《关于建设长江上游生态屏障的思考》三部曲。

"人类只有一个地球，中国只有一条长江。"当写下这两句开头语的时候，我已经认定《关于建设长江上游生态屏障的思考》系列深度报道的结尾应该是：厚德载物者生生不息，愿长江上游的生态屏障给我们带来"绿色的平衡"

"绿色的发展""绿色的生活"!

采写这组深度报道，我有一种强烈的历史责任感，主要是因为长江上游生态环境保护与建设一直是国内外关注的热点，也是西部大开发的难点和重点。2000 年，四川省委、省政府作出了建设西部经济强省和长江上游生态屏障的战略决策，受到各方面好评。但这一决策在实施过程中，四川的广大干部群众对建设西部经济强省具有强烈的紧迫感，却对建设长江上游生态屏障存在不少思想障碍，缺乏主动性。有的地方甚至把生态环境保护与西部大开发对立起来，急功近利，片面追求经济发展速度，干了不少破坏生态环境的蠢事。特别是不少农民群众对天然林保护和退耕还林还不理解，觉得自己做出了牺牲，一些地方仍不时传出滥伐天然林的"刀斧声"。正是在这样一种背景下，我采写了《关于建设长江上游生态屏障的思考》三部曲，即《绿色的平衡》《绿色的发展》《绿色的生活》，首次对建设长江上游生态屏障进行全方位审视，在深入分析长江上游生态环境历史变迁和严峻现实的基础上，提出了建设长江上游生态屏障的新思路。稿件见报后在社会上引起强烈反响，荣获第十三届（2002 年度）中国新闻奖三等奖。

《关于建设长江上游生态屏障的思考》系列深度报道获奖是在意料之中的。《四川日报》推荐它参评中国新闻奖时，认为它主题重大，构思新颖，具有较强的针对性和前瞻性，表现出勇于创新的探索精神。《绿色的平衡》《绿色的发展》《绿色的生活》三部曲，如同一根环环相扣的生态链，把生态平衡规律与可持续发展战略和人的全面发展结合起来，深入浅出地揭示了人与自然和谐共存、协调共进的生存发展之道，特别是从"生态道德"的新视野提出了"可持续消费"和"可持续发展的生活方式"的新思路，这些都是经过作者的独立思考进行的探索，在同类新闻报道中具有独创性。

需要说明的是，我采写这组报道时，党中央还没有提出科学发展观，还没有提出生态文明的理念。当时，全国两会正在北京举行，我国北方遭受到十年来最强沙尘暴袭击，生态环境保护再一次成为全国两会代表委员和国内外广泛关注的焦点。我抓住这一最佳时机，把自己长期积累的有关长江上游生态环境问题的调查研究材料集中起来，进行深入思考，饱含激情，思如泉涌，只用半个月时间，便一气呵成。写作前，没有上级的"指令"，也没有列入编辑部的"报道计划"，我不声不响地采访，积累了大量资料。这是我从事新闻工作 30 年来写得最畅快、最满意、最有创意的新闻作品，已被收入中国人民大学主编的应用新闻学教材《新闻发现、采集与表达》一书。

前面主要讲了思想观念的视野、改革开放的视野、历史的视野和科学的视野，这些都是无比宏大、没有止境、与时俱进、变幻莫测的视野。下面再讲一讲拓宽视野的方法问题。

二、 不拘于一人一事的局限， 多层面、 多角度地观察事物， 尽可能拓宽报道思路

我们常引用苏轼的著名诗篇："横看成岭侧成峰，远近高低各不同。不识庐山真面目，只缘身在此山中。"只有多层面、多角度的观察分析，尽可能拓宽思路，才能透过现象看本质，才能寻到真正的"根"，找到真正的"源"，才能"把趋势说透"。

现实社会是"万花筒"，是"五味瓶"，是光明与黑暗的交织，是战略机遇期与矛盾凸显期的"双重转型"。深度报道要透过这些千变万化的社会现象、经济现象、生活现象，认识事物的本质，就必须跳出一个人、一件事、一个点甚至一个地区、一个部门的局限，进入到多层面、多角度观察事物的全方位境界。比如，西部大开发要唱响主旋律。就四川而言，主旋律的具体化，就是要实现追赶型、跨越式发展。在实施跨越发展战略过程中，还会出现许多焦点、热点、难点问题，特别是如何处理好政府与市场的关系，全面规划与分步实施的关系，速度与效益的关系，突出重点与兼顾各方的关系，争取中央及兄弟省市区支持与自力更生的关系，等等，这些都是深度报道的重大题材，应该采取分析、解释、讨论的方法加以正确引导。同时，还应该密切关注西部大开发的工作重点，对加快基础设施建设、生态环境建设、产业结构调整、科教兴川和人才培养等方面的新思路、新方法、新举措进行

"追踪""探源""透视",揭示其内在的意义和发展趋势。

全方位、多侧面、多角度地观察反映事物,并不是都要采写系列报道或者连续报道,有时单篇报道也可以达到这个要求。不要动不动就是"面面观",动不动就是"启示录",动不动就是"纵横谈",要尽可能在一篇深度报道中把趋势说透。

拓宽视野最重要的是找准自己的位置,跳出一人一事、一时一地、一部门一行业的局限,用系统的全局的辩证的思维看问题,尽可能在结合点、交叉点和产业链、价值链上深度开掘。

三、 拓宽报道领域, 善于从那些人人 "心中所有、 口中所无、 熟视无睹" 的敏感问题入手, 深度开拓报道题材, 把 "冰点" 变为 "热点"

报道领域的深度开拓往往决定着深度报道成功的程度。有哪些报道领域可以开拓呢?从广度上讲,当前的深度报道侧重于向社会热点开拓,向改革开放的难点开拓,向被遗忘的角落开拓,向政治、经济、社会、文化、生态环境的敏感地带或交叉地带开拓。从深度上开拓,目前比较常见的,可以由表及里、由此及彼、由果探因、顺藤摸瓜、由点及面、由网到结、由单面到多面等方法。必须说明的是,采写一篇深度报道,往往不是孤立地使用一种方法,而是运用多种方法,从广度和深度的纵横交错中拓宽报道领域,从而使深度报道具有立体感。

现在都在讲"中国梦",我和刘成安早在 14 年前就采写过一篇获得中国新闻奖的《硅梦》。这就是《张惠国与峨眉半导体材料厂的科技创新》三部曲的开篇之作,上篇是《硅梦》,中篇是《硅魂》,下篇是《硅链》,原载《四川日报》2000 年 5 月 10 日、11 日、13 日 1 版,是当时《四川日报》改版第一天推出的头条新闻。这组报道推出了一个自力更生、艰苦奋斗的重大典型,对市场经济条件下企业科技创新和西部大开发具有较强的引导和激励作用。

《硅梦》《硅魂》《硅链》,构思新颖,环环相扣,层层深入,不仅把三代知识分子追求中华民族复兴的"硅梦"与现在的艰苦创业有机结合起来,而且重在写人，写人的精神，写产业链，写出了中国人的志气，写出了中国民族工业的希望。这组报道见报后受到省委、省政府主要领导表扬，在省内外产生广泛影响。受到这组报道影响，国际市场在多晶硅技术方面取消了对中国的封锁，省委省政府决定对张惠国科技创新团队重奖 100 万元，还决定以建设"西部硅谷"为目标，首次把电子信息产业确定为"一号工程"。

真的是"硅梦"在延伸，"硅链"在延伸，我们的深度报道在实现中华民族伟大复兴"中国梦"的大视野中延伸！

▎第三讲： 思考决定深度

深度报道难写，这是许多记者共同的体会。跳高运动员跳到一定的高度，再往上跳就很困难。一个新的主题，一个新的报道题材，宣传报道到一定的程度，再深入报道也是很困难的。因此，对于记者来说，采访能不能深入，对报道题材的开拓能不能有深度，深层思考起着决定性作用。在事实的集纳中，有多深刻的思考，就有多深刻的组合；有多宽阔的思路，才会有多丰富的事实；有多巧妙的分析，才会有多深刻的新闻。用一句流行的话说：思考决定思路，思路决定深度。

一、 运用反思的辩证思维方式， 分析人们普遍关心的重大社会问题或热点、 难点问题， 引导读者与作者一起思考

真理越辩越明，问题越讨论越深入。既然是重大社会问题，既然是人们普遍关心的热点难点问题，关心的人越多，认识也就越是难以一致，同时也很难说谁的意见绝对的正确或不正确。因此，深度报道在分析解释这些问题时，运用反思的辩证的思维方式是至关重要的。不善于反思，不善于辩证地看问题，好就是绝对的好，坏就是绝对的坏，就容易把复杂的问题简单化，也就谈不上有什么深度和力度。只有善于反思，多问几个为什么，才能防止

片面性，使分析具有穿透力、感染力、说服力。

由单向因果思维方式向多向因果思维发展，由传统的顺向思维方式向逆向思维发展，是采写深度报道的基本要求。有了这种反思的辩证思维方式，作者的思路才能开阔，才能由此及彼、由表及里地分析探索问题，才能提出新的思想、新的观念，写出新的深度、新的风格。

解读之一：《企业自主权哪里去了——侵权现象剖析》。

这是我和罗晓岗到企业做了深入调查研究后写出的调查性深度报道，原载 1991 年 9 月 6 日《四川日报》一版头条。作为"关于搞活企业的思考"专题报道的开篇之作，我们对企业自主权通过各种渠道和形式向某些部门"回流"的侵权现象是"抓准"了的，剖析的深度也是到了位的，提出的问题不仅引人思考，而且具有警示意义。例如：奇怪的是，许多企业领导明知有些检查、验收和摊派不合理不合法，非但不敢抵制，反而违心地"迎合"。人前笑脸，背后骂娘。何以如此？一位厂长道破"天机"："你想想看，哪些单位能摊派？哪些单位来检查？还不是有权管你的！"由此看来，落实企业自主权的确是搞活大中型企业的关键。该是不折不扣地落实企业自主权的时候了！这些呼吁和思考，至今仍然很有现实意义。

解读之二：《跨世纪的攻坚战——关于建立现代企业制度的思考》。

国有企业改革是经济体制改革的中心和重点，建立现代企业制度是国有企业改革的方向。1994 年底至 1995 年，为了推动建立现代企业制度的试点工作，进一步创造深化企业改革的良好舆论环境，《四川日报》以经济部为核心，举全社之力，集中力量，集中版面，以"迈向现代企业制度"为主题，连续刊出通讯、调查报告、专访、评论等 100 余篇。这次大型战役报道以五篇系列评论开道，分别以"改革先行者""三线调整潮""市场新生代"三路突击，形成波澜壮阔的企业改革舆论强势，最后以《关于建立现代企业制度的思考》作总结。时任省委书记谢世杰看了这些报道后批示："建议汇集印成一书，供各地参考。"

作为这次战役报道的主要策划者和责任编辑之一，我主动承担了撰写开篇评论《国营企业改革的方向——论建立现代企业制度》、收尾的深度报道《跨世纪的攻坚战——关于建立现代企业制度的思考（上）》。这篇深度报道的创新和深刻之处在于三个方面：一是全方位审视企业改革的历史方位，首次对四川的企业改革历程划分为三个阶段；二是找准了建立现代企业制度的三个突破口，即从公司制改造入手理顺产权关系，重新构造新的企业组织制度，强化企业内部激励机制；三是提出了建立现代企业制度的三个难点，即怎样真正实现政企分开，国有资产怎样保值增值，怎样从整体上搞活国有经济。这些思考现在看来，仍然是国有企业改革的重点和难点。具有前瞻性的是，我们当时便提出了"论事易，成事难"的警示，建议从"政资分开"入手，最终实现政企分开，特别指出"人们对国有资产在流动重组中出现的'流失'比较关注，却对国有资产因不能流动重组而出现的'漏失'视而不见。实际上，'漏失'比'流失'更严重，解决起来更难"。

　　解读之三：《家族企业社会化——与新希望集团董事长刘永好对话》。

　　国营企业的改革与民营企业的发展是一个铜板的两面。没有民营企业的发展，国营企业改革就没有"退路"。我对民营企业的重点关注是从希望集团刘氏兄弟 1997 年的"分家"开始的。与新闻界同类媒体的观点不同，我和唐小强、赵仁贵合作采写的《希望启示录》系列深度报道把这次刘氏兄弟"分家"称为"创新"和"裂变"，还把希望集团与国营企业的兼并重组称为"杂交"与"扩张"，给予了正面的积极评价和舆论支持，从而与新希望集团董事长刘永好结下友谊。1998 年，新希望集团属下的四家饲料企业剥离出来，整体改制为四川新希望农业股份有限公司，向社会发行股票，并在深交所上市。这标志着新希望集团已由一个家族企业向现代企业迈进。新希望之"新"，内涵深刻而富有想象空间，家族企业的自我超越和社会化既是家族企业发展到一定程度的必然结果，也是其做大做强做长的必然要求。1999 年 8 月，我与新希望集团董事长刘永好对话，共同讨论了家族企业社会化问题，写出了这篇具有一定思想深度和警示意义的对话录。

　　这篇对话录的警示意义在于两个方面：一是开门见山地指出了国外家族

企业的寿命，一般为 23 年左右；家族企业能延续到第二代的仅 39％，能够延续到第三代的家族企业只有 15％，这就是人们常说的"富不过三代"的魔咒；二是一针见血地提出了新希望集团产业格局的隐忧，明确告诉刘永好"新希望集团的产业格局给我的感觉好像是一架没有'机头'的飞机。你们目前以饲料业为'基础'而定位，那么'主业'呢？'基础'好比一个发展平台，'主业'才是核心竞争优势所在，它主导着企业的未来"。我提出的这些问题，实际上就是我们现在强调的民营企业和民营经济"转型升级"的问题，当时真的把刘永好问得"卡"住了。2003 年 3 月，我还为此写过三论《民营企业也要与时俱进》，引起社会广泛关注。

解读之四：《关于农业产业化的思考》三部曲。

这组深度报道原载《四川日报》2003 年 6 月 2 日、4 日、9 日 1 版，是我精心撰写的有关"三农"问题的趋势性、思辨性、针对性很强的代表作。上篇《市场导向是什么》，提出了三个导向，即跑田坎不如跑市场，种粮不如种草，优质不如优价。中篇《谁来投资农业》，提出了"新三资"投入农业的趋势、重点和路径，呼吁把造就和促进农业企业家成长作为建立农业产业化内在运行机制的中心，喊响了一个新观点："扶持'三资'龙头企业就是扶持农业产业化，保护企业家就是保护农民"。下篇《农村劳动力转向哪里》，指出了三个方向，即户口：从农业到非农业；打工：从城市到小城镇；素质：从体力到高技能。其中，《谁来投资农业》见报后被《人民日报》主办的《市场报》全文转载，题目改为《"新三资"投资农业产业化》。三篇报道作为一个整体，收入中央党校李君如等主编、新华出版社出版的《"三农"理论探讨与实践经验》一书。

二、"走向理性""走向思辨"正是深度报道的鲜明特色，深入采访、深度开拓报道题材的过程往往就是深层思考的过程，采写深度报道最重要的是坚持独立思考

采写深度报道的记者，一般都有这样的感受：几乎每一次调查研究，都

是一场痛苦的折磨。与平时的采访最不同的就是，当你拥有了一大堆材料的时候，你不知道应该把结论引向何方。不像平时采访，在获得素材的同时，也就获得了差不多现成的答案。有时在广泛的调查之后，反而获得的是一堆公说公有理、婆说婆有理的材料，你该作什么样的分析判断？这就要求记者具有观察社会的政治洞察力，要有剖析事物的思辨力，要有独立思考的基本功。

没有独立思考的基本功就没有开放的思路和比较的思维，就容易被假象迷惑，就容易上当受骗。事实的发展不仅有时序的纵向联系，而且还有与其他事物的横向联系。对事物的认识光有纵向思维往往达不到应有的深度，还必须进行横向探索。在这两种思维形式中，对比思维是帮助我们独立思考的最好方法。

任何事物都有不同的侧面。多向思维可以使我们从事物单侧面的认识走向多层面的认识，从非此即彼的形而上学中走向"两点论"。优秀的深度报道几乎都可以看到作者多向思维的独立思考活动。当我们对一个报道主题进行思考时，并不是一开始就理解许多事物和社会趋向的联系。起初的思考一般是无拘无束，伸向各个领域，形成一条条思维线，再经过去粗取精的筛选，留下最有利于深层思考的思路，抓住事物的本质并找出思路各端与这一本质的联系，便可以找出深层思考的最佳表现方式。于是，在记者的笔下，报道呈现出多种事实的巧妙组合，而多种事实的有机组合，又使思考达到一定分析的深度，表现出深度报道的独特魅力。

解读之五：《献给可爱的"天府之都"》。

这篇深度报道分为上、下篇，原载 2004 年 7 月 12 日、14 日，是我从经济部转岗时政·评论理论部后采写的一篇与新型城镇化有关的趋势性、思辨性较强的深度报道。题目之所以确定为《献给可爱的"天府之都"》，主要是针对当时成都市提出了五花八门的"成都名片"，暗含着我对"东方伊甸园"和来了就不想走的"休闲之都"之类的舆论"导向"和新闻"炒作"不满意，有一种正本清源的想法。与中央和省市同类媒体对成都市的城乡统筹改革试验异口同声的"吹捧"有所不同，我采写的这篇深度报道保持了比较客观、冷静和独立思考的态度，对大成都的城市化和竞争力提出了一些值得深思的新理念、新问题。

上篇《大成都的城市化》提出了三个新理念：即城市化与"都市圈"，城市化与"城市群"，城市化与"农民变市民"，从而把新型城镇化的基本思路和发展方向展现在读者面前，为认识和思考大成都的城市化提供了一个新的坐标。

下篇是《大成都的竞争力》，主要是对成都市提出的"三最"目标进行客观、冷静地分析，指出成都市与其他城市的产业差距和投资环境差距。从城市竞争力看"三最"，从产业支撑看"三新"，从"太阳神鸟"看文化创新，这些视角都是别的媒体很少报道或刻意回避的。没有想到的是，这两篇报道见报后，成都市百花潭公园的宣传栏用大字报的形式把四川日报的这两篇报道全文抄录并张贴出来，供游人阅览；成都市委宣传部为此专门发了一期简报，把这两篇报道复印出来发给各区县参考。后来，"东方伊甸园""休闲之都"也慢慢淡出官场视野，"天府之都"成为成都市最得人心的"名片"，突出表现在成都市推出的大型宣传电视片《天府的记忆》中。

三、深度报道的深度思考，必须遵循新闻规律，必须具有新闻的特质，必须坚持与读者平等对话的原则

深度报道的基础是新闻事实，不管是思考型报道、解释性报道，还是系列报道、组合报道、趋势报道，最基本的东西是事实，总是先有事实，后再思考。离开了事实，所谓思考，不管是宏观的还是微观的，只是想象而已。我们现在有些深度报道文学化倾向很重，人工雕凿痕迹很明显，这样便使报道失去了可信性。另外，有些深度报道虽然具有一定的宏观思考，但时效很差。也有一些深度报道，作者自己的主观分析太多，带着作者个人的好恶。

深度报道中很大一部分是问题性报道、反思性报道、批评性报道。反思和批评，应力求深刻。但深刻却不必尖刻。也就是说，看问题要入木三分，

表述时却要讲艺术。我们揭露矛盾和批评错误，不是为揭露而揭露，为批评而批评，而是为了解决矛盾和改正错误。我们揭露和批评，不是为了使人泄气，使人松懈斗志，使人丧失前进的信心，而是要给被批评者、读者以及批评者自己以教育、以鼓舞、以力量。这就要求我们的报道既尖锐又不伤害人；既严肃又留有余地；要批评，莫指责；要帮助，莫打棍子；要对话，莫训话；要和颜悦色，莫板着面孔；要和风细雨，莫严词厉色。批评的尖锐性在于事实本身，而无需摆出一副盛气凌人的架势。即使是反思报道，也应该尽可能采取促膝谈心式的、对话式、探讨式的态度，决不能采取"我打你通"式的强词夺理的态度。正如医生不仅给病人找病根而且还给病人开处方一样，采写问题性报道、批评性报道，还应该在分析原因的基础上，尽可能找出解决问题的办法，为解决问题提出建设性意见。

记者要思考，读者也要思考。现在的读者已不满足于听别人怎么说，而要对记者报道的事实作出自己的思考。因此，记者写深度报道时应注意以下三点：暗含观点，含而不露，给读者留有充分思考的余地；提出问题，引而不发，逼着读者思考；公布事实，开展辩论，吸引读者。

▎第四讲： 细节决定成败

有人说一个优秀的新闻记者，应该要有一双"鹰眼"。老鹰飞得高，看得准，扫视于万丈高空，着眼于方寸之间，甚至苍茫大地上一只小鸡的一举一动也逃不脱它的眼睛，俯冲而下，一抓就准。这就是发现新闻的独特眼光，见人所未见，言人所未言，可遇又可求，该出手时就出手，这就是"时机"，这就是"细节"。

也有人说，一个优秀的新闻记者，应该有一双千里马一样奔腾的"健蹄"，一旦发现了什么感兴趣的东西，便星飞云驰，毫不迟疑地将其追捕捉拿到手。这就是捕捉新闻的独特瞬间，分秒必争，早一步就是新闻，晚一步就

是旧闻，第一时间，第一地点，这就是"细节"。

　　我想说的是，优秀的新闻记者还应该有一个独立思考的大脑，没有大脑的当机立断，没有大脑的随机应变，就没有鹰的"发现"，就没有马的"捕捉"。就采写深度报道而言，单有鹰的眼力和马的健蹄的记者，还算不上是一流的记者，判断力高强的记者才是一流的记者。"是非之心，智之端也。"判断力是什么？就是人的思辨能力，就是人的"是非之心"。采写深度报道，你要有两只鹰眼发现猎物，你要有一双健蹄捕捉猎物，你要有一个独立思考的大脑统揽全局，判断是非，三者兼备，你才能运筹帷幄之中，制胜千里之外。只有深思熟虑，独立思考，才能在瞬息万变的新闻竞争中以小见大，见微知著，把握全局，厚积薄发，稳操胜券。这就是心有灵犀的那一点智慧，这就是洞察世事、辨别真假、去粗取精、沙里淘金的那一点"真知"，这就是"细节"。

　　就采写深度报道的"内功"和"技巧"而言，还有很多细节，例如选题立意中把观点喊响的画龙点睛之笔，在谋篇布局中把趋势说透的独具匠心，在别人已经用过的新闻素材基础上变换角度，在深入浅出的平铺直叙中融入诗情画意，这些都是决定一篇深度报道成败的关键性细节。

　　新闻是一种信息资源，具有开掘的广阔性。对于深度报道关注的重大题材，很多是指令性报道，尽管已经多次报道过了，但只要深入采访，从不同角度开掘，多在思考的深度和写作细节上下功夫，仍然可以在"深"中求"新"，"活"中求"新"，出奇制胜，实现新闻价值最大化。

　　这就是"精耕细作"！这就是"新闻艺术"！

　　一、 从画龙点睛看 "新闻眼"

　　所谓"新闻眼"，就是新闻的"看点"，新闻的"魂魄"，新闻的"标题"，深度报道的"点睛之笔"。用目前流行的话说，就是把观点喊响，把趋势说透，让人一听就产生共鸣，让人一看就感觉真实可信。

　　解读四川日报有关汶川特大地震抗震救灾的深度报道——

　　新的观点：《最顽强的坚持需要最坚强的信心》（2008 年 5 月 22 日）；《以

人为本：抗震救灾的一面旗帜》（2008 年 5 月 25 日）；《大爱无疆：抗震救灾的不朽丰碑》（2008 年 5 月 28 日）；《重建家园：燃起生活的希望》（2008 年 6 月 3 日）；《由灾后重建想到"抗震兴川"》（2008 年 7 月 8 日）。正是这几篇评论提出的这些新观点，成为我后来采写抗震救灾一系列深度报道的灵魂、主题，这是最引人注目的"新闻眼"。中宣部《新闻阅评》特别为《以人为本：抗震救灾的一面旗帜》发了一期表扬的简报，认为这篇评论论述深刻，入情入理，让世界看到了一个万众一心、不屈不挠、友爱互助、自强不息的民族，看到了一个开放透明、以人为本的中国。

新的视野：《四川告诉世界：中国的伟大力量——写在汶川大地震抗震救灾一月之际》；《世界关注四川：科学重建的强大力量——写在 5·12 汶川特大地震一周年之际》；两个大标题分别是两个不同的大视野，第一篇的七个小标题都用"越是危急时刻，越是需要什么"的排比句式，以四川人民抗震救灾的亲力亲为分别告诉世界一个震撼人心的"中国信念"，结尾三个"回望"使人们比任何时候都更加清醒地看到中国抗震救灾的伟大力量；第二篇的五个小标题分别从世界关注四川的不同角度，把科学重建的思路提炼升华为朗朗上口的对偶警句，排比铺张，彰显出科学重建的伟大力量。这些关键环节的"画龙点睛"不仅显示了《四川日报》"高人一筹"的谋篇布局，同时也彰显出《四川日报》在同类深度报道方面"先声夺人、厚积薄发"的核心竞争力。

新的细节：《从悲壮走向豪迈的中国奇迹——写在汶川特大地震三周年之际》，率先提出再生性跨越的"四川模式"，在同类报道中凸显构思和立意的"深"中求新和主旋律创新。

构思这样一篇长达两万多字的编辑部文章时，《四川日报》编委会有一个前所未有的要求，这就是要写出一篇具有"史诗般"意义的标志性作品。最大的难题在于，三年抗震救灾的宣传报道已经把所有应该报道、能够报道的东西都反复炒了多遍，即使炒"回锅肉"也快炒出怪味了，我们还能从哪方面"创新"呢，还能从哪里激发"诗情"呢？经过深思熟虑和独立思考，我

发现了一个可以有所创新的突破口，这就是再生性跨越的"四川模式"！

了解省委书记刘奇葆在国防大学演讲情况的人都知道，省委对抗震救灾三年的成就有一个基本评估，权威的说法是五个方面：即灾区规划建设整体性提高；民生事业突破性进步，基础设施根本性改善，产业发展再生性跨越；城乡面貌历史性巨变。我对这五个方面的成就没有怀疑，特别是对"再生性跨越"的提法很感兴趣，总觉得用它来统揽灾后重建的思路和成就比较合适，如果用它来概括产业发展的成就既贬低了"再生性跨越"，又夸大了产业发展的成就。

我认为，说产业发展结构性优化比较符合实际，应该把"再生性跨越"升华为灾后重建的"四川模式"，这样一来就找到了编辑部文章的"魂"，就找到了抗震救灾"四川经验"的内在动力和创新之路。如果以这样的立意构思编辑部文章，"新闻眼"就做活了，不仅"史诗"的激情有了，而且也是能够经受区域经济发展的理论验证与实践检验的。主要问题在于省委书记刘奇葆是否同意我的这个极为细小而又影响全局的变动、创新、突破。

巧就巧在正当我构思初稿的时候，2011年2月9日，刘奇葆到四川日报社拜年来了，我抓住机会，告诉刘奇葆我正在构思抗震救灾的编辑部文章，在他提出的三个奇迹的基础上，我认为还有两个奇迹，一个是灾区实现再生性跨越的四川模式，这是区域经济发展的新模式，可以和深圳模式、浦东模式、苏南模式相提并论。刘奇葆听了，显得很兴奋，回答说："是吗？你的认识比我高得多。我现在还没有从理论上去研究这个问题，可是有不少同志在问我，四川经历了这么一场大灾大难，它的经济社会发展为什么实现了一个新的跨越？它肯定是有原因的，也是非常不容易的，里面是模式还是什么的，我还说不清楚。"我接着说："至少说四川经验是没有问题的。还有一个就是对口援建，它是抗震救灾的中国模式。"刘奇葆又说："这是我们社会主义制度的优势。这是制度创新，它和自力更生、艰苦奋斗结合在一起。可以循着这个思路去研究一些问题，经历了这么一个大灾大难，我们遭受了这么大的损失，我们现在实现了经济社会的全面发展，而且发展的速度还不慢，原因既有社会主义制度的优越性，也有我们发展思路上的一些可取之处。"临走的时候，刘奇葆嘱咐我："你好好研究，把你的想法告诉全社会。"就这样，吃了一颗定心丸，编辑部文章的构思和立意确定了！

至于后来见报的编辑部文章写得如何，我就不多谈了，大家可以找来看一看，我只是强调"细节决定成败"！

二、 从多元视野看 "时空转换"

所谓"多元视野"，就是新闻的"选材"，采访的"路径"，既要"自上而下"也要"自下而上"，既要"去伪存真"也要"去粗取精"，既要由此及彼也要由表及里，既要敢于"把细节挖深"又要善于"把死材料变活"，形成全方位、多层次、集约化的立体报道思路。

传统的深度报道，特别是以宣传先进人物、先进经验为主的重大典型报道，基本上遵循的是自上而下的报道路径，大致可以概括为："贯彻上面的某些精神——记者下去寻找对应典型——媒体报道——高层倡导——多种媒体持续宣传——发动群众学习。"这种报道路径有一个明显的优势，就是可以在短时间内使其宣传效果和影响力达到峰值，形成轰动效应。但其不足之处在于——单一的政治价值取向和单向的以偏概全的倾向，容易使受众产生逆反心理和怀疑心理，从而降低了深度报道的可信度和感染力。在个体意识和民主参与意识不断张扬的今天，深度报道的创新越来越多地采取自下而上的报道思路，在引入多重叙述方式视角的同时，更多地采取了"润物细无声"的多层次、多声道表达，从而使深度报道不仅具有信息来源的广度和个性思辨的深度，而且具有"时空转换"的时代纵深感和身临其境的现场感，增强了深度报道的感染力。就《四川日报》而言，最有影响的就是有关王顺友的报道和林强的报道，还有就是抗震救灾的报道和有关西部大开发的一系列深度报道。

汶川大地震抗震救灾的深度报道，最难的是如何把事件的细节挖深，如何把死材料用活，如何把跨越三年的大时空转换为一个个活生生的特写镜头。

我们的创新之处在于，以当事人的感受，以目击者的视角，以说书人的口碑，告诉全世界：中国力量有多强，中国道路有多宽广，中国精神是什么。与角色转换相关的还有叙述视角的转换和"官话"与"人话"、"普通话"与"四川话"的语言转换，由此形成《四川日报》抗震救灾报道的多元视角。

至于《四川在西部大开发中的历史方位》三部曲，《长江上游生态屏障的思考》三部曲，《关于农业产业化的思考》三部曲，则更是通过跨越时空的多元视角，提出了一个个值得深思的问题。

还是看一看《关于建设长江上游生态屏障的思考》的构思和立意吧，早在 2001 年初采写《"天府"三问》中已经提出"资源开发为什么带来灾难性后果"这一严峻问题。此后，我一直进行专题调查，所见所闻所思，无不深刻感到"长江有变成第二条黄河的危险"。我反复思考的问题是：长江上游的生态屏障好比母亲的怀抱，母亲宽广的胸怀，哺育着长江，哺育着巴蜀儿女，又是谁哺育着她？

正是在长达一年的深入采访和深入思考中，我参加了一些学术讨论会，阅读了一些生态学、地质学和环境保护等方面的专著，进一步了解到专家学者的大量研究成果，更深刻地认识到生态平衡是不可抗拒的自然规律。我惊喜地发现，正是地球自身的演化使四川成为长江上游的生态屏障。四川之美，美在山高；四川之险，险在水急。山高水急，祸兮福兮，就看生态平衡与否！于是，我接受了一种新的发展观念：对于人类来讲，走向富裕的路千条万条，但经济建设与环境、资源协调发展的路只有一条，这就是可持续发展——"绿色的发展"。于是，我提出了一个新的思路：对于四川来说，实现建设西部经济强势的战略目标，理当选择追赶型、跨越式发展的路子，但建设长江上游生态屏障，却必须因时因地制宜，严格按生态规律办事，这就需要进一步从"生态道德"走向"绿色的生活"。于是，我坚信：厚德载物者生生不息，人类只能与自然和谐共存、协调共进，从而找到了采写《关于建设长江上游生态屏障的思考》的主线，使这组报道有了一个统揽全局的灵魂，这正是决定整个报道成败最关键的细节！

"绿色的发展"就在我们脚下，"绿色的生活"就在我们身边，这些都是活生生的现实，采访难度不大，写作难度也不大。难就难在采写"绿色的平衡"时，需要把长江上游生态环境的历史变迁与严峻现实结合起来考察，涉及一些古地质、古生物、古人类学和自然灾害史的专门知识，可用资料多而不活，时空跨度大，选择材料和谋篇布局既要独具慧眼，更要独具匠心。写作时，我去粗取精，开门见山，选择三个新闻事件为三个小标题，层层深入地提出人们最关心的问题，引导人们思考。正是在对这三个新闻事件引出的三个问题的回答中，我巧妙地把长江上游生态环境的历史变迁和严峻现实有机结合起来了，引人思考，发人深思，使人们对生态平衡规律和生态失衡的灾难有了新的认识。也正是"绿色的平衡"写活了，带给我们深刻启示，"绿色的发展""绿色的生活"便顺理成章，形成环环相扣的"生态链"!

进入互联网时代，舆论生态和传媒格局变革，传统纸媒在信息传播的快捷、海量与互动方面越来越不占优势，唯有依托其权威资源，在"深"字上精耕细作，不断创新传播方式，从而培育起新的核心竞争力。在深耕细作中，除了报道形式的"集约化"、宏观视野的"全方位"，最重要的是分寸把握恰到好处。特别是政策性、前瞻性较强的深度报道，更要注意把握好尺度，尽可能经受得起实践的检验。也就是说，既要"把趋势说透"，更要"把趋势说准"。

三、 从诗人情怀看 "深入浅出"

深度报道的独立思考是面向大众的思考，思考的目的是为了给予人启示，启发读者一起思考。这种独立思考与学者的学术研究不一样，既不能像学者那样钻牛角尖，也不能像学者那样坐冷板凳，它必须与社会同步，与读者共鸣，既要深入，也要浅出，这就有一个大众化的表现形式和表现能力问题。无论你的思考有多深，无论你的观念有多新，都只有用通俗易懂的语言和为受众喜闻乐见的形式表现出来，才可能被更多更广泛的受众所了解、所接受。这就是我们一再强调的如何使深度报道入眼入耳入心的问题。

对于新闻记者而言，采写深度报道，深入难，浅出更难，浅出而不浅薄难乎其难。提高深入浅出的表现能力，就要像诗人那样锤炼推敲语言文字，就要像诗人那样充满激情。为什么新闻记者要像诗人那样充满激情呢？这是因为你写的东西连你自己都不能感动，又怎么能感动别人呢？深度报道中很大一部分是问题性报道、反思性报道、批评性报道，只有当记者对一个问题有了深切感受，到了有话要说、不吐不快的时候才能有感而发，才能一吐为快，才能畅所欲言，这就需要有一种诗人般的激情。也就是说，深度报道的深度也包括感情的深度。

情到深处是真诚。我采写西部大开发的深度报道和抗震救灾的深度报道时，不仅有一种深深的忧国忧民情怀，而且有一种舍我其谁的担当和真诚，这是别人体会不到的。

采写深度报道最头痛的是，怎么样才能把报道写得短些、短些、再短些，总觉得有很多话要说，却又不知道应该怎么说，思考得很深，提出的观点也很新，就是不知道如何把它说得清楚，让人一听就懂，一看就明白。这里不仅有一个深入浅出的问题，而且有一个新闻语言的表达问题。我认为，新闻语言与诗的语言具有相通之处，都要惜墨如金，用最简练的语言表现最复杂的感情，传播最多的信息。新闻记者应该向《诗经》学习语言艺术。《诗经》的语言，巧妙地运用了描写手法，常常在一篇诗中交错使用比喻、拟人、借代、夸张、对比、对偶、排比、设问、反问等各种修辞，前后配合，互补互衬，珠联璧合，浑然一体，把诗人情怀表现得丰富多彩，鲜明有力。诗经的作者对客观事物进行了细致深入的观察，掌握了事物的特点，抓住了事物的典型特征，不仅能用极少的语言生动地表现出事物的情貌，而且能在直书其事、直抒胸臆的基础上配用比、兴手法，在直叙事物中寄寓深情，含而不露，使意在言外，言尽而意长，产生回味无穷的感人效果。

解读《牛经新弹——峨眉山市企业产权制度改革启示录》，原载 2001 年 5 月 23 日 1 版头条，形象生动地把产权比作"牛鼻子"、把项目比作"牛肚子"、把政府比作"放牛娃"，给人耳目一新的感觉。

解读《"马·车·炮"战略——"三个代表"在四川·眉山篇》，原载2002年9月29日1版，把眉山市提出的"融入成都、错位发展、强工稳农、追赶跨越、富民兴市"战略思路比喻为善弈者谋势的"马·车·炮"互动战略，也算得上是走了一步"谋定而动、满盘皆活"的好棋！

说到诗人情怀，还有一个情志、情趣问题。我们常说"仁者乐山，智者乐水"；我们常说"诗言志""悲愤出诗人"。从《诗经》到《楚辞》，从屈原、陶渊明到李白、杜甫、苏东坡，我们的文化传统和独立人格深受诗人情怀影响。特别是在语言艺术方面，还有"诗中有画、画中有诗"的山水画传统和技巧可以借鉴。总之，我们要把深度报道的时代感、真实感，熔铸在诗的情思、诗的意境和诗的激情之中，尽可能把报道写得深入浅出，形神兼备，生动感人。

当然，我自己采写的深度报道在独立思考方面不能说没有自己的创新之处，但在深入浅出方面却只能说仍在努力探索，至今没有形成自己的一技之长。就我自己的体会而言，我在表现形式上比较重视四个关键环节：一是谋篇布局讲气势，关键是把握好开头结尾的珠联璧合；二是起承转合讲逻辑，关键是把握好多元视角的时空转换；三是遣词造句讲节奏，关键是把握好直抒胸臆的比兴修辞；四是添油加醋讲火候，关键是把握好"诗中有画、画中有诗"的回味境界。

▌第五讲：　山高人为峰

"山高人为峰"，原句摘自国画大师张大千的友人所赠送的对联："山至高处人为峰，海到尽头天是岸"，意境高广开阔，说明了一个人只要肯登攀，就能达到"登泰山而小鲁"的境界。实际上，每个人都是一座山，世上最难攀登的山就是自己，人往高处走，即便一小步也有新的高度，用毛主席的话说也叫"好好学习，天天向上"；"世上无难事，只要肯登攀"。

从人才培养和自我修养的角度看，根深才能叶茂，厚积才能薄发，登高才能望远。我在《四川日报》工作 32 年，经过多岗锻炼，担任过 12 年经济部副主任、四年时政·评论理论部主任，在新闻采访、新闻编辑、新闻评论和深度报道方面有着多方面积累。在新闻人才培养、新闻思维和新闻价值的理论研究方面，我提出过"杂家——专家——大家"三个台阶论和"复合人才模式"说，还提出过"新闻思维：新闻价值观＋历史思维＋逻辑思维＋形象思维"的"复合思维"说，还提出了"新闻价值能量说"的新观点。这些新闻理论的学术观点很大程度上是受到采写深度报道的启示，是从新闻实践中总结出来的。

也有人说我采写的深度报道和新闻评论比较大气，具有政论性深度报道的特点，甚至说是"梅式风格"。对此，我既不敢承认，也不愿否认，因为我确确实实有这方面的新闻追求，只是仍在途中，仍在"好好学习、天天向上"的不断攀登和自我探索之中。我对自己的深度报道和新闻评论有两个基本要求，我在 2013 年《四川日报》六十周年座谈会发言中已经当着刘奇葆书记的面讲过了，一是"见微知著，先入为主"，二是"厚积薄发，重点突破"。我认为，任何主旋律的形成和新闻人才的成长，都有一个因时而动、顺时而生的时机问题。新闻记者的本能就是与时俱进，因时而动，在恰当的时机用恰当的方式把恰当的新闻事实或新闻观点报道出来，恰到好处地挠到社会舆论的痒处。这就是"见微知著、先入为主"的意思，今天主要讲一讲"厚积薄发"的问题。

一、 他山之石可以攻玉

在四川日报社，有很多到外地采访的机会，也有不少出国采访的机会，对我们开阔眼界、转变观念、积累经验具有不可替代的作用。

解读之一：《走向现代化——四川省代表团赴广东考察纪实》。

原载 1995 年 9 月 28 日、10 月 4 日 1 版，比较深入地报道了四川代表团考察广东的所见所闻所思所想，对推动四川的改革开放和发展起到了解放思想、转变观念的启示作用，也对我后来采写《关于巴中经验的思考》拓宽了思路。上篇《寻求新突破》，分别写了"发展才是硬道理""先行一步天地宽""改到深处是产权"三个问题，比较集中地报道了广东人的发展观念、开放观念和改革观念。下篇《走向现代化》，分别写了"规划也是生产力""抢占制高点""先富带后富"三个问题，比较集中地报道了广东到 2010 年基本实现现代化的战略目标和发展思路。

这组报道的深刻之处在于：新视角带来新思路，新思路带来新突破，把广东的一切经验、一切成就，都归功于邓小平建设有中国特色社会主义理论，归功于发展社会主义市场经济这个"硬道理"。广东人说："有了这个硬道理，就能管住软道理、小道理、没道理。"广东人眼里是"大发展小困难，小发展大困难、不发展难上难"，再大的困难也不能动摇发展。在广东，很少听到姓"社"姓"资"的争论，只要符合三个"有利于"标准，他们就大胆地试，大胆地闯，勇于探索，敢于创新。这些"真经"见报后不仅在四川引起反响，也得到广东省委领导的好评。据说，广东省驻四川办事处把这两篇报道传真回去了，广东省委还把这两篇报道复印省委、省政府领导每人一份，还批评当地报纸为什么没有写出这样的报道。

需要说明的是，这组报道之所以写出了广东的"真经"，主要是因为广东方面对四川代表团的考察高度重视，考察座谈过程中对四川代表团推心置腹，言无不尽。时任中共中央政治局委员、广东省委书记谢飞不仅与四川代表团座谈，而且亲自为四川代表团安排考察路线，选择考察地点。到国家重点扶贫的清远市考察，就是谢飞同志主动提出并亲自安排的。

特别值得一提的是，具体负责接待四川代表团的是时任广东省委常委、常务副省长张高丽同志，他自始至终陪同四川代表团考察，他接受了我的采访，对我的报道很有启发。张高丽当时一直分管规划，深感一个长远规划搞好了，可节省大量投资，用较少的钱办更多的事。规划不好，盲目投资、重复建设，会破坏生产力，他特别强调"规划就是生产力"，特别强调"抢占制高点"。

解读之二：《后来居上的增长点——关于山东经济快速发展的调查与思考》。

原载《四川日报》1996年6月17日2版头条，是我随四川省委省级机关党校第26期处级班学员到山东考察后写出的考察报告。它的深刻之处在于：对于四川而言，山东的吸引力不仅在于人杰地灵，更重要的是它的经济发展奇迹，过去的经济发展水平与四川差不多的山东，自改革开放以来捷足先登，经济总量已跃居全国第三位。山东何以后来居上？它的经济增长点在哪里？这篇调查与思考主要提出了三个增长点，一是"三来一补"的"外向型经济"，二是产业结构、产品结构和企业结构的"嫁接改造"，三是城乡一体的"乡村工业化"。这些增长点对四川的发展是很有借鉴意义的，对我后来提炼巴中经验起到了立竿见影的作用。

解读之三：《关于巴中经验的报告》三部曲。

原载《四川日报》1996年10月30日、11月11日、11月15日1版头条，集中突出地报道了巴中地区建区三年来，弘扬兴川精神，在两个文明建设中取得的成就和经验。这是《四川日报》继"黔江精神"的系列报道之后，又一次成功的系列典型报道。"上部"《飞跃：思想观念的突破》，重点写了三大突破，一是"启动一个总开关：解放思想"；二是"选准一个突破口：基础建设"；三是"建立一种新机制：政策效应"，最重要的思想观念是受到广东考察的启发提炼出来的。"中部"《发展：增长点上下功夫》，重点写了交通、招商引资、特色经济、乡镇企业、劳务输出等增长点，很明显是受到山东考察的启示提炼出来的。"下部"《动力：扎根在人民之中》，重点提出了"扶贫攻坚仍然是关键在党、关键在人"的三个关键问题，一是"钢班子"带出铁队伍，二是重中之重的"基础工程"，三是"身先士卒、真抓实干"。这组报道的可贵之处在于，第一次对巴中经验的"内涵"和扶贫攻坚路径进行了全方位、多层次的深入思考，为贫困山区怎样发展社会主义市场经济提出了一个新的思路、新的模式，引起中央和全国新闻媒体的关注。后来，国家有关部门多次在巴中召开现场会，全国各地贫困地区纷纷到巴中考察取经，巴中成为全国扶贫攻坚的一面旗帜，成为国务院总理温家宝的联系点。后来有关"巴中经验"的宣传报道和经验交流，基本上是在我们这组报道的基础上延伸、升华的。

这组报道见报后，四川日报社舆论研究小组专门写了一篇评析，从五个方面分析肯定了报道的"可贵"之处。实际上，真正的可贵之处只有一条，这就是"他山之石可以攻玉"，没有广东经验、山东经验的借鉴和启示，我无论如何提炼不出巴中经验的"真谛"。

例如：越是贫困地区越要进一步解放思想，巴中地区从上到下形成了一种共识：思想解放的程度，决定观念转变的深度，决定改革开放的力度，决定经济发展的速度，巴中地委把解放思想称为"先导工程"，也叫"换脑工程"，作为启动改革开放和两个文明建设的"总开关"，做到"多换思想少换人，不换思想就换人，换了思想不换人"，"我们巴中的发展，用的是邓小平的思想"，"大发展小困难，小发展大困难，不发展难上难"，这些话都是我们在广东考察时耳熟能详的。如今结合"巴中经验"，融入贫困地区扶贫攻坚的实践中，不仅具有振聋发聩的作用，而且确确实实揭示了巴中经验的"真谛"。

用历史的眼光看，改革开放前的深圳等沿海特区不也是一穷二白的渔村吗，他们先富起来的跨越式发展归根到底与贫困地区的扶贫攻坚是相通的。现在看来，我们对巴中经验的报道总体上还是能够经得起实践检验的。

二、站在 "巨人" 的肩膀上

理论之树长青。

在中国，改革开放以来，理论研究成果转化为党和政府的战略措施和方针政策大约有三至五年"时间差"，党和政府的战略措施和方针政策在实践中开花结果大约也有三到五年"时间差"，也就是说新闻媒体对发展成就、改革经验、社会热点难点焦点问题的关注一般要比理论研究落后至少三到五年。新闻记者如果对理论研究感兴趣，不仅对党和国家发展趋势、发展战略、发展动向具有前瞻性、全局性把握，而且对改革、发展、稳定中出现的实践经验、发展成就、社会热点、难点、焦点问题具有特殊的新闻敏感和"先入为

主、先声夺人"的话语权。这是深度报道厚积薄发的根基所在，源泉所在，也是新闻记者超越自我、超越别人的捷径。

理论积累贵在权威，贵在前沿，贵在系统性。对新闻记者而言，需要阅读最权威的学术期刊，追踪最权威的学者动态，掌握最前沿的研究信息，分清学术界的门派和分歧。我最喜欢的两种期刊分别是《中国社会科学》和《新华文摘》。

理论积累要自己动手做简报资料。

解读之一：《大成都的城市化》《大成都的竞争力》。

采写这两篇深度报道不仅需要从理论上弄清楚"城市化""都市圈""城市群""城市竞争力"等概念的内涵和外延，它们之间的联系与区别，而且要结合大成都的实践，回答"天府之都"为什么要加快城市化？城市化向何处去？说实话，采写这两篇报道前，我自己也不清楚。为此，我特地到新华书店买了一本中国城乡建设部主编的《中国的城市化》，查阅了不少有关城市化的学术讨论文章，特别是认真研究了四川大学 2000 年出版的由王荣轩主编的《构建西部战略高地》。正是对这些理论研究成果的兼收并蓄，使我站在城市化的理论前沿和实践"高地"，写出了这样两篇"高人一筹"的深度报道。

解读之二：《农业产业化的思考》。

采写这组深度报道不仅得益于我在农村长大的特殊经历和实践体验，而且立足于我在四川日报经济部 10 多年对"三农"问题的长期观察与思考。

"农业产业化"这个社会热点最初是由新闻界的报道推动的，最早喊响"农业产业化"这个话题的是《人民日报》经济部主任艾丰。20 世纪末，我和唐小强总编辑一起到湖南长沙参加了由人民日报社主持召开的全国农村经济报道研讨会，会上看到了艾丰提交的一篇专门探讨农业产业化的经济理论文章，还专门听取了著名经济学家林毅夫的主题报告，还听取了中央农村工作领导小组办公室副主任陈锡文的专题演讲，引起我对农业产业化的关注和思考。回到成都后，我执笔写了一篇《农村经济报道面临新突破》的论文，刊登在《新闻界》。到 2003 年采写这组深度报道时，有关农业产业化和现代农业的理论研究和社会实践已经成为破解"三农"问题的热点、难点，"减少农民才能富裕农民"的呼声越来越强烈。谁来投资农业？农村劳动力转向哪里？市场导向是什么？我的思考不仅与艾丰、林毅夫、陈锡文等专家学者的思考心心相印，而且与农民兄弟、乡村干部的思考息息相关。特别是对市场导向的思考、对农业结构的思考、对"三农"问题根本性难题的思考，体现了理论与实践相结合的思想品格，具有求真务实、与时俱进的前瞻性。

解读之三：《绿色的平衡》《绿色的发展》《绿色的生活》。

这组深度报道中引用了不少专家学者的研究成果。例如，成都地质学院的吴熙纯、谭光弼，地球物理学家、中科院院士马在田，中科院院士欧阳自远，北京大学教授刘沛林，中国区域生态经济专业委员会主任沈亨理，中科院院士刘建康，我对他们的研究成果主要是从他们的学术论文、讲座和有关新闻报道中了解到的，并没有对他们面对面地进行采访。我在新华书店买到了一套由新华出版社出版的《走向科学》上、中、下三本书，集中刊载了100名院士在各地作专题讲座的内容，使我从中了解到大量的学术前沿的研究信息和科普知识，开拓了我的视野。别人看了我写的《绿色的平衡》《绿色的发展》《绿色的生活》，都觉得我是一个"学者型记者"，说明我的的确确是站在专家学者的肩膀上，表现出求真务实的"书卷气"。

三、 扎根于人民群众之中

深度报道一定要"接地气"。

我把自己采写的深度报道概括为"顶天立地"模式，意思是要把中央的决策、理论的创新与基层的实践和老百姓的喜怒哀乐结合起来，以我自己的独立思考为基础，厚积薄发，重点突破，尽可能说自己想说的话，尽可能说"人人心中所想、口中所无"的话，形成自己的"一家之言"。这是一种"三结合"的新闻创新之路，体现了"三贴近"的原则。

深度报道以"求深"为特征，首先需要记者深度采访。"没有调查就没有发言权。"不深入采访，既不可能多侧面、多角度、全方位地透视和扫描事物，也不可能动态地进行式的反映事物的矛盾运动，更不可能透过复杂纷繁的社会现象揭示事物的本质。想想看，面对热点问题，人们议论纷纷，观点相左，要弄清是非并说服读者，不深入采访行吗？面对人们熟视无睹的老大难问题，要发现老矛盾的新变化，找出解决问题的新办法，不深入采访行吗？要"反思"，要"追踪"，要"探源"，要"透视"，要"剖析"，要"面面观"，要"纵横谈"，这一切都必须首先取决于采访是否深入。纵观优秀的深度报道，无一不是深入采访的结果。采访越深入，报道越有深度，这是采写深度报道的一条规律。

我自己在新闻实践和新闻创新中比较重视保持记者的独立人格和求真务实的思想品格，也拒绝了一些"官样文章"的采写任务。

我的新闻理念在《记者的追求与史笔》中已经提出："以'史家笔'写新闻，新闻不朽！"

|松武按| 2014年8月28日至9月25日，四川日报报业集团为使编采人员加深对深度报道的了解，进一步提高自身业务能力，特邀请梅松武结合自己的新闻实践，举办了五次"深度报道专题讲座"，以上分别是五次讲座的提纲。

后 记

直到四川人民出版社的编辑通知我到出版社签订出版合同的那一刻，我对自己的新闻作品汇集出版还没有足够的信心。因为在新闻出版"一条线"上摸爬滚打了 30 多年，我虽与出版部门的同人没有多少交往接触，但对新闻出版行业当前面临的网络媒体和电子出版的激烈竞争和严峻挑战还是深有感触的。尤其是在专业类、学术类书籍出版越来越"冷"的情况下，我把自己30 多年来为《四川日报》采写的深度报道和新闻评论汇集为《"天府"三问》《川江评论》《记者观潮》三本书稿，由四川日报报业集团党委书记陈岚推荐给四川人民出版社，并如愿以偿得到了四川人民出版社的鼎力相助而顺利出版，这是我的幸运！他们看重的是这三本书稿真实地记录了四川作为改革策源地的"中国特色"和敢闯敢试的"四川经验"，留下了《四川日报》新闻创新和新闻改革的"足迹"，表现出川报人"正义直言史家笔"的新闻追求和优良传统。我不能不对四川日报报业集团党委书记陈岚同志和四川人民出版社社长黄立新同志以及相关领导和责任编辑说一声"谢谢"，对你们的鼎力相助致以真诚的敬意！

接下来，我想说一说出版这三本书的初衷。

那是 2012 年 8 月 30 日（农历七月十四日）上午，《四川日报》60 周年庆典在成都市龙泉星光花苑宾馆隆重举行。巧得很，这一天刚好是我 59 岁生日。

当时，我早早地驾车到了星光花苑宾馆，在庆典主席台前正中前几排找了个位置坐下来，认认真真观看了开幕前播放的《川跃六十年》宣传片。

《川跃六十年》集纳了许多有关《四川日报》发展的历史图片，展示了不少《四川日报》刊载的具有重大影响的精品力作。其中，我撰写的评论员文章《以什么样的精神状态投入西部大开发》和编辑部文章《从悲壮走向豪迈的中国奇迹——写在汶川特大地震抗震救灾三周年之际》闪亮登场，引人注目。整个宣传片中有三个特写人物镜头，我作为《四川日报》首席评论员和1982 年进入四川日报社的在职老同志代表出现在特写镜头中，还说了这样一段话："改革开放以来，川报人与时俱进，更新观念，锐意创新，彰显以人为本理念，始终坚持中国特色社会主义核心价值观，凝聚起党的事业、集团发展与个人理想相统一的价值追求。"看到宣传片中的镜头，听到自己的声音，我顿时感到一种从来没有过的快乐与幸福！

"我是川报人，我是一个老川报人！我是一个即将退休的川报老人！"

我是 1982 年 1 月 13 日到四川日报社报到的，当时还是一个而立之年的小伙子，是"文化大革命"后恢复高考招生的 1977 级大学毕业生。30 年过去了，我在成都市红星中路二段 70 号大院与《四川日报》同舟共济，风雨兼程，多少往事堪回首？多少见闻可评说？多少忧思凝笔端？多少真情担道义？多少遗憾复又生？多少是非转头空？

《四川日报》60 周年庆典结束的时候，我特意请摄影记者尹刚为我照了一张照片作为纪念。

30 年来，我在四川日报社成家立业，靠《四川日报》养家糊口，按传统习俗也该是到了"60 大寿"庆典的日子，能与《四川日报》同时庆祝生日，也算是缘分所致、命运所赐、恩惠所泽！

更感幸运的是，8 月 30 日这天出版的《四川日报》1 版刊登了省委书记刘奇葆 28 日在四川日报报业集团调研的长篇通讯《奋力做强传媒旗舰》。这篇通讯中有一段写到刘奇葆书记在与我座谈时站起来特别提议为我鼓掌的一个感人情景，原文如下：

"我与奇葆书记神交已久。因为我们属于同龄人，还因为您在人民日报社工作过，与我们在唱响主旋律方面有着相同的体验。"老报人代表梅松武发言的第一句话，引来阵阵掌声、笑声。

得知梅松武为了写出那篇优秀的署名评论员文章《"三把尺子"量政绩》，用了很长时间精心准备，刘奇葆称赞道："你水平非常高！对业务精益求精的追求非常可贵！我提议，再次为梅老师鼓掌！"

"我很激动，知音难觅！"梅松武响亮回应。

对话间，气氛变得既热烈又轻松，其乐融融。

这篇必将载入《四川日报》史册的通讯，也为我的"60大寿"纪念献上了一份无可替代的特殊礼物。

我至今还清清楚楚地记得，8月28日那天刘奇葆书记与四川日报社的编采人员座谈，地点就在四川日报社综合大楼二楼活动中心，参加座谈会的人员主要是四川日报报业集团中层以上干部和部分骨干编采人员，以及省级新闻单位和成都市新闻媒体的主要负责同志。陪同刘奇葆座谈的有省委宣传部部长吴靖平、省委秘书长陈光志以及省委宣传部副部长侯雄飞等领导同志。座谈会由吴靖平部长主持。我与准备发言的五位同事坐在刘奇葆等领导同志对面。我坐在四川日报报业集团党委书记、董事长余长久右边。长久同志简要汇报工作后，我作为老报人代表第一个发言，题目是"我们怎样唱响主旋律"，发言时间大约15分钟。我发言时，奇葆书记听得非常专注，还不时做笔记。

座谈会上，我还告诉奇葆书记，我是一个农民的儿子，7岁就死了父亲，是母亲含辛茹苦把我养育成人。从小学到大学全靠党和人民政府助学金度过了学生时代。1982年初，我从四川大学历史系1977级毕业分配到四川日报社工作时，《四川日报》刚好进入"而立之年"。转瞬之间，现在是《四川日报》60周年大庆，我也到了快要"残阳如血"的退休之年。

座谈会结束时，刘奇葆作了重要讲话，对我们五位代表的发言表示感谢，

原话是"我觉得都讲得非常好，我是深受启迪，也深受感染"。临别时，奇葆书记紧紧地握住我的手说："你是松武啊，不是武松！你要把你的经验传给年轻同志！"奇葆书记这个幽默是针对吴靖平部长主持会议时两次把我的名字报成"梅武松"而说的，嘱咐中别有一番深情与关爱，不失为一个省委书记（后来担任中宣部部长）之风范！

说实话，整个《四川日报》60周年庆典活动似乎与我心有灵犀，我自然非常乐意参加报社组织的各种纪念活动。作为记录《四川日报》60年发展创新历史的《足迹》一书的编委，我牵头撰写了《四川日报》新闻创新篇，9万多字，其中主要思路和写作提纲是由我提出来的，各章节基本内容是按照我的要求分别由各部门负责人提供初稿，最后由我统稿定稿的。正是在牵头撰写《足迹》一书的过程中，受到《四川日报》60周年庆典活动的启迪，我产生了要将自己采写的新闻作品汇集出版的念头。我想为自己在此30多年的新闻人生画上一个圆圆的句号，也想为老一辈川报人对我的培育之恩留下不能忘却的纪念，更想把四川30多年改革开放的"足迹"流传后人。这就是我出版这三本书的初衷。

事在人为，人在途中。在四川日报社工作30多年，我在并不那么宽松的舆论环境中，居然能够在新闻评论和深度报道方面形成自己的"一技之长"，立身于"专业技术人才"和"有突出贡献的优秀专家"之列，除了遇到四川日报报业集团有一批知人善任的好领导和鼓励专业技术人才创新创业的"双通道"外，最重要的是我的身边有一批志同道合的好老师好同事。我非常感谢姚志能、唐小强、李之侠、余长久等主要领导对我的知遇之恩和信任之情，也非常感谢李半黎、彭雨、石克勋、罗运钧、白丁、黄文香、陈佩传等老一辈川报人对我的鼓励、关心和引导。还有席文举、何光珽、熊端颜等"老大哥"的关爱也使我受益匪浅。尤其是在记者部、政治生活部、总编室、评论部、经济部和"时政·评论"理论部工作的日子里，与罗晓岗、罗天鹏、杨文镒、刘为民、朱启渝、雷健、林卫、刘传建、王沛、汪继元、刘成安、陈岚、韩梅、钟岚、黄远流、赵仁贵、向军、孙琳、陈露耘、范英、胡敏、栾静、李兰、夏光平、赵坚等同学同事的精诚合作、和衷共济、和谐共进更是终生难忘。我在经济部协助罗晓岗主任工作 14 年之久，兄弟情深，相得益彰，我在经济部所写稿件基本上是由罗晓岗直接编发的。担任首席评论员后所写稿件则全部由罗晓岗和陈岚编发。罗晓岗、陈岚在担任总编辑、副总编辑的同时，实际上兼任着《川江评论》的责任编辑，我在新闻评论和深度报道方面的探索离不开他们的把关、引导和扶持。

我们都是"川报人"！"川报人"之间的默契、信任、包容、尊重是建立在相互学习、和而不同、求真务实的独立人格基础上的，能够经受实践、人民、历史"三把尺子"的检验。今年正值《四川日报》70 周年大庆的好日子，我把《"天府"三问》《川江评论》《记者观潮》献给所有关心爱护我的"川报人"和"川报读者"，感谢你们与我同行！有你们的参与，才会有现在的"足迹"！

最后，我要感谢我的母亲和妻子。我的母亲一字不识，是她含辛茹苦，送我读书，使我成长为一名吃笔墨饭的记者。我的妻子是一名中学语文教师和成都市的优秀班主任，她为自己的事业和学生操碎了心，也为我的事业和孩子承担了全部的家务，是默默奉献的贤妻良母。这三本书的出版也算是对我的母亲和妻子的感恩和感谢！

2022 年 3 月于成都